QUELLO
CHE NON
MI HAI DETTO

SARAH PEKKANEN

QUELLO CHE NON MI HAI DETTO

Traduzione di
ALFREDO COLITTO

PIEMME

Questo romanzo è un'opera di fantasia. Personaggi e situazioni sono invenzioni dell'autrice e hanno lo scopo di conferire veridicità alla narrazione e sono quindi utilizzati in modo fittizio. Qualsiasi analogia con fatti, eventi, luoghi e persone, vive o scomparse, è puramente casuale.

Pubblicato per

PIEMME

da Mondadori Libri S.p.A.

ISBN 978-88-566-9277-8

I Edizione ottobre 2024

Anno 2024-2025-2026 - Edizione 1 2 3 4 5 6 7 8 9 10

A Margaret Riley King

Trova una parte di te nascosta nella penombra.

FENNEL HUDSON

PRIMO ATTO

1

CATHERINE

Mia madre attraversa il nostro minuscolo soggiorno, scruta il vecchio divano blu e il tavolino, poi scompare brevemente in cucina.

«Le avevo in mano proprio ora.» La sua voce si tinge di qualcosa di più cupo della frustrazione, mentre inizia un altro giro.

Dovrei alzarmi dal divano e aiutarla a cercare le chiavi, perché non faccia tardi alla tavola calda. Ma non voglio che si accorga che ho iniziato a tremare. «Controlla di nuovo la borsa» le suggerisco.

Mi rivolge uno sguardo scocciato ma segue il mio consiglio.

Mia madre è organizzata. Metodica. Attenta ai dettagli. La sua borsa non è un'accozzaglia di ricevute accartocciate e spiccioli sparsi. Gli occhiali da sole in una custodia, le banconote di piccolo taglio tutte girate nello stesso senso nel portafoglio, il burrocacao alla ciliegia e la crema per le mani chiusi nella borsetta dei cosmetici: contenitori all'interno di un contenitore.

Scuote la testa e si avvicina all'impermeabile appeso a un gancio vicino alla porta d'ingresso, cominciando a frugare nelle tasche.

Forse suo padre è un tipo distratto. Forse i suoi cugini sono diventati progressivamente più disattenti, avvicinandosi alla mezza età. Potrebbe essere un argomento su cui i nostri parenti si prendono in giro a vicenda quando si ritrovano per le feste.

Non lo so. Non li ho mai conosciuti.

Quando in quarta elementare mi toccò di disegnare un albero genealogico, riuscii a scrivere solo due nomi, su un singolo ramo.

Quello di mia madre e il mio. Mi si stringe lo stomaco mentre la guardo chinarsi e controllare il tappetino vicino alla porta d'ingresso dove mettiamo le scarpe. Sembra ancora più magra del solito nella sua uniforme, in pantaloni neri e polo abbinata, un grembiule rosso da cameriera legato in vita.

Da qualche giorno non riesce a mangiare. Di notte sento i suoi movimenti irrequieti attraverso la sottile parete che separa le nostre stanze da letto.

Domani ha un appuntamento con un neurologo.

Tutti perdono le chiavi, mi dico. Il neurologo avrà una spiegazione semplice per gli strani nuovi sintomi di mia madre. Le prescriverà dei farmaci, le consiglierà di dormire di più e ci rimanderà a casa.

Ma il mio battito sta accelerando.

Mi costringo a inspirare lentamente e in modo regolare. Non posso certo crollare. Le lezioni di infermieristica mi hanno insegnato il potere che il corpo esercita sulla mente e viceversa. In questo momento ho bisogno di mantenermi salda per dimostrare anche a me stessa che ho la situazione sotto controllo.

Funziona. Dopo un minuto mi sento in grado di alzarmi. Mi avvicino a mia madre, pensando a tutta velocità, poi infilo la mano nella grande tasca del suo grembiule.

Il sollievo le si stampa sul viso mentre estraggo le chiavi.

«Sto perdendo la tes...»

«Potresti prendere un'altra scatola, se alla tavola calda ce ne sono ancora?» la interrompo.

Non ho bisogno di altre scatole per il trasloco ma non potevo sopportare di sentirla completare quella frase. Ne ho già recuperate una mezza dozzina da un cassonetto dietro un negozio di liquori. Non ho molta roba e ci metterò poco a fare le valigie. Ho fatto molta pratica.

Nei quartieri residenziali, quando le famiglie si trasferiscono, i vicini organizzano feste di addio e le mamme si fanno venire le lacrime agli occhi dopo qualche bicchiere di vino. Quelli come noi, invece, si spostano in un nuovo appartamento e nessuno se ne accorge.

Avevo programmato di sistemare i miei libri e i miei vestiti stamattina. Ma, finché non vedremo lo specialista, tutto sembra sospeso a mezz'aria.

Mia madre si alza in punta di piedi per baciarmi su una guancia, poi apre la porta ed esce. Sento i suoi passi che si allontanano. Quando torna il silenzio, prendo il telefono e scorro la lista che sto compilando in segreto.

L'aver smarrito le chiavi potrebbe non costituire una prova. Tuttavia, segno l'accaduto sotto la data di oggi.

Poi ripenso alla dozzina di altri episodi (tutti documentati), alle altre cose che mia madre ha perso: una banconota da venti dollari, il filo del discorso, la strada per tornare a casa dalla farmacia che si trova solo a un chilometro e mezzo da qui.

Il tutto è avvenuto nell'ultimo mese.

2

RUTH

Sono brava a sparire. Noi donne lo facciamo sempre.

Svaniamo agli occhi degli uomini non appena compiamo quarant'anni. Ci immergiamo in ruoli come la maternità e la nostra identità scivola via. O sono dei predatori a farci scomparire. Siamo condizionate a ridurci, a perdere peso, a occupare meno spazio fisico nel mondo.

«Salve, sono Ruth e sarò la vostra cameriera.»

Ho pronunciato questa frase almeno venti volte durante il mio turno di oggi. E sono sicura che nessuno dei clienti che ho salutato sarebbe stato in grado di ripetere il mio nome cinque secondi dopo.

È una buona cosa. Essere invisibile mi piace.

Nessuno si accorge di me mentre cammino lungo il sentiero parallelo al fiume Susquehanna, osservando la sua superficie incresparsi dolcemente mentre la corrente lo trascina oltre il South Street Bridge. L'aria è gonfia di umidità e le nuvole offuscano la luce del giorno, ma io continuo a indossare i miei occhiali da sole scuri.

Mi fanno male i piedi a furia di portare vassoi con uova fritte, club sandwich e infiniti caffè, ma cerco di camminare più in fretta. Non ho detto a Catherine che avevo una cosa da fare mentre tornavo a casa. Si preoccuperà se arrivo in ritardo, soprattutto perché ho impostato il telefono in modalità aereo quando sono uscita dal lavoro, così non può sapere dove sto andando.

Salgo la doppia scalinata che conduce all'ingresso della biblioteca. Apro la porta e seguo la mia routine: mi assicuro che nelle vicinanze non ci sia nessuno che conosco, poi scelgo il computer più appartato.

La vecchia sedia di legno scricchiola mentre mi siedo e uso la tessera della biblioteca per accedere a internet.

Sarebbe più facile se potessi prendere in prestito il MacBook di Catherine per effettuare i miei controlli, come facevo prima di scoprire che esistono le cronologie di ricerca. Chi sapeva che i computer ti controllano anche dopo che li hai spenti? È inquietante.

Ora non uso più nemmeno il mio iPhone, per cercare su Google le persone del mio passato, dato che io e Catherine condividiamo il piano telefonico e potrei lasciare inconsapevolmente delle tracce elettroniche.

Catherine pensa che non mi manchi nessuno di coloro che ho lasciato. La incoraggio a crederlo, perché in questo modo la induco a farmi meno domande. Ma soffro per la lontananza da mio padre e mio fratello. Anche se loro si sono disinteressati di me. Anche se il mio solo pensiero dev'essere sufficiente a fargli provare disgusto.

Dopo tutti questi anni, respiro ancora a fatica quando inizio la mia ricerca.

Comincio con mio fratello minore e mi collego con lui nell'unico modo possibile. Timmy ha una pagina Facebook, ma è impostata come privata, quindi quello che posso vedere è limitato. La foto del suo profilo mostra le sue gemelle di due anni. La femmina ha un sorriso birichino. Il maschio è quasi una copia di Timmy da piccolo e mi chiedo se anche lui adori il baseball e il gelato.

Guardo Tim (che penso ormai nessuno chiami più

Timmy) chiedendomi come abbia conosciuto sua moglie e cosa le racconti di me. O se le abbia anche solo mai fatto il mio nome.

Poi cerco mio padre. Non c'è nulla di nuovo, solo alcune foto sgranate che ho visto innumerevoli volte, e in quelle è difficile distinguere chiaramente il suo volto.

Eppure mi immergo in lui, cercando di evocare il suono della sua voce, roca e tenera, quando mi rimboccava le coperte la sera, e il modo in cui appoggiava il suo palmo fresco sulla mia fronte quando avevo la febbre, come se potesse far uscire la malattia con un semplice tocco.

Cosa darei per sentire le sue braccia avvolgermi ancora una volta e inalare il profumo caldo e legnoso del suo Old Spice.

Quando da adolescente ho lasciato la casa dei miei genitori con solo qualche cambio di vestiti, un po' di soldi e un orologio d'oro, sapevo che la mia assenza per loro sarebbe stata un sollievo e che non avrebbero mai cercato di trovarmi.

Una cosa mi ha impedito di crollare e arrendermi: la vita che cresceva dentro di me.

Forse non sono più una figlia o una sorella, ma sono, e sarò sempre, una madre.

Catherine e io siamo molto legate. Non abbiamo mai avuto bisogno di nessun altro. L'ultima persona che controllo è il mio vecchio fidanzato, James Bates.

Non ci sono novità nemmeno su di lui. Non si è mai sposato, il che mi fa provare sentimenti contrastanti.

Non ci sono foto recenti di James, quindi ho costruito nella mia mente una sua immagine adattata all'età che ha ora: i capelli color sabbia sono tagliati corti e ingrigiti alle tempie. Il fisico snello che aveva a diciannove anni si è irrobustito, e la bocca è contornata di rughe. Tutto questo non fa che aumentare il suo fascino.

La sera tardi è il momento in cui penso di più a lui. Quando non riesco a dormire, o mentre si avvicina l'ora in cui inizia il mio turno. Cerco di immaginare cosa stia facendo James in quel momento, a quasi centocinquanta chilometri di distanza.

Arrivo sempre alla stessa conclusione: è sdraiato a letto nel buio, proprio come me.

Mi chiedo se anche lui pensi a me.

All'improvviso sento esplodere un forte rumore. Balzo in piedi e mi volto verso il suono.

«Mi scusi.» L'adolescente che ha fatto cadere una pila di libri cartonati sul tavolo accanto a me fa spallucce.

«Devi stare più attento!» La mia voce è forte e dura. Varie teste si girano nella mia direzione.

Non sono più invisibile.

Il che significa che devo lasciare la biblioteca il più in fretta possibile.

3

CATHERINE

Quando entriamo nel suo studio, il dottore si alza da una sedia dietro la scrivania. Non so bene cosa mi aspettassi, ma di certo non questo: una stanza piccola e sterile con una moquette opaca e un orologio da aula scolastica appeso alla parete beige. Ma i diplomi esposti sulla sua libreria provengono da buone università e mi sono informata su di lui. È il miglior neurologo in circolazione.

Gira intorno alla scrivania, senza evitare i nostri sguardi ma senza sorridere. Non riesco a leggere un verdetto nella sua espressione. Sembra disinvolto in questo momento così carico di tensione, ma del resto deve aver fatto molta pratica.

«Sono Alan Chen» si presenta.

«Piacere di conoscerla» risponde mia madre. «Io sono Ruth Sterling e questa» mi tocca la spalla «è mia figlia Catherine.»

Faccio un passo avanti per stringergli la mano, mentre i suoi occhi si allargano per la sorpresa dietro gli occhiali.

Ora i nostri ruoli si sono invertiti e sono io quella più a suo agio in questi istanti di imbarazzo. Il dottor Chen ci invita a sederci e ci offre dell'acqua, ma nel frattempo lo vedo fare i suoi calcoli.

Mia madre ha soltanto qualche filo argentato che scintilla tra i capelli color cioccolato e alcune zampe di gallina intorno ai grandi occhi nocciola. Dimostra la sua età, quarantadue anni. Io sembro più vecchia dei miei ventiquattro, e mi dicono che mi comporto anche come se lo fossi. Probabilmente perché per me sorridere non è naturale, come ci si aspetta che sia per le giovani donne.

Il dottor Chen si riprende più rapidamente di altri. Quando torna a sedersi sulla sedia e apre la cartella clinica sulla scrivania, la sua espressione è di nuovo imperscrutabile.

Va subito al punto: «Ruth, vuole parlarmi dei sintomi che ha notato?»

Sono certa che queste informazioni sono già scritte nella sua cartella, nelle pagine di documenti che mia madre ha compilato e che sono andate ad aggiungersi ai risultati delle analisi del sangue del suo medico di base, che escludono possibilità come una carenza di vitamina B12 o la malattia di Lyme.

«All'inizio erano piccole cose.» Mia madre accavalla le gambe, con un fruscio dei pantaloni. «Sciocchezze che capitano a tutti. Solo che a me hanno cominciato a succedere con frequenza. Ad esempio, non riuscivo a farmi venire in mente le parole che cercavo. Dimenticavo di staccare la spina del ferro da stiro dopo averlo usato. Questo genere di cose.»

«E quanto tempo fa ha notato un aumento di questo tipo di eventi?» chiede Chen.

Il silenzio si prolunga. Il pulsante rosso del telefono del medico inizia a lampeggiare, ma lui lo ignora. Una strana corrente ronza nell'aria. L'atmosfera è elettrica.

Sto per rispondere «un mese fa», quando mia madre apre la bocca e mi batte sul tempo.

«Forse quattro mesi fa.» La sua voce è quasi un sussurro.

Faccio un respiro rapido, sorpresa, e mi volto a guardarla. La sua espressione è calma, ma le sue mani sono irrequiete. Sta giocherellando con il delicato anello di topazio che indossa sempre, facendolo girare intorno al dito.

Il dottor Chen annota qualcosa su un foglio della sua cartella. «E sta peggiorando?»

Mia madre annuisce.

Tiro fuori dalla borsa l'iPhone e apro la mia lista.

7/05: occhiali da sole nel cassetto della cucina.
10/05: ha chiamato i cubetti di ghiaccio «quadratini d'acqua».
12/05: ha dimenticato in che mese siamo.

Il dottor Chen le pone qualche altra domanda, poi chiude la cartellina. «Ci sono alcuni test che possiamo fare...»

Ho la gola così chiusa che devo schiarirmi la voce prima di riuscire a parlare. «Test cognitivi o passiamo direttamente alla diagnostica per immagini del cervello?»

Mia madre si china in avanti e, anche adesso che si trova di fronte a quello che deve sembrarle un grande muro di cemento che avanza, parla con orgoglio. «Catherine diventerà infermiera. Si è appena diplomata con lode e sta per iniziare a lavorare al Johns Hopkins Hospital. Si trasferirà a Baltimora tra due settimane.»

«Congratulazioni» mi dice il dottor Chen. «L'Hopkins è un'ottimo ospedale. Qual è la sua specializzazione?»

«Geriatria. Lavoro part-time in una casa di riposo.» Noto che coglie subito l'ironia della cosa. Lui sarà anche l'esperto di neurologia, ma quando si tratta dei sintomi di mia madre, io non sono certo una novellina.

Sono assegnata a quella che chiamiamo l'Ala della Memoria, la sezione della nostra struttura dove risiedono le persone affette da demenza, Alzheimer o lesioni cerebrali traumatiche. Vedo sintomi come quelli descritti da mia madre quasi ogni giorno.

Tuttavia, mi rifiuto di pensare al peggio. So che forse è per via del mio lavoro che mi vengono queste paure e che in realtà potrebbe esserci una spiegazione semplice per la confusione e i vuoti di memoria di mia madre.

Lei ha un fisico minuto, ma non ha nulla di tenero o debole. È una combattente. Indistruttibile. Deve esserlo.

Parliamo con il dottor Chen di varie opzioni di analisi, ma mia madre si oppone a programmare una TAC. Suppongo che sia a causa del costo. Abbiamo un piano di assistenza sanitaria ridotto all'osso e, dopo il pagamento di questa visita, basterà un guasto alla macchina per portare in rosso il nostro conto in banca. Poi succede qualcosa che mi fa sentire come se mi fossi immersa nell'acqua gelida.

Mia madre si alza e si mette a camminare su e giù tra la sua sedia e il muro. Il mio stomaco si stringe a ogni passo. Più a lungo si muove, peggiore è la notizia. È una formula precisa come una prova matematica.

Camminava così quando ero in seconda liceo, mi ero appena messa con il mio primo fidanzatino e mi stavo godendo il miglior anno scolastico della mia vita, quando mi annunciò che aveva perso il lavoro, che ci avrebbero sfrattato e che dovevamo trasferirci da Lancaster a Harrisburg, in Pennsylvania.

Camminava così durante le vacanze natalizie, quando avevo quattro anni, e poi mi disse che nel laboratorio di Babbo Natale c'era stato un incendio e che non avrei ricevuto alcun regalo.

Camminava così prima di dirmi perché la sua famiglia

conservatrice e religiosa l'aveva tagliata fuori, e perché non avevo mai conosciuto nonni, zie o cugini e mai lo avrei fatto: era rimasta incinta al liceo, il suo ragazzo aveva negato ogni responsabilità e la famiglia l'aveva rifiutata. Ma a lei non importava, perché io valevo più di tutti loro messi insieme.

La lancetta rossa dell'orologio a muro, sottile come un ago, gira senza sosta. Mi sembra crudele che, seduti nel suo studio, i pazienti del dottor Chen siano costretti a confrontarsi con l'assottigliarsi di quel tempo che desiderano più di qualsiasi altra cosa.

Mia madre raggiunge il muro e si volta per un altro giro.

Sento crescere la pressione e la mia voce suona acuta e impaurita, come quando ero bambina e mi svegliavo da un incubo: «Mamma!»

Si ferma. Incrocia il mio sguardo per la prima volta da quando siamo entrate.

La notizia che ci dà non è negativa.

È catastrofica.

«C'è una cosa che non ho segnato sui moduli. Forse non riuscivo a sopportare di dover scrivere quelle parole... Mia madre e io ci eravamo allontanate da tempo, ma lei è morta poco prima di compiere cinquant'anni. Un vecchio amico mi ha rintracciata anni fa per farmelo sapere.»

È la prima volta che ne sento parlare.

Sono ancora scossa mentre mia madre continua: «È morta di Alzheimer precoce».

4

RUTH

Ho scoperto che c'è un altro modo per scomparire. La tua mente può iniziare a cancellarsi.

Catherine ci sta riportando a casa, una mano sul volante e l'altra che stringe la mia. Conosco l'espressione del suo viso, i denti stretti. Sta trattenendo le lacrime.

Mi dispiace, tesoro.

Non dico niente perché scoppierebbe a piangere, e io stessa riesco a malapena a restare composta.

Così allungo la mano libera e accendo la radio. Escono le note di *Thunder Road*, la versione migliore, quella acustica, toccante, suonata dal vivo a Brisbane, e lascio andare un sospiro. Un po' di rigidità abbandona il mio corpo.

«Che razza di mostro può non amare Springsteen?» chiedo.

Catherine non ribatte subito con la sua solita risposta e io trattengo il fiato. Poi: «Un mostro con buon gusto».

Non dico nulla, evitando la mia classica battuta: «Avrei dovuto darti in adozione».

Una linea sottile a volte separa le risate dalle lacrime e io non voglio spingerla nella direzione sbagliata.

Catherine entra in autostrada, verso casa, e io le do una stretta alla mano, poi la lascio. Le servono entrambe sullo sterzo. Guida troppo veloce. Per di più, si aspetta che tutti sulla strada siano veloci e decisi come lei, e non vuole che io le dia dei suggerimenti, anche se io guido da molto più tempo.

Non sono una di quelle madri che si illudono che la propria figlia sia un angelo, né che vanno in giro dicendo a tutti: «Non so cosa ho fatto per meritarmi un tesoro come lei».

Io lo so che me la merito una figlia così. Ho dedicato la mia vita a crescerla bene.

Catherine è una brava cuoca, anche se più per necessità che per passione, ed è più intelligente di me, nonostante i suoi discutibili gusti musicali.

È una gran lavoratrice. L'ha preso da me.

Non urla mai, e questo non l'ha preso da me.

È alta, di corporatura fine e aggraziata, con tratti delicati che nascondono la sua grinta e la sua determinazione. È come se qualcuno avesse agitato una bacchetta magica quando è nata, regalandole i folti capelli color grano della nonna, la pelle dorata del nonno e gli occhi azzurri del padre.

A volte, quando la guardo, mi stupisco di aver creato una cosa così bella.

E a volte mi chiedo quanto sarebbe diversa la mia vita se non l'avessi fatto. Abbasso il finestrino di qualche centimetro e chiudo gli occhi, mentre l'aria fresca mi colpisce il viso.

Mi aspetto che l'intero viaggio di ritorno a casa sia silenzioso, perché Catherine è sempre taciturna quando riceve brutte notizie. È proprio da lei. Quando le dico qualcosa che non le piace, si ritrae, nascondendosi dentro sé stessa. Puoi essere in macchina con lei, abbastanza vicino da sentire l'aroma dolce dello shampoo che ha usato la mattina, e non avere assolutamente idea di cosa stia succedendo nella sua mente. Quanto più gravi sono le notizie, tanto più lungo è il suo silenzio.

Le ho detto, più di una volta: «Conosci tantissime parole, puoi usarne qualcuna?»

«Sto solo pensando, mamma!»

È buffo come a volte non riesci a far tacere i tuoi figli, ma quando vorresti davvero sentire qualcosa da loro, si comportano come se li avessi colti di sorpresa in bagno.

Tuttavia il silenzio tra noi, ora, non è poi così male. Anzi, è un sollievo.

Questo appuntamento è stato orribile come mi aspettavo: non credo che supererò mai l'espressione distrutta di Catherine. Ma ora che è passato, so esattamente cosa voglio e cosa no.

Non voglio sottopormi a una TAC, né a una puntura lombare, né a nessuno degli altri esami di cui hanno parlato il dottor Chen e Catherine.

Non andrò da un altro esperto.

Continuerò a fare la cameriera alla tavola calda e a vivere nel nostro appartamento.

E forse può sembrare egoista, o narcisista, o qualsiasi altro termine vada di moda oggi, ma quello che voglio più di ogni altra cosa è che Catherine rinunci al suo sogno di trasferirsi a Baltimora per lavorare al Johns Hopkins.

Ho bisogno che mia figlia mi stia vicino.

5

CATHERINE

Vedo mia madre ogni santo giorno, il che significa che in realtà non la vedo affatto.

È sempre stata un po' distratta, ma mi è sfuggita la linea di demarcazione che ha superato quando è scivolata da una normale smemoratezza in qualcosa di infinitamente più oscuro.

Non so se riuscirò mai a perdonarmi, anche se non è come avere un cancro. La diagnosi precoce non avrebbe fatto alcuna differenza, in questo caso; non avrebbe cambiato il finale della storia.

Questo pensiero è come un nervo scoperto. Allontano la mente, costringendomi a concentrarmi per sistemare la Bonneville in un angolino angusto del parcheggio del nostro condominio.

Dopo essere scese dall'auto e aver attraversato la pesante porta di servizio per entrare nell'atrio, scopriamo che l'ascensore ci sta aspettando a braccia aperte. È un piccolo miracolo. Con cinque piani e otto appartamenti per piano, di solito non mi prendo nemmeno il disturbo di schiacciare il pulsante di chiamata.

Mentre saliamo al quarto, osservo mia madre ancora una volta. Cerco di capire come ho fatto a non accorgermi degli indizi, soprattutto perché il mio lavoro mi espone costantemente a prove tangibili di ciò che lei diventerà.

Non indossa scarpe spaiate, non sbatte le palpebre per lo sconcerto e non mostra una rabbia irrazionale, come alcuni dei pazienti di cui mi occupo.

Semmai è fin troppo calma. Potrebbe essere per lo shock.

Scruto il solco tra le sopracciglia, le labbra piene e la leggera lucentezza della sua pelle.

«Ti senti bene?»

La sua domanda mi fa sobbalzare. Mi rendo conto che le porte dell'ascensore si sono spalancate.

«Scusa.» Esco sulla moquette a rombi e la precedo lungo lo stretto corridoio che porta al nostro appartamento, il 406.

Da bambina mi piaceva infilare le chiavi nelle serrature. Quel brivido è passato, ma l'abitudine è rimasta. La mamma me lo lascia ancora fare.

Infilo la chiave di metallo e sento il cilindro scattare, pensando a come lei sia l'unica persona al mondo a conoscere quella parte della mia storia. Abbiamo un'intesa perfetta: io mi occupo della spesa, lei tiene il serbatoio della macchina pieno di benzina e ci dividiamo le pulizie. Si è seduta accanto a me sul divano, guardando le repliche di *The Office* e assicurandosi che mangiassi, quando io e il mio primo vero amore, Ethan, ci siamo lasciati l'anno scorso. Una volta abbiamo dormito nella nostra Bonneville per tre notti, lei sul sedile anteriore e io su quello posteriore, quando una perdita dalla doccia del piano di sopra ha allagato il nostro appartamento e quel cretino del nostro padrone di casa si è rifiutato di pagarci un albergo. La nostra cena preferita è una cosa inventata da lei, chiamata pizza lasagna, degli strati di impasto, formaggio e pomodoro, uno sull'altro.

Quanto tempo ci vorrà prima che io diventi l'unica custode dei ricordi della nostra vita insieme? Il pianto mi sale in gola. Mi ci vuole tutta la mia forza per respingerlo.

Poso la borsa sullo stretto tavolino dell'ingresso, mentre mia madre si toglie le scarpe nere e le mette sul tappetino accanto a quelle da ginnastica che usa al lavoro.

«Vado a cambiarmi.» Scompare nella sua camera da letto. Io rimango lì, a fissare lo spazio vuoto che ha lasciato.

L'intero viaggio di ritorno dallo studio del dottor Chen è una voragine nella mia mente. Non so dire quanti semafori rossi abbiamo incontrato, o se la pioggia abbia schizzato il parabrezza, o se abbiamo trovato traffico.

Quante voragini stanno già inghiottendo parti del cervello di mia madre?

Poiché non so cosa fare, mi sposto in salotto e comincio a riordinare, ripiegando la coperta di ciniglia sullo schienale del divano e togliendo la mia bottiglia d'acqua dal tavolino.

A volte il nostro appartamento sembra accogliente. Non ci è permesso dipingere le pareti o usare chiodi per appendere quadri, ma mia madre ha comprato delle strisce adesive per apporre stampe vivaci, una di Matisse e qualche mia tavola realizzata al liceo artistico. Abbiamo coltivato un trio di piante verdi e frondose sul davanzale, e mamma ha portato dei cuscini colorati da un negozio di seconda mano e un grande specchio con la cornice bianca, nel periodo in cui era fissata con i programmi di Home & Garden TV.

Altre volte, questo spazio sembra claustrofobico.

Ultimamente sento sempre più spesso le pareti chiudersi su di me. Alle 10.20 di martedì c'è un silenzio innaturale. La maggior parte dei nostri vicini è al lavoro o a scuola, come lo saremmo io e mia madre a quest'ora in un giorno normale.

Mi avvicino alla sua camera da letto e mi metto in ascolto. Non riesco a sentire nulla.

Se sta piangendo, deve avere il viso affondato in un cuscino. Alzo la mano per bussare, poi lascio cadere il braccio lungo il fianco.

Non posso dirle che andrà tutto bene. Non c'è modo di risolvere questo problema. La sua porta si apre di scatto. Faccio un passo indietro, spaventata.

Lei mi appare davanti in uniforme, con i capelli raccolti in una fascia.

«Dove vai?»

«Alla fermata dell'autobus. Ho ancora mezzo turno.»

Mi passa davanti, diretta alla porta.

«Aspetta!»

Si gira, evitando il mio sguardo. «Dove ho messo la borsa?» Una settimana fa, quelle parole sarebbero state innocue. Ora, invece, mi colpiscono.

«Vuoi andare a lavorare come se niente fosse? Dobbiamo parlare, elaborare un piano.»

«Tesoro, ci sarà tutto il tempo per parlare.»

«No, non è vero! Non abbiamo tempo!» Ho un sussulto alle mie stesse parole. Mia madre chiude un attimo gli occhi.

«Senti, Catherine, so che è difficile. Ma devi capire che ho bisogno di continuare a muovermi. Non posso fermarmi a pensare o perderò la testa, è chiaro?»

Torna in camera da letto e recupera la borsa. La seguo, senza riuscire a bloccare le domande che mi escono dalla bocca. «Perché non mi hai parlato di tua madre?»

«Perché non le importava nulla di noi, e ho smesso di interessarmi a lei molto tempo fa.»

Si avvicina alla porta d'ingresso. Si china per infilarsi

la scarpa da ginnastica destra, premendo il palmo della mano contro il muro per trovare l'equilibrio.

«Non potevi almeno dirmi che era morta?»

«Catherine, non provocarmi.»

Non riesco a frenarmi. «Mi hai nascosto tutto! Hai detto al dottor Chen che ti sei accorta dei sintomi da quattro mesi... Perché non mi hai detto nulla? Avremmo potuto...»

Mi muore la voce in gola.

Mia madre si mette l'altra scarpa. «Esatto. Cosa avremmo potuto fare?»

«Ci sono delle medicine.»

Scuote la testa. «Non funzionano per tutti. Gli effetti durano poco e non fermano la progressione della malattia, ma solo alcuni dei sintomi. Non c'è una cura.»

Sta recitando le cose che le ho detto nel corso degli anni, i fatti che ho espunto dai libri di testo e dalle lezioni universitarie e le prove che ho raccolto in prima persona.

Mi dà un abbraccio rapido e forte. Poi se ne va.

Non so cosa fare. Mi aspettavo che la nostra routine andasse in frantumi. Avevo intenzione di dire al mio supervisore che avevo un'emergenza in famiglia e che avevo bisogno di qualche giorno di riposo.

Come può mia madre continuare la sua giornata come se niente fosse?

I miei respiri sono troppo veloci e poco profondi, e so che la mia pressione sanguigna è salita a un valore che mi metterebbe in allarme, se lo riscontrassi in un paziente.

Mi guardo intorno nell'appartamento. È immobile come una tomba. Una visione del futuro invade la mia immaginazione: Post-it attaccati ovunque per ricordare a mia madre di assicurarsi che la stufa sia spenta e di tirare lo sciacquone del bagno. Un catenaccio sulla porta, sempre chiuso. Mia madre stesa sul divano, con i capelli sciolti e sporchi, che si rifiuta di fare la doccia.

O peggio. Potrebbe andare molto peggio.

Andrà molto peggio.

Le pareti dell'appartamento mi si chiudono addosso.

Corro alla porta e prendo la borsa. Mi precipito fuori e vado verso le scale, sfiorando con la mano la ringhiera di metallo mentre scendo le quattro rampe e poi spingo la porta dell'atrio. La luce del sole mi colpisce e socchiudo gli occhi, scrutando l'ambiente circostante fino a quando non vedo mia madre a metà dell'isolato.

«Aspetta!» grido, correndo verso di lei.

Si gira. Avvicinandomi, mi sembra di vedere delle lacrime brillare nei suoi occhi e questo mi fa desistere. Mia madre non piange mai.

Non posso lasciarla qui alla fermata dell'autobus, tutta sola. Voglio stare con lei il più possibile, tutto il tempo che ho a disposizione. Anche durante un breve viaggio sulla nostra vecchia Bonneville con la radio a volume sparato, come abbiamo fatto migliaia di volte in passato.

So che non vuole sentire altre domande. Quindi mi riprometto che questa sarà l'ultima che le farò, per il momento: «Vuoi un passaggio al lavoro?»

6

RUTH

In fondo al mio armadietto, al lavoro, c'è un quaderno a spirale verde. È così vecchio che i bordi delle pagine, un tempo duri, sono diventati morbidi.

Sulla copertina c'è una casella vuota per scriverci il nome. Al posto del mio, ho scritto *Per Catherine Sterling*.

Ho fatto in modo di mettere il taccuino in un posto che possa facilmente essere scoperto, nel caso in cui mi succeda qualcosa.

L'unico problema è che ci sono soltanto pagine vuote.

Lo porto con me da quando ho lasciato casa dei miei, è da moltissimo tempo che ho l'intenzione di scrivere la mia storia. Ma ogni volta che cerco di iniziare, la penna si rifiuta di muoversi sulla pagina.

Ora non ho scelta. Spero solo di non aver aspettato troppo.

Il Sam's è abbastanza tranquillo al momento. Il registratore di cassa elettrico squilla mentre la cassiera batte il conto di un uomo, poi lui esce e fa suonare il campanello sopra la porta. In cucina, i cuochi stanno affettando pomodori e impilando foglie di lattuga come carte da gioco in contenitori argentati, preparandosi per la prossima ondata di clienti.

Il mio turno è finito e ho sistemato tutti i tavoli che stavo servendo, ma non mi sento pronta ad andare via.

Catherine è ancora al lavoro. Mi ha detto che ha intenzione di dire alla sua direttrice che non si trasferirà a Baltimora, dopotutto. Rimarrà al mio fianco. Non ho nemmeno dovuto chiederlo.

Mi sento degli occhi addosso e alzo lo sguardo: un ragazzo appollaiato su uno degli sgabelli al bancone mi sta fissando. Poi sento qualcosa di bagnato sulle guance. Mi asciugo le lacrime e sussurro: «Allergia».

Mi volto e percorro il corridoio adiacente alla cucina, passando davanti ai bagni e arrivando nella piccola stanza dei dipendenti. La combinazione del mio armadietto è quella del compleanno di Catherine. Prendo il quaderno e mi siedo pesantemente sull'unica sedia della stanza.

Ho pensato innumerevoli volte a ciò che devo dire a mia figlia. Ho rivisto alcune scene del mio passato così spesso che mi sembra di averle impresse nei solchi della mente. Le cose che devo condividere con Catherine mi sono familiari come se fossero successe la settimana scorsa, invece che quasi venticinque anni fa.

Quando estraggo una penna dalla tasca del grembiule e finalmente comincio a scrivere, è come se avessi immagazzinato le parole in uno spazio immateriale e ora mi piovessero addosso dolcemente. L'idea che ho temuto per tanto tempo diventa semplice come un dettato.

Ho pensato da dove cominciare, e credo che inizierò dal giorno in cui ho incontrato tuo... Vedi, sto già inciampando. Non è tuo padre. Un padre ti cambia i pannolini, ti insegna ad andare in bicicletta e ti legge le storie. Lui non ha mai fatto nulla di tutto questo.

James. Si chiama James.

Lo conobbi nel giorno più caldo dell'anno, in agosto, proprio all'inizio del mio terzo anno di liceo.

La cosa principale da sapere sul mio liceo è che, dal punto di vista sociale, era dominato da una ragazzina di nome Brittany. Sua madre era la capogruppo delle mamme della scuola.

La mela che non cade lontano dall'albero e tutto il resto.

Io e Brittany restammo amiche fino alla prima superiore, quando mi crebbero le tette prima che a lei e fui invitata al ballo di fine anno prima di lei. Brittany non approvò quella svolta e subito dopo mi ritrovai senza invito a un pigiama party a casa sua.

Non mi dispiacque più di tanto. Essere amica di Brittany era molto impegnativo. C'erano delle regole da rispettare. Dovevi amare Madonna ma non Whitney Houston. Dovevi sederti a un certo tavolo in mensa. Per qualche motivo, indossare una felpa alla rovescia era cool. *Brittany lo fece e il giorno dopo fu imitata da metà delle ragazze della nostra classe.*

Avrebbe potuto accontentarsi di esiliarmi senza chiasso, ma c'era un'altra cosa che non approvava.

Ero la migliore ballerina della squadra di cheerleader della nostra scuola. Avete presente quando alcune persone ascoltano una canzone una volta e riescono subito a riprodurla al pianoforte? Per me è così con la danza. Non devo nemmeno pensarci: il mio corpo imita i movimenti che vedo e ne inventa di nuovi.

Ti ho detto che anche Brittany era in squadra? E anche le sue tirapiedi. E, naturalmente, la mamma di Brittany, la signora Davis, era il punto di riferimento e teneva le fila dell'organizzazione. La signora Davis si occupava della raccolta fondi per pagare i nostri viaggi alle gare statali e si sedeva in tribuna con il suo gruppo di collaboratori per assistere agli allenamenti e alle partite.

In quel caldo torrido di metà agosto, non c'era una sola nuvola in cielo e il sudore mi appiccicava la maglietta al corpo. Dovevamo fare il provino ogni anno, anche se eravamo state in squadra la stagione precedente. Poiché la nostra allenatrice era in congedo per maternità, il signor Franklin, l'insegnante di musica, era stato spinto dal preside ad assumersi il ruolo di allenatore ad interim. Non ne sembrava molto contento.

Durante l'estate avevo imparato a fare un'aerial, cioè una capriola senza mani, e così ne inserii una nella mia esibizione. Alcune ragazze applaudirono quando la feci, poi si bloccarono di colpo, come se avessero ricordato all'improvviso che non era il caso.

Quando le prove finirono, andai a prendere la mia borraccia dove l'avevo lasciata, sul bordo del campo d'erba artificiale verde brillante. Avevo la bocca così secca che mi faceva male.

Aprii la bottiglia e inclinai la testa all'indietro, desiderosa di bere un po' d'acqua.

Non uscì nulla.

Lasciai cadere la bottiglia vuota e tornai a unirmi al gruppo, con il sorriso sulle labbra.

Non diedi mai a Brittany la soddisfazione di reagire. Nemmeno quando trovavo la parola «troia» scritta con il rossetto sul mio armadietto, o quando venivo convocata dal preside perché gli era stato detto che vendevo erba, o sentivo Brittany sussurrare in mensa che mia madre era un'ubriacona.

Quest'ultima cosa era vera, non posso negarlo. Mia madre, tua nonna, di solito era già brilla quando finiva di pranzare, ed è per questo che per il mio sedicesimo compleanno ricevetti in regalo un'auto usata. Mio padre non vo-

leva che fosse lei ad accompagnare me o il mio fratellino Timmy quando era sotto l'effetto dell'alcol, quindi toccava a me guidare per andare a scuola e tornare.

Ma di questo parleremo più avanti.

Ero in piedi ai margini del gruppo di ragazze che avevano fatto il provino, stordita dalla disidratazione sotto il sole cocente, e ascoltavo l'allenatore che leggeva i nomi di quelle che erano entrate in squadra. Era solo una formalità. Cinque ragazze che facevano parte della squadra l'anno precedente si erano diplomate e le migliori cinque della squadra giovanile sarebbero passate in prima squadra. In tutto i posti erano dodici, ma di fatto era ovvio a chi sarebbero stati assegnati.

Ogni volta che l'allenatore chiamava un nome, Brittany lanciava uno strillo e abbracciava la ragazza come se entrambe avessero vinto alla lotteria.

L'allenatore pronunciò otto nomi in ordine alfabetico, poi arrivò al punto in cui avrebbe dovuto chiamare il mio.

Invece ne disse un altro.

Feci un mezzo passo avanti, con una protesta che mi saliva in gola.

Non reagire, mi ordinò la mente.

Mi fermai una frazione di secondo prima di parlare. Decisi di aspettare, di vedere come si sarebbero messe le cose. Se Brittany, la signora Davis e l'allenatore Franklin (che secondo me era mezzo innamorato della signora Davis, a giudicare dal modo in cui continuava a guardarla di nascosto) stavano cercando di tagliarmi fuori dalla squadra, avrei trovato un modo per oppormi. Non potevo farlo lì, sola contro tutti.

L'allenatore chiamò il decimo nome. La ragazza accanto a me si voltò a fissarmi. Non capii se era innocente o sapeva del complotto. Era una di quelle che passavano di categoria, il che significava che forse Brittany non ave-

va ancora affondato gli artigli dentro di lei, ma per stare sul sicuro evitai il suo sguardo e mantenni il viso inespressivo.

Ci stavamo avvicinando alla fine dell'alfabeto. L'allenatore annunciò l'undicesimo nome. Non era il mio. Lo strillo di Brittany sembrò ancora più forte.

Mi bruciavano le guance in un modo che non aveva nulla a che fare con il sole. Sentii alcune ragazze mormorare, ma non ero abbastanza vicina per capire cosa stessero dicendo.

L'allenatore sbatté la sua cartellina contro la gamba e ci spiegò che chiunque non fosse entrato in squadra sarebbe stato preso in considerazione come riserva. Disse alle ragazze della prima squadra di restare sedute. Tutti gli altri potevano andarsene.

Le ragazze che non ce l'avevano fatta raccolsero le loro cose e iniziarono a salire lungo le gradinate. Brittany inclinò il collo all'indietro e bevve un sorso dalla sua bottiglia d'acqua, guardandomi da sotto le ciglia.

Non intendevo ritirarmi in buon ordine. Se l'allenatore voleva tagliarmi fuori dalla squadra, doveva dirmelo chiaramente.

Una delle ragazze promosse in prima squadra, una tizia dall'aria gentile che portava gli occhiali e sorrideva molto, disse all'allenatore che aveva chiamato solo undici persone.

Lui cercò di fingersi sorpreso. Era un pessimo attore.

Controllò la sua cartellina e fece scorrere il dito sulla lista. Poi chiamò i nomi di tutte e dodici le componenti della squadra, e questa volta il mio nome era al posto giusto.

Per qualche motivo (forse Brittany o la signora Davis gli avevano raccontato delle bugie su di me) mi aveva giocato uno scherzo di cattivo gusto per farmi capire come stavano le cose. Era anche lui un mio nemico.

Ma dirti che in quel momento il mio corpo si rilassò non rende minimamente l'idea. Non ero un granché come studentessa (la mia dislessia, pur lieve, poteva rendere la lettura una fatica) e non sapevo cantare una melodia, suonare uno strumento o saltare gli ostacoli in pista. Essere una cheerleader era l'unica cosa che mi impediva di scendere al gradino più basso della scala sociale della scuola.

E mi teneva fuori casa tutti i pomeriggi, il che significava meno tempo da trascorrere con mia madre, la quale nelle ore tra il pranzo e la cena passava dall'allegria alla tristezza e infine alla cattiveria.

L'allenatore annunciò che saremmo andati tutti da Pizza Piazza, dove la mamma di Brittany ci avrebbe generosamente offerto la cena. La signora Davis si alzò in piedi e salutò come se fosse Miss America. Poi il signor Franklin disse che al ristorante avremmo eletto la capitana per quell'anno.

Non desideravo altro che rientrare nell'edificio della scuola e bere avidamente dell'acqua alla fontana, ma presi lo zaino e mi diressi al parcheggio insieme a tutti gli altri. La mamma di Brittany annunciò di avere posto per sei ragazze nel suo gigantesco SUV *che, ne sono quasi certa, era omologato per otto, mentre l'allenatore disse che poteva prenderne cinque nel suo pick-up.*

Ancora quel magico numero undici.

Sono sicuro che Brittany pensava di avermi fregato, ma a me non importava di essere quella in soprannumero. Timmy mi stava aspettando e dovevo accompagnarlo a casa prima di andare al ristorante.

Tirai fuori le chiavi della mia Dodge Dart dalla tasca interna dello zaino, poi mi misi al volante e guidai per meno di un chilometro fino alla scuola media. Timmy era sui gradini d'ingresso e leggeva un fumetto. Quando suonai il clacson, alzò lo sguardo con un grande sorriso.

Non si lamentava mai di nulla. Fisicamente assomigliava di più a nostra madre, ma dentro era nostro padre.

Salì sul sedile posteriore e gli chiesi com'era andata a scuola. A quanto pare, a pranzo aveva ricevuto delle crocchette di patate in più, il che era bastato a trasformare la sua giornata in una vittoria.

Poi gli dissi che dovevo uscire, ma che papà sarebbe tornato presto. Il suo sorriso scomparve. Gli spiegai che poteva stare in giardino finché non fosse rientrato papà. Rispose che andava bene e che non avrebbe fatto chiasso.

Guardai il suo profilo nello specchietto retrovisore. Stava crescendo, ma in fondo era ancora un bambino.

Quando arrivammo a casa, la macchina di mio padre era già nel vialetto. Feci un sospiro di sollievo e salutai Timmy mentre entrava dalla porta della cucina.

Non avevo nessuna voglia di andare a mangiare la pizza, tanto più che sarei arrivata con venti minuti di ritardo, ma avevo imparato a mie spese che una ritirata non faceva altro che rendere Brittany più aggressiva.

Quando entrai da Pizza Piazza, le ragazze erano sedute intorno a un lungo tavolo rettangolare, con l'allenatore Franklin a capotavola e la signora Davis alla sua destra. Brittany regnava sulla tavolata da un posto al centro. Quando mi avvicinai sentii la sua risata. Aveva posato lo zaino e la borsa sull'unica sedia non occupata. Sapevo che non li avrebbe spostati finché non glielo avessi chiesto almeno due volte.

Avevo caldo, ero stanca e avevo ancora tanta sete. L'ultima cosa che volevo fare era stare seduta lì per l'ora successiva, fingendo di sorridere e sopportando qualsiasi altra cosa Brittany e sua madre avessero in serbo per me. Sentii salire le lacrime e le ricacciai subito indietro.

Poi udii una voce bassa e sommessa che mi chiedeva se poteva aiutarmi. Mi voltai e mi ritrovai a guardare un ra-

gazzo poco più grande di me, forse sui diciannove anni. Era la copia perfetta di James Spader, l'attore di un film chiamato Sesso, bugie e videotape, *che avevo visto qualche tempo prima. La maggior parte delle ragazze della mia classe era ossessionata da James Van Der Beek o da Leonardo DiCaprio, ma James Spader era la mia cotta del momento.*

Probabilmente lo fissai a bocca aperta.

Si avvicinò, chiedendo di nuovo, con voce un po' più forte, se poteva aiutarmi.

E ti giuro, Catherine, che lo fece.

Quella sera, il cameriere dagli occhi gentili non si limitò ad aiutarmi. Mi salvò.

7

CATHERINE

Il Sunrise Senior Living è suddiviso in tre livelli: Assistenza giornaliera, Assistenza prolungata e Ala della Memoria.

Quando ho iniziato a lavorare qui, subito dopo il diploma, sono stata assegnata all'assistenza giornaliera. Le persone in questo reparto sono per lo più indipendenti, anche se alcune usano deambulatori o hanno bisogno di aiuto per vestirsi. Leggono libri a caratteri grandi, chiamano i nipoti con FaceTime e si invitano a vicenda per l'aperitivo. Qualcuno di loro guida ancora. Per quelli che non lo fanno, spesso uso il furgone del Sunrise, per portarli in un vicino centro commerciale, dove possono fare acquisti o pranzare.

Quando ho acquisito esperienza e mi sono avvicinata al conseguimento della laurea in infermieristica, sono passata al livello successivo, l'assistenza prolungata. Questi residenti hanno bisogno di aiuto per spostarsi da un letto all'altro e per la somministrazione di farmaci. Molti hanno perso coniugi e amici. Il loro mondo si sta inesorabilmente restringendo. Quando entravo nelle loro stanze, i loro volti s'illuminavano, anche se andavo solo per portare loro un bicchiere di integratore alimentare o per chiudere le tende.

Ho iniziato a lavorare nell'Ala della Memoria un anno fa. È tutto un altro universo.

Dopo aver lasciato mia madre da Sam's e aver raggiunto il Sunrise, prendo la borsa sul sedile posteriore che contiene due paia di calzini, un set di misurini impilabili, una bambola vestita con una tutina e il tesoro della mia ultima visita al mercatino dell'usato: un cd pressoché intatto di composizioni per pianoforte di Claude Debussy.

Attraverso l'atrio e saluto l'addetto alla reception; mostro il mio documento d'identità e uso il computer per registrarmi, poi mi dirigo verso lo spogliatoio dei dipendenti al pianterreno per indossare il camice extra che tengo lì. Lo spogliatoio è vuoto, ma nella cucina annessa c'è una pagnotta di pane dolce alla banana sul piano di lavoro, accanto a un biglietto con la parola *grazie* scritta in brillanti caratteri azzurri.

Oggi ho preso solo il caffè (il mio stomaco era troppo contorto prima dell'appuntamento con il neurologo per accettare cibi solidi) e quindi, anche se non ho ancora fame, mi avvicino, tolgo la pellicola dalla pagnotta e taglio una fetta. Se oggi devo lavorare, ho bisogno di energia.

Il biglietto è della figlia di un residente, che esprime il suo apprezzamento per il nostro aiuto nell'assistenza al padre.

Mangio la fetta senza quasi sentirne il sapore e incarto di nuovo il dolce. Mentre cerco di pensare a cosa fare dopo, la mia supervisora, Tin, entra dalla porta con una borsa del ghiaccio sulla fronte.

«Oh mio Dio, stai bene?»

«Solo una piccola botta.» Toglie il ghiaccio. «Come ti sembra?»

Scruto la sua pelle liscia. «Non vedo gonfiori. Che cosa è successo?» Tin va verso l'armadietto, trova il flacone di ibuprofene e ne manda giù due. «Il signor Baxter si è precipitato alla porta e io ho preso una botta in testa cercando di bloccarlo. Sto bene, ho solo bisogno di sedermi un po'. Adesso faccio la mia pausa pranzo.»

Le verso un bicchiere d'acqua e si sistema su una delle sedie che circondano il tavolo rotondo al centro della stanza. Oggi sono arrivata in anticipo anche per vedere Tin, ma non voglio metterle fretta.

Prima che io possa dire qualcosa, però, si acciglia. «Non dovresti iniziare più tardi?»

«Sì... In realtà speravo di beccarti.»

Tin deve percepire qualcosa nella mia voce. Il suo volto si addolcisce e mi fa cenno di sedermi.

«So di aver dato il preavviso... ma spero di poterlo ritirare. Ho bisogno di continuare a lavorare qui ancora per un po'.»

Lei sa tutto del mio progetto di trasferirmi a Baltimora. Quando cinque mesi fa ho iniziato a fare domande per un lavoro da infermiera, le ho chiesto delle referenze. L'offerta dall'Hopkins è arrivata rapidamente e Tin è stata la seconda persona a cui l'ho detto, dopo mia madre. Sa quanto ero entusiasta di trasferirmi in una nuova città e di costruire una vita completamente nuova, tutta mia.

Per fortuna, non ne parla. Spinge dietro un orecchio una ciocca di capelli neri e lucidi. «Quanto tempo vuoi restare?»

«Un paio d'anni. Ora che ho finito gli studi, speravo anche di fare qualche turno extra.»

Mia madre non si sente pronta per fare dei piani, ma una di noi ci deve pensare. Devo lavorare il più possibile adesso, perché quando la sua memoria diminuirà e le sue esigenze aumenteranno, non potrò farlo come oggi. E, senza lo stipendio di mia madre, il denaro sarà più scarso che mai.

Non so per quanto tempo potrà continuare a lavorare da Sam's. Il suo capo le darà un po' di tregua, perché è una lavoratrice affidabile, ma non sarà contento quando dimenticherà gli ordini per la colazione e non farà pagare ai clienti le cose che si è scordata di aggiungere al conto.

Dobbiamo accumulare denaro finché possiamo.

«Catherine, va tutto bene? È una cosa così improvvisa. Non dovevi trasferirti tra una decina di giorni?»

Interrompo i miei pensieri e la guardo. «Sì. È per mia madre... è malata.»

«Oh, no. Mi dispiace tanto.»

Sembra in attesa che io continui, ma non ce la faccio.

Finalmente rompe il silenzio. «Rimani quanto vuoi. Il mese prossimo posso metterti a tempo pieno.»

Annuisco vigorosamente, sperando che il gesto trasmetta la mia gratitudine, poi mi alzo e spazzo via le briciole dal bancone.

Tin è una delle persone che ammiro di più al mondo. Ha solo cinque anni più di me, ma ha due master e dirige uno staff di una dozzina di infermieri, assistenti e volontari. Ha molta esperienza nel confortare familiari sconvolti e segue alcuni dei casi più difficili nell'Ala della Memoria.

Se dovessi scegliere una persona con cui parlare di ciò che sta affrontando mia madre, sarebbe lei.

Ma non posso, non ancora.

Non solo perché la consapevolezza di ciò che mia madre diventerà è così opprimente che ancora non riesco a comprenderla in pieno.

No. C'è anche questo: Tin capirà immediatamente, come ho fatto io, che la malattia incurabile che ha attraversato almeno una generazione della mia famiglia, da mia nonna a mia madre, potrebbe essere in attesa di colpire di nuovo.

La prossima volta potrebbe toccare a me.

Tin mi dice che oggi posso iniziare a lavorare prima, un'altra gentilezza. Raccolgo la mia borsa di cianfrusaglie e mi dirigo verso l'ascensore.

La destinazione della maggior parte dei visitatori e dei dipendenti sono i primi quattro piani.

Il mio è il quinto.

Ci può salire chiunque, ma una volta fuori dall'ascensore si possono percorrere solo pochi metri, prima di incontrare una porta chiusa con un tastierino numerico. Sopra di essa, l'occhio rosso e lampeggiante di una telecamera indica che ogni tua mossa è osservata.

Dall'esterno, l'ingresso è ben visibile, con il pomello argentato che contrasta con il beige della porta.

All'interno, la storia è diversa.

Inserisco il mio codice e aspetto. Quando la serratura scatta, apro la porta di qualche centimetro, controllo che non ci sia nessuno dall'altra parte, poi entro e aspetto che si chiuda alle mie spalle.

Sono nell'Ala della Memoria.

La parete da questo lato della porta è tutta blu e la porta è della stessa tonalità, compresi pomello e cerniere. Nessun cartello indica che questa è l'uscita. C'è un tastierino, ma è dipinto di blu per mimetizzarsi, e i numeri sono confusi e ce ne sono alcuni scritti al contrario.

Il tutto per rendere quasi impossibile lasciare il piano, per chi non sappia esattamente come fare.

Mentre mi muovo lungo il breve corridoio, sento una voce di donna: «Qualcuno può chiamarmi un fattorino?»

Giro l'angolo e mi trovo davanti la signora Dennison, in giacca di broccato nero e oro su pantaloni elasticizzati. I capelli argentati sono tagliati a caschetto (la figlia la porta dal parrucchiere ogni due settimane) e il suo viso s'illumina quando mi vede.

«Signorina, può aiutarmi? Sto cercando un fattorino che porti giù i nostri bagagli.»

«Oh, al check-out manca ancora un'ora» rispondo. «L'accompagno nella nostra sala d'attesa executive, dove potrà gustare una bevanda gratuita e qualche snack.»

«Ottima idea, cara. Devo solo andare a dirlo a mio marito.» Mi permette di prenderla sottobraccio e di condurla verso la sala comune.

«Io e Frank abbiamo trascorso un bel soggiorno qui. Assolutamente delizioso.»

«Mi fa piacere sentirlo.»

Gira la testa. «Dov'è andato Frank?»

Quando è arrivata per la prima volta nell'Ala della Memoria e ha chiesto di suo marito, sua figlia le ha spiegato che Frank era morto sei mesi prima. Dalla sua espressione sofferta e stanca, si trattava chiaramente di una conversazione che avevano già avuto molte volte.

Ma per la signora Dennison era come se glielo avesse detto per la prima volta. «Oh no!» Il suo volto si è contratto in una smorfia. «Cosa è successo al mio Frank?»

Era completamente sconvolta, gemeva e tremava. Poi la sua memoria a breve termine si è cancellata e ha ricominciato: «Dov'è Frank?»

Un giorno Tin ha suggerito alla figlia della signora Dennison di far credere alla madre che il padre fosse ancora vivo; per me è stato un bellissimo momento. Un gesto di pura gentilezza nei confronti di quella donna.

«Ma mia madre detesta le bugie!» ha sulle prime protestato la figlia. «Per tutta la vita ha sempre preteso che le dicessi la verità!»

Tin ha tenuto duro, convincendola, infine. Ora, per quanto riguarda la signora Dennison, il suo amato Frank è sempre in una stanza vicina.

In attesa di riunirsi con suo marito, lei passa il tempo

prendendo lezioni d'arte, facendo passeggiate sorvegliate in giardino e ascoltando musica. La sera, quando la mettiamo a letto, crede che Frank sia in bagno.

È quasi un miracolo che il suo cervello danneggiato permetta a questo ologramma di Frank di librarsi nelle vicinanze. L'Alzheimer ha rubato molto alla signora Dennison e non ha ancora finito di saccheggiare. È una malattia vorace e diabolica, così astuta che, nonostante gli oltre tre miliardi di dollari all'anno dedicati alla ricerca, nessuno riesce a trovare una cura o un modo per rallentarne la progressione.

I miei corsi di infermieristica mi hanno insegnato a tracciare il suo percorso distruttivo. In genere colpisce prima l'ippocampo, la regione della mente che è la stazione centrale della memoria. I suoi tentacoli continuano a estendersi, devastando le aree intricate e infinitamente delicate che regolano le emozioni, i movimenti e la capacità di svolgere compiti semplici, come usare una forchetta.

Nelle autopsie, anche il tessuto cerebrale di chi ha il morbo di Alzheimer appare confuso, come se una mano mostruosa fosse intervenuta a scombinare le carte.

Sistemo la signora Dennison su una poltrona morbida vicino alla finestra della sala comune, con una tazza di tè caldo a fianco, poi mi avvicino al signor Gray, che ha un cestino di plastica sulle ginocchia. Prendo i calzini dalla mia borsa e li aggiungo alla decina di paia nel suo cesto.

«C'è tanto bucato da fare» borbotta.

Quando il signor Gray si agita, cosa che accade poche volte al giorno, tiriamo fuori il cestino dei calzini. Abbinare le paia di calzini non è un tonico per tutti i pazienti, ma lavorare su un compito concreto aiuta il signor Gray a concentrarsi. Prima di venire qui, era un ingegnere elettronico specializzato nelle applicazioni del radon. Suo figlio una volta mi ha detto che su quasi tutto ciò che l'uomo manda nello spazio c'è l'impronta del signor Gray.

Lo guardo ora, con la lingua all'angolo della bocca, mentre si sforza di cercare un compagno per il tubolare a righe rosa e blu che ha in mano. Poi distribuisco le altre cose, mettendo i misurini nel cestino delle cianfrusaglie e sistemando la bambola di plastica in una culla giocattolo in un angolo.

Conservo il cd di Debussy per quando cala il sole.

Per l'arrivo del crepuscolo.

Rimango un attimo sulla porta, osservando la scena davanti a me con occhi nuovi. I residenti in questa stanza sono tra i più tranquilli. Nessuno urla imprecazioni o cerca di palpeggiarmi o di colpirmi.

È difficile prevedere come la malattia si manifesterà in un individuo. Non c'è modo di sapere che effetti avrà su mia madre.

Sento salire un conato e corro verso il bagno più vicino, riuscendo a malapena a raggiungere un box e a inginocchiarmi davanti al water, prima di vomitare il pane alla banana.

Mi alzo in piedi, con le gambe che mi tremano, e vado verso il lavandino. Mi sciacquo la bocca e mi lavo le mani, chiedendomi come farò a superare il resto del turno ora che ogni paziente che incontro ha il volto di mia madre.

Quando lei avrà bisogno di cure a tempo pieno, non potrò permettermi un posto bello come il Sunrise, che costa più di centomila dollari all'anno. Ho sentito storie su ciò che può accadere in alcune strutture economiche. A volte i pazienti vengono picchiati, riempiti di tranquillanti o lasciati a marcire nei loro letti.

Come posso relegarla a questo, pensando che lei ha dedicato tutta la sua vita a me? Fino a quando non ho iniziato a frequentare Ethan, mia madre e io non avevamo mai trascorso nemmeno una notte separate: non poteva permettersi di mandarmi in gita scolastica o di lasciarmi andare al mare sulle coste del New Jersey dopo il diploma, come la maggior parte dei miei compagni di classe. Ma la capivo. In fondo, gli unici vestiti che potevamo permetterci erano quelli usati e spesso la nostra cena era costituita dagli avanzi che mia madre riusciva a portare a casa dalla tavola calda. Finché non ho iniziato a lavorare a tempo pieno, non abbiamo mai avuto abbastanza soldi nemmeno per un telefono fisso, per non parlare dei cellulari.

Tutto quel tempo trascorso insieme ha prodotto un legame non comune tra noi. La mia prima parola è stata *mamma*. Lei conosce ogni mia fase, dalla bambina piccola che amava i dinosauri e che mangiava qualsiasi cosa purché fosse ricoperta di ketchup, alla lunatica quattordicenne che usava uno spesso eyeliner nero e ascoltava musica punk. Ci indichiamo a vicenda come unico contatto d'emergenza sui moduli che compiliamo.

Non voglio perderla, ma non posso battere la malattia che ha già reclamato mia nonna. Sono una formica sulla traiettoria di un tir.

Mi sento trascinata in un vortice. Le vertigini mi assalgono e il tremore alle gambe si irradia in tutto il corpo.

Chiudo gli occhi e afferro il bordo freddo e duro del lavandino, lottando per allontanare la mente dall'abisso.

Non posso salvare mia madre, quindi devo trovare un modo per tenerla a casa, dove starà più comoda. Alla fine avrò bisogno di qualcuno che si occupi di lei mentre io lavoro. Ma le uniche persone che si offrono volontarie per compiti del genere sono i familiari, e noi non ne abbiamo.

Mi viene un'idea. È una flebile speranza: nulla che

possa risolvere la situazione, ma qualcosa che potrebbe farci guadagnare un po' di tempo.

Lei cercherebbe di fermarmi se lo sapesse. Quindi non glielo dirò.

Mi ha tenuto nascoste molte cose – la morte di sua madre per Alzheimer precoce, il fatto che i suoi sintomi siano iniziati quattro mesi fa – quindi mi sento in diritto di tenere un segreto anch'io.

Scoprirò tutto quello che posso su suo padre, suo fratello e i suoi amici. E persino sul suo ex fidanzato, l'uomo che considero il donatore di sperma che ha contribuito alla mia nascita. Ho già chiesto a mia madre dettagli sul suo passato, ma lei si è sempre rattristata o arrabbiata, rifiutandosi di parlarne. Ma ora ogni cosa è cambiata.

Tutti hanno allontanato mia madre dalla loro vita, ma è stato quasi venticinque anni fa. Le persone cambiano. Forse suo padre si è ammorbidito col tempo, soprattutto dopo la morte della moglie.

È un'ipotesi remota, ma è possibile che voglia riconciliarsi.

Forse ha i soldi per pagare qualcuno che si occupi di sua figlia mentre io lavoro. Forse vorrà farlo lui stesso.

Non credo ci siano buone possibilità.

Ma non ho altro a cui aggrapparmi.

8

RUTH

C'è un vecchio adagio che continua a tornarmi in mente: gli occhi sono le finestre dell'anima.

Alcuni pensano che sia stato William Shakespeare a inventare questa frase, mentre altri la attribuiscono alla Bibbia o a un poeta francese del XVI secolo. L'ho appreso leggendo una delle tesine di inglese del liceo di Catherine.

Ma la tesina tralasciava il punto più importante: chiunque l'abbia detto si sbagliava di grosso. A volte gli occhi non dicono nulla dell'anima di una persona.

Ecco la mia teoria: la vera finestra sull'anima di qualcun altro si trova solo all'interno della *tua* anima.

È quella vocina, quel formicolio, quel sesto senso o, come mi piace pensare, una bussola che indica il vero nord delle persone. A volte la freccia della bussola viene portata fuori rotta dall'attrazione fisica, dall'alcol o, soprattutto quando si è adolescenti, dalle opinioni degli amici. Più spesso, però, ci convinciamo di averla letta male.

La bussola cerca di guidarci, ma non può costringerci a seguire le sue indicazioni.

Catherine ha gli occhi di James.

Sono a metà tra il rotondo e l'ovale. Hanno la tonalità di un vecchio paio di jeans. Irradiano dolcezza e calma.

Ma non mi sono mai illusa che rivelino tutte le sfaccettature della sua anima.

C'è una cosa che Catherine fa quando ha sonno. Strofina i piedi tra loro, come se se li massaggiasse. Si muovono sempre più lentamente mentre le palpebre si abbassano, poi si fermano proprio nel momento in cui si addormenta.

James faceva esattamente la stessa cosa.

La prima volta che l'ho notato in Catherine, quando aveva due o tre anni, mi si è chiusa la gola e ho dovuto fingere di andare in bagno per potermi allontanare un minuto.

Non sapevo che fosse possibile trasmettere delle abitudini a una bambina che non hai mai conosciuto.

E questo mi fa pensare: cos'altro ha ereditato da James?

Sarebbe stato più facile dirle falsità sulla mia famiglia e su James, nel corso degli anni. Ma mi addolora mentirle.

Così ho resistito alle sue domande, mostrandomi ferma e irremovibile. Rifiutandole in blocco.

Anche se dovesse essere l'ultima cosa che faccio, terrò separati Catherine e gli orrori del mio passato.

Quando arriva l'autobus, mi alzo dalla panchina sotto la pensilina di vetro. Ho i piedi doloranti e un po' gonfi, come sempre alla fine del turno. Le porte si aprono e salgo a bordo, mostrando il mio pass.

Mi concentro sulla serata che mi aspetta. Faccio una doccia, mi cambio, preparo la cena e la metto in forno. In frigo c'è una confezione da sei di birra, ma non ne berrò più di una. Devo tenere la mente sgombra ed evitare che l'alcol mi sciolga la lingua.

So esattamente cosa sta facendo Catherine.

Io e lei condividiamo un account Amazon, perché tutti i nostri soldi finiscono in un unico conto. L'account però è a mio nome, perché l'ho creato io.

Pochi minuti fa ho ricevuto un'e-mail di conferma di un nuovo ordine.

Normalmente penserei che Catherine abbia comprato dei calzini o delle penne a sfera e andrei avanti con la mia giornata.

Ma nulla è normale in questo momento.

Sono entrata nell'account con il cellulare e ho cliccato sugli ordini recenti. L'acquisto di Catherine è apparso subito.

Si tratta di una sorta di diario, intitolato *Raccontami di te, mamma*. Catherine ha scelto la copertina rigida anziché la brossura.

Sembra contenga una specie di mappa per compilare un albero genealogico, con caselle vuote dove inserire i tuoi parenti vicini e lontani. Nelle pagine successive si prosegue con una lunga serie di domande che approfondiscono le fasi della vita dei tuoi familiari.

Sono riuscita a tirarmi fuori da alcune situazioni piuttosto difficili, ma non ho idea di come uscire da questa.

Sono talmente immersa nei miei pensieri che quasi mi perdo la fermata dell'autobus. Scendo e cammino verso il nostro appartamento, passando davanti al negozio che Catherine una volta ha paragonato al cappello di un mago. Quel piccolo spazio stracolmo riesce a evocare tutto ciò che i clienti desiderano, dai biglietti della lotteria, ai barattoli di ciliegie al maraschino, al latte di mandorla biologico.

Il proprietario è fuori e spazza il vialetto con colpi secchi e uniformi.

«Buon pomeriggio!» mi saluta.

Non rispondo. Ho la bocca talmente riarsa che non riesco a parlare.

Tic tac, *tic tac*, sembra scandire la scopa.

Anche dopo essermi allontanata a passo svelto, un'eco di quel rumore mi insegue. È un promemoria straziante. Per quanto cerchi di tenermi occupata o di oppormi, non posso sfuggire al fatto che il mio tempo sta scivolando via.

9

CATHERINE

Ecco ciò che so della storia di mia madre.

È nata Ruth Mary Sterling, il 2 agosto di quarantadue anni fa.

È cresciuta in Virginia, in un'area urbana che credo fosse più un sobborgo che una città, non lontano da Washington. I suoi genitori erano molto religiosi, lo si capisce dai nomi di battesimo biblici. Quando l'hanno cacciata di casa, si è trasferita in Pennsylvania perché era facile da raggiungere in autobus, e inoltre era andata a vedere la Liberty Bell una volta, durante una gita scolastica, e quel viaggio le era proprio piaciuto.

Mi ha dato alla luce a diciotto anni.

L'unico uomo che ha amato è stato il mio donatore di sperma, che le ha spezzato il cuore.

L'elenco di fatti è così scarno che stento a crederci.

Mia madre non mi ha mai detto i nomi dei suoi genitori, anche se glieli ho chiesti molte volte. Non ha messo in valigia nessuna fotografia, quando è stata cacciata di casa. Non mi ha mai indicato la sua città natale, né ha descritto i membri della sua famiglia allargata, né nominato la chiesa che immagino abbia frequentato per anni.

Non posso credere di non essere mai riuscita a farla aprire su nulla di tutto questo.

Non posso credere che la cosa non mi abbia mai preoccupata prima.

Ma forse non è colpa mia. Mia madre ha un caratteraccio. Non perde le staffe spesso ma, quando succede, è uno tsunami che scoppia quasi senza preavviso.

Le poche volte che mi sono spinta oltre i confini da lei tracciati, ho sentito la sua furia acquistare forza. E di solito scelgo di ritirarmi, piuttosto che affrontarla di petto.

Da bambina ho imparato che sfidarla non è conveniente. Ricordo ancora il modo in cui mi sgridava e i lividi che mi ha lasciato sul braccio quando una volta l'ho affrontata mentre eravamo sul ciglio della strada.

Ora mi siedo di fronte a lei, al nostro tavolo con un cartoncino piegato infilato sotto la gamba traballante, inalando il delizioso aroma di salsa di pomodoro piccante e pasta al forno.

Mia madre stava ascoltando musica quando sono entrata in casa dopo l'incontro con Tin e non l'ha spenta quando ci siamo sedute a tavola. Allegre canzoni pop riempiono il silenzio tra noi, ostacolando i miei piani di una conversazione seria.

È come se intuisse le mie intenzioni e cercasse di bloccarmi.

«Sono un po' stanca.» Allunga le braccia sopra la testa. «Penso che andrò a letto presto.»

Il mio obiettivo per questa sera è estrarre un nuovo dettaglio del suo passato. Anche uno piccolissimo.

Afferro il coltello e taglio gli strati caldi e ricchi di formaggio della pizza lasagna, poi me ne servo un altro quadrato.

«Vuoi il bis?» le domando. Lei scuote la testa.

Ho pianificato meticolosamente il mio approccio. Piuttosto che cercare di perforare la corazza che mia madre ha eretto intorno ai suoi primi anni, cercherò un'apertura nella sua adolescenza.

La canzone successiva della sua playlist mi fornisce l'ispirazione che cerco. Si tratta di *Everybody* dei Backstreet Boys. Erano famosi negli anni Novanta, quindi probabilmente il brano è uscito quando mia madre frequentava il liceo.

Per lei è impossibile stare ferma quando ascolta una canzone che ama. Onde delicate sembrano scuotere il suo corpo a tempo di musica. Noi due abbiamo gusti musicali molto diversi. Quando ero adolescente, sospiravo in modo teatrale e cercavo di cambiare la stazione radio nella Bonneville quando suonavano i Rem o i Boyz II Men. A volte vincevo io, a volte lei.

Ma la memoria funziona in modo strano. So che ci sono state decine, forse addirittura centinaia di volte in cui abbiamo ingaggiato questa finta battaglia. Quando vincevo, giravo la manopola cercando qualcosa di Adele o Taylor Swift.

Cosa succedeva quando vinceva mia madre?

Suppongo che ondeggiasse a ritmo di musica, come sta facendo ora, e forse cantava sottovoce. Ma io non ci facevo caso. Di solito aprivo un libro o guardavo fuori dal finestrino e mi perdevo in un sogno a occhi aperti.

Il nostro cervello forma ricordi in continuazione, dal momento in cui ci svegliamo fino a quando ci addormentiamo. Ma non tutti intercettano davvero la nostra attenzione, conservandosi per sempre. La carica emotiva che accompagna un ricordo ci aiuta a iscriverlo nella nostra memoria a lungo termine.

È per questo che la maggior parte di noi riesce a ricordare i particolari della cena del Ringraziamento di un anno fa, ma non riesce a evocare un solo istante di un pranzo della settimana scorsa.

Non ho prestato attenzione al piacere con cui si godeva le sue canzoni preferite in passato, e quei ricordi sono svaniti.

Perciò ora presto molta attenzione.

Il suo viso sembra più morbido di qualche minuto fa e i suoi occhi sono distanti. Non è qui con me adesso, a vivere questo momento. Sta rivivendo un momento del passato, ne sono certa.

Forse questa canzone è stata suonata a un ballo della scuola. Forse indossava un bel vestito e un braccialetto floreale e ha sorriso al ragazzo che le ha aperto la portiera dell'auto e l'ha accompagnata al ballo. O forse è rimasta a casa a piangere perché nessuno l'aveva invitata.

Perché non mi fa entrare nel suo passato?

Tra circa un anno non potrò più creare nuovi ricordi con lei. Mi spezza il cuore sapere che non condividerà quelli di cui è l'unica proprietaria.

Non mi rendo conto che le lacrime mi stanno rigando le guance, finché mia madre assume un'aria sconvolta.

«Oh, tesoro, no.»

Mi porge il tovagliolo di carta, ma nel giro di pochi secondi è inzuppato e non serve più. Non riesco a smettere di singhiozzare. Le mie spalle si sollevano e tutto il mio corpo è scosso da ondate di tristezza.

Mia madre è seduta esattamente di fronte a me, ma mi manca già così tanto che non riesco a sopportarlo e vado in iperventilazione.

In un attimo è al mio fianco, mi circonda con un braccio e cerca di calmarmi. «Cosa posso fare?» mi chiede.

Inspiro con un brivido. Non avevo previsto di sentirmi così, ma mi aggrappo a quell'apertura, anche se non so se sto cercando indizi o semplicemente un pezzo di mia madre a cui aggrapparmi.

«Raccontami qualcosa di te. Di quando eri ragazza.»

Sospira e torna a sedersi. Vedo che lotta con sé stessa. Vuole lenire il mio dolore, ma non è facile per lei.

Aspetto in silenzio, senza interrompere i suoi calcoli mentali.

«Ti ho mai detto che ero nella squadra di cheerleader al liceo? Ballavamo questa canzone.»

La rivelazione fa evaporare le mie lacrime. Vengono sostituite dalla visione di mia madre in uniforme, che balla sul campo da football durante l'intervallo. Ma ho bisogno di qualcosa di più. Ho bisogno di dipingere la mia immagine mentale della scena, per fissare nel cervello qualcosa di molto simile al suo ricordo.

«Com'era la tua uniforme? Avevi i capelli lunghi?»

«I miei capelli arrivavano quasi alla vita. Ma li legavo con un doppio elastico per gli allenamenti e le partite. Gli elastici erano coordinati con la mia uniforme blu e oro: gonna corta e gilet.»

Aiuta. Ma non è sufficiente.

Lei mi osserva con la stessa attenzione con cui io la stavo studiando solo poco fa. «Vuoi vedere la mia routine?»

So esattamente cosa sta facendo. Quando ero piccola, la imploravo di ballare come J.Lo e le Fly Girls. Era brava come loro, ma i movimenti fluidi e sexy accostati alla sua uniforme da cameriera o al pigiama mi facevano sempre piegare in due dalle risate.

Ora si alza, con una tuta grigia e una delle mie vecchie magliette del college, e si lancia nella sua danza coreografica, alzando le gambe e cantando insieme ai Backstreet Boys.

È meraviglioso e ridicolo e magico. La vedo sul campo

da football, in uniforme blu e oro, che si muove a ritmo di musica davanti a una folla esultante.

Le mie lacrime si sono completamente asciugate. Ora sono con la versione giovane e quella adulta di mia madre e le vedo incastrarsi come pezzi di una matrioska.

«Sei una pessima cantante!» urlo.

Lei sorride e canta più forte. Poi me ne accorgo.

Non sta cantando il testo esatto della canzone. Le parole sono diverse:

Are we original?
Are we the champions?
Are we the Panthers?

Un secondo dopo vedo un lampo di consapevolezza nei suoi occhi.

Fa oscillare ancora una volta i suoi pompon immaginari, poi torna a sedersi, anche se la canzone non è ancora finita.

«Devo fare un po' di stretching prima di riprovarci.» Ride, ma in modo forzato. «Probabilmente mi sono stirata un tendine.»

Evita il mio sguardo.

«Mamma.»

«Ehi, hai del bucato da fare? Posso caricare la lavatrice prima di andare a letto.»

«No, sono a posto. Ma...»

Ha un sussulto. Abbasso lo sguardo e vedo il sangue rosso che le cola dall'indice. Ha in mano il coltello affilato. Non avevo nemmeno notato che si stava tagliando un'altra porzione.

«Merda!»

«Non muoverti!» Mi alzo di scatto e corro verso il rotolo di carta assorbente, strappandone alcuni fogli. Un secondo dopo sono di nuovo al suo fianco, a premere sulla ferita.

«Devo darci un'occhiata.»

Annuisce e distoglie lo sguardo, mentre io sollevo il batuffolo di carta assorbente.

«Non è profondo. Non c'è bisogno di punti. Aspetta, fammi prendere il disinfettante e un cerotto.»

Li trovo entrambi nell'armadietto dei medicinali in bagno e mi affretto a tornare al suo fianco. In pochi minuti l'emorragia si è fermata e il taglio è stato pulito e coperto.

Mia madre si alza e inizia a sparecchiare. La canzone dei Backstreet Boys è finita.

Il momento è passato.

Ma ho raccolto due nuovi dettagli sul suo passato e sono sufficienti a distogliere la mia mente dalla domanda che mi ha colpito come un martello mentre le fasciavo il dito: si è davvero tagliata per sviare la conversazione?

Ecco il particolare che ha offerto liberamente: i colori del suo liceo erano il blu e l'oro.

Ecco quello che non voleva che io sapessi: la mascotte era una pantera.

10

RUTH

Ho puntato la sveglia alle cinque perché domani mattina mi tocca il turno d'apertura. Quando il primo cliente varcherà la porta, avrò già preparato quattro bricchi di caffè, tre normali e uno decaffeinato, e li avrò sistemati sulle piastre per tenerli in caldo mentre il cuoco frigge il bacon e prepara la pastella per i pancake.

Mi perderò nella frenesia della mattina.

Le parole mi risuonano in mente: mi perderò.

Le allontano e bevo un lungo sorso dalla seconda bottiglia di birra che mi sono portata in camera da letto.

Stasera ho abbassato la guardia per un momento. Un piccolo errore. Ma conoscere il nome della mascotte del mio liceo non significa che Catherine riuscirà ad avvicinarsi alla mia famiglia, ai miei vecchi amici o a James.

Gliel'ho letto negli occhi, nel momento in cui ha afferrato quel particolare, stringendolo trionfante come una giocatrice di baseball stringerebbe la palla appena intercettata: ha fame di altri dettagli della mia storia.

Forse dovrò rivelarle qualcosa in più, ma devo stare attenta. Non voglio dovermi tagliare un altro dito per distogliere la sua attenzione.

Prendo il flacone di lozione sul mio comodino e ne

spalmo un po' sull'avambraccio, sfiorando con la punta delle dita il vecchio e lucido lembo di tessuto cicatriziale tra il polso e il gomito sinistro.

Proprio quando inizio a tirare giù le coperte, bussano alla porta. Per un attimo penso di mettermi a letto e fingere di dormire. Ma Catherine sa che non dormo molto. È una delle cose di cui ho imparato a fare a meno da mamma single. Bussa di nuovo e socchiude la porta.

«Mamma?»

«Entra pure.»

«Non avevi detto che avresti fatto il bucato stasera?»

«Oops. Me ne sono dimenticata.»

Queste ultime due parole rimangono per un attimo sospese tra noi.

«Volevo parlarti per programmare una risonanza magnetica e una PET.»

La risonanza magnetica può escludere cose come i tumori cerebrali e la PET può aiutare a diagnosticare l'Alzheimer. Il dottor Chen mi ha suggerito di fare entrambe le cose, ma credevo che io e Catherine fossimo sulla stessa lunghezza d'onda: non c'è bisogno di altri esami.

Bevo un altro sorso di birra prima di rispondere. «A cosa servirebbe?»

«E se si trattasse di qualcos'altro? Qualcosa che può essere curato?»

«Le mie analisi del sangue sono chiare. Ho fatto una mammografia due mesi fa e un check-up completo due settimane fa. Il dottor Chen ritiene che si tratti di Alzheimer. La mia storia familiare è già una diagnosi.»

«Ma...»

Avete presente la differenza tra l'acqua che si scalda lentamente in una pentola sul fornello e quella che diventa rovente in pochi istanti in un bollitore?

Il mio temperamento funziona come un bollitore.

«Non farmi pressioni, Catherine Sterling. Quegli esami ci costeranno migliaia di dollari. Che non abbiamo! Credi che voglia lottare contro la nostra assicurazione come ho fatto quando sei stata ricoverata con la mononucleosi, e poi dover fare i doppi turni per mesi per pagare la fattura? Credi che voglia altri medici che mi esaminano per poi concludere che non possono fare nulla?»

Si ritira, indietreggiando verso la porta. A volte la rabbia ha la sua utilità.

Il fatto è che in questo momento non ce l'ho realmente con lei. Ce l'ho solo con me stessa. È colpa dei miei geni marci. Li ho ereditati da mia madre e lei dalla sua. La furia sembra essere l'eredità trasmessa alle donne della nostra famiglia.

«Scusami.» Esalo un respiro lungo e lento. «È stata una giornata difficile.»

Lei annuisce. «È un eufemismo.»

«Facciamo passare un po' di tempo prima di prendere qualsiasi decisione, va bene?»

Catherine esita, poi annuisce di nuovo. «Buonanotte, mammina.»

Erano anni che non mi chiamava così. Sono felice che chiuda in fretta la porta perché non riesco più a trattenere le lacrime.

La birra non è abbastanza, stasera. Metto giù la bottiglia, mi avvicino al comò e apro il primo cassetto. Il flacone di ansiolitico con le sue pillole bianche e amare è in fondo. Ne ingoio una, facendo una smorfia per il retrogusto.

Ci vorrà un po' di tempo prima che l'ansiolitico rilassi i muscoli abbastanza da permettermi di dormire.

Torno a letto e tiro fuori il quaderno verde che ho infilato nella mia grande borsa a tracolla quando sono uscita da Sam's. Ho risvegliato la mia memoria muscolare eseguendo la mia vecchia routine da ragazza pompon, e ora anche la mia mente vortica d'immagini di quel tempo lontano. Sono presa dal bisogno di continuare a scrivere la mia storia per Catherine.

Un giorno potrebbe salvarle la vita.

Quella sera al Pizza Piazza, James sembrò capire cosa stesse succedendo con Brittany prima ancora che io mi sedessi.

Gli outsider sono così. Afferriamo rapidamente le situazioni perché dobbiamo valutare se e quando le persone potrebbero rivoltarsi contro di noi. E riusciamo sempre a riconoscerci a vicenda come alleati.

Molti ragazzi della mia scuola avevano una spavalderia che sembrava finta.

Si azzuffavano, si rivolgevano insulti che non ripeterò qui e si pavoneggiavano lungo il corridoio mentre tutti gli altri si scansavano. Gli atleti erano i peggiori, probabilmente perché venivano trattati come divinità. Prima di ogni partita i loro armadietti venivano decorati dai ragazzi più giovani e la colonna sonora di Rocky *risuonava dall'altoparlante della scuola quando entravano in campo.*

James non era come loro. Non era come nessun ragazzo della mia generazione che avessi mai conosciuto.

È difficile stabilire con esattezza in cosa fosse diverso, forse potrei dire che non era un bamboccio, né un ragazzo. Era un uomo.

La prima cosa che gli dissi fu che avrei ucciso per un bicchiere d'acqua.

Si mise a ridere e me ne portò uno così in fretta che mi ritrovò ancora in piedi dietro la sedia su cui Brittany aveva ammassato le sue cose, cercando di costringerla a notare la mia presenza.

James mi passò l'acqua. Le nostre dita si sfiorarono mentre la prendevo, e provai una sensazione deliziosa nel basso ventre. Ci aveva messo una sottile fetta di limone e del ghiaccio per raffreddarla. Lo fissai da sopra il bicchiere mentre bevevo.

Guardò la sedia, poi me, poi Brittany, che era nel bel mezzo di una drammatica ricostruzione di un incidente con l'arricciacapelli.

Le diede un colpetto sulla spalla. Lei sollevò l'indice senza guardarlo e continuò a parlare. James non fece una piega. Le disse che avrebbe solo spostato le sue cose, poi prese la borsa e lo zaino e li mise su una sedia del tavolo accanto.

Questo attirò l'attenzione di Brittany. Chiese con voce forte e seccata se poteva smettere di toccare le sue cose.

James fece finta di non aver sentito, il che era piuttosto divertente, se si considera che era esattamente quello che Brittany stava facendo con me. Avvicinò la sedia, producendo un suono stridente sul pavimento, e le disse che così poteva comunque tenere d'occhio le sue cose ma ora tutti i membri del nostro gruppo avevano spazio per sedersi.

La signora Davis doveva aver assistito all'intera scena, perché si alzò dal suo posto a capotavola, con gli occhi fiammeggianti. Si scagliò contro James, lamentandosi del suo comportamento.

Finii l'acqua e scivolai sulla sedia ormai libera, desiderando che James non avesse cercato di aiutarmi.

Lui fece il giro della tavolata e si fermò di fronte alla signora Davis. Con i tacchi, lei era alta quasi quanto lui. Sfoggiò un sorriso dolce, che avrei imparato ad amare.

Mi resi conto che quella donna non lo spaventava neanche un po'.

Impiegò solo un paio di minuti per calmare la signora Davis. Il bicchiere gratuito di chardonnay che le offrì fu d'aiuto.

Il ristorante doveva essere a corto di personale, perché James entrava e usciva continuamente dalla sala da pranzo, portando il conto ai tavoli, a volte i tovaglioli quando un bambino rovesciava qualcosa, riempiendo i bicchieri d'acqua rimasti vuoti. Rabboccò il mio due volte, senza che glielo chiedessi.

Il cibo arrivò poco dopo. Il ristorante serviva una specie di pizza lasagna, ed è lì che mi è venuta l'idea di prepararla per te. Ho fatto finta di averla inventata io per motivi che capirai presto.

Abbassai la testa e mangiai mentre riflettevo sulla mia fortuna: ero riuscita a entrare nella squadra. Mio padre era a casa e avrebbe protetto Timmy per il resto della serata. Una delle ragazze arrivate dalla squadra giovanile, Rosie, quella con gli occhiali che aveva fatto notare che l'allenatore aveva chiamato solo undici nomi, sarebbe potuta diventare mia amica, o almeno una persona con cui parlare durante gli allenamenti. L'unica cosa che sapevo di lei era che suo padre era morto d'infarto quando era piccola, e che sua sorella maggiore aveva abbandonato la scuola l'anno prima e aveva rischiato un'overdose. Anche la sua vita familiare non doveva essere facile. Non potevo evitare di sentire le frecciatine che Brittany mi lanciava, ma non le diedi la soddisfazione di reagire. Sono quasi certa che persino James, che stava sparecchiando un tavolo vicino, l'avesse sentita commentare con una risatina che non voleva una seconda porzione perché non era un maiale, proprio mentre io me ne servivo una terza.

Proprio come me, James non reagì. Non in quel momento, almeno.

Il signor Franklin si alzò, appallottolò il tovagliolo unto e pieno di macchie arancioni e lo gettò nel piatto. Aveva le spalle larghe e i capelli castani arruffati, e alcune ragazze lo trovavano carino, ma a me sembrava che si sforzasse troppo di essere giovanile, con le sue magliette sbiadite di Bruce Springsteen e la chitarra autografata da Eric Clapton che teneva in una teca di vetro nel suo ufficio.

Disse che era il momento di eleggere la capitana della squadra e la signora Davis fece il giro della tavolata distribuendo foglietti di carta e penne. Tutti i fogli avevano in cima il logo Davis & Libertelli. Il padre di Brittany era il socio fondatore dello studio legale che era il nostro principale sponsor.

Le donne della famiglia Davis non brillavano per sottigliezza. L'allenatore ci disse di scrivere il nome della ragazza che credevamo dovesse rappresentarci come capitana quell'anno, poi di ripiegare i fogli e di passarli a lui.

Nel silenzio che si era creato, tutti sentirono Brittany che sussurrava alla ragazza accanto a lei, chiedendole se non sentiva un odore un po' strano, lanciando allo stesso tempo un'occhiata allusiva nella mia direzione. Entrambe risero in quel modo tipico delle ragazze cattive: è un'arte, sul serio. Combina senso di superiorità e malizia con un pizzico di esclusività.

Era strano pensare che solo pochi anni prima avevamo imparato insieme a farci la treccia alla francese, mentre bevevamo i nostri primi sorsi di vodka da una bottiglietta mignon che avevo rubato dalla scorta di mia madre: lei ne infilava sempre una in borsa quando usciva a fare le commissioni.

Il signor Franklin iniziò ad accumulare i voti davanti a sé, mentre io fissavo il mio foglio bianco.

Non so cosa mi spinse a farlo. Forse fu perché Brittany si coprì la bocca con una mano ed emise piccoli grugniti. Ero consapevole di aver messo su cinque chili durante l'estate e lei voleva assicurarsi che anche gli altri lo sapessero. O forse fu perché alzai il viso, vidi gli occhi di James fissi su di me e presi coraggio dal suo sguardo fermo.

Decisi di smettere di sforzarmi di essere invisibile.

Scrissi il mio nome. Senza nemmeno mascherare la mia calligrafia. Strappai il foglio dal blocco, lo accartocciai e lo gettai sul tavolo, poi bevvi un altro lungo sorso di acqua fredda e deliziosa, finendo il mio terzo bicchiere.

Quando tutti i fogli furono impilati davanti all'allenatore, lui li mescolò. La signora Davis sedeva con la penna in mano, pronta ad annotare i risultati.

Il signor Franklin prese il primo foglio e lo aprì, annunciando il nome Brittany.

Ci furono alcuni strilli eccitati. Brittany scosse i capelli e sorrise. Il secondo voto fu per Brittany, ovviamente.

E il terzo.

Ma i due successivi erano per me. Mi cadde quasi la forchetta di mano.

Un voto sapevo che sarebbe arrivato. Ma qualcun altro aveva scritto il mio nome? Mi guardai intorno. Brittany e le sue amiche sembravano scioccate quanto me.

L'allenatore prese un altro foglio di carta piegato. Un altro voto per Brittany, il quarto. Poi un altro per me. E un altro ancora.

Con i due terzi dei voti scrutinati, eravamo in parità con quattro voti a testa.

Sentivo la tensione salire come fumo intorno al nostro tavolo. Le conversazioni cessarono. Tutti guardarono l'allenatore mentre scartava il nono voto. Trattenni il respiro.

Chiamò il mio nome. Qualcuno sussultò. Forse ero io.

Su dodici voti, io ne avevo ottenuti cinque e Brittany quattro. Mi stavano incastrando?

Se si trattava di un'altra umiliazione pianificata, Brittany era un passo avanti a me. Non avevo idea di cosa potesse guadagnarci. Voleva disperatamente quel ruolo. La capitana ci guidava dentro e fuori dal campo per lo spettacolo dell'intervallo e stava in prima fila davanti alla squa-

dra durante alcuni esercizi. Lei non avrebbe mai rinunciato spontaneamente a trovarsi sotto i riflettori.

C'era solo un'altra possibilità che mi veniva in mente: alcune ragazze si stavano ribellando a Brittany. Stavano cercando di spodestare la regina. Forse le aveva punte troppe volte con le sue frecciate, o forse si erano stufate delle sue regole.

L'allenatore aprì il foglio successivo. Aveva smesso di sorridere.

Il decimo voto andò a me. Un altro e sarei diventata capitano.

La signora Davis balzò in piedi e iniziò a dire qualcosa, poi si interruppe. Guardai dall'altra parte del tavolo e colsi un rapido sorriso sul volto di Rosie. Sembrava autentico.

Se tutte le ragazze della giovanile avessero votato per me, sarebbe bastato un solo voto da una della prima squadra...

Anche con tutta l'acqua che avevo bevuto, mi si seccò la bocca. Era davvero possibile che venissi eletta capitano?

Avrei lavorato duramente per meritarmi quell'onore. Avrei creato nuove routine, le migliori che la nostra squadra, anzi, qualsiasi squadra di liceali, avesse mai eseguito. Nei fine settimana avrei offerto un aiuto individuale a tutte le compagne di squadra che avessero avuto difficoltà a impararle.

L'allenatore Franklin era accigliato. La signora Davis si sedette di nuovo e batté la penna sul suo blocco. Il suo volto annunciava tempesta.

L'allenatore prese il foglio successivo e potei sentire il sollievo nella sua voce quando pronunciò il nome di Brittany.

Sul tavolo era rimasto un solo foglio. Lo prese.

Non ero sicura di cosa volessi di più, vincere o veder perdere Brittany.

Il sorriso che si allargò sul viso dell'allenatore mi fece capire che il voto era per Brittany prima ancora che lui chiamasse il suo nome.

Ma la signora Davis sembrava ancora furiosa. Era un pareggio, sei a sei.

Vidi l'allenatore avvicinarsi a lei e sussurrare qualcosa.

James si avvicinò a loro, in fondo al tavolo. Lo sentii proporre alla signora Davis un altro chardonnay offerto dalla casa.

Lei rispose ridacchiando che in realtà non avrebbe dovuto, perché doveva guidare. James promise di darle mezzo bicchiere e lei sbatté gli occhi, dicendo che così non poteva rifiutare.

Poi chiese un tè freddo con limone extra e due bustine di dolcificante a parte.

Anche prima che la nostra città avesse uno Starbucks, la signora Davis aveva perfezionato l'arte di ordinare bevande.

Intorno a me le ragazze mormoravano. Non c'era mai stato un pareggio per la carica di capitano, almeno negli anni in cui ero stata in squadra.

La voce roboante del signor Franklin fece calare il silenzio.

Disse che, in caso di parità, il voto decisivo spettava all'allenatore.

Mi caddero le braccia. Era ovvio che dovesse finire così. Cosa mi aveva fatto credere che avrei avuto una possibilità?

Poi annunciò che chiaramente Brittany Davis era il tipo di ragazza da cui tutti volevano essere rappresentati.

La signora Davis era raggiante e giunse i polpastrelli delle dita ben curate, fissando l'allenatore. Non guardai Brittany. Non avrei sopportato di vedere la sua espressione compiaciuta.

L'allenatore continuò a parlare, sostenendo che la nostra squadra aveva bisogno di qualcuno che fosse a suo agio nel presentare il nome Panthers al pubblico. Andare alle gare nazionali era un viaggio costoso, disse, e anche se avevamo un buono sponsor, alcune delle ragazze non avrebbero potuto permettersi le stanze d'albergo.

Io, per esempio.

La signora Davis gli sorrise e lui concluse dicendo che il nostro capitano doveva parlare la stessa lingua degli imprenditori a cui avremmo dovuto chiedere sostegno.

Ogni parola era come un paletto nel mio cuore. Non poteva semplicemente proclamare che Brittany aveva vinto?

No, doveva spiegare come mai io non ero adatta a diventare capitano: mia madre era un'alcolizzata e mio padre un semplice tuttofare, e tutto questo faceva di me un rifiuto della società.

Rosie abbassò lo sguardo e mi sembrò di vederla arrossire. La imbarazzava assistere alla mia umiliazione.

Volevo fuggire. No, quello che volevo fare davvero era scagliare la pesante teglia di pizza in testa al signor Franklin, poi afferrare Brittany per i suoi capelli da Barbie e sbatterle la faccia sul tavolo.

La rabbia mi bruciava dentro. Un ronzio mi riempì la testa.

Questa volta avevano esagerato, tutti e tre. Strinsi i pugni, iniziando a respirare più velocemente.

Poi qualcosa mi fece alzare lo sguardo.

Vidi James apparire con un vassoio con il vino e il tè freddo della signora Davis e una birra per il signor Franklin. I suoi occhi erano fissi su di me.

Non sapevo quanto avesse sentito del discorso dell'allenatore. Ma qualcosa doveva aver capito. Perché mentre fissava me, si chinò e sputò nel bicchiere del signor Franklin. Poi fece lo stesso con quello della signora Davis.

Quando portò le bevande al tavolo, mettendole davanti ai miei aguzzini con un gesto elegante, le lacrime di rabbia nei miei occhi erano sparite.

Non è che andasse meglio, ma avevo ripreso il controllo. La cena finì qualche minuto dopo, quando l'allenatore e la signora Davis ebbero vuotato i loro bicchieri.

James non era presente quando uscii, anche se sulla porta mi voltai un paio di volte a guardare.

Ma il pomeriggio successivo trovai un biglietto infilato nella fessura del mio armadietto, a scuola. Non era firmato, ma non era necessario. Sapevo chi aveva scritto quelle parole in uno stampatello preciso.

TI HO OSSERVATO. DOVRESTI ESSERE TU LA CAPITANA.

11

CATHERINE

Dopo una notte inquieta, mi sveglio ed esco dalla mia camera, sperando che la mamma abbia preparato una caffettiera prima di andare al lavoro.

Ma la macchina Mr. Coffee è pulita e vuota nella cucina buia. Riempio d'acqua il contenitore di vetro fino a metà e lo inserisco nel suo alloggio, poi apro l'armadietto per prendere la lattina di caffè solubile.

Accanto al caffè c'è un contenitore di cartone con delle uova.

Lo fisso per un attimo, poi lo prendo e apro le linguette. All'interno sono annidate quattro uova bianche. Ne tocco una. È a temperatura ambiente.

La mamma deve averle messe qui. Ormai potrebbero essere una fabbrica di salmonella.

Getto le uova nel bidone della spazzatura e il contenitore di cartone nella raccolta differenziata. Un uovo si rompe ed esce dal guscio.

Ho un capogiro e mi aggrappo al bordo del piano di lavoro.

Non ho ancora deciso se sottopormi al test per verificare se ho ereditato il gene dell'Alzheimer precoce. È una decisione mia, che mia madre non può negarmi. Se sarà necessario, pagherò io le spese.

Anche se avessi quel gene non sarei necessariamente condannata a una morte prematura. Ricercatori brillanti lavorano costantemente per trovare una cura. Potrebbero esserci, e ci saranno, tanti progressi nei prossimi decenni.

Ho i palmi delle mani sudati e i pensieri che corrono.

Il gorgoglio della caffettiera mi aiuta a tornare al presente. Mi avvicino con una tazza che, però, quasi mi cade di mano.

Il liquido nella cuccuma è trasparente.

Ho dimenticato di mettere il caffè nel filtro.

Mi sembra che il cuore stia per esplodere, mentre la mia mente cerca una spiegazione. Ero ovviamente distratta, chi non lo sarebbe stato, al mio posto? Non c'è alcun significato in quello che è appena successo. Il mio errore con il caffè non è un'eco di quello commesso da mia madre con le uova.

Tutti noi dimentichiamo dove abbiamo messo il cellulare, perdiamo il filo di un discorso e scordiamo alcune cose che ci eravamo ripromessi di prendere al supermercato, soprattutto quando abbiamo molti pensieri per la testa. Questi non sono segni di Alzheimer.

E se invece ci dimentichiamo di avere un cellulare dopo averlo usato quotidianamente per anni e ci perdiamo nel tragitto di un chilometro che ci riporta a casa dalla farmacia, anche se abbiamo percorso quella strada innumerevoli volte, come è successo a mia madre?

Questi possono essere segni di Alzheimer.

Se sono portatrice del gene, non si manifesterà prima di altri quindici o vent'anni, se sono fortunata.

Tuttavia, ci vuole un minuto buono prima che il mio battito rallenti fino a tornare normale.

Preparo il caffè e inalo il ricco aroma di nocciola che gocciola nella caffettiera. Mi dà energia ancora prima di bere un sorso.

Mi precipito in camera da letto e prendo un blocco giallo dal cassetto della scrivania. Poi vado al tavolo da pranzo con una tazza di caffè senza zucchero e mi siedo. Elenco i pochi fatti che conosco su mia madre e aggiungo i due nuovi dettagli che ho da poco scoperto.

Apro il portatile e comincio a cercare le scuole superiori che hanno per mascotte una pantera.

Un'ora dopo, la mia tazza è vuota e diverse pagine del mio blocco sono piene di indizi, tutti cancellati con tratti di penna. Ho fatto un giro su internet, cercando le pagine Facebook di varie scuole superiori, esaminando mappe dettagliate della Virginia e controllando persino i siti web sportivi che contengono le classifiche delle squadre di football scolastiche.

Se c'è una risposta chiara, mi sfugge.

L'urgenza di buttare la spazzatura mi assilla. Devo sbarazzarmi dell'uovo rotto, dei tovaglioli di carta insanguinati e delle altre prove di tutto ciò che è accaduto nelle ultime ventiquattro ore.

Infilo il mio bloc-notes nella libreria, incastrandolo tra due tomi rigidi di grandi dimensioni, e mi avvio verso la porta. Oggi mamma ha preso la macchina, quindi mi dirigo verso la fermata dell'autobus.

Mia madre odia le sorprese, ma io gliene farò una.

Andrò a trovarla al lavoro.

Sam's è una tavola calda molto luminosa, con sgabelli e sedie in acciaio cromato e pelle rossa, una fila di torte sotto cupole di vetro sul lungo bancone e menu laminati di grandi dimensioni con le immagini dei cibi offerti. Colazioni e dolci sono serviti tutto il giorno.

Una volta ho chiesto a mia madre chi mangiasse una fetta di torta la mattina presto. «I camionisti» ha risposto. «Per alcuni di loro, la mattina è la fine del turno e gradiscono un piccolo dessert prima di andare a letto.»

Mi siedo sull'autobus, spostandomi in avanti con il corpo mentre torno indietro nel tempo.

Quando ero piccola, i diversi ristoranti in cui lavorava mia madre mi sembravano luoghi magici. Portavo ai tavoli i menu rigidi e lucidi (più di una volta un cliente mi ha lasciato una mancia di un dollaro solo per aver svolto quel piccolo compito) o mi sedevo su uno sgabello, osservando i cuochi che si muovevano con la velocità di giocolieri professionisti mentre giravano gli hamburger e li decoravano con pomodori e lattuga, e imburravano fette di pane tostato con un solo perfetto colpo di coltello. A volte i cuochi mi passavano una pallina di gelato al cioccolato con sopra una nuvola di dolce panna montata.

Quando lo zucchero faceva effetto, ruotavo sullo sgabello finché non mi girava la testa o finché mia madre non se ne accorgeva.

Con il progredire della malattia, mia madre smetterà di venire da Sam's. Qualche mese dopo, dimenticherà di essere stata una cameriera.

Dopo qualche altro mese, dimenticherà chi sono io.

Affondo le unghie nei palmi delle mani. Il dolore distrae la mia mente e mi porta fuori dalla traiettoria di quell'onda scura e tumultuosa.

Qualche minuto dopo, l'autobus si ferma a pochi negozi di distanza da Sam's e scendo sul marciapiede.

Non vengo qui da almeno un anno, forse anche due.

Il ristorante è rimasto uguale. Si sente il rumore di decine di conversazioni, il tintinnio delle posate contro i piatti e la musica soft rock diffusa dagli altoparlanti. Tutti i tavoli sono pieni, ma trovo uno sgabello vuoto in fondo al bancone.

Mia madre non mi nota subito. Sta prendendo un'ordinazione da due donne nell'angolo opposto della sala. Non usa blocco e penna. Non lo fa mai per piccoli gruppi di persone.

Questo senz'altro dovrà cambiare.

Si allontana dal tavolo e si dirige verso il computer dove il personale di servizio inserisce le comande per i cuochi. Preme alcuni pulsanti, poi va alla finestra di servizio e prende da uno scaldavivande quello che sembra un sandwich bacon, lattuga e pomodoro e patatine fritte. Porta il piatto a un uomo al tavolo sei, poi va al tavolo otto. Non riesco a sentirla ma, dato che quei clienti hanno già ricevuto il cibo, probabilmente sta chiedendo loro se vogliono un altro po' d'acqua o di salsa piccante per le omelette.

Sembra avere il controllo delle sue facoltà. Nessuno nel ristorante pare agitato. Non vedo clienti che cercano di attirare la sua attenzione o che si accigliano davanti al conto.

Durante le fasi iniziali e intermedie, alcune persone affette da Alzheimer restano stabili per un po' di tempo. Altre hanno giorni buoni e giorni cattivi, e sospetto che oggi per mia madre sia una giornata buona. Ma anche se la progressione può prendere direzioni diverse, tutte le strade conducono sempre alla stessa miserevole fine.

«Catherine!»

Mi volto verso destra e mi trovo faccia a faccia con Melanie, un'altra cameriera, la più cara amica di mia madre.

Mi abbraccia. Ha l'odore che ha sempre mia madre quando torna a casa dal lavoro. La sua pelle ha il profumo della carne alla griglia che preparano in cucina.

Melanie mi è sempre piaciuta. Ha uno spazio tra gli

incisivi che fa sembrare il suo grande sorriso ancora più autentico, e la sua voce conserva un dolce accento del Sud.

«È una vita che non ci vediamo.» Si tira indietro per guardarmi, raggiante. «Congratulazioni per il diploma. Tua madre è molto orgogliosa.»

La ringrazio e mentre chiacchieriamo mi viene un'idea. Mia madre è ferocemente riservata. Non parlerà a Sam o a Melanie della sua diagnosi, almeno fino a quando non sarà assolutamente necessario. Quando faticherà a lavorare, quando non riuscirà a trovare la strada per la tavola calda e si perderà in giro, o rischierà di far scoppiare un incendio in cucina, o commetterà così tanti errori da scatenare continue proteste dei clienti, verrà direttamente licenziata.

Non permetterò che le cose arrivino a quel punto.

Ho bisogno che qualcuno la tenga d'occhio quando non ci sono. Avevo pensato di parlarne con Sam, ma lui può essere un po' scontroso. Anche se non conosco Melanie molto bene, visto che abita dall'altra parte della città e lei e mia madre si vedono circa una volta al mese in un bar a metà strada tra le loro case, lei rappresenta la mia migliore possibilità.

Sto per chiederle se può darmi il suo numero di cellulare perché vorrei parlarle di una questione privata, quando sento una mano sulla spalla.

Mi giro e vedo mia madre.

La sua reazione è opposta a quella di Melanie. È perplessa, e ostile.

«Cosa ci fai qui?»

Le rispondo con il tentativo di un sorriso: «Avevo voglia di patatine fritte».

La sua espressione mi dice che se non ci fosse Melanie userebbe un altro tono con me.

«Sei venuta fin qui per le patatine?»

«Che brava ragazza hai» interviene Melanie. «Ruth, posso coprirti io se vuoi prenderti una pausa.»

«Ho molti ordini da seguire. Grazie, comunque.»

Un cliente chiede il conto e Melanie si scusa per andare al suo tavolo.

«Patatine e tè freddo?» chiede mia madre.

Ho un rapido ricordo: siamo in un ristorante in cui mia madre lavorava molto tempo fa e lei mi sta servendo un bicchiere alto di tè freddo con dentro un lungo cucchiaino d'argento. Avrò avuto circa sei o sette anni. Il sapore era delizioso. Solo dopo seppi che l'aveva mescolato con la limonata.

Bevo ancora il mio tè freddo in quel modo, ma ora so che se lo voglio così devo ordinare un Arnold Palmer, tranne quando me lo offre mia madre, che lo sottintende.

Io e lei condividiamo un linguaggio tutto nostro, costruito nel corso degli anni. Diciamo «losto» invece di «arrosto», perché quando ero piccola non riuscivo proprio a pronunciarlo nel modo giusto, e alla fine il mio termine è stato preferito all'originale. «Rockamole» significa «guacamole» per lo stesso motivo. Chiunque parli troppo è un Darryl, perché una volta avevamo un vicino loquace con questo nome.

Tra un anno o due, anche la nostra lingua condivisa, unica e segreta, scomparirà.

Cerco di non pensarci: se mi concentro su tutto ciò che sto per perdere, perderò anche il momento presente.

E oggi ho una missione da portare a termine.

Mia madre arriva con le patatine e la bibita qualche minuto dopo, avvicinandomi una bottiglia di ketchup perché sa quanto mi piace.

Le patatine sono dorate e croccanti. Ma il piacere che di solito provo nell'addentarle oggi è quasi inesistente.

Tengo gli occhi puntati su Melanie, ma lei non si avvicina più al mio sgabello. Finalmente colgo l'occasione quando mia madre va a prendere un'ordinazione a un tavolo di otto persone. Probabilmente sono colleghi d'ufficio che lavorano in uno degli edifici di questa strada. Li saluta come se fossero clienti abituali.

Continuo a guardarla e allo stesso tempo cerco di attirare l'attenzione di Melanie. Quando finalmente si volta verso di me, le faccio cenno di avvicinarsi.

«Senti, ora non posso parlare ma devo dirti una cosa» sussurro. «Mia madre è malata...»

Mi si stringe la gola. Melanie sembra calma, imperturbabile anche di fronte alla peggiore delle notizie.

«Di che si tratta, tesoro?»

«Alzheimer. Esordio precoce. Il medico ne è abbastanza sicuro.» L'espressione di Melanie non cambia, ma i suoi occhi sì. «Sta cominciando a dimenticare le...»

Melanie mi mette una mano sul braccio. «Lo so. Il nonno del mio ragazzo ce l'aveva. Mi dispiace tanto.»

Mi trema il mento, ma riesco a non piangere. «Ha già commesso qualche errore al lavoro? Non voglio che si metta nei guai.»

La vedo concentrarsi, alla ricerca di un indizio trascurato. «Non ho notato nulla» dice poi. «Davvero.»

Questo mi fa sentire appena un po' meglio. Non sono l'unica che non si era ancora accorta di niente. E conferma l'ipotesi che la malattia di mia madre sia ancora in una fase iniziale.

«Va bene. Tienimi aggiornata, d'accordo?»

«Lo farò, tesoro. Tieni.» Tira fuori una penna dal grembiule e me la porge. «Scrivi il tuo numero di cellulare su un tovagliolo. Ti manderò un messaggio più tardi, così avrai il mio.»

Faccio come mi ha detto, poi do un'occhiata alle sue

spalle. Mia madre sta ancora prendendo le ordinazioni al suo tavolo, ma ci guarda di nascosto. Non le piace che io parli con Melanie. Probabilmente immagina quale sia l'argomento della nostra conversazione.

«Un'altra cosa. Quando uscirete a bere qualcosa, potresti avvisarmi in anticipo? Io e mia madre abbiamo un'app per condividere la nostra posizione, ma se lei dimentica il telefono a casa o lo lascia al bar...»

«Wow, condividi ancora la tua posizione con tua madre? Vorrei che i miei figli lo facessero con me.» Ha un tono caldo. Sta cercando di confortarmi senza pronunciare frasi compassionevoli. «Certo, ti farò sapere, ma...»

Un ragazzo al tavolo vicino le fa un gesto, muovendo la mano come se scrivesse nell'aria, per segnalare che vuole il conto, ma Melanie finge di non vederlo.

Aggrotta la fronte e i suoi occhi si fanno distanti.

Sta ricordando qualcosa. Un capo sciolto, la genesi di un disvelamento. Forse mia madre ha commesso degli errori, ma fino ad ora nella mente di Melanie non formavano uno schema.

Mi preparo.

«Vorrei che tua madre accettasse di uscire a bere qualcosa, ogni tanto. Sono anni che cerco di convincerla a farlo. Ma dice sempre che è troppo stanca e che tu sei l'unica compagnia di cui ha bisogno.»

Mi stringe la spalla e si affretta verso il cliente. Le sue parole sono state chiare, ma non riesco a capirne il senso. In sostanza ha appena detto che lei e mia madre non sono mai uscite a bere qualcosa. Gli appuntamenti che mia madre diceva di avere con Melanie e il suo fidanzato non sono mai esistiti. Tutte quelle serate tra amiche, in cui tornava a casa tardi e si comportava come se fosse alticcia, erano una messinscena...

Non so per quanto tempo rimango seduta lì, stordita,

con le patatine che si raffreddano nel piatto. Alla fine, qualcosa mi costringe ad alzare gli occhi.

Dall'altra parte del ristorante, mia madre mi sta fissando. È come una statua in mezzo al vortice della sala affollata.

Quando si accorge che la sto guardando, si gira e si dirige verso la cucina.

12

RUTH

Catherine l'ha detto a Melanie. È ovvio.

Melanie non si comporta in modo diverso nei miei confronti, ma posso percepire il cambiamento nella sua energia. La vedo scrutare i miei tavoli, come per controllare che i miei clienti siano soddisfatti.

Tra tutte le persone a cui Catherine avrebbe potuto dirlo, Melanie è una persona abbastanza fidata. Spero solo che non abbiano parlato d'altro.

Quando finisce l'orario del pranzo, faccio una pausa e controllo il telefono. C'è un messaggio di Catherine: *Stasera vado a vedere un film con un'amica. Ci vediamo quando torno, se sei ancora sveglia.*

Mi verso un caffè, mi appoggio al bancone e lo sorseggio mentre rifletto sulle sue parole. Catherine non ha molti amici. Esce poco, come me. E da quando si è lasciata con quel perdente di Ethan, non ha più avuto relazioni sentimentali con nessuno.

Mi chiedo con chi pensa di andare al cinema. O se ci andrà davvero. Tuttavia, sono contenta di non dover affrontare altre domande, stasera. Voglio mettere a mollo i miei piedi stanchi e cercare di chiarirmi le idee.

Finisco il mio turno e sguscio fuori senza salutare Melanie, nel caso avesse intenzione di intercettarmi con parole di comprensione o di sostegno.

La Bonneville tossicchia quando la metto in moto. Prego finché il motore si accende. Quest'auto ha fatto quasi duecentocinquantamila chilometri e spero di poterne percorrere ancora molti.

Aspetto che il motore si scaldi e osservo un tizio alla guida di una Trans Am rossa che gira l'angolo e si infila nello spazio accanto a me. È un bell'uomo, più o meno della mia età. Ma non è lui che sto guardando. È la sua auto.

Un tempo amavo le macchine potenti e vistose. Mustang, Camaro, Chevelle oltre alla mia preferita, la Corvette.

James aveva un'auto così, una Corvette. L'aveva presa da un tizio che si era schiantato contro un guardrail, dopodiché sua moglie l'aveva costretto a venderla. Aveva eliminato le ammaccature più grosse, aveva ritoccato la vernice nera e aggiunto un po' di cavalli.

Si era presentato con quella al nostro primo appuntamento.

Innesto la marcia e parto. Ho intenzione di passare prima in biblioteca per fare di nuovo i miei controlli, anche se ci sono già stata ieri. Ora più che mai devo rimanere vigile.

Solo quando sarò sicura che le barriere che ho eretto intorno a me e a Catherine non rischiano di essere violate, tornerò a casa.

Mi sembra quasi che James mi stia aspettando lì. In un certo senso è così, visto che quando arrivo ho bisogno di immergermi in un altro ricordo di lui e di andare avanti con il mio diario.

La sera del mio primo appuntamento con James, mio padre doveva lavorare fino a tardi.

Mi disse di fermarmi con Timmy a mangiare un hamburger mentre tornavamo a casa dopo il mio allenamento con la squadra di cheerleader, e così facemmo. Arrivati alla tavola calda, aprimmo i nostri libri e Timmy si mise a mordicchiare la gomma della matita, cercando di risolvere una serie di equazioni. Io non gli fui d'aiuto perché avevo già dimenticato tutto quello che avevo imparato sull'argomento. Presi il mio tema di inglese. L'argomento erano i presagi nell'opera di Shakespeare Romeo e Giulietta. *Di solito non apprezzavo le letture imposte dalla scuola, ma qualcosa in quell'opera mi toccava: adolescenti innamorati che distruggevano le loro vite.*

Che ironia.

Mi aspettavo di trovare mio padre in casa quando Timmy e io tornammo. Ma non c'era.

Lavorava per l'azienda di famiglia di mia madre. Era così che si erano conosciuti. I miei nonni possedevano alcuni immobili vicino all'università locale, che affittavano a prezzi osceni agli studenti che avevano bisogno di vivere vicino al campus e avevano poche altre possibilità. A volte io e Timmy accompagnavamo mio padre quando andava a fare dei lavoretti in quelle case e non potevo credere all'enormità dell'imbroglio messo in piedi dalla famiglia di mia madre. Avevano diviso le stanze con dei tramezzi, per affittare una casa con quattro camere da letto come se ne avesse otto o nove. Gli spazi erano a malapena sufficienti per letti singoli e cassettiere, e le cucine e i bagni erano un disastro, con pavimenti in linoleum rattoppati, crepe nei muri ed elettrodomestici mal funzionanti.

I ragazzi del college e i loro genitori lo sopportavano perché sapevano che era una condizione temporanea (quelle case erano solo dei trampolini di lancio verso una vita migliore) e quantomeno non c'era molto da rompere, lì dentro, così nessuno si lamentava di sporcizia o di feste selvagge. Non potevano fare molti danni e, se succedeva, la famiglia di mia madre si teneva il deposito cauzionale. Sono abbastanza sicura che si tenessero la maggior parte dei depositi anche quando non c'erano danni da rimborsare.

Mia madre, tua nonna, aveva una certa vena di malvagità, come avrai già capito. L'aveva ereditata da sua madre, che era un'idiota fredda, avida e piena di pregiudizi. E sto usando degli eufemismi.

Una volta sentii mia nonna definire mio padre come un vero «cafone latino». Non sapevo bene cosa intendesse, ma dal modo in cui quelle parole si contorcevano nella sua bocca imbronciata, capii che per lei volevano dire qualcosa di brutto.

Ogni volta che mi preoccupo per l'eredità genetica di mia madre, ricordo che ho anche quella di mio padre.

Spesso, quando lavorava fino a tardi, lo faceva fuori orario. Ad esempio, quando c'era uno stupratore seriale nella zona e alcune ragazze del college erano impaurite, mio padre installò dei lucchetti sulle porte delle loro camere da letto. E li pagò di tasca sua, lo so perché ero con lui al negozio di ferramenta quando li aveva comprati.

Si chiama Mateo. Se tu fossi nata maschio, quello sarebbe stato il tuo secondo nome.

La prima sera che io e James avevamo programmato di uscire, mio padre stava aiutando alcuni studenti a risolvere un problema idraulico.

Dopo aver finito gli hamburger e i compiti e aver guidato fino a casa, io e Timmy restammo seduti in macchina nel vialetto per qualche minuto, ma non potevamo rimandare a lungo l'ingresso in casa. Il sole stava tramontando e avevo solo trenta minuti prima dell'appuntamento con James. Quando aprii la porta di servizio, la casa era silenziosa, il che era strano. Di solito mia madre si addormentava sul divano del soggiorno, davanti alla televisione.

Aspettai un minuto, ma non sentivo nulla, così feci cenno a Timmy di scendere dall'auto. Avevamo una routine coreografata con la stessa precisione di quelle che avevo provato per la squadra delle cheerleader. Timmy chiuse la portiera dell'auto il più silenziosamente possibile. Io entrai per prima in cucina e mi guardai rapidamente intorno. (Avevo imparato a farlo sempre, perché una volta mia madre mi tirò addosso un bicchiere di vino vuoto mentre entravo. Per fortuna la sua mira era pessima). Poi feci cenno a Timmy di raggiungermi.

Dal mio punto di osservazione non potevo vedere il soggiorno. Ma ero quasi certa che mia madre fosse spaparanzata al suo solito posto.

La maggior parte delle luci era spenta. Le lasciai così, anche se la casa era avvolta nell'ombra, e Timmy e io salimmo al piano di sopra.

Anche lì, tutto era completamente immobile.

Tuttavia non abbassai la guardia. Controllai la camera di mio fratello e aspettai finché non varcò la porta e se la chiuse alle spalle.

Dall'altro lato del corridoio, la camera dei miei genitori aveva la porta socchiusa. La parte della stanza che riuscivo a vedere era buia e vuota.

Lasciai uscire il fiato e andai in camera mia. Mia madre probabilmente era svenuta sul divano e ci sarebbe rimasta per il resto della notte.

Mi mossi rapidamente, senza più preoccuparmi di non far rumore. Presi dei pantaloni puliti tagliati al ginocchio, un top, un reggiseno e un paio di mutande e li portai al bagno del corridoio. Mi tolsi le scarpe da ginnastica e mi spogliai, arricciando il naso quando alzai le braccia e percepii una zaffata di sudore dovuto all'allenamento.

Feci la doccia più veloce del mondo, poi mi asciugai e mi vestii in un tempo record. Mi piaceva molto truccarmi, ma

giorno. Andare a cavallo. Volare su un aereo. Venire in Italia con me e mangiare ogni giorno un gusto di gelato diverso.

Mio padre finalmente uscì. Indossava ancora la tuta da lavoro con il suo nome sul taschino sinistro.

Esaminò il naso di Timmy e controllò le mie braccia. Si stavano già formando dei punti arrossati che sarebbero diventati dei lividi.

L'espressione distrutta sul suo volto mi fece male. Sapevo che si sentiva in trappola. Aveva abbandonato la scuola mentre era alle superiori e non aveva risorse. La famiglia di mia madre aveva un po' di soldi e gli dava lavoro. Se lui l'avesse lasciata, l'avrebbero licenziato e avrebbero assunto un avvocato per aiutarla a ottenere la piena custodia di noi figli. Non sarebbe stato difficile, visto che i tribunali di solito privilegiavano le mogli separate. Avevo già sentito mia madre gridarglielo in faccia.

Comunque, mio padre era cattolico e difficilmente avrebbe accettato il divorzio.

Mentii e gli dissi che stavamo bene, e Timmy annuì.

Lui disse che voleva portare Timmy da McDonald's per un cono gelato e il volto di mio fratello si illuminò un po'. Poi mi chiese se avevo ancora intenzione di uscire o se volevo venire con loro.

Ero così in ritardo per l'appuntamento con James che dubitavo che mi stesse ancora aspettando. Non avevo modo di comunicare con lui, se non attraverso i biglietti infilati nelle fessure dell'armadietto. Ne aveva lasciato uno in cui mi chiedeva di uscire, e io avevo scritto una sola parola, «sì», su un foglietto adesivo viola chiaro, il più bello che avevo, e l'avevo messo nella stessa fessura perché lo trovasse. L'avevo lasciato lì subito dopo l'allenamento e il mattino dopo, quando ero arrivata a scuola, non c'era più.

Non avevo ancora idea di come James fosse entrato e uscito dalla scuola senza che me ne accorgessi. Ero certa che, anche in una folla con centinaia di persone, i miei occhi sarebbero stati catturati dai suoi.

Risposi che non ne ero sicura e che forse li avrei raggiunti da McDonald's.

Mio padre mi baciò su una guancia, prese per mano Timmy e ci avviammo insieme sul vialetto. Lui aveva un'auto messa ancora peggio della mia. Aveva insistito per lasciarmi quella migliore perché aveva gli airbag. Anche quando non era con noi, cercava di proteggerci.

Mia madre aveva cercato di abbattere il suo spirito in vari modi, ad esempio urlando che era un perdente e un pessimo marito e che non avrebbe mai dovuto sposarlo. Mio padre avrebbe potuto rispondere a tono, soprattutto perché sono abbastanza sicura che mia madre fosse rimasta incinta di me per convincerlo a sposarla. Lei aveva trent'anni e lui venticinque quando si erano conosciuti, e non è che lei avesse proprio la fila di ammiratori alla porta.

Ma mio padre aveva sempre accettato la sua ira, senza mai litigare, senza nemmeno uscire dalla stanza. Per molto tempo non sono riuscita a capire perché.

Ora credo di conoscere la verità. Assorbendo le sue parole malvagie, sperava di poter prevenire le aggressioni fisiche contro noi ragazzi.

La facciata del mio liceo era illuminata da alte luci esterne, ma sul retro il parcheggio era quasi completamente buio. Non c'erano altre macchine oltre alla mia.

James era andato via.

Non volevo andare da McDonald's né tornare a casa. Decisi di guidare per un po', ascoltando la radio. Forse sarei passata da Pizza Piazza e avrei lasciato un biglietto per James.

Mentre giravo l'auto, i miei fari illuminarono una Corvette nera, nascosta nell'angolo più lontano del parcheggio.

James era appoggiato al paraurti posteriore.

Era bellissimo in jeans e maglietta bianca, molto di più che con la sua uniforme da cameriere. Mi bastò vederlo per spazzare via gli orrori dell'ora precedente.

Parcheggiai e mi diressi verso di lui. Ero un disastro: non mi ero nemmeno spazzolata i capelli, il mascara era probabilmente sbavato e avevo delle specie di ciabatte ai piedi.

Ma quando lo raggiunsi, vidi che sorrideva.

Allungò la mano e, con la massima delicatezza, strofinò un polpastrello contro il mio zigomo.

Disse che avevo un pochino di sangue sul viso. Non era mio. Era di Timmy. Avrei potuto inventare una scusa.

Non so cosa mi spinse a parlare. Forse il modo in cui ascoltava senza interrompermi nemmeno una volta, o il fatto che nulla di ciò che dicevo sembrava sconvolgerlo. Gli raccontai tutto.

Prima ancora che fossi a metà del racconto, mi abbracciò. Mi attirò a sé con tenerezza, in modo che la mia testa fosse contro il suo petto, e le sue braccia circondarono il mio corpo.

Quando finalmente smisi di parlare, la sua maglietta era bagnata dalle mie lacrime.

Non era esattamente il modo in cui avevo previsto di iniziare il nostro primo appuntamento. Qualsiasi altro ragazzo sarebbe scappato senza voltarsi indietro.

Ma James continuò a stringermi. Chiusi gli occhi e ascoltai il suo battito lento e costante.

Dopo qualche minuto, mi condusse su un lato dell'edificio scolastico. La porta non era chiusa a chiave, il che non aveva senso, finché non mi spiegò che era entrato in precedenza nella scuola attraverso una finestra aperta, saltando e afferrando il cornicione e tirandosi su con le mani.

Era più forte di quanto sembrasse.

Mi prese la mano e provai come una scossa elettrica lungo il braccio e poi in tutto il corpo.

La mia scuola era diversa, a tarda notte. Come una sagoma con l'interno svuotato.

I nostri passi riecheggiavano nei corridoi silenziosi. James mi condusse in palestra e passammo davanti al campo da basket verso una piccola stanza coperta da tappetini imbottiti. Era il luogo in cui si allenavano i lottatori.

Mi disse di non muovermi, che sarebbe tornato subito. Scomparve e io sentii le ombre stringersi intorno a me.

Quando tornò, i miei occhi si erano adattati abbastanza da vedere che aveva in mano una mazza da baseball Louisville Slugger grigio argento.

Vedendolo, sentii il mio cuore accelerare. Volevo disperatamente che mi toccasse di nuovo.

Mi passò la mazza e mi disse di picchiare forte.

Non capii cosa volesse dire. Mi indicò un tappetino da wrestling arrotolato e mi disse di fingere che fosse mia madre e darle ciò che si meritava.

Sollevai la mazza sopra la testa con entrambe le mani e la sbattei sul tappetino.

Guardai James.

Si vedeva che non gli sembrava abbastanza. Non era abbastanza nemmeno per me. Sollevai di nuovo la mazza. E poi ancora e ancora.

Lasciai andare ogni cosa. Tutta la rabbia, il dolore e l'impotenza accumulati per anni. Diedi una mazzata al tappetino per ogni suo schiaffo, minaccia, graffio e insulto ricevuti. Altre mazzate perché non mi amava.

Quando finalmente smisi, respiravo a fatica e sudavo. Probabilmente avevo un aspetto selvaggio.

Ma non mi sentivo più impotente. Non mi sentivo una vittima. Lasciai cadere la mazza e mi voltai verso James.

Mi fissava come se gli avessi fatto il miglior regalo possibile, come se fossi io il regalo.

Mi sussurrò che aveva capito quello che avevo dentro

già la prima sera che mi aveva visto, quando guardavo Brittany come se volessi strapparle la faccia dopo l'elezione del capitano. Poi mi tirò a sé e mi baciò.

Ero già stata baciata, ma mai in quel modo. Mi sentivo come se non ne avessi mai abbastanza di lui. Gli passai le mani tra i capelli mentre il bacio continuava. A un certo punto si staccò brevemente e mi guardò, poi abbassò la testa per baciarmi di nuovo, come se non riuscisse a fermarsi.

Dopo un po', tornammo fuori, tenendoci per mano e fermandoci ogni pochi metri per baciarci ancora. Ci sedemmo sulle gradinate, con le mie gambe appoggiate sulle sue, bevemmo qualche birra e ci dividemmo i cannoli con le gocce di cioccolato che James aveva portato da Pizza Piazza.

Quando fu il momento di tornare a casa, mi seguì con la sua auto. Aspettò che entrassi nella mia stanza e gli facessi il segnale concordato accendendo e spegnendo la luce.

Da quella sera in poi, James occupò tutti i miei pensieri. Ero dipendente da lui. Ci vedevamo ogni volta che potevamo e, se non ero con lui, pensavo a lui.

Ogni volta che arrivavo a scuola e trovavo un nuovo biglietto infilato nella fessura del mio armadietto, ogni volta che alzavo lo sguardo durante l'allenamento e lo vedevo seduto in tribuna, mi sentivo come brillare di un calore interno. Non m'importava nemmeno quando Brittany lasciava un opuscolo sulle diete sopra il mio zaino, o quando l'allenatore mi metteva in ultima fila in ogni esercizio, o quando i miei pompon blu e oro scomparivano e l'allenatore mi ordinava di sostituirli a mie spese. Niente poteva buttarmi giù.

Presto non fu più sufficiente vedersi solo nel tempo libero. Quando James doveva lavorare nel fine settimana, andavo a sedermi a uno dei suoi tavoli a sorseggiare una Diet Coke e a sgranocchiare i cannoli che mi passava di nascosto. Cercavo di fare i compiti, ma per lo più mi limitavo a guardarlo.

Mi disse che soffriva di insonnia e che spesso andava a fare un giro in macchina, quando non riusciva a dormire.

Una sera mi disse che era passato da casa di Brittany. Il modo in cui sorrideva mi ricordò la sua espressione quando la signora Davis aveva cercato di rimproverarlo al ristorante e lui aveva ribaltato la situazione.

Lo immaginai mentre sgonfiava le gomme all'auto della signora Davis, o mentre spalmava del burro di arachidi nella toppa della loro porta.

Ma quando gli chiesi cosa avesse fatto, mi disse che aveva preso il loro gatto dal giardino di casa.

Ricordavo il dolce gattino Smokey dai tempi in cui ero amica di Brittany. Smokey portava un campanellino d'argento sul collare. Gli piaceva sedersi in grembo alle persone, fare la pasta sulla loro pancia e inondare tutti di fusa.

Una fitta gelida mi trafisse il petto e chiesi a James cosa gli avesse fatto.

Lui sbatté le palpebre, come sorpreso dalla domanda. Poi disse che gli aveva dato una scatoletta di tonno e che l'avrebbe tenuto in casa sua per un paio di giorni, prima di riportarlo dove l'aveva preso.

Le sue parole spazzarono via la paura irrazionale che avevo provato. Mi chiese con calma se pensavo che avrebbe fatto del male a un animale, e io scossi la testa. Ovviamente James voleva solo fare uno scherzo a Brittany. Perché la mia mente era corsa all'ipotesi che avesse fatto qualcosa di terribile a una creatura innocente?

Tuttavia, non mi piaceva l'idea che Smokey fosse solo in una stanza sconosciuta, anche solo per un giorno o due.

Ma tutti quei pensieri evaporarono quando James si avvicinò, mi prese il viso tra le mani calde e mi baciò di nuovo. Poi mi disse che a volte passava da casa mia a tarda notte, parcheggiava vicino al marciapiede e fissava la mia finestra.

Mi sembrava che vegliasse su di me, che mi tenesse al sicuro.

Persi la verginità con lui una settimana dopo, quando mi portò in una radura nel bosco, dietro il mio liceo, e stese una coperta sotto un cielo pieno di stelle.

Dopo, mi chiese a cosa stessi pensando. Gli dissi la verità. Pensavo di amarlo.

Quando anche lui mi sussurrò che mi amava, mi sembrò di fluttuare fino alle stelle.

Una delle cose che avevo scritto nel mio tema su Romeo e Giulietta *era una citazione che tutti conoscono: «Separarsi è un sì dolce dolore».*

Io sostenevo che il verso immediatamente precedente fosse più significativo perché prefigurava il destino della giovane coppia: «Eppure avrei paura di ucciderti per troppo amore».

Avevo preso un bel voto in quel tema, poi avevo messo il foglio nel mio raccoglitore senza più pensarci per un bel po'.

Negli anni, però, mi è tornato in mente più volte; e adesso mi ritrovo spesso a pensare a quella frase.

13

CATHERINE

Sfoglio il libro che ho ordinato, *Raccontami di te, mamma*, rendendomi conto che le domande a cui posso rispondere sono davvero poche. Potrei scrivere che mia madre adora le acciughe e odia la senape. Ride in modo incontrollato ogni volta che danno il film con Amy Schumer *Un disastro di ragazza*, anche se l'ha visto una dozzina di volte. Se potesse viaggiare in qualsiasi parte del mondo, andrebbe in Italia.

Ma tutta la prima parte della sua vita, gli anni che l'hanno trasformata nella donna che è oggi, per me sono un mistero.

Non ho mai pensato a lei come a una persona subdola o poco sincera. Eppure, negli ultimi due giorni ho scoperto quanto sia abile nel mantenere i segreti.

Mi ha fatto credere di avere un po' di vita sociale, magari non vivacissima, ma che prevedeva qualche appuntamento o uscita con le amiche. Melanie mi ha chiarito che probabilmente era soltanto una finzione. Credevo anche che desiderasse che io avessi una vita sociale. È vero che non ho molti amici, e non è che abbia soldi da buttare in sessioni dall'estetista o weekend fuoriporta, ma mia madre sembrava sempre contenta quando incontravo una compagna di classe per un drink o uscivo con una ragazzo.

Bastava che il ragazzo non fosse Ethan, che poi era stato l'unico con cui avevo fatto sul serio.

Non l'ha mai detto esplicitamente. Ma io lo percepivo. Anche Ethan l'aveva capito.

Ho rotto con lui per diversi motivi. Il principale era che beveva troppo. Lavorava come barista e, sebbene dicesse di voler diventare un fotografo, non faceva nulla per portare avanti quel progetto, a parte aver comprato una macchina fotografica costosa.

Ethan era carismatico, divertente e alla mano, il tipo di ragazzo che trasformava ogni serata in una festa. Aveva tatuaggi sul braccio con fiori rossi e viola, teschi, un serpente a sonagli e la regina di cuori. Portava un braccialetto di pelle blu intrecciata e un unico orecchino d'oro a cerchietto. Sembrava un concentrato di colori, e portava colore nella mia vita.

La sera in cui ci siamo lasciati, la sera in cui mi ha spezzato il cuore, era anche il nostro primo anniversario. Mi diede appuntamento in un bistrot francese dopo il lavoro. Pensavo che mi avrebbe chiesto se volevo che andassimo a vivere insieme. Ne aveva accennato. Non avevo ancora deciso come rispondergli.

Arrivai con qualche minuto di anticipo e mi fecero accomodare a un tavolo coperto da una tovaglia bianca e linda. I camerieri indossavano abiti scuri e i tavoli erano apparecchiati con varie forchette e cucchiai. Ordinai un bicchiere di rosé e decisi di provare le ostriche per la prima volta nella mia vita.

Per i trenta minuti successivi, sorseggiai lentamente il mio vino e controllai il cellulare per vedere se Ethan avesse risposto ai miei messaggi e alle mie chiamate.

Ma dopo un tempo che mi parve infinito, dovetti uscire dal ristorante. Un percorso interminabile, umiliante: era evidente a tutti che ero stata bidonata. Quando arrivai a casa, Ethan dormiva della grossa sul divano di casa mia, con accanto il secchio di plastica che usavamo per tenere i prodotti per la pulizia. Non era la prima volta che lo vedevo così. Alcune sere rinunciava completamente a bere ma, quando lo faceva, il gusto dell'alcol lo inebriava al punto da impedirgli di smettere.

Mia madre mi disse che era arrivato poco dopo che lei era tornata a casa dal lavoro, dicendo che aveva dimenticato il telefono in casa nostra la sera prima.

Lei lo aveva lasciato solo per andare a fare una doccia e lui si era servito da bere. In genere io e la mamma tenevamo soltanto birra in casa, ma quella sera avevamo una bottiglia di buona vodka russa. Uno dei clienti di lunga data di mia madre, originario di Mosca, gliel'aveva regalata prima di tornare in Russia.

A Ethan piacevano la tequila, il bourbon e la birra. Una volta l'avevo anche visto bere uno spritz, quando non c'erano altre opzioni. Ma il suo liquore preferito era la vodka.

Doveva essere ubriaco da ore. Non era la prima volta che mi faceva uno scherzo simile. Ma giurai che sarebbe stata l'ultima.

Quando ci siamo lasciati, l'ho bloccato sul telefono. Ma non ho mai cancellato il suo numero dai miei contatti.

Ora tiro fuori il cellulare e scorro i contatti fino al suo nome. Basta toccare un tasto per sbloccare qualcuno.

Esito, pensando alle settimane vuote dopo la nostra rottura, quando mi sembrava che tutta la luce fosse sparita dalle mie giornate. Non le avrei superate se non fosse stato per mia madre. Sedeva accanto a me sul divano, promettendomi che avrei dimenticato Ethan e avrei trovato un uomo migliore.

«Ethan non è il tipo di persona con cui desidero veder finire mia figlia» mi aveva detto, e mi era sembrata così sicura che aveva rafforzato la mia determinazione.

Senza la voce di mia madre nell'orecchio, probabilmente sarei tornata da lui e mi sarei fatta spezzare il cuore un altro paio di volte prima di uscirne definitivamente.

Ero così concentrata sull'antipatia di mia madre per Ethan che non ho mai prestato molta attenzione alla sua antipatia nei confronti di lei. Mia madre aveva a cuore i miei interessi. Lo davo per scontato.

Ma ora mi ritrovo a pensare a qualcosa che Ethan ha detto poco prima che ci lasciassimo. Odiavo vedere la tensione tra le due persone a cui tenevo di più, così la negavo.

«Non mi ha mai dato neanche una possibilità» mi ha detto.

Potrei rimanere a casa stasera e cercare di parlare di nuovo con mia madre.

Ma ormai non credo più che sia la migliore fonte di informazioni riguardo a sé stessa.

Premo il pulsante per sbloccare Ethan. A distanza di tutti questi mesi, voglio disperatamente sapere cosa intendesse dire.

Digito lentamente un messaggio. *Ciao, sono Catherine. È da tanto che non ci sentiamo... Ho qualcosa da chiederti. Fammi sapere se hai qualche minuto per parlare.*

Lo invio prima di perdere il coraggio.

Se qualcuno ti blocca, il tuo messaggio di testo non sarà mai consegnato. Rimarrà nell'etere, in quella vaga zona grigia del cyberspazio tra l'invio e l'arrivo.

Ethan riceve il messaggio. E lo legge, circa trenta secondi dopo che l'ho inviato.

Gli ci vuole solo un attimo per rispondere.

Stasera lavoro, se vuoi passare.

Ethan ha un nuovo tatuaggio all'interno dell'avambraccio, una bussola dai tratti intricati, e i suoi capelli adesso sono abbastanza lunghi da poter essere legati in un codino.

Ha un bell'aspetto.

Il bar si affollerà tra le otto e le nove, ma c'è già qualcuno per l'happy hour. Mi siedo su uno sgabello e guardo Ethan che ride e chiacchiera con due donne mentre prepara loro un Martini al limone. È bravissimo con i clienti. È uno dei motivi per cui guadagna così tanto in mance.

Ho passato molte ore appollaiata su uno sgabello qui, aspettando che lui terminasse il turno. Questo bar mi è sempre sembrato festoso, con i globi di luce bianchi sul soffitto e la musica rock sempre in sottofondo.

Dopo la diagnosi di mia madre, però, è come se portassi degli occhiali che rivelano il lato più oscuro del mondo. Ora noto la sporcizia sul pavimento, l'odore acre della birra stantia e il tizio calvo seduto da solo in un angolo, che guarda accigliato il suo telefono. Ha quasi l'età di mia madre ed è magrissimo. Forse anche i suoi geni gli si sono rivoltati contro. Forse la perdita di capelli e la mancanza di grasso corporeo sono dovute alla chemioterapia.

Al suono del mio nome, mi volto.

L'ampio bancone di legno che ci separa mi evita un abbraccio imbarazzante. Ethan si china e si appoggia sui gomiti, e siamo occhi negli occhi. La sua espressione è cordiale e casuale. È la stessa faccia con cui saluta i clienti più fedeli. Questo, più di qualsiasi altra cosa, mi fa capire che ha voltato pagina.

Sono io che l'ho lasciato, eppure provo una punta di rimpianto. Forse è perché non ho incontrato nessun altro, mentre sono sicura che lui l'abbia fatto. Le donne lo amano, ispira fiducia perché è virile senza essere minimamente dominante.

«Stai benissimo» mi dice.

Per un attimo ringrazio il cielo di aver messo il lucidalabbra e di aver delineato gli occhi con una matita marrone ramato, prima di entrare.

Poi mi ricordo che sono qui per ottenere informazioni, non per flirtare con il mio ex.

Ethan mi offre da bere e io rispondo che prenderò una Blue Moon alla spina. Chiacchieriamo ancora per qualche istante, con lui che s'interrompe di tanto in tanto per preparare un gin tonic o stappare una birra.

Non ho fretta. Ho mandato un messaggio a mia madre dicendole che andrò a vedere un film con un'amica, quindi non mi aspetta a casa per cena.

Non posso buttare lì la mia domanda a caso. Devo studiare il suo volto mentre risponde.

Ma voglio anche restare un po' qui, perché stargli vicino, di nuovo in questo vecchio ambiente familiare, fa riaffiorare tanti ricordi. Come questo: quando Ethan incontrò mia madre per la prima volta, pensai che fosse andato tutto bene. Era gentile e amichevole. Si tolse le scarpe appena entrato senza che glielo chiedessimo e mi tenne aperta la porta quando uscimmo.

Mia madre sembrava approvarlo. Quando aveva cambiato atteggiamento?

Noi due ci mettemmo a fare sul serio quasi da subito. Eravamo diversi sotto molti punti di vista, il che ci faceva sentire complementari.

Anche i nostri orari erano diversi e questo ci impediva di vederci più di due volte alla settimana o giù di lì. Ma ci mandavamo messaggi durante la giornata e parlavamo al telefono ogni sera, di solito quando Ethan aveva un momento di calma al lavoro.

Mia madre mi chiese che sentimenti provassi una mattina, quando tornai a casa dopo aver passato la notte da lui. Si stava preparando per andare al lavoro e, prima di uscire, si fermò e mi chiese se Ethan fosse il tipo di ragazzo con cui mi sarei potuta sposare.

L'avevo presa come una richiesta sincera. Voleva sapere quanto mi piacesse. Anche la mia risposta fu onesta, e spensierata: «È troppo presto per saperlo».

Ma ora mi sembra che con quella domanda mi avesse conficcato una scheggia sotto la pelle. Mi ha reso più sensibile all'alcolismo e alla mancanza di ambizione di Ethan. Mi ha portato fuori dal presente e nel futuro, quando certi difetti sarebbero stati impossibili da ignorare.

Mia madre aveva già risposto da sola alla domanda. Me lo aveva detto quando avevo rotto con lui: «Ethan non è il tipo di persona con cui desidero veder finire mia figlia».

So come lo giudicava.

E ora è arrivato il momento di scoprire come lui giudicava mia madre.

Qualche minuto dopo, arriva la mia occasione. Ethan fa il giro del bancone e si siede sullo sgabello accanto al mio.

«So che non sei venuta qui solo per una birra.»

Annuisco. Ho provato e riprovato la domanda mentre venivo qui, sistemando e riorganizzando le parole, ma suona ancora tutto così forzato... «È successo tanto tempo fa, ma tu e mia madre non siete mai andati d'accordo... Ultimamente mi sono chiesta spesso perché non ti piacesse.»

Ethan prende la mia birra e ne beve un sorso, girando il bicchiere in modo da posare le labbra nel punto esatto in cui ho posato le mie un attimo fa. È una sensazione stranamente intima.

Risponde con una domanda.

«Ti ha mandato all'aria un'altra relazione?»

La mia sorpresa lascia rapidamente il posto alla rabbia. Mia madre non aveva niente a che fare con il fatto che Ethan si era ubriacato e non si era presentato alla cena speciale del nostro anniversario. Aveva ragione su di lui fin dall'inizio. È ancora un ragazzino, non è cresciuto affatto.

«Mia madre non...»

M'interrompe. «Ti sei mai chiesta se non fosse un po' strana, come coincidenza, quella di aver ricevuto in regalo da un cliente russo una bottiglia di Beluga Gold proprio il giorno del nostro anniversario?»

Sono sorpresa. È vero che in tutti gli anni in cui mia madre ha lavorato come cameriera, gli unici regali che i clienti le hanno fatto sono le mance. Ma l'allusione di Ethan è ridicola.

«Cosa vuoi dire? Stai insinuando che mia madre abbia comprato la vodka sperando che tu ti ubriacassi e io ti lasciassi?»

Per quanto sia arrabbiata, so che Ethan non porta rancore. Non è meschino. E non vuole più avere una relazione con me. Deve avere qualche altra motivazione per denigrare mia madre. Forse semplicemente non vuole ammettere di essere stato lui a distruggere il nostro rapporto.

Venire qui è stato un errore. Dovrei essere a casa con mia madre, a trascorrere con lei tutto il tempo possibile.

«Non ti ha versato la vodka in gola, Ethan.» Mi alzo e comincio ad allontanarmi.

«No» risponde. «Ma quella sera è stata lei a versarmi il primo bicchiere.»

Mi volto. Mi sta fissando con attenzione. Non c'è malizia nel suo sguardo. Ma vedo pietà, e questo mi convince dell'onestà delle sue parole.

Quello che dice dopo mi sconvolge nel profondo. «E penso che mi abbia anche drogato.»

14

RUTH

I modelli malsani tendono a propagarsi nelle famiglie. Vengono ereditati di generazione in generazione, come i titoli finanziari o il colore dei capelli. Ma c'è un aspetto positivo. Se ne siamo consapevoli, possiamo modificare il copione che sentiamo incorporato nei nostri geni.

Quando sono andata via di casa, ho giurato di non ripetere mai gli errori di mia madre. Non avrei fatto deliberatamente del male a mia figlia. Avrei protetto Catherine a costo della mia vita.

Sapevo che non avrei avuto molti soldi o una bella casa. Non mi sarei mai diplomata e non sarei mai andata a Roma.

Ma avrei sempre avuto mia figlia.

Per molti versi, la mia vita si è svolta come l'avevo immaginata quando sono fuggita, quasi un quarto di secolo fa, con poche centinaia di dollari, un orologio rubato e un borsone. Mio padre può aver perso tutto l'orgoglio che provava per me, ma credo che sarebbe orgoglioso di Catherine: un'infermiera laureata, con una bella carnagione dorata e una specie di ossessione per il ketchup. L'avrebbe amata moltissimo.

Forse amerebbe anche me, almeno un po'.

Catherine è la mia ragione per oppormi all'oscurità che serpeggia nella linea femminile della mia famiglia, la brutta eredità che ha causato tanto dolore e distruzione. Lei è il mio nuovo inizio.

Sono riuscita a non ripetere gli errori di mia madre. Ma ne ho commessi di nuovi, tutti miei. Errori terribili che hanno causato a mia figlia un dolore inutile.

Con un sospiro, mi sistemo meglio sui cuscini appoggiati sul letto. Stasera mi fa male la schiena per aver portato troppi vassoi pesanti, così ho aggiunto i sali di Epsom all'acqua calda quando ho fatto il bagno. Sarebbe bello svuotare la mente e rilassarmi, ma è impossibile.

Oggi ho visto James un sacco di volte.

Stamattina era su un'auto in fila al semaforo. Nel pomeriggio era seduto al tavolo sette. Era l'ombra nella mia camera da letto che è scomparsa quando ho acceso la luce.

Si sta avvicinando. Lo percepisco. Presto vedrò un'auto parcheggiata fuori dal mio condominio a tarda notte, lui seduto dentro che mi sorveglia. Poi aprirò la porta e sarà lì. Mi stringerà contro di sé con le sue braccia forti.

È qui con me anche adesso. La verità è che James non mi ha mai lasciato. Prendo di nuovo il mio vecchio taccuino. Devo scrivere quanto più possibile della mia storia, finché sono in tempo.

James mi sorprese presentandosi a scuola un giorno, subito dopo l'ultima campanella. Stavo camminando verso le gradinate che circondavano il campo dove si svolgevano gli allenamenti di ginnastica artistica, quando un gruppo di studenti davanti a me si divise ed eccolo lì, come evocato dai miei pensieri.

Strillai di gioia e saltai tra le sue braccia. Ci baciammo, un bacio lungo e profondo. Qualcuno fischiò, ma non m'im-

portava chi ci stesse guardando. Per la prima volta in vita mia, la parola «innamorata» aveva un senso. L'amore non era solo una cosa che sentivo, come la fame o la stanchezza. Mi ci ero immersa a fondo. Scorreva in ogni mia cellula.

Persi la cognizione del tempo. Mi capitava spesso quando ero con James. Esistevamo in un universo tutto nostro. L'ambiente circostante non aveva importanza. James viveva in una stanza squallida, presa in affitto da una vedova che aveva bisogno di un po' di denaro extra. A volte mi faceva entrare di nascosto, e trattenevamo a fatica le risate, mentre salivamo le scale in punta di piedi (per fortuna la vecchia era dura d'orecchi) e anche se le pareti erano costellate di macchie e la casa puzzava di pipì di cane, mi importava solo di James. Era tenero, sexy e forte e, nonostante si fosse allontanato dalla famiglia e dovesse farsi strada da solo nel mondo, non si lamentava mai.

Quel mercoledì pomeriggio, finalmente mi staccai da James e iniziai a camminare verso il campo. Lui mi tenne la mano e mi tirò indietro per un ultimo, lungo bacio.

Protestai che l'avrei visto nel giro di tre ore, dato che quella sera saremmo usciti insieme.

Rispose che era un'attesa troppo lunga.

Risi. Mi capitava spesso quando stavo con lui. Mi sentivo come se fossi sempre un po' brilla.

Quando finalmente arrivai al campo, l'allenamento era già iniziato. Gettai lo zaino e la borraccia sulle gradinate (avevo imparato a tenere le mie cose lontano dalle linee laterali) e corsi a raggiungere le altre. Dallo stereo portatile dell'allenatore uscivano le note di Gettin' Jiggy Wit It, *di Will Smith, e le altre undici ragazze erano in formazione.*

Ma l'allenatore mi fermò alzando una mano e mi disse di sedermi.

All'inizio pensai che stessero creando una nuova routi-

ne e che volesse escludermi. Lui e Brittany erano capaci di questo e altro.

Ma aggiunse che dovevo restare in panchina perché ero arrivata in ritardo tre volte nelle ultime due settimane.

Cominciai a protestare, poi tacqui. Credevo che non fosse vero, ma ultimamente James veniva a prendermi spesso dopo la scuola. Tuttavia si trattava di soli cinque minuti di ritardo, se non meno. Ed era la prima volta che sentivo che l'allenatore teneva il conto dei miei ritardi, o di quelli di chiunque altro.

Invece di andare a sedermi in tribuna, rimasi a bordo campo a pochi metri da lui. Stava cercando di separarmi dalla squadra. Non potevo permetterglielo.

Aspettai che mi facesse cenno di entrare durante la prima pausa. Invece disse semplicemente alle altre di ripetere la routine, questa volta con più energia.

Dopo altri dieci minuti, andai a chiedergli se potevo entrare. Non mi guardò nemmeno e rispose che avrebbe deciso lui quando sarei entrata.

Ingoiai il mio orgoglio e mi scusai, promettendo che non avrei più fatto tardi.

Con voce tagliente mi disse che non era il momento per quella conversazione.

Così aspettai. L'allenatore riprese a comportarsi come se non ci fossi. A metà allenamento, mi avvicinai di nuovo a lui e gli chiesi se aveva intenzione di lasciarmi lì in piedi ancora a lungo.

Finalmente si voltò verso di me. Non riuscivo a vedere i suoi occhi dietro gli occhiali da sole lucidi da aviatore. Avevo mancato di rispetto al tempo di tutti gli altri, disse con un ghigno, quindi perché improvvisamente pensavo che il mio fosse così importante?

Mi ero già scusata. Non l'avrei fatto di nuovo, non con lui. Ripetei che ero arrivata in ritardo di soli cinque minuti.

Lui ribatté che avevo avuto due avvertimenti e che oggi era il terzo. Stava mentendo spudoratamente. Non mi aveva mai dato nemmeno un solo avvertimento.

Quando provai a dirlo, alzò di nuovo la mano e mi voltò le spalle.

Mi sentii ribollire di rabbia.

Prima di rendermene conto, sbottai: dissi che gli sarei stata grata se mi avesse fatto sapere quando avrei potuto unirmi agli allenamenti... O forse aveva bisogno che Brittany e la signora Davis gli suggerissero quanto doveva durare la mia punizione?

Fu un errore. Qualcosa cambiò nel suo linguaggio corporeo. Il signor Franklin era stato un ragazzo con grandi sogni, una volta. Quelle magliette da rockstar, la chitarra autografata da Eric Clapton che teneva in una teca nel suo ufficio.

Probabilmente si era immaginato per anni ragazze che urlavano il suo nome mentre lui stava sotto i riflettori. Forse pensava di avere ancora potere e prestigio, anche se solo su una dozzina di liceali. Le mie parole, abbastanza forti da essere udite da tutta la squadra, glieli avevano appena strappati.

Gridò che l'allenamento era finito e mi ordinò di seguirlo nel suo ufficio.

Si girò e uscì dal campo, gettando la sua cartellina sull'erba.

Quando fu fuori portata d'orecchio, Brittany fischiò e batté le mani. Le mostrai il dito medio e seguii l'allenatore.

L'ufficio era una stanza minuscola, situata vicino al campo da basket coperto. Era privo di finestre e grande a malapena quanto bastava per contenere una scrivania, uno schedario e due sedie. Accanto c'era l'ufficio dell'allenatore di football, che era quattro volte più ampio. Probabilmente anche questo era umiliante per lui.

Quando entrai, mi ordinò di chiudere la porta. Obbedii.

Si tolse i Ray-Ban e li posò sulla scrivania. Rimasi lì in attesa della mia lezione sul rispetto e la responsabilità.

Si avvicinò ancora di più a me, tanto che potei sentire l'odore della gomma alla menta che stava masticando. Poi disse che dovevo avere un'alta considerazione di me stessa.

Sapevo che era meglio non rispondere. Qualsiasi cosa avessi detto non avrebbe fatto altro che infiammare la sua rabbia.

A quanto pare, anche non rispondere fu inutile.

La cosa successiva che accadde mi sconvolse nel profondo. La sua voce era quasi un sussurro quando mi disse che mi aveva visto pavoneggiarmi a scuola come una troietta.

Mi spaventai, perché non avevo mai sentito un insegnante usare parole del genere.

Quello che fece dopo fu molto strano. Iniziò a camminare lentamente in cerchio intorno a me. Io avvertivo una specie di prurito sulla pelle.

Nell'ufficio c'era un silenzio innaturale. Nessuno stava palleggiando sul campo da basket. La stagione non sarebbe iniziata prima di qualche mese. I giocatori e gli allenatori di football erano tutti sul campo principale. La maggior parte degli insegnanti era andata via e gli unici rimasti nella scuola erano un piano o due sopra di noi.

Il signor Franklin era dietro di me. Non riuscivo a vederlo.

Non mi mossi. Non c'era alcun posto dove andare, in quel minuscolo ufficio. Inoltre, sapevo che se fossi uscita o avessi parlato, lui avrebbe trovato il modo di punirmi in maniera ancora peggiore, in seguito.

Ma c'era qualcos'altro che mi tratteneva. La paura.

Non aveva senso. Ero in un edificio pubblico con un insegnante che conoscevo da anni. Perché mi sentivo così vulnerabile ed esposta, come quando ero bambina e mia madre entrava nella mia camera da letto di notte, mi strappava le coperte e cominciava a urlarmi contro per qualcosa che non sapevo di aver commesso?

Il fiato dell'allenatore mi solleticò l'orecchio, mentre mi diceva che mi aveva visto strusciarmi contro il mio ragazzo come se non ne avessi mai abbastanza di lui.

L'edificio era climatizzato e nel seminterrato faceva particolarmente freddo. Avrei voluto avvolgere le braccia intorno al corpo, ma mi sentivo paralizzata.

Lui continuò a camminare finché riuscii a vederlo con la coda dell'occhio. Parlava con quella voce bassa e inquietante, dicendomi che sapeva che ero una ragazza vogliosa, che avevo fame di tante cose.

Fece scorrere una mano sul mio addome e io istintivamente lo tirai indietro. Sorrise, e m'irritò avergli dato la soddisfazione di una reazione. Soffermò la mano sul mio ombelico e mi disse che mi stavo ingrossando un po'. A volta capitava che ci toccasse. Allungava i tendini, ci dava il cinque e massaggiava le contratture.

Ma quel tocco era diverso.

La mano si spostò più in alto, fino a trovarsi direttamente sotto il mio seno sinistro. Poi disse che mi stavo ingrossando anche lì. Che vedeva il mio seno rimbalzare durante gli allenamenti.

Passò la mano sul seno così rapidamente che finì prima ancora che mi rendessi conto di ciò che stava accadendo. I miei seni erano diventati sensibili negli ultimi giorni, e il suo tocco sembrò amplificato. Come se la sua mano fosse ancora lì, il suo palmo a sfiorare il mio capezzolo, anche dopo che l'aveva ritirata.

Le lacrime mi pungevano gli occhi.

La sua voce mi sussurrò all'orecchio che tra dieci anni sarei stata una vacca grassa, intenta a occuparsi di un grup-

petto di mocciosi, mentre mio marito si masturbava con i video porno perché non sopportava di guardarmi.

Non riuscii a trattenere le lacrime, che mi colarono silenziosamente sulle guance. Mi stava mettendo a nudo, proprio come aveva fatto la sera in cui aveva nominato Brittany capitano, ma stavolta era molto peggio.

Poi sentii le sue dita che s'insinuavano sotto l'elastico dei miei pantaloncini sportivi e delle mutande e mi toccavano tra le gambe.

Smisi di respirare. Non riuscivo a dare un senso a ciò che stava accadendo.

L'allenatore tirò fuori la mano e si mise di fronte a me. Sembrava banchettare con le mie lacrime.

Allungò la mano, con un gesto che sarebbe potuto sembrare compassionevole se non avessi visto il luccichio nei suoi occhi. Mi tirò vicino a sé, come ero stata vicina a James solo un'ora prima.

Mi chiese se pensavo che fosse troppo duro. Mi strinse con le braccia e spinse i fianchi in avanti. Capii cosa intendeva, purtroppo.

La cosa peggiore è che non reagii. Non cercai nemmeno di allontanarmi. Rimasi semplicemente lì e lo accolsi dentro di me, mentre lui schiacciava il bacino contro il mio e il suo respiro cominciava a farsi più veloce.

Mi sembrava di aver lasciato il mio corpo, ma a differenza della sera in cui avevo litigato con mia madre ed ero finita in un luogo così buio da restare accecata, questa volta fluttuai fino al soffitto, da dove potevo vedere tutto. Sapevo cosa stava accadendo, ma non mi sembrava che stesse accadendo a me.

Finì in un tempo che poteva essere sessanta secondi o dieci minuti.

Si spostò rapidamente dietro la scrivania e si sedette. Il suo volto era arrossato.

All'improvviso tornò a parlare in tono freddo. Mi disse che, poiché mi ero rifiutata di porgergli delle scuse formali quando me le aveva chieste, non aveva altra scelta che cacciarmi dalla squadra.

Non riuscivo a elaborare le sue parole. Mi sembrava che mi arrivassero da tutte le direzioni, come se fossi in una cassa di risonanza.

Lui spostò alcune carte sulla sua scrivania, senza guardarmi, e disse che avrebbe spostato qualcuno dalla squadra giovanile al mio posto e che avrebbe mandato un'e-mail al preside, alla signora Davis e alla squadra per informarli.

Qualunque cosa avesse detto, la signora Davis, Brittany e metà della squadra lo avrebbero sostenuto. La verità non aveva nessuna possibilità.

Proprio come non l'avevo avuta io.

Non riuscivo a dire una parola. Il ghiaccio mi avvolgeva ancora, ma in qualche modo riuscii a uscire dal suo ufficio. Andai direttamente alla mia macchina, dove mi aspettava Rosie, con in mano lo zaino e la borraccia che avevo lasciato sulle gradinate.

Si accigliò scrutando il mio viso e mi chiese se stavo bene. Certo, risposi. Forse riuscii anche a sorridere.

Probabilmente non avevo un aspetto diverso da quando avevo seguito l'allenatore nel suo ufficio. Indossavo ancora i pantaloncini, la maglietta, i calzini e le scarpe da ginnastica. I miei capelli erano sempre raccolti in una crocchia blu e oro. Non stavo nemmeno piangendo.

Ma non ero la stessa ragazza. Non lo sarei stata mai più.

Quella sera raccontai tutto a James. Il suo abbraccio non cancellò il tocco dell'allenatore, ma mi aiutò a sconfiggere in parte il gelo che mi avvolgeva.

Fu difficile continuare a parlare quando arrivai alla parte in cui le dita del signor Franklin erano scivolate nelle mie mutandine e a quello che era successo dopo. Ma James non reagì. Continuava a guardarmi con dolcezza. Era come se fosse entrato in quel terribile spazio insieme a me per non lasciarmi sola.

Quando finii di parlare, mi disse che l'allenatore non l'avrebbe fatta franca. Non sembrava arrabbiato, nonostante le sue parole. La sua voce era calma. Lo era anche la sua espressione.

Ero felice che volesse prendere le mie difese, ma scossi la testa. Chi mi avrebbe creduto? Ormai le parole del signor Franklin si erano radicate nel mio cervello. Molte persone avevano visto me e James pomiciare dopo la scuola. Non avevo più una reputazione da brava ragazza, che non dovrebbe voler dire niente, in sé, ma che purtroppo equivaleva a una condanna. Due pesi e due misure. Così va il mondo.

James aveva preparato un intero piano prima ancora che mi rendessi conto di dove mi stava portando con la sua auto.

Quando arrivammo al liceo, mi sentii come bloccata. Non riuscivo a immaginare di mettere di nuovo piede in quei corridoi. Avrei sempre avuto paura che l'allenatore mi chiamasse nel suo ufficio con una scusa inventata, come quella di restituirmi l'uniforme, e si chiudesse la porta alle spalle.

Sussurrai a James di portarmi via.

Ma mi chiese se mi fidavo di lui e annuii.

Poi mi domandò se volevo farla pagare all'allenatore.

Certo, lo volevo più di ogni altra cosa.

James aprì la portiera della sua auto, poi fece il giro e aprì la mia. Mi condusse alla porta di servizio che avevamo usato l'altra volta per entrare a scuola. Mi disse di aspettare che mi facesse entrare.

Scomparve e seppi che si stava arrampicando per entrare dalla finestra del piano superiore, quella che era sempre socchiusa.

Ci mise più tempo del previsto. Mi sentii rabbrividire, anche se fuori non faceva freddo.

Finalmente la porta si aprì con un forte cigolio. James aveva acceso la luce del corridoio ed era in controluce, per cui all'inizio vidi solo una silhouette. Indietreggiai istintivamente. Poi i miei occhi si adattarono e vidi che aveva in mano la mazza da baseball Louisville Slugger grigio argento. Pensavo che mi avrebbe portato di nuovo nella sala di wrestling per farmi sfogare, ma prese la direzione opposta. Mi portò nell'ufficio dell'allenatore.

Tutto il mio corpo ora tremava.

James girò la maniglia della porta. Era chiusa a chiave.

Mi guardò e scrollò le spalle, e per un attimo pensai che fosse finita, che saremmo tornati indietro e avremmo passato la serata in un altro modo.

Poi cominciò a prendere a calci la porta con le sue scarpe dalle suole dure, ancora e ancora, scuotendola tutta. Bastarono una mezza dozzina di calci perché il legno intorno al pomello cedesse e la porta si aprisse.

Temevo che potesse accorrere qualcuno, con tutto quel rumore, ma ovviamente l'edificio era vuoto da ore.

In qualche modo, forzare l'ingresso aveva fatto sì che quella stanza non avesse più un aspetto minaccioso. James sapeva esattamente di cosa avevo bisogno per compensare la nauseante impotenza che avevo provato in quello spazio.

Accese la luce in alto. Gli occhiali da sole dell'allenatore erano ancora sulla scrivania, proprio dove li aveva messi dopo avermi portato qui.

James mi passò la mazza e mi disse di fare ciò che volevo. La sollevai sopra la testa e colpii gli occhiali da sole. L'impatto contro la scrivania di metallo si ripercosse lungo le braccia fino alle articolazioni delle spalle. Gli occhiali volarono via dal tavolo, con la montatura schiacciata.

Poi James indicò la chitarra di Eric Clapton.

Le parole «non posso» mi morirono sulle labbra. Certo che potevo. L'allenatore mi aveva portato via qualcosa di molto più prezioso di un cimelio.

Feci un passo avanti, tenendo la mazza sopra la spalla come se stessi aspettando un lancio. La stanza era così piccola che controllai dietro di me per assicurarmi che James fosse al sicuro mentre caricavo il colpo. Feci un respiro profondo, poi lasciai andare con tutta la forza.

La chitarra era completamente rovinata già al quarto colpo, ma continuai a distruggerla finché esaurii la forza nelle braccia.

Quando finalmente passai la mazza a James, lui mi fece l'occhiolino e disse che il lavoro era quasi finito.

In quel momento sentii un rumore lontano di passi lungo il corridoio.

Provai un'ondata di panico. L'allenatore avrebbe probabilmente sospettato che ci fossi io dietro quell'atto di vandalismo, ma potevo crearmi un alibi con James. La nostra scuola non aveva telecamere o guardie di sicurezza. Nessuno avrebbe potuto provare che eravamo stati noi.

A meno che non venissimo visti da un testimone oculare. Mentre tutto questo mi passava per la testa, James si muoveva nella stanza.

La chitarra distrutta e la custodia erano cadute a terra dietro la scrivania, quindi non aveva bisogno di nasconderle. Spalancò la porta, in modo che non si capisse subito che era stata forzata, e lasciò le luci accese. Aveva ancora in mano la mazza, la prova di ciò che avevamo fatto.

Il rumore delle scarpe sul pavimento di linoleum proveniva dal corridoio e si avvicinava.

James era così calmo che doveva per forza avere un piano. Ma si muoveva troppo lentamente: non potevamo nasconderci da nessuna parte. Saremmo stati scoperti.

Il mio cuore sembrava sul punto di scoppiare.

Non sarei solo stata espulsa dalla squadra. Probabilmente sarei stata cacciata dalla scuola. Sarebbe arrivata la polizia e tutti avrebbero saputo cosa avevo fatto. Forse sarei stata addirittura arrestata.

Poco prima di vederlo, sentii la voce dell'allenatore. Stava chiamando Donna, che era la nostra vicepreside, come se si aspettasse di vederla.

Era finita. Il signor Franklin stava arrivando. Stavamo per essere scoperti. Mi rintanai nell'ufficio. Ma James fece il contrario. Sollevò la mazza e fece un passo in avanti, con un tempismo perfetto: la mazza descrisse un mezzo cerchio e colpì allo stomaco il signor Franklin, non appena girò l'angolo e varcò la soglia del suo ufficio.

In seguito, ho ricostruito quello che era successo. James mi raccontò alcuni dettagli quando mi riaccompagnò a casa quella sera, e il resto lo misi insieme attraverso articoli di giornale.

All'inizio della serata, mentre aspettavo fuori dalla scuola, chiedendomi perché James ci stesse mettendo tanto, lui si era introdotto nell'ufficio principale, dove aveva trovato il numero di telefono dell'allenatore tra i documenti relativi agli insegnanti. Aveva chiamato il signor Franklin, identificandosi come un agente di polizia che voleva avvisarlo di un'effrazione a scuola e del furto della sua chitarra autografata. Gli aveva detto che la vicepreside era già sul posto.

L'allenatore era arrivato di corsa. Non ci aveva sorpresi, era stato James a sorprendere lui.

Il pomeriggio successivo il signor Franklin morì per le ferite riportate. I giornali scrissero che era stato colpito più di venti volte con una mazza da baseball trovata sulla scena.

Quando staccarono la spina alle macchine che tenevano in vita il suo corpo, io stavo scendendo da un autobus. Ero appena arrivata in una località lontana più di centocinquanta chilometri dalla mia città natale. La ragazza che ero prima, Ava Morales, non esisteva più.

Avevo l'orologio d'oro che James aveva tolto dal polso del signor Franklin, un po' di contanti e una borsa da viaggio con alcuni effetti personali.

James divenne subito il principale sospettato, insieme a me. Ci chiamarono «gli adolescenti assassini della Oak Hill High School» e un tabloid pubblicò le foto di noi due fianco a fianco in prima pagina.

Sapevo che nessuno mi avrebbe creduto se avessi detto la verità, e cioè che era stato James a far venire l'allenatore in ufficio e l'aveva colpito prima che io potessi capire cosa stava succedendo.

Tra tutte le immagini di quella notte che continuo a rivedere, ce n'è una che mi torna più spesso in mente: James che posa la mazza sul pavimento, poi mi guarda mentre afferra le braccia flosce dell'allenatore e lo trascina dentro l'ufficio, lasciando una scia di sangue.

I suoi occhi erano dolci e sereni come se avessimo appena finito di fare l'amore.

Quegli occhi erano la cosa più terrificante che avessi mai visto.

Fissandoli, iniziai a tremare così forte da battere i denti.

Cercai di alzare il telefono sulla scrivania per chiamare un'ambulanza, ma lui mi allontanò.

Mai lasciare impronte digitali, mi disse mentre puliva la mazza con la sua maglietta. Poi mi diede istruzioni: saremmo andati a casa e avremmo preso tutti gli oggetti di valore possibili (la vecchia signora da cui affittava la stanza aveva una cassaforte in camera da letto, che avrebbe scassinato), poi ci saremmo incontrati davanti a Pizza Piazza a mezzanotte. Saremmo scappati in un posto dove nessuno avrebbe mai potuto trovarci. Saremmo andati via quella notte stessa.

Strappò l'orologio d'oro dal polso del signor Franklin e mi fissò.

Mi chiese se volessi fuggire con lui.

Non risposi subito. Lasciò cadere il braccio dell'allenatore sul pavimento e si avvicinò a me. Guardai la mazza da baseball, ancora a portata di mano.

Se prima pensavo di essere terrorizzata, ora conoscevo la vera paura. Risposi subito che l'avrei aspettato al ristorante.

James mi tenne l'orologio davanti al viso e indicò il numero dodici in cima al quadrante. Sentii il debole suono che mi avrebbe perseguitato: tic tac, tic tac...

Mi infilò l'orologio al polso e mi disse di non perdere la cognizione del tempo. Aggiunse che ci saremmo incontrati a mezzanotte.

Ma io fuggii da sola.

A quel punto tu stavi già crescendo dentro di me, anche se non lo sapevo ancora. Probabilmente ero rimasta incinta proprio quella prima volta con James, sotto le stelle.

Tu mi hai dato un nuovo scopo, che mi bruciava dentro e mi ha consentito di andare avanti durante tutti i momenti duri e spaventosi che ho dovuto affrontare.

Sapevo che avrei dovuto nascondermi per il resto della mia vita. Non si trattava solo di autoconservazione. Il mio obiettivo era quello di tenere al sicuro anche te, Catherine.

Tutti avrebbero saputo che eri la figlia degli adolescenti assassini. Saresti stata una curiosità e, peggio ancora, una paria. E quando io e James saremmo finiti in prigione, come sicuramente sarebbe successo, probabilmente la tua custodia sarebbe passata ai miei genitori. Per molte ore al giorno, mentre mio padre era al lavoro e Timmy a scuola, saresti rimasta sola con mia madre.

Dovevo fare tutto il necessario per rompere quello schema. Anche se ciò avrebbe significato che, in un certo senso, sarei morta anch'io.

15

CATHERINE

La diagnosi di Alzheimer è un processo lento e metodico. I sintomi compaiono gradualmente. All'inizio, in genere, vengono trascurati o minimizzati. Quando raggiungono il punto in cui sono innegabili, bisogna escludere altri potenziali colpevoli: tumori cerebrali, ictus, idrocefalo. A volte bastano test genetici e scansioni cerebrali ma di solito si tratta di un puzzle: bisogna incastrare i singoli pezzi finché il quadro non diventa chiaro.

Ricordo il momento esatto in cui ho iniziato a temere che mia madre potesse avere l'Alzheimer. È stato tre settimane fa, quando l'ho chiamata al cellulare per sapere perché non era ancora tornata a casa dalla farmacia. Si era persa. Non l'aveva detto, non esattamente, ma era ovvio.

Dopodiché l'ho osservata attentamente. I segnali si sono accumulati così in fretta che sembrava impossibile che prima mi fossero sfuggiti.

Tuttavia, ho cercato di non essere catastrofista. Dicevo a me stessa che probabilmente i sintomi erano dovuti a motivi più semplici.

Ho insistito perché prendesse un appuntamento con

il suo medico di base. Questo era il protocollo. Non è emerso alcun fattore evidente che potesse spiegare la sua nebbia cerebrale, perciò siamo passate al livello successivo, andando dal dottor Chen.

Nel nostro caso, mancavano ancora tante conferme. Ma a me sembrava che, già dopo quella visita, i pezzi del puzzle si fossero incastrati al loro posto, senza pietà.

Ora è mezzanotte passata e sono a letto, sveglia. Mia madre è dall'altra parte del muro.

Ho camminato per ore dopo essere uscita dal bar di Ethan. Ero talmente stordita che non ricordo quale strada ho seguito e non mi sono accorta delle vesciche che si stavano formando su entrambi i talloni a causa delle scarpe scomode che mi ero messa, rinunciando a quelle da ginnastica. Mi sono avviata verso casa solo quando ero ormai certa che mia madre stesse dormendo.

Non posso sopportare di vederla.

Dovrei essere esausta, ma mi sento carica come se avessi appena bevuto un'intera cuccuma di caffè.

Quasi non riesco a credere a ciò che Ethan mi ha rivelato, che mia madre potrebbe averlo drogato. Che ha cercato di rovinare il mio rapporto con lui.

Quasi.

Il nostro appartamento è silenzioso come un cimitero. Scendo dal letto e indosso la vestaglia. Con passo leggero, e la torcia del cellulare come guida, entro nel soggiorno e comincio a cercare.

Tutti conservano qualcosa del proprio passato: una lettera, un ricordo, una foto. Se mia madre ha un talismano, deve averlo nascosto bene.

O magari si tratta di qualcosa in piena vista. Qualcosa che prima non avevo notato e che adesso potrei guardare con occhi diversi.

Comincio da un angolo della stanza e mi muovo con

metodo. Guardo sotto il tappeto. Sollevo ogni cuscino del divano. Sbircio anche dietro le stampe alle pareti.

Non trovo niente.

Porto una sedia in cucina, in modo da poterci salire e dare un'occhiata fino in fondo ai pensili alti. Non vedo nulla di strano, a parte una scatola impolverata di Rice Krispies che non sapevo di avere. Scendo e comincio a perquisire gli armadietti bassi. Non noto nulla di strano: rigatoni, sughi pronti per la pasta, fagioli neri, riso integrale, barrette di cereali, camomilla. Sto controllando il cassetto sotto al forno, quando sento il cigolio che indica che la porta della camera di mia madre si sta aprendo.

Spengo la torcia e mi sale la pelle d'oca. Non riesco a capire se sta venendo verso di me.

Non c'è motivo di avere paura. Posso dire che sono venuta a prendere un bicchiere d'acqua. Non è che non mi abbia mai visto in cucina, anche a quest'ora.

Ma mi conosce bene.

Non riesco a togliermi dalla testa l'idea che, se mi vedesse in faccia, saprebbe immediatamente cosa sto facendo.

Sento il rumore dello sciacquone del bagno e pochi secondi dopo la porta della sua stanza si chiude.

Il tempo di qualche respiro, poi riprendo la ricerca.

Mia madre sembra essersi materializzata all'età di diciotto anni, quando ha avuto me. È come se fossimo nate entrambe nello stesso momento. Nasconde bene il suo passato, ma nessuno si muove nel mondo senza lasciare tracce.

Non riesco però a trovarne nemmeno una in cucina. Torno in salotto e vedo la sua borsa appesa al gancio vicino alla porta d'ingresso.

Mi avvicino e la sollevo, poi la porto in camera da letto.

Chiudo la porta e aspetto. Mi sembra di sentire un

leggero fruscio dall'altra parte del muro, ma non posso dirlo con certezza.

Controllo prima la tasca esterna. Ci sono solo le chiavi e il flacone di spray al peperoncino che tiene sempre a portata di mano quando cammina da sola di notte. All'interno della borsa c'è un piccolo astuccio per il trucco, che contiene un burrocacao alla ciliegia, una lozione per le mani non profumata e una limetta per unghie. Non c'è da sorprendersi. Mia madre usa il burrocacao alla ciliegia da sempre e cerca di prendersi cura delle sue mani, visto che al lavoro vengono maltrattate.

Tiro fuori il portafoglio e comincio a estrarre gli oggetti, appoggiandoli sul copriletto. Per prima cosa guardo la sua patente di guida. Nella foto non sorride. Ha un bancomat per il nostro conto comune, una carta di credito Visa e alcuni buoni sconto. Nella fessura per i contanti ci sono molte banconote da cinque e da uno. Soldi delle mance.

Cerco nello spazio dietro il pannello per le carte di credito e trovo qualcos'altro. Tiro fuori due banconote nuove da cinquanta dollari, che immagino mia madre tenga per le emergenze. Ma dietro c'è qualcos'altro. È un altro tipo di carta, che non sapevo possedesse.

Una tessera della biblioteca.

La rigiro tra le mani e riconosco la sua firma sbiadita e quasi illeggibile sul retro: Ruth M. Sterling.

Mia madre mi portava in biblioteca quando ero piccola. Alla mia prima visita, ho ricevuto la mia tessera personale e mi sono sentita orgogliosa quando la bibliotecaria ha spinto verso di me sul bancone quel rettangolo plastificato.

Quando sono cresciuta, ho iniziato ad andare in biblioteca da sola. Mia madre non ha mai chiesto di accompagnarmi. Ha una lieve dislessia e non è una grande lettrice. Preferisce la televisione, i film e l'ascolto dei podcast.

Non avevo idea che avesse una tessera personale. E non ricordo che abbia mai portato a casa un libro della biblioteca. Allora perché la tiene nel portafoglio?

La stringo forte, fissando la sua firma, finché non noto qualcosa nelle due banconote da cinquanta dollari: infilato in una delle due vedo un foglietto di carta.

È la ricevuta di un libro che mia madre ha preso in prestito dalla biblioteca.

Il titolo è *Capire l'Alzheimer*.

Questo ha senso. Anche se non vuole ancora parlare della sua malattia con me, probabilmente sta cercando di saperne di più.

Poi noto la data sulla ricevuta.

Ha preso in prestito il libro quasi cinque mesi fa.

Mi sento male. I suoi sintomi sono iniziati ancora prima di quanto ha detto al dottor Chen?

Fisso la tessera della biblioteca, senza capirne il significato, finché le lettere e i numeri non si confondono.

È un innocuo pezzo di carta. Perché lo avverto come una minaccia?

C'è qualcosa che mi sfugge, una serie di piccoli indizi, in questi semplici oggetti, che si sommano a formare qualcosa di più grande delle loro parti.

Una domanda si delinea lentamente nel mio cervello, prima di irrompere nella coscienza: se mia madre si è iscritta alla biblioteca di recente al solo scopo di leggere *Capire l'Alzheimer*, perché la sua tessera sembra così vecchia e consumata, con la plastificazione che si stacca in un angolo, come se l'avesse usata centinaia di volte?

Forse ha preso in prestito di nascosto altri libri nel corso degli anni... Ma che senso avrebbe?

A meno che la sua cronologia di lettura non sia il talismano che stavo cercando. Forse la sequenza dei libri che ha letto, negli anni, mi potrebbe dire qualcosa di lei. Qualcosa che non vuole che io sappia.

Attraverso la parete sottile, sento di nuovo scricchiolare il letto di mia madre. Il rumore mi spinge a muovermi. Mi alzo e infilo la tessera della biblioteca nel cassetto dei calzini, poi rimetto in ordine il portafoglio, torno in punta di piedi in corridoio, trattenendo il respiro, e lascio la borsa dov'era prima.

Mi rimetto a letto, tirando su le coperte. Ho i piedi ghiacciati e mi sta venendo mal di testa. Continuo a rimuginare sulle mie strane scoperte, alla ricerca del loro significato.

Mi ci vuole molto tempo per addormentarmi. Quando finalmente ci riesco, i miei sogni sono agitati.

La mattina dopo, aspetto a letto, ascoltando mia madre che si prepara facendo pochissimo rumore. I suoi passi si fermano davanti alla mia porta. Chiudo gli occhi, preparandomi a fingere di dormire, ma non bussa e non prova a entrare.

Poco dopo esce per andare al lavoro.

Appena la porta si chiude alle sue spalle, mi alzo e mi vesto, poi vado in bagno a coprire le mie vesciche gemelle con dei cerotti. Mi costringo a mangiare una banana per calmare l'acidità allo stomaco.

Quando apre la sede più vicina della biblioteca, sono la prima cliente a varcare la porta. Era da un po' che non ci venivo, ultimamente leggo solo per studio, e sono sollevata dal fatto che la prima bibliotecaria che vedo sia una donna di mezza età con i capelli rasta e un anello al naso. Non l'ho mai vista prima, quindi spero che non si accorga che il nome sulla mia tessera non è quello giusto.

La saluto con quello che mi auguro sia un sorriso sicuro. «Salve, le sembrerà strano, ma tempo fa ho preso in prestito un libro e volevo consigliarlo a un'amica, ma non ricordo più il titolo.»

«Ricorda l'argomento? O la copertina?»

Scuoto la testa. «No. Mi dispiace.»

Sembra poco plausibile. Perché dovrei raccomandare un libro di cui non ricordo assolutamente nulla?

Proseguo in fretta: «C'è un modo per consultare la mia cronologia dei prestiti?»

Le porgo la tessera di mia madre, ma lei non la prende. «Mi dispiace, ma non teniamo un elenco dei prestiti, se i libri vengono restituiti in tempo.» Mi cadono le braccia.

«Proviamo in un altro modo» suggerisce. «Ha mai restituito un libro in ritardo, o ne ha perso uno?»

«Io... non me lo ricordo.»

Il sorriso della bibliotecaria è gentile. «Se è successo, avrà ricevuto un avviso di mora con una multa da pagare.»

«Può darsi. Mi dispiace, non ne sono sicura... Nell'ultimo periodo sono un po' confusa.»

Abbassa lo sguardo sulla tessera di mia madre. «Controllo subito.» Le sue dita danzano sulla tastiera del computer.

Poi scuote la testa. «No, non vedo nulla.»

Annuisco e la ringrazio, ma sono profondamente delusa. Sto per andarmene quando, d'impulso, mi giro di nuovo.

«Avete un libro intitolato *Capire l'Alzheimer?*»

Digita di nuovo qualcosa e questa volta annuisce. Esce da dietro la scrivania e mi guida verso il corridoio giusto, prendendo il libro con la copertina rigida da uno scaffale.

La ringrazio e vado a sedermi su una poltrona vicina.

Mi metto comoda e osservo la copertina. Non so cosa sto cercando. Ma mi sento in dovere di tenere in mano il libro che mia madre aveva preso in prestito.

Lo sfoglio, scorrendo rapidamente le pagine.

Alcune informazioni sono di tipo accademico, altre aneddotiche, ma il tutto è scritto in un linguaggio chiaro. Un capitolo è dedicato ai caregiver e descrive le turbolente emozioni che i familiari provano quando una persona cara riceve una diagnosi di Alzheimer. È tutto vero, l'ho visto tante volte al lavoro. E l'ho vissuto in prima persona.

C'è un paragrafo in cui si parla di una figlia il cui padre ha dimenticato di spegnere il fornello a gas, rischiando di bruciare la casa, e un altro in cui un figlio capisce che qualcosa non va quando la madre lascia un cartone di uova nella credenza della cucina.

Sbatto le palpebre e rileggo la frase.

Mia madre ha fatto la stessa cosa di recente.

Mi chino in avanti, la mia postura si irrigidisce e leggo più in fretta. Due pagine dopo, c'è un altro aneddoto stranamente familiare: i parenti non hanno potuto più negare la consapevolezza che qualcosa andasse male quando la loro amata nonna si è persa mentre tornava a casa dalla farmacia del quartiere.

Mi si secca la bocca. Ho uno strano ronzio nelle orecchie.

È come se gli esatti sintomi sperimentati da mia madre fossero emersi da queste stesse pagine.

Continuo a leggere.

Una donna a cui era stato diagnosticato l'Alzheimer ha dimenticato che mese fosse. Qualche giorno dopo, chiamava i cubetti di ghiaccio «quadratini d'acqua».

Sto iperventilando.

Il libro mi cade dalle mani, atterrando sul pavimento.

Mi alzo di scatto e corro fuori. Mi accorgo che qualcuno mi chiama, chiedendomi se sto bene.

Mi lascio cadere su una panchina di fronte alla biblioteca, con la testa tra le mani. Il mondo intorno a me gira troppo in fretta. Ho le vertigini.

Nel mio cervello si fa strada un sospetto così bizzarro e terrificante che non riesco ancora a trovare le parole per esprimerlo.

Non so più cosa sia reale.

Deve essere così che ci si sente quando si perde la testa.

Un singhiozzo mi sale in gola e comincio a tremare. La mia vista si confonde. Poi sento una voce accanto a me.

«Si sente bene?»

Non riesco a prendere fiato per rispondere. Sto piangendo troppo forte.

Sento una mano sulla spalla e per un attimo penso che sia mia madre, che in qualche modo mi abbia rintracciato. Poi mi asciugo gli occhi e vedo la bibliotecaria.

«Posso sedermi un attimo con lei?»

Annuisco e si siede sulla panchina. Mi porge un fazzoletto e per qualche istante, mentre mi tampono gli occhi e cerco di riprendere il controllo, rimane in silenzio.

«Mi spiace per quello che sta passando» dice infine. Riesco a trovare la voce e la ringrazio.

«Se ha bisogno di aiuto per collegarsi alle nostre risorse, abbiamo moltissime informazioni all'interno. Mi trova lì se vuole parlare.» Mi dà una stretta alla spalla e si alza prima che il significato delle sue parole mi colpisca. Mi giro a guardarla, ma è già scomparsa nell'edificio.

In una conversazione di due minuti con lei, ho finto di avere diversi vuoti di memoria. Questo, unito al mio crollo emotivo, forse l'ha indirizzata verso la conclusione sbagliata, facendole sospettare che abbia un problema mentale, con sintomi di grave perdita di memoria o addirittura di Alzheimer precoce, per il modo in cui mi sono presentata a lei.

Per il modo in cui mi sono presentata a lei.

Qualcosa in quelle parole mi assilla.

Affondo le unghie nei palmi delle mani e mi costringo a concentrarmi sui fatti che ho cercato di mettere insieme:

- mia madre non ha una vita sociale, né amici intimi, a parte me;
- forse ha cercato di distruggere il mio rapporto con Ethan;
- non ha commesso errori evidenti al lavoro, ma li commette spesso a casa;
- rifiuta di sottoporsi a qualsiasi esame che possa confermare la sua diagnosi;
- ha fatto la tessera della biblioteca e ha preso in prestito un libro sul morbo di Alzheimer nello stesso periodo in cui, cinque mesi fa, ho iniziato a propormi per un lavoro in altri Stati. Ha iniziato a manifestare i segni della malattia come da manuale, come se il libro le fornisse un modello da seguire, proprio quando ho cominciato a pensare di trasferirmi e iniziare una nuova vita, che l'avrebbe messa ai margini del mio mondo.

Ho cercato di mettere insieme i pezzi del puzzle per arrivare alla conclusione: mia madre soffre di Alzheimer. Ma ora mi trovo a compiere un processo inverso, a rimescolare tutti i tasselli, componendo un'immagine completamente diversa. Speculare a quella che pensavo di aver rivelato. Un cambio di prospettiva completo.

L'idea è mostruosa, ma non posso scartarla: forse non c'è niente che non va in mia madre.

Niente di niente.

SECONDO ATTO

16

RUTH

Catherine aveva cinque anni quando iniziò a spaventarmi.

Prima di lei, l'unico bambino a cui ero stata vicina era Timmy, che era praticamente un raggio di sole incarnato in un bambino lentigginoso.

Catherine era diversa fin dall'inizio. Piangeva di rado, non ha parlato fino a quasi quindici mesi e non rideva quasi mai. Neanche io ridevo molto in quel periodo (essere perennemente esausti e al verde tende a smorzare l'allegria), quindi non ci feci molto caso.

Quando Catherine aveva circa un anno e mezzo, la portai in un parco giochi e la misi su un'altalena, di quelle per bambini piccoli, con due buchi nel seggiolino per far passare le gambe. Era una bella mattina di metà ottobre. Le foglie degli alberi nel parco avevano brillanti sfumature cremisi e dorate e il sole mi scaldava dolcemente la pelle. All'inizio avevamo il parco tutto per noi, il che era piacevole.

Pochi minuti dopo, però, arrivò un gruppo di mamme. Avevano tutte figli dell'età di Catherine. Indossavano quel tipo di abbigliamento da ginnastica dall'aspetto costoso che di solito non vede mai l'interno di una palestra e portavano belle borse per pannolini piene di tasche e passanti per accessori coordinati, come tazze e salviette. Una di loro aveva portato con sé un flacone di bolle di sapone con una bacchetta e un'altra aveva una grande trapunta su cui tutti i bambini potevano sedersi. Restarono in gruppo per la maggior parte del tempo, strillando e scattando foto con i cellulari ogni volta che uno dei bambini allungava la mano per cercare di afferrare una bolla.

Dopo un po', una mamma portò suo figlio sull'altalena accanto a quella di Catherine. Quando gli diede una leggera spinta, il figlio rise. Continuarono così per un po': la madre spingeva, il figlio ridacchiava, la madre faceva espressioni esagerate e gli parlava con voce acuta.

Attirò anche l'attenzione di Catherine, la quale girò la testa e scrutò la donna.

«Ehi, buongiorno!» La mammina le rivolse un grande sorriso. «Ti piace dondolare, principessa?»

Catherine non ricambiò il sorriso.

«Ma guardati, così piccola e così seria» disse la donna, con una voce che voleva essere simpatica. Catherine non reagì.

La donna non mi aveva prestato attenzione prima, ma ora mi guardò. Avevo una vecchia borsa di stoffa con una ciambella alla cannella e uvetta avvolto in un tovagliolo di carta, da dividere con Catherine, un pannolino di ricambio e una bottiglia d'acqua da riempire alla fontana del parco giochi. Non era solo la mia età a separarmi dal gruppo di mamme con i loro contenitori impilabili pieni di gallette ai mirtilli e riso soffiato e le loro confezioni di succo di mela biologico.

Cercai di fare una battuta. Mi sentivo molto sola e, come ho già detto, Catherine parlava pochissimo.

«Forse per Halloween dovrei vestirla da Mercoledì.

Ha presente, la bambina della famiglia Addams che non sorride mai?»

La mamma sembrò scioccata. Smise persino di dondolare il figlio per un minuto e anche il suo sorriso svanì. Come se fossimo contagiose.

La sua allegria tornò subito, ma ora sembrava un po' forzata. «È la tua sorellina?»

Mi era già capitato di ricevere quella domanda. La maggior parte delle persone pensava che io e Catherine fossimo sorelle o che fossi la sua babysitter. «No, è mia figlia.»

«Oh! Scusa! È solo che... è che sei così...»

I versi del bambino si trasformarono nell'inizio di un pianto. Voleva essere spinto di nuovo. L'attenzione della madre tornò su di lui. «Oh, mi dispiace tanto, ometto mio! La mamma è qui! Vuoi dondolare verso il cielo e afferrare una nuvola?»

Non parlò più con noi, ma notai che lanciava diverse occhiate a Catherine. Mia figlia non stava facendo nulla di strano. Si limitava a ondeggiare avanti e indietro e a guardarsi intorno. Ma a quella mamma sembrava un rompicapo irrisolvibile.

Dopo qualche minuto, feci scendere Catherine dall'altalena e ci incamminammo verso la fermata dell'autobus, per tornare al monolocale che avevo preso in affitto. Il viaggio durava trenta minuti, ma i parchi giochi in quella parte della città erano molto più belli di quello vicino a casa mia. L'unica volta che ci eravamo andati, avevo trovato un preservativo usato accanto allo scivolo e vetri rotti di bottiglie nell'erba. Cercai di non pensare troppo alla reazione dell'altra mamma nei confronti di Catherine, ma rimase comunque impressa da qualche parte nella mia mente. Quando tornammo a casa, lavai Catherine nel lavandino della cucina perché non avevamo una vasca. Anche quando affondò le mani tra le bolle di sapone, la sua espressione non cambiò. Non fece versi e non rise.

Sembrava distaccata come una scienziata.

Provai a usare la voce acuta della mamma al parco: «Ooh, le bolle! Guarda quanti spruzzi!»

Catherine mi guardò come se fossi una stupida, e credo che non avesse torto. Tornai a parlare come una persona normale e col tempo Catherine trovò le parole per comunicare con me. A tre anni aveva un vocabolario piuttosto avanzato, quindi credo che il fatto di aver iniziato a parlare tardi non le abbia creato alcun problema.

Non mi allarmò il fatto che non mostrasse un'ampia gamma di emozioni. A dire il vero, mi sarei stancata ancora di più, se i suoi umori avessero oscillato costantemente tra rabbia, gioia e fastidio.

Mia figlia mi piaceva così com'era.

C'era solo una cosa.

Una volta, poco dopo che aveva compiuto cinque anni, stavamo aspettando l'autobus per andare a fare la spesa (a volte mi sembrava di passare metà della mia vita ad aspettare l'autobus o a viaggiarci sopra) e qualcosa sul marciapiede dietro la pensilina di vetro attirò la sua attenzione. Non riuscivo a vedere esattamente cosa stesse facendo, ma sembrava che stesse toccando il terreno con un bastone. Ero distratta e stanca. Lavoravo come televenditrice da casa per trenta ore alla settimana, perché era uno dei pochi lavori che potevo fare senza dover assumere una babysitter. Ero io ad accettare tutti gli incarichi di babysitter che riuscivo ad avere da altri genitori del mio quartiere. Molti di loro non potevano permettersi di pagare molto, e a volte non potevano pagarmi affatto, ma riuscivano sempre a darmi qualcosa, anche se si trattava solo di un pasto caldo o di provviste e vestiti di seconda mano.

Quando finii di frugare nel portafoglio per trovare l'abbonamento dell'autobus e passai dietro la pensilina per controllare Catherine, lei era accovacciata e fissava qualcosa con attenzione.

Era uno scoiattolo morto.

Istintivamente indietreggiai. Lo scoiattolo doveva essere stato investito da un'auto e scaraventato in aria prima di atterrare in quel punto. Il suo stomaco era parzialmente aperto, probabilmente dai corvi che se n'erano cibati. Si poteva vedere un po' dell'interno rosa.

La maggior parte dei bambini sarebbe rimasta disgustata o sarebbe scoppiata in lacrime: lo scoiattolo aveva ancora la coda pelosa e la pelliccia marrone, da lontano si capiva che era stato un tenero animaletto.

Catherine con il bastone cominciò a picchiettare delicatamente sulla zampetta floscia.

«Cosa stai facendo?»

Mi guardò, poi riprese a esplorare la carcassa dell'animale con il suo bastone.

«Smettila!» gridai.

Sembrò non avermi sentito. Si avvicinò ancora di più alla creatura mutilata.

«I bambini normali non fanno così!» Le afferrai il braccio, con forza, e la strattonai via.

Più tardi, notai dei piccoli lividi viola a forma di dita sulla parte superiore del suo braccio. Era una replica di ciò che mia madre aveva fatto a me la sera in cui l'avevo allontanata a forza da Timmy. Avete presente quando i genitori dicono: «Questo fa più male a me che a te», prima di sculacciare i figli? Lo giuro, per me fu così. Vedere quei segni sul suo morbido braccino mi fece male.

Ma quello che non riuscivo, e non riesco ancora, a togliermi dalla testa era l'espressione di Catherine quando avevo interrotto il suo esame dello scoiattolo morto. Invece di paura, disgusto o tristezza, tutte emozioni che ci si aspetterebbe di vedere in un bambino che ha appena scoperto la carcassa di un animale, gli occhi celesti di Catherine erano sereni e gentili.

Erano gli occhi di James.

Per tutta la notte non riuscii a dormire, nonostante fossi così esausta che avevo male dappertutto.

Anche se oggi non devo lavorare da Sam's, mi alzo prima dell'alba e vado in cucina a preparare il caffè. Ho intenzione di rispettare il solito programma dei miei giorni liberi: fare il bucato, pulire la cucina e il bagno e andare in biblioteca a effettuare i miei controlli.

La porta di Catherine è chiusa. L'ho vista a malapena nelle ultime ventiquattro ore. Ieri sera è tornata a casa tardi, molto dopo che io ero andata a letto.

La sua assenza è significativa.

Porto una tazza di caffè in salotto e mi siedo sul divano, assaporando il primo sorso. In momenti come questi, quando l'appartamento è silenzioso e ho davanti a me la *tabula rasa* di un nuovo giorno, è più facile pensare che tutto si risolverà. Gli errori che ho commesso, le scelte sbagliate, tutto si appianerà col tempo. In futuro la mia strada sarà più facile di quella accidentata che ho percorso finora, cerco di ripetermi.

Se le tre del mattino sono l'ora più buia dell'anima, l'alba è il contrario. Poche cose evocano in me più speranza della luce di un nuovo giorno.

Sul tavolino di fronte a me c'è il diario che Catherine ha comprato, il cui titolo sembra prendermi in giro: *Raccontami di te, mamma*.

Lo prendo e sfoglio qualche pagina.

Forse posso scrivere qualcosa per lei e lasciare la pagina aperta perché la veda. Come una sorta di offerta di pace, anche se non so esattamente perché sento il bisogno di farla.

Ho la sensazione che sia arrabbiata con me.

Catherine non ha molti amici. Tutti i traslochi che abbiamo fatto quando era piccola le hanno impedito di creare legami duraturi. Inoltre, la scuola e il lavoro hanno sempre assorbito così tanto tempo ed energia che non le rimaneva molto per socializzare. È un po' strano che ieri sera abbia scelto di andare a vedere un film, così presto dopo che il dottor Chen ci ha detto che, a suo parere, il tempo che possiamo passare insieme in modo significativo sta per finire.

Trovo una pagina del diario con la richiesta: «Parla di quando hai saputo che saresti diventata mamma. Come ti sei sentita?»

Rispondere è facile e difficile allo stesso tempo.

Trovo una penna e scrivo la verità. «Ho provato una serie di emozioni tutte in una volta, Catherine. Ero terrorizzata e felice e triste e determinata e stupita dal solo pensiero di te. Ho provato tutto. E mi sento ancora così ogni singolo giorno.»

17

CATHERINE

La luce del sole filtra attraverso le fessure delle tende. Sento mia madre che si muove in cucina. Ogni suono ha un significato preciso: il lieve urto è l'anta del mobile sopra i fornelli che si chiude; lo scroscio è l'acqua che scorre dal rubinetto del lavandino; il gorgoglio segnala che la macchina del caffè Mr. Coffee sta facendo il suo lavoro.

Non posso continuare a evitarla.

Il terribile sospetto che ho provato ieri non si è attenuato, ma non sono ancora pronta a condividerlo con nessuno.

Riesco a malapena ad ammetterlo con me stessa.

Ho sentito parlare della sindrome di Munchausen per procura, in cui un genitore, in genere la madre, fa ammalare il proprio figlio somministrandogli veleni o farmaci non necessari. Una malattia mentale che porta a perpetrare dei veri e propri abusi.

Ma come potremmo definire il caso di mia madre? Una Munchausen al contrario? Sta forse fingendo una malattia per tenermi legata a sé?

Mi alzo e indosso pantaloni tagliati al ginocchio e un top, poi vado in bagno a lavarmi la faccia e i denti. Non faccio alcuno sforzo per muovermi in silenzio. Non c'è motivo di non mettere mia madre sul chi vive.

Quando entro in soggiorno, vedo che mi ha versato una tazza di caffè e l'ha lasciata sul tavolo davanti al divano.

La prendo e ne bevo un sorso, poi mi siedo accanto a lei. «Grazie.»

«Ti sei divertita ieri sera?»

«È andata bene.»

«Che film hai visto?»

Una conversazione normale come questa, uno scambio che avremo avuto mille volte, in passato, ora mi sembra innaturale.

Decido di dire la verità. «Non ho visto nessun film. Sono andata a trovare Ethan.» Mia madre inarca le sopracciglia sopra il bordo della tazza.

«Come sta?»

Nessuna reazione eclatante. Magari ha davvero drogato il mio ragazzo, ponendo fine all'unica relazione significativa della mia vita, ma dalla sua espressione proprio non si direbbe. Non vedo senso di colpa o rimorso, solo una leggera curiosità.

«È sempre uguale.»

Lei annuisce. «Nel senso che fa ancora il barista ma racconta a tutti che diventerà un grande fotografo?»

Lo sta facendo di nuovo. Lo sminuisce, con rapide pennellate di scherno. Io potrei risponderle facendo il contrario: «No mamma, nel senso che è ancora affascinante, bello e divertente. Mi fa ancora ridere. È ancora innamorato di me. Vorrei che potessimo tornare insieme».

Ma non dico nulla di tutto ciò. Sento la rabbia che mi assale, però riesco comunque a trattenere anche le altre parole che mi salgono alle labbra: «Non cercare di manipolarmi».

Bevo un sorso di caffè per guadagnare un attimo di tempo e calmare le emozioni e la voce.

Poi la guardo direttamente negli occhi. «Visto che nessuna di noi due deve lavorare oggi, ho una proposta.»

Mia madre guarda fuori dal finestrino della nostra Bonneville, cercando i punti di riferimento su cui un tempo facevamo affidamento per trovare la strada. «Ecco. Gira a destra alla stazione Shell.»

Siamo a circa un'ora da casa, ma anche questa zona era casa nostra, un tempo. Abbiamo vissuto a Lancaster per due anni, fino a metà della seconda superiore, prima di trasferirci ad Harrisburg.

Finora la memoria di mia madre è stata impeccabile. Ha ricordato facilmente l'indirizzo del nostro vecchio appartamento (lo ricordavo anch'io, ma ho lasciato che fosse lei a dirlo) e ha notato che la tintoria sulla strada che porta al nostro complesso è stata sostituita da un 7-Eleven.

Lei continua a tentare di iniziare conversazioni, ma non ho voglia di stare al gioco. Abbiamo fatto molte gite in macchina insieme, ma questa è diversa.

Stiamo percorrendo il viale dei ricordi, in senso letterale e figurato.

Giro a destra e poco dopo ci fermiamo davanti al nostro vecchio palazzo. È indistinguibile da migliaia di altri edifici in mattoni rossi in centinaia di città. Sembra solido, ma non è stato speso neanche un dollaro per dargli un tocco di design. È una scatola con delle finestre.

Mia madre inclina la testa verso l'alto, guardandolo. «Quinto piano, settima finestra da sinistra.»

Quello era il nostro appartamento, un monolocale dove dormivamo in due letti singoli con un comodino in comune. La finestra non si apriva per più di qualche centimetro, cosa che secondo lei non era a norma: sarebbe stata pericolosa in caso d'incendio. Ma non riusciva a convincere l'amministrazione a fare qualcosa, così comprò un estintore da Home Depot e lo tenne sotto il mio letto, dicendomi che in nessun caso avremmo dovuto accendere delle candele.

Qui siamo state felici. La terza media fu difficile per me, ma la mia vita cambiò una volta arrivata al liceo. Sembravo un po' più donna e meno bambina, finalmente. Mi sentivo più sicura di me. Alla fine della prima superiore mi ero fatta un paio di amiche, Aliyah e Chelsea, studiose e timide come me. Dopo aver trovato qualcuno con cui sedermi a tavola, smisi di temere i giorni feriali.

Quanto a mia madre... be', anche lei sembrava contenta. Lavorava in una steakhouse e, dato che ero abbastanza grande per stare a casa da sola la sera, faceva i turni per la cena, che erano più redditizi. Aveva comprato la sua prima auto, una Bonneville, perché non era sicuro per lei tornare a casa in autobus così tardi. Non ci vedevamo spesso perché di solito andava al lavoro quando io tornavo da scuola, ma per me non era un problema.

Era bello avere un po' di respiro, per la prima volta nella mia vita.

Quello non fu l'unico grande cambiamento. All'inizio del secondo anno conobbi un ragazzo.

Charlie era sensibile e dolce, scriveva per il giornale della scuola, e mi disse che un giorno sarebbe diventato un romanziere. Anch'io credevo che ce l'avrebbe fatta. Aveva un sorriso che iniziava lentamente e si diffondeva fino a occupare tutto il viso e, anche se non ci vedeva bene e portava occhiali spessi, sembrava che non gli sfuggisse niente.

Ho imparato che la nostra mente, leggendo, tende a

farsi influenzare dal contesto, aspettandosi certi termini o affermazioni, traendo conclusioni che sulla pagina non ci sono. È uno dei motivi per cui non è facile individuare i propri refusi. Vediamo ciò che ci aspettiamo di vedere. La mente di Charlie non funzionava così. Era attento a ogni dettaglio, registrava ogni minima variazione dalla norma. Ad esempio, poco dopo che avevamo cominciato a frequentarci, mi disse che la calligrafia del nostro insegnante di inglese stava cambiando. Mi sembrava assurdo, ma alla fine mi convinse che aveva ragione lui. E non si fermò a quell'osservazione: approntò anche una diagnosi.

«All'inizio pensavo che si trattasse di Parkinson o di una condizione di disagio psicologico, un cambiamento nello stato d'animo» mi disse.

«E adesso che ne pensi?»

«Ora sono sicuro che debba essere cambiato qualcosa nella sua vita.»

Ero affascinata. «Come fai a dirlo?»

«Ha smesso di portare la fede una settimana fa.»

Stavamo bene insieme, io e Charlie, e non solo perché era una delle persone più interessanti che avessi mai conosciuto. C'era proprio una forte chimica tra noi, tanto che chiunque ci vedeva insieme ci considerava una coppia, ben prima che questo si concretizzasse davvero.

Uscivamo insieme da poco, quando mia madre mi diede la notizia: dovevamo trasferirci di nuovo.

Mi concesse un solo giorno per andare a scuola e salutare tutti. Quando tornai a casa quel pomeriggio, aveva venduto o dato via i nostri letti, il divano e il resto dei mobili ai vicini, e le cose rimaste erano stipate nel retro della Bonneville.

Era quasi come se non avessimo mai vissuto a Lancaster.

Ora la guardo. Sta ancora fissando l'appartamento dal finestrino. Mi chiedo in quale ricordo si sia persa.

Se si è documentata sulla malattia di Alzheimer, saprà che i ricordi più recenti sono in genere i primi a scomparire. Sarebbe logico quindi che i suoi ricordi di quel periodo della sua vita fossero relativamente intatti.

«Dimmi di nuovo perché siamo dovute andare via da qui.» Devo lottare perché la voce non tremi. Charlie, Aliyah, Chelsea... ci siamo tenuti in contatto per un po' dopo la mia partenza, con la promessa di chiamarci ogni settimana, ma al terzo anno ci siamo allontanati. Loro andavano avanti mentre io ero tornata indietro.

A pranzo nella nuova scuola ero di nuovo sola.

«Una cameriera al lavoro mi aveva accusato di aver rubato. Il proprietario le aveva creduto. Forse andavano a letto insieme... Insomma, non avevo alcuna possibilità di convincerlo. Mi aveva detto che o me ne andavo subito senza riscuotere l'ultimo stipendio o avrebbe chiamato la polizia.»

Conosco già questa storia.

«Perché non hai reagito? Se gli avessi permesso di chiamare la polizia, forse la verità sarebbe venuta a galla.»

Mia madre scuote la testa. «Il mondo non funziona così.»

«E funziona scappando alla prima difficoltà?»

Lei sospira e appoggia la testa all'indietro. Poi mi dice qualcosa che non sapevo. «Ero già in ritardo di un mese con l'affitto. E ricordi che la Bonneville aveva bisogno di nuove gomme? Mi stavano arrivando un sacco di fatture da pagare. Facevo fatica a restare a galla. E quando mi hanno licenziato, ho capito che non c'era modo di recuperare. Ci voleva un nuovo inizio.»

Provo una fitta di senso di colpa. All'epoca me l'ero

presa parecchio. Ma, inebriata dal primo amore, non avevo capito le difficoltà finanziarie che stava affrontando mia madre. Né mi ero accorta di quanto fosse dimagrita, di quanto stesse soffrendo.

«Quindi abbiamo tagliato la corda?»

Annuisce. «Abbiamo dovuto trasferirci abbastanza lontano per evitare di incrociare il nostro vecchio padrone di casa per strada. Gli devo ancora seicento dollari.» Mi volto e guardo di nuovo fuori dal finestrino. Riesco quasi a vedere Charlie che mi accompagna a casa quell'ultimo giorno e si avvicina per un bacio d'addio, poi si stacca e con la punta delle dita spinge indietro gli occhiali sul naso. Io lo guardo allontanarsi finché non gira un angolo e scompare.

Mi si spezza il cuore di nuovo.

Avevo pensato che questo posto potesse aiutarmi a capire meglio mia madre. Ma è un ambiente che produce solo tristezza.

«Passiamo oltre?» chiede.

Annuisco. Quando suggerisce di dare un'occhiata al mio liceo o di controllare se uno dei miei vecchi amici vive ancora nella stessa casa, le dico che preferisco di no.

Finiamo per prendere dei panini da una rosticceria che ci piaceva, ma che ora ha cambiato gestione: il cibo non ha più lo stesso sapore.

Mangiamo in macchina e, quando abbiamo finito, la mamma scende per buttare la spazzatura.

La guardo fare una pausa mentre cammina lungo il marciapiede per dare a un senzatetto metà del suo panino che non ha finito. Un'altra fitta di senso di colpa. Forse mi sono concentrata sui ricordi sbagliati.

Mia madre è l'unica persona della mia vita che mi è sempre stata vicino. Quando volevo vincere la gara di spelling, alle elementari, mi interrogava all'infinito senza dare mai a vedere quanto dovesse essere noioso per lei. Quando stavo male mi accudiva senza mai lasciarmi sola, tenendomi la mano, cambiandomi le lenzuola sudate e non facendomi mancare nulla. Prima di mangiare si assicurava sempre che io avessi abbastanza cibo, così non ho mai sofferto la fame, anche se sospetto che a lei sia successo spesso.

In questo contesto, i miei timori nei suoi confronti sembrano assurdi. Non ha mai cercato di impedirmi di andare all'università, anzi, è stata lei a sedersi con la calcolatrice e a snocciolare numeri finché non abbiamo trovato un modo per pagare la retta. Sembrava sinceramente entusiasta quando le ho detto della mia offerta di lavoro alla Johns Hopkins in attesa della laurea.

Come posso sospettarla di un inganno così orribile? Eppure, non riesco a togliermelo dalla testa.

Torna all'auto e apre la portiera del passeggero, poi scivola sul sedile.

«C'è qualche altro posto dove vorresti andare?» chiede.

Ci penso un attimo. «Passiamo dal tuo vecchio ristorante.» Lei scuote subito la testa.

L'idea prende forza nella mia mente. «Dai, mamma. Possiamo entrare e vedere se quell'idiota è ancora il proprietario. Ci ha rovinato la vita! Non vuoi vendicarti almeno un po'?»

Più ci penso, più mi arrabbio. Se mia madre non fosse stata licenziata, avremmo potuto trovare un modo per restare nel nostro appartamento. Non avrei perso i miei amici e Charlie.

Mi fissa. «Che tipo di vendetta hai in mente?»

«Non so, potremmo presentare una denuncia al dipartimento di sanità dicendo di aver visto dei topi in cucina.»

Dalla sua espressione non riesco a capire se l'idea le piace, quindi ne propongo qualcun'altra.

«Se vogliamo essere davvero cattive, potremmo scoprire se è ancora sposato e dire alla moglie della cameriera. Oh, e possiamo pubblicare delle recensioni orribili online.»

Mia madre m'interrompe. «Probabilmente se n'è andato da tempo, Catherine. Ma, se così non fosse, è tutto passato. Non ho intenzione di organizzare una campagna per punirlo di qualcosa che è successo quasi dieci anni fa.»

«Ma passiamo lì davanti in macchina e...»

All'improvviso, sento salire la sua collera. È un campo di forza che blocca le mie parole e mi fa allontanare da lei.

«Smettila!»

Espira, poi dice, in tono più dolce: «Non voglio mai più vedere quel posto».

Mi sento avvilita mentre torniamo a casa. Ascoltiamo la radio e di tanto in tanto facciamo qualche commento sul traffico o sul tempo, come due estranee. Quando ci fermiamo a una stazione di servizio, mia madre compra un paio di lecca lecca dal minimarket e me ne porge uno al lampone, il mio gusto preferito. Ma le cose tra noi non sono a posto. Per niente.

Mi sostituisce al volante dopo aver fatto benzina e io appoggio la testa al finestrino. All'improvviso sento una grande stanchezza e il basso ronzio delle ruote contro l'asfalto mi culla in una trance onirica.

Poi un ricordo improvviso mi riporta alla piena consapevolezza: la notte prima del trasferimento da Lancaster, dopo essermi addormentata tra le lacrime, mi svegliai bruscamente.

Ci volle un attimo perché i miei occhi si adattassero, ma quando successe vidi mia madre che camminava avanti e indietro per tutta la lunghezza del nostro piccolo appartamento, dal soggiorno alla camera da letto e viceversa. Mi aveva già dato la brutta notizia, e cioè che dovevamo partire a causa delle accuse che le erano state rivolte sul lavoro. Ma doveva esserci qualcos'altro che le pesava. Qualcosa di così grave da farla camminare senza sosta per tutta la notte.

Faceva anche un'altra cosa. Ogni volta che si avvicinava alla finestra, si fermava e scrutava fuori.

Ora osservo il suo profilo mentre si sposta sulla corsia di sinistra per sorpassare un'auto più lenta. È una donna attraente, ma non le piace farlo notare. La sua è una bellezza rassicurante. L'ho spesso esortata a farsi crescere i capelli, che ha sempre portato a caschetto, perché erano rigogliosi e lucenti, ma non l'ha mai fatto, e ora ne sono contenta. Quello stile semplice le si addice.

Non si trucca, a parte un'occasionale passata di mascara e il suo amato burrocacao alla ciliegia, il che significa che posso vedere ogni singola ruga di espressione, ogni lentiggine sul suo viso.

All'esterno è trasparente. Ma ha dei segreti. Per la prima volta in vita mia, anch'io ne ho qualcuno con lei.

Comincio a pensare che il viaggio nel nostro vecchio quartiere non sia stato una perdita di tempo.

Mia madre non ha voluto passare davanti alla steakhouse. Ma ricordo come si chiamava: RJ's. Riesco ancora a visualizzare il logo. Quelle iniziali bordeaux cerchiate d'oro erano impresse sulle buste di plastica che ogni tanto portava a casa con il cibo avanzato dalla cucina.

Se il mio obiettivo è quello di ripercorrere la storia di mia madre fino alle radici, forse andare da RJ's è il primo passo verso la verità.

Qualcuno che lavorava lì potrebbe ricordare qualcosa di utile, un indizio che potrebbe portarmi al prossimo passo indietro nel tempo. Lei è estremamente attenta a ciò che rivela di sé, ma tutti commettono errori. E forse è meno cauta con i conoscenti occasionali, persone che sono molto meno interessate di me alla sua storia.

«A cosa stai pensando?» mi chiede.

Non esito. «Al cioccolato.»

Ride. «Facciamo così. Andiamo a prendere una scatola di preparato e facciamo dei brownies quando arriviamo a casa.»

«Affare fatto.»

Mentre i brownies cuociono in forno, chiuderò la porta della mia stanza, prenderò il mio taccuino e scriverò ogni singolo dettaglio di RJ's che riesco a ricordare.

18

RUTH

In piedi davanti al mio armadio, osservo i miei vestiti. Nessun abito elegante e firmato si è materializzato spontaneamente, così prendo una gonna color kaki e un top rosso con le spalline che ho comprato in un negozio dell'usato diversi anni fa.

Catherine è in salotto e fa zapping davanti al televisore. Frammenti di programmi diversi riempiono l'aria: un uomo dall'accento britannico dichiara che il ripieno di un pasticcino è «deludente»; una ragazza supplica il padre di comprarle un cavallo; il cicalino di un quiz suona e una donna grida: «Dolly Parton!» Infine, sento un dialogo familiare del film *Le amiche della sposa*.

Catherine rimane su quel canale. Sembra che si stia preparando per la serata.

Non voglio lasciarla sola, ma se non esco di casa per qualche ora vado fuori di testa.

La mattinata è stata surreale. Vedere il nostro vecchio quartiere mi ha innervosito più del previsto. L'appartamento accanto al nostro aveva ancora le stesse campane a vento argentate che penzolavano dalla ringhiera della scala antincendio, il che significa che la nostra vicina di allora abita ancora lì.

Quella donna aveva provato a fare amicizia, quando vivevamo lì. Credo che si sentisse sola. Portò dei muffin al nostro arrivo e lasciava che Catherine giocasse con i gatti randagi che lei accoglieva in casa. Più di una volta provò a intavolare conversazioni e ad attardarsi in mia compagnia, e io finivo sempre per fingere di avere una commissione urgente da sbrigare.

Oggi, quando ho alzato lo sguardo verso quelle campane a vento, sono stata presa dall'impulso di lasciare la città il più velocemente possibile.

Non mi piaceva vivere in quell'appartamento. Anche se tenevo la casa scrupolosamente pulita, una volta trovai un topo morto sotto il letto di Catherine. Tornare in quel quartiere mi ha fatto sentire a disagio.

Ho cercato di mascherare i miei sentimenti, ma non ho potuto fare a meno di provare sollievo quando Catherine ha accettato il mio suggerimento di mangiare i panini in macchina, invece che a uno dei tavolini della gastronomia. Era facile da dentro l'auto osservare i pedoni che si avvicinavano e lo specchietto laterale mi permetteva di tenere d'occhio quello che succedeva dietro. La giornata era luminosa, perciò Catherine non ha trovato strano il fatto che indossassi i miei occhiali da sole oversize.

Non potevo credere alla mia fortuna quando ha voluto andare via dopo un'ora. L'unico momento veramente pericoloso è stato quando ha proposto di fermarci alla steakhouse. L'ho bloccata un po' troppo bruscamente, ma dopo un po' la tensione tra noi si è dissipata.

Un lecca lecca può aiutare a colmare la distanza tra madre e figlia che condividono la maledizione della golosità.

Dopo essermi cambiata, vado in bagno e mi lavo i denti per eliminare ogni traccia del piccolo brownie che ho mangiato. Mi sarebbe piaciuto mangiarne un secondo, così come desideravo mangiare l'altra metà del mio panino invece di darlo a un senzatetto, ma devo mantenere questo peso per i miei scopi. Ho bisogno di apparire il più possibile diversa dalla ragazza formosa con i capelli lunghi che ero al liceo.

Le ossa del mio viso ora sono più evidenti e la forma del mio corpo è cambiata. Tuttavia, qualcuno del mio passato potrebbe ancora riuscire a riconoscermi.

È già successo una volta, quando Catherine era al secondo anno di liceo e vivevamo a Lancaster. Ecco perché mi sono sentita sull'orlo di un attacco di panico per tutto il tempo in cui siamo stati lì oggi.

Il giorno in cui sentii chiamare il mio vecchio nome era cupo e grigio, scendeva una pioggerella leggera.

Stavo andando in farmacia quando una donna che veniva nella direzione opposta si fermò improvvisamente sul marciapiede, con un'espressione sconvolta, come se avesse visto un fantasma.

Non portava più gli occhiali, forse sostituiti da lenti a contatto, ma la riconobbi lo stesso: era Rosie, l'unica ragazza davvero simpatica tra le cheerleader della mia squadra. L'ultima volta che l'avevo vista era stato quando mi aveva aspettato vicino alla macchina con lo zaino e la borraccia, il pomeriggio in cui l'allenatore mi aveva ordinato di entrare nel suo ufficio.

Abbassai la testa e le passai accanto in fretta, maledicendomi per non aver indossato gli occhiali da sole, come facevo quasi sempre all'aperto. Chiamò il mio vecchio nome con incertezza, come se non fosse sicura che fossi davvero io, ma non mi girai. «Io e Timmy siamo diventati amici! Sta bene!» urlò, ma non reagii. Continuai a camminare oltre la farmacia, poi girai l'angolo e corsi finché sentii che i polmoni mi scoppiavano.

Il giorno dopo ci trasferimmo a Harrisburg.

Ora entro in soggiorno. Catherine è rannicchiata sul divano, con i piedi sotto il sedere. Sul tavolino di fronte a lei c'è il diario che ha comprato. La pagina è aperta alla voce che ho inserito.

Quando mi vede, prende il telecomando e mette in pausa il film. «Mi piacerebbe molto se continuassi a scrivere in questo diario. O magari possiamo farlo insieme.»

Invece di rispondere, le poso un bacio sulla testa.

«Esci?» I nostri ruoli sembrano invertiti: è lei, adesso, la mamma.

«Solo per un po'» rispondo in tono leggero.

«Con Melanie?»

Sto per mentire e rispondere di sì, come faccio di solito in serate come questa, ma qualcosa mi trattiene. Forse perché nel suo tono sembra esserci una sfumatura di sfida.

«No, ho bisogno di un po' di tempo da sola. Pensavo di fare una passeggiata e magari fermarmi da qualche parte per una birra. Non farò tardi.»

A Catherine non piace la mia risposta. Ma visto che ieri sera è toccato a lei uscire, non può certo lamentarsi.

Seguo il suo sguardo mentre abbassa gli occhi sui miei sandali: sono senza tacchi, ma non sono esattamente scarpe da passeggio.

«Bene.» Si alza e getta il telecomando sul tavolino, poi si dirige in camera da letto senza dire altro.

Penso di seguirla, ma alla fine decido che un po' di spazio farà bene a entrambe.

Scendo le scale fino al portone ed esco. Ormai è quasi il tramonto, ma tengo gli occhiali da sole. Non farò mai più lo stesso errore.

Quando sono a due isolati da casa, prendo il telefono e lo metto in modalità aereo.

Dopo circa mezzo chilometro, arrivo a un piccolo caffè con un'insegna rossa. Tutti i clienti che acquistano cibo o bevande possono utilizzare il computer fisso che si trova su un tavolo in fondo. È un posto comodo per fare i miei controlli.

Vengo qui ogni mese circa perché il bar non è mai affollato e la birra costa poco. Dico a Catherine che esco con Melanie a bere qualcosa, oppure fingo di avere un appuntamento con un uomo, perché sembra strano che una donna di quarantadue anni che non sia una suora resti celibe per tutta la sua vita adulta.

Ma non ho storie sentimentali. È un'altra cosa che mi nego, come il cibo.

Non posso dimenticare che ogni persona che incontro è una potenziale minaccia.

Le precauzioni dominano la mia vita.

Se non dovessero bastare, ho un ultimo piano per proteggere Catherine. Conto sul fatto che avrò il tempo di fare una telefonata veloce o di mandarle un messaggio. Le dirò dove trovare il mio taccuino e il documento falso che ho preparato a suo nome, e di portare solo ciò che riesce a infilare nel borsone grigio che si trova sulla mensola in alto del mio armadio.

Non sto scrivendo il mio diario solo per rivelare la mia vera storia a mia figlia.

Lo scrivo anche per insegnarle a fuggire.

Quando torno a casa, la trovo che sonnecchia davanti alla tivù in soggiorno. Invece di svegliarla, decido di scrivere ancora sul mio quaderno, anche se la mia dislessia peggiora quando sono stanca, costringendomi a procedere più lentamente di quanto vorrei.

Abitiamo in questo appartamento da quasi quattro anni, il periodo più lungo in cui siamo rimasti a qualsiasi indirizzo. Forse mi sto rammollendo.

Anch'io ho bisogno di ricordare a me stessa come si fugge.

Era buio pesto quando James si fermò davanti a casa mia, ripetendo il suo piano mentre io sedevo quasi catatonica accanto a lui nella Corvette: dovevo prendere dei vestiti di ricambio, tutti gli oggetti di valore che riuscivo a trovare e poi raggiungerlo a Pizza Piazza a mezzanotte.

Avevamo un'ora per sparire.

Cosa dovevo portare?

In piedi al centro della mia camera da letto, guardai le polaroid attaccate sulla mia bacheca, il salvadanaio rosa che avevo ricevuto per il mio ottavo compleanno e il trofeo vinto dalla nostra squadra alle regionali.

Cominciai a muovermi solo quando mi resi conto di quanto tempo stavo perdendo. Presi la borsa grigia sul ripiano più alto dell'armadio e ci misi dentro jeans, una felpa, un paio di magliette, mutande e un reggiseno in più. Tenni i vestiti che avevo addosso, anche se erano macchiati del sangue dell'allenatore. James mi aveva ordinato di non lasciare tracce.

Andai in bagno senza far rumore e presi spazzolino, dentifricio e spazzola per capelli.

Sapevo che mia madre teneva i gioielli in una scatola foderata di velluto sul cassettone: un paio di orecchini di diamanti veri che aveva ereditato e un anello con un opale. Ma non ebbi il coraggio di intrufolarmi nella stanza dei miei genitori. Ero sicura che si sarebbero svegliati di colpo, e avrebbero capito in qualche modo quello che io e James avevamo fatto.

Presi dal salvadanaio le banconote e i due quarti di dollaro che conteneva e li misi in tasca, poi portai il borsone giù per le scale, evitando il gradino scricchiolante. Le mie membra erano lente e pesanti, come se mi muovessi sott'acqua. Mi ci volle tutta la mia forza di volontà per continuare ad andare avanti, invece di lasciarmi cadere a terra e raggomitolarmi in posizione fetale.

La borsa di mia madre era sul piano di lavoro della cucina. Presi tutti i contanti che aveva, sessantotto dollari. Niente carte di credito, mi aveva detto James. Niente che potesse condurre la polizia fino a noi.

Il portafoglio di mio padre era in un piatto vicino alla porta della cucina, insieme alle chiavi della macchina, ma non sopportavo l'idea di derubarlo. Non potevo farlo, non a lui.

Guardai l'orologio d'oro che James mi aveva messo al polso. Mancavano quindici minuti. Ne avrei impiegati dieci per raggiungere il luogo dell'incontro.

Era difficile pensare. Mi sembrava che la mia mente si stesse spegnendo.

Di cos'altro potevo aver bisogno?

Il mio zaino scolastico era sul tavolo della cucina. Ci frugai dentro e presi le prime cose che toccai: una penna, un quaderno a spirale verde, quello su cui sto scrivendo ora. Un pacchetto di fazzoletti. Una mela che non avevo mangiato a pranzo. Misi tutto nella mia borsa da viaggio.

Guardai il telefono sulla parete. Tutto quello che dovevo fare era sollevare il ricevitore e comporre il 911. Stavolta James non era lì per fermarmi.

Feci un passo verso il telefono. Poi un altro.

Dei fari squarciarono l'oscurità, balenando brevemente nella cucina quando l'autista girò l'angolo.

Forse James sapeva cosa stavo pensando. Forse stava venendo a prendermi.

Trattenni il respiro.

La macchina proseguì. E io mi allontanai dal telefono. Tic tac, sussurrava l'orologio dell'allenatore.

Il mio tempo era scaduto.

Proprio mentre aprivo la porta per uscire, vidi un tubetto di burrocacao alla ciliegia vicino allo zaino di Timmy.

Mio fratello adorava il suo odore dolce, perciò papà gliene comprava un tubetto in farmacia di tanto in tanto. Non potevo portare con me delle foto e nemmeno salutare Timmy e mio padre. Così misi in tasca il burrocacao.

Uscii da casa mia per l'ultima volta e rimasi in piedi sul viale d'ingresso nell'aria soave della notte.

Adesso cominciava la seconda fase del piano di James: era arrivato il momento di sparire.

Salii in macchina, accesi il motore e mi allontanai, pregando che il rumore non svegliasse nessuno.

Raggiunsi lo stop all'angolo. Svoltando a sinistra sarei arrivata da Pizza Piazza. James doveva essere già lì ad aspettarmi.

Girai a destra.

Schiacciai l'acceleratore, ma le mani tremavano sul volante. Due chilometri, cinque, dieci... Continuai ad andare avanti finché non uscii dalla città.

Guidai senza una meta precisa, allontanandomi il più possibile da James. Ma avevo paura e, ogni volta che vedevo un altro veicolo sull'autostrada, mi si bloccava il respiro temendo fosse lui, che si era già messo sulle mie tracce.

Non so quanto tempo guidai, ma credo che sia stata un'ora o più. Dovevo lasciare la macchina, lo sapevo, perché la targa mi identificava, mi avrebbe presto tradito. Se solo avessi pensato a portarmi un cacciavite invece di una mela forse avrei potuto scambiare la mia targa con quella di qualcun altro.

Davanti a me apparve un Denny's aperto ventiquattr'ore, con diversi camion e qualche auto nel parcheggio.

Svoltai lì all'ultimo secondo, fermandomi il più lontano possibile dall'autostrada, in un punto buio in fondo al parcheggio. La mia auto non sarebbe stata notata per un giorno o due. In ogni caso, lasciarla lì mi sembrava abbastanza sicuro.

Presi la borsa da viaggio dal sedile accanto e mi diressi verso gli altri veicoli. Raggiunsi per primo un tir a diciotto ruote e gli girai lentamente intorno, cercando di capire se c'era un modo per nascondermi all'interno. Mi arrampicai sui gradini e mi alzai in punta di piedi per sbirciare dentro dal finestrino. Dietro i sedili davanti c'era una lunga panca con delle coperte spiegazzate, dove il conducente si metteva a dormire. Potevo sdraiarmi sul pavimento tra la panca e il sedile di guida e nascondermi con una coperta. Quando il camionista si fosse fermato di nuovo per mangiare, sarei scesa. Non era un granché come piano, ma non riuscivo a pensare a nessun altro modo per allontanarmi in fretta.

Controllai la portiera. Era bloccata.

Scesi, feci il giro dalla parte anteriore del camion e mi arrampicai sul lato opposto, allungando la mano verso la maniglia della portiera del passeggero.

Poi una voce risuonò nel buio. Mi chiese perché stavo cercando di entrare nel suo camion.

Paura e sollievo mi attraversarono in egual misura. La voce dietro di me, maschile, adulta e seccata, non apparteneva a James.

Scesi a testa bassa, e borbottai che non avevo intenzione di rubare nulla, pensavo solo di scroccare un passaggio. Cominciai ad allontanarmi a passi rapidi verso l'autostrada.

Ma lui mi chiese di fermarmi.

Lo feci. Non l'avevo visto bene, ma si capiva facilmente che era molto più grosso di me.

Il camionista sul momento non disse nulla. Aspettai, nel silenzio rotto brevemente dal passaggio di un'auto. Forse mi avrebbe lasciato andare fino alla strada, dove avrei potuto cercare un passaggio. Forse avrebbe chiamato la polizia.

Era quasi un sollievo che il mio destino fosse nelle mani di qualcun altro. Alla fine disse che se volevo un passaggio, bastava chiedere.

Mi girai. Era lì in piedi e mi faceva cenno di salire dal lato del passeggero. Sembrava avere più di cinquant'anni e indossava una camicia a quadri rossa e blu. Non riuscivo a leggere la sua espressione.

Dovevo andarmene da lì. Dovevo salire su quel veicolo, era la mia unica possibilità, per quanto rischiosa.

Mi avvicinai lentamente, con la testa ancora bassa. Lui aprì la porta e salii a bordo. L'abitacolo puzzava di patatine fritte. C'era una lattina di Coca-Cola aperta nel portabevande e un pacchetto di antiacido mezzo vuoto nel portaoggetti sul cruscotto. E una decalcomania attaccata in basso sul parabrezza anteriore di una giovane donna in bikini, seduta con le braccia dietro la schiena in modo da mettere in risalto i seni.

Il camionista fece il giro dall'altra parte e salì al volante. Avevo ancora la possibilità di scendere, era la mia ultima occasione. Ma volevo andare via, ed ero pronta ad accettare qualsiasi cosa pur di riuscirci. In fondo, quell'uomo cosa poteva farmi che ancora non avessi sperimentato, tra le violenze di mia madre, gli abusi del mio allenatore, l'imprevedibile follia di James?

Il mio destino era nelle sue mani.

Si sistemò sul sedile e fece un sospiro, poi allentò la sua cintura di pelle, dicendo che aveva mangiato troppo.

Lo guardai con la coda dell'occhio mentre aspettavo che accendesse il motore o allacciasse la cintura di sicurezza.

Invece si voltò verso di me, con le grandi braccia protese. Chiusi gli occhi e cercai di allontanarmi, ma la porta chiusa mi consentiva uno spostamento di appena qualche centimetro.

Non riuscivo a respirare. Non potevo far altro che aspettare che le sue mani si posassero su di me.

Sentii di nuovo la sua voce: disse che doveva solo prendere un po' di cose dal retro.

Aprii gli occhi. Era quasi completamente girato e si protendeva verso il sedile posteriore.

A un tratto sollevò da dentro il fagotto di coperte un chihuahua piccolo e vecchio. I suoi occhi sembravano guardare in direzioni opposte e aveva un'aria vagamente irritata per essere stato svegliato.

Mi disse che si chiamava Cookie e che di solito si sedeva proprio dove ero io.

Cookie rimase sulle mie ginocchia per tutto il viaggio.

19

CATHERINE

L'ultima volta che sono venuta al lavoro, tutti i residenti dell'Ala della Memoria avevano il volto di mia madre.

Ora il mio stato d'animo è completamente cambiato.

Le ore passano velocemente mentre svolgo le valutazioni mensili che compiliamo per tutti i nostri clienti con l'Alzheimer. Verso la fine del turno, un infermiere di nome Reggie e io accompagniamo un piccolo gruppo di residenti all'esterno, nel giardino recintato.

Un passero marrone sul ramo di un albero vicino inizia a cantare. Il signor Damon stringe le labbra e imita il canto, fischiettando nota dopo nota.

Reggie mi fa un cenno con la mano, per sottolineare ciò di cui siamo testimoni. Reggie ha circa l'età di mia madre e due gemelli maschi. Una volta mi ha raccontato di aver comprato ai suoi figli delle saponette speciali con delle macchinine incastonate all'interno. Si potevano intravedere, ma erano sepolte sotto strati nebulosi di glicerina. «Lavorare qui a volte mi fa sentire così» ha detto. Sapevo esattamente cosa intendeva.

Il signor Damon non ricorda la strada in cui ha vissuto vent'anni prima di trasferirsi qui, ma sa canticchiare ogni brano che Beethoven abbia mai composto. La sua memoria musicale sembra radicata nell'unico posto che l'Alzheimer non può toccare: la sua anima. Il cd di Debussy che ho portato l'ultima volta era per lui.

Dopo quarantacinque minuti, iniziamo il lento processo del rientro dei residenti. Tutti vorremmo restare fuori più a lungo, ma il sole tramonterà presto.

E dobbiamo essere al chiuso prima che accada.

Quando tutti si sono sistemati e hanno finito di cenare, mi allontano per la mia pausa. Di solito lascio l'Ala della Memoria e prendo l'ascensore per scendere in cucina, al pianterreno. Oggi, però, ho bisogno di privacy.

Mi dirigo in fondo al corridoio, verso l'area allestita per l'accoglienza alle famiglie.

Mi guardo intorno per assicurarmi che nessuno mi veda. I dipendenti non possono trattenersi qui, è stato deciso dopo che un infermiere è stato scoperto a schiacciare un pisolino durante il giorno da un parente in visita. Una volta accertato che il corridoio è libero, entro e chiudo silenziosamente la porta dietro di me. Si tratta di una sorta di suite per soggiorni prolungati, con un letto matrimoniale e un'area salotto, oltre a un piccolo frigorifero, un forno a microonde e un lavandino. Sul tavolo c'è sempre una scatola di fazzoletti, insieme a un libro su come elaborare il lutto.

Questa stanza viene utilizzata quando uno dei nostri residenti è prossimo alla morte e i familiari non vogliono lasciare la struttura ma hanno bisogno di un posto per dormire o fare una doccia.

C'è un altro oggetto nella stanza. Un telefono fisso.

Mi avvicino e compongo il numero che ho cercato ieri sera. Meglio chiamare da un telefono anonimo come questo, che lasciare traccia sul mio iPhone.

Dopo il primo squillo risponde una donna: «RJ's Steakhouse, sono Melissa, come posso aiutarla?»

Ho la bocca secca. Ieri sera ho ripassato la storia che intendo raccontare, ma forse avrei dovuto scrivere un copione.

«Salve, mi chiamo Annie Nelson. Vorrei parlare con il direttore a proposito di una dipendente.» Cerco di avere un tono al limite del burbero.

«Oh! Certamente. Aspetti un momento, per favore.»

Un uomo entra in linea. «Sono Curt Daniels. Come posso aiutarla?»

«Signor Daniels, grazie per aver risposto. Sono Anne Wilson.» Gli do deliberatamente un nome simile ma non identico a quello che ho fornito prima. «Sono stata assunta dalla famiglia Sterling. Il mio studio legale si occupa del trust finanziario creato da Lucille Sterling.»

Riesco quasi a sentire la sua confusione mentre continuo: «Non siamo riusciti a rintracciare una delle nipoti di Lucille, e i suoi familiari ritengono che fosse impiegata nel vostro ristorante poco prima di perdere i contatti con lei».

«Mi scusi, di cosa si tratta?»

Lo bombardo con altre parole in gergo legale.

«In qualità di fiduciaria del patrimonio di Lucille Sterling, è mio dovere distribuire i beni alle parti indicate nel testamento. In altre parole, una sua dipendente riceverà una bella somma di denaro. Non appena riusciremo a trovarla.»

Il signor Daniels non è sciocco. Fa una pausa, poi torna in linea. «Il mio telefono identifica le chiamate: sta telefonando da una casa di riposo? L'istituto Sunrise...»

«Sì, il Sunrise Senior Living. Lucille Sterling è una paziente di questa struttura. Sto lavorando con lei al suo testamento, dato che non può venire nel mio studio. Abbiamo quasi finito. Purtroppo le resta poco tempo, ed è per questo che stiamo facendo tutto il possibile per trovare i suoi beneficiari e sistemare le questioni in sospeso.

L'ultima cosa che la famiglia vuole è una battaglia per l'eredità.»

Lui digerisce le mie parole.

«Signor Daniels, può darmi qualche informazione su Ruth Sterling?»

La mia domanda è volutamente aperta. Potrebbe anche non essere lo stesso manager che ha licenziato mia madre. Potrebbe essere soltanto un vicolo cieco.

«Mi piacerebbe dirle qualcosa di Ruth, ma non so dove sia.» Mi si stringe lo stomaco. *Continua*, lo supplico mentalmente.

«Le dobbiamo anche dei soldi. Probabilmente ho ancora la sua ultima busta paga nel suo fascicolo. Il nostro commercialista ci fa conservare tutto per anni, nel caso in cui venissimo sottoposti a una revisione contabile, e dubito che qualcuno si sia preoccupato di buttarlo via.»

«Ultima busta paga?» ripeto.

«Sì, un giorno Ruth non si è presentata al lavoro e da allora non l'ho più vista.» Mi cedono le gambe. Mi lascio cadere sul letto.

Mia madre non ha fatto che mentirmi. Non eravamo obbligate a lasciare i miei amici, la mia scuola, il mio Charlie. Sembra che mia madre volesse allontanarmi da chiunque conoscessi, tranne che da lei.

Uno per uno, sto abbattendo gli strati di inganni che ha costruito intorno a noi. Cosa troverò quando arriverò all'ultimo?

«È ancora in linea?»

Mi schiarisco la voce per guadagnare tempo, mentre cerco di ricordare cos'altro volevo ottenere da questa telefonata.

«Le sarei grata se potesse inoltrarmi qualsiasi informazione in suo possesso su Ruth, per aiutarci a rintracciarla.»

«Ecco... Posso guardare nel suo fascicolo. Probabilmente non c'è altro che quella vecchia busta paga e la domanda che ha compilato prima di iniziare a lavorare qui.»

Sento i miei occhi spalancarsi.

«La sua domanda?»

La mia voce suona un po' strozzata. «Sì, dovrebbe esserci ancora.»

«Cosa c'è scritto?»

«Dove lavorava prima, il suo indirizzo, questo genere di cose.»

«Riuscirebbe a fare una scansione del documento e a mandarmelo?»

«Siamo un po' all'antica, se vuole abbiamo il fax... Potrei farcela a mandarle tutto domani.»

«Domani andrà benissimo» dico, comunicandogli il numero di fax: fortunatamente anche il Sunrise è all'antica e, per quanto ormai non lo si usi quasi più, lo abbiamo ancora in funzione.

Poi riattacco e mi stendo sul letto.

Non ho individuato solo un punto di partenza. Se il signor Daniels mi manderà quella vecchia domanda di lavoro, potrei essere in grado di seguire gli spostamenti di mia madre e forse risalire addirittura al primo posto in cui è approdata dopo aver lasciato la sua famiglia.

Forse riuscirò finalmente a scoprire chi è davvero.

Sono ancora sdraiata sul letto, stordita, quando un uomo grida: «Stanno arrivando! Stanno arrivando!»

Mi alzo di scatto e corro fuori dalla stanza.

Il signor Damon è accovacciato accanto a una finestra del corridoio, fissa intensamente fuori e fa cenno a tutti di stare indietro. Oltre i vetri, il verde e l'azzurro brillante degli alberi e del cielo sono sbiaditi dall'oscurità della notte che si sta facendo strada.

Il tramonto è il momento in cui il signor Damon cade vittima della sua mente confusa, che lo convince che sia il 1971 e che sia di nuovo un giovane militare in servizio attivo.

«Li vede?» mi chiede, voltando la testa verso di me. «Stanno entrando di nascosto. Lo dica agli uomini!»

In questo momento, è di nuovo in Vietnam e il nemico è appena fuori dalla finestra.

Mi sposto al suo fianco, tenendomi bassa. «Siamo al sicuro» gli dico. «Gli uomini sono già stati informati.»

Nella mia testa intanto spero che qualcuno, Reggie o Tin, si sbrighi a mettere in atto il piano approntato per situazioni come questa.

Il signor Damon è sorprendentemente forte per la sua età. Si sta preparando a combattere.

I suoi occhi celesti si stringono e mi fissa. «Lei chi è?»

Gli dico la verità, rimanendo però sul vago: «Sono un'infermiera».

«Non la conosco. Non abbiamo infermiere nella nostra unità.»

«Mi chiamo Catherine. Sono qui per aiutarla.»

Il signor Damon si avvicina a me, tenendosi ancora al di sotto della finestra. «Sta cercando di ingannarmi?»

Scuoto la testa. «Sono dalla sua parte.»

Si porta un dito alle labbra. «Si stanno avvicinando» sussurra. «Riesce a vederli? Ci hanno trovati.»

In quel momento, la musica riempie l'aria. Qualcuno ha finalmente trovato il cd. La metamorfosi è sorprendente. La musica esercita un'attrazione così potente sul signor Damon da cancellare la sua terrificante allucinazione.

Le sue mani si alzano, come se fossero tirate su da due corde. Le sue dita formano una danza complessa, perfettamente a tempo con il *Clair de Lune* di Debussy.

Si alza e inizia a camminare, canticchiando quelle note gentili, verso la fonte della musica.

Mi raddrizzo anch'io e lascio andare il fiato.

Devo dire a Tin di chiedere al medico domani di controllare i farmaci per il signor Damon. Le sue allucinazioni stanno peggiorando. La musica è una distrazione, non una cura.

Cammino verso la sala ricreativa, seguendo i passi del signor Damon. È tutto tranquillo. Diversi residenti sono seduti su poltrone o divani, e ascoltano la musica. La signora Jacobson sta rimboccando teneramente le coperte alle sue bambole per la notte. Il signor Damon è del tutto immerso nella musica, con le dita che scorrono lungo i tasti del pianoforte.

Lo osservo, ma la mia mente è altrove. Mi chiedo quanto tempo ci vorrà prima che arrivi il fax.

Ieri sera mia madre ha disattivato la localizzazione sul suo telefono e so che l'ha fatto apposta. Non ho idea di dove sia andata, ma sono certa che non sia stata una semplice passeggiata.

Le parole che il signor Damon mi ha sussurrato poco fa riecheggiano nel mio cervello.

Non la conosco.

20

RUTH

Guardo fuori dalla finestra nella notte scura, avvolgendo le braccia intorno al corpo mentre scruto le ombre.

Osservo il parcheggio quattro piani più in basso come se potessi davvero vedere una vecchia Corvette, con il motore che romba e James al volante.

Non c'è nulla che non vada, eppure mi sento profondamente a disagio. È la quarta volta che guardo fuori dalla finestra del soggiorno, nell'ultima ora.

James non verrà a cercarci, mi dico. Io e Catherine siamo al sicuro.

Chiudo le tende e mi riprometto di lasciarle chiuse fino al mattino.

Vado in cucina, il pavimento piastrellato è fresco contro le piante dei miei piedi nudi, e riempio il bollitore. Tiro fuori dall'armadietto la mia tazza preferita, quella che Catherine mi ha fatto durante il corso di arte alle scuole medie, e ci metto dentro una bustina di camomilla.

Il fischio del bollitore, un paio di minuti dopo, mi fa trasalire. Riempio la tazza e aspiro il vapore profumato, poi la porto in salotto e la appoggio su un sottobicchiere sul tavolino.

Controllo la geolocalizzazione del telefono di Catherine e, dopo aver avuto la conferma che è ancora al lavoro, mi avvicino alla porta d'ingresso e aggancio la catena. Nessun altro ha la chiave di casa nostra, a parte il padrone di casa, che non può entrare senza preavviso. Ma non posso permettere che ci sia anche un minimo rischio che qualcuno mi sorprenda durante la prossima ora.

Sto per fare la cosa che ho temuto non solo per tutta la notte, ma per gli ultimi quattro anni.

Il canale di streaming a cui siamo abbonati offre le repliche di un programma di cronaca nera. Guardo molti programmi di questo tipo perché penso che ogni tanto forniscano qualche consiglio utile.

Ma oggi ho deciso che è il momento di guardare un episodio in particolare, uno che non ho mai avuto il coraggio neanche di iniziare, sin dalla prima volta in cui è stato trasmesso, quattro anni fa.

È dedicato all'omicidio di un allenatore. Di quell'allenatore.

E io non posso più permettermi di ignorarlo.

Mi sono sbarazzata del suo orologio molti anni fa, ma giuro che a volte mi sembra di sentirlo, nello sferragliare ritmico di un treno che si muove sui binari, nel battito di un piede o della mano di qualcuno che sta ascoltando della musica: *tic tac*, *tic tac*.

È un avvertimento. Il mio tempo è quasi scaduto.

Con il telecomando clicco sul programma. Sono troppo agitata per sedermi, quindi mi metto in piedi davanti al televisore.

Il primo minuto è un'introduzione. Una musica inquietante accompagna lo scorrere dei titoli sullo schermo, insieme a fotografie color seppia. Ce n'è una che non ho mai visto: ritrae James all'età in cui lo conoscevo, diciannove anni. Lo sfondo è sfocato, quindi non riesco a capire dove sia stata scattata. Poi, accanto a quella di James, appare lentamente la mia foto scolastica del primo anno. Sorrido e i miei capelli lunghi fino alla vita sono raccolti su una spalla. Le nostre foto scompaiono dallo schermo e vengono sostituite da altre dell'allenatore, tra cui una che lo ritrae in piedi davanti alla squadra di cheerleader, che è in posa in formazione piramidale. Io sono in fondo alla fila centrale e intorno alla mia testa è disegnato un cerchio rosso per consentire agli spettatori di identificarmi.

Il mio stomaco si stringe così tanto da causarmi una fitta dolorosa, ma mi costringo a continuare a guardare.

La situazione non potrà che peggiorare.

La voce fuori campo comincia a raccontare, in tono cupo e profondo: «Ava Morales era una studentessa della Oak Hill High School di Towson, Maryland; diligente, carina e vivace, proveniente da una famiglia ben radicata nella comunità. James Bates era diversi anni più grande di lei, con un passato molto più misterioso e inquietante».

Appaiono altre fotografie, una della nostra scuola sigillata con il nastro giallo della polizia e alcune del funerale dell'allenatore, mentre la voce descrive la scena del crimine e parte un'intervista al detective incaricato del caso.

Un attimo dopo ho un sussulto quando sullo schermo compare un volto familiare. È Brittany. Deve essersi sottoposta a un intervento di chirurgia plastica. Le sue labbra non sono mai state così piene quando era giovane. È quasi identica a sua madre. La mela non cade lontana dall'albero, penso, ricordando la frase che ho scritto nel mio diario.

L'intervistatore le rivolge una domanda: «Può parlarci di Ava Morales?» e Brittany parte subito, raccontando che eravamo amiche da quando avevamo sette anni e che lei era presente la sera in cui avevo conosciuto James al ristorante dove lavorava.

«Ho capito subito che c'era qualcosa che non andava in lui» confida. «Tutte noi ragazze lo pensavamo.»

«Ma non Ava?» chiede il giornalista.

Brittany scuote vigorosamente la testa, i suoi grandi orecchini d'oro a cerchietto le colpiscono le guance rosee. «Credo che l'amore possa rendere stupidi.»

Stringo i pugni. Non si rilassano finché la faccia svampita di Brittany non esce dallo schermo.

La madre di James ha rifiutato di essere intervistata, come mio padre e Timmy.

Comincio a camminare avanti e indietro, con gli occhi fissi sullo schermo. So cosa sta per succedere. L'ho letto navigando in rete. E la mia reazione è stata quella di vomitare in un cestino della biblioteca, accanto alla scrivania su cui stavo facendo le mie ricerche.

«Il patrigno di James Bates non ha potuto essere interrogato.» Una pausa significativa. «È stato picchiato a morte sei mesi prima dell'omicidio della Oak Hill High.»

Sullo schermo appare una fotografia del patrigno di James: un uomo di media statura, con i capelli biondi e un'espressione dura. «Troy Ganske è stato aggredito con un oggetto contundente una sera mentre lavorava da solo in garage; stava cambiando una gomma della sua auto. Le autorità sospettano che l'arma del delitto sia una grossa chiave a stella trovata accanto al corpo, ma nessuno è mai stato accusato del crimine. L'arma non presentava impronte digitali, come se fosse stata accuratamente ripulita.»

È più forte di me: sapevo già tutto, ma sentirlo dire mi fa iperventilare. Interrompo la trasmissione, vorrei scappare ancora, lontano.

Cerco di calmarmi come posso, pizzicandomi l'interno del polso, sperando che il dolore mi distragga.

«Siamo al sicuro.» Pronuncio le parole ad alta voce.

Ma non ci credo. Non ci ho creduto per un solo giorno degli ultimi ventiquattro anni.

Vado alla credenza della cucina e tiro fuori la bottiglia di vodka russa che avevo comprato l'anno scorso. Ne verso un bicchierino e lo bevo tutto d'un fiato, con il bruciore che mi scorre in gola. Il mio battito cardiaco finalmente rallenta.

Prendo di nuovo il telecomando e mi costringo a premere PLAY.

Ci sono altri retroscena sulla vita dell'allenatore Franklin. Riceve gli elogi di suo fratello, che lo descrive come un grande chitarrista, e del nostro ex preside. Viene proiettato un vecchio video di lui che strimpella la canzone di Eric Clapton *Bad Love* e canta «*Your love will keep me alive*».

Il video finisce in dissolvenza e viene sostituito da uno di James.

È seduto in un'aula di tribunale, con una giacca e una cravatta che non sapevo possedesse, accanto a un uomo che deve essere il suo avvocato.

«Il corpo martoriato di Daniel Franklin fu trovato da un custode notturno arrivato a scuola poco dopo l'aggressione. Era vivo a malapena e fu portato in ambulanza al Mercy Hospital. Poco dopo, un agente di pattuglia notò una Corvette nera ferma con il motore acceso davanti a un ristorante chiuso. Avvicinandosi al conducente, il poliziotto vide del sangue sulla manica che fu poi identificato come appartenente a Daniel Franklin. James Bates fu arrestato alle 00.15.»

Quindici minuti dopo mezzanotte, l'ora del nostro appuntamento. James è stato catturato mentre mi aspettava.

Nell'aula di tribunale, il diciannovenne James si alza

in piedi. Il giudice chiede alla giuria se ha raggiunto un verdetto. «Sì, Vostro Onore» risponde la presidente della giuria, con una voce distante e sottile.

La telecamera fa una zoomata sul volto di James mentre viene letto il verdetto. «La giuria dichiara l'imputato, James Andrew Bates, colpevole dell'accusa di omicidio di primo grado.»

James non si scompone e non dice una parola. Non muove un muscolo. La telecamera si sposta su una fotografia che mi ritrae da sola sui gradini della Oak Hill High, con in mano una copia di *Romeo e Giulietta*. Ricordo quel giorno. Non volevo mangiare in mensa, così presi la mia Diet Coke e il mio panino al burro d'arachidi e andai fuori a leggere qualche pagina. Qualcuno doveva avermi scattato la foto senza che me ne accorgessi.

L'allenatore Franklin, in sottofondo, canta un altro verso della canzone di Clapton: «*No more bad love...*»

La voce fuori campo prosegue il racconto: «La Dodge Dart blu di Ava Morales fu trovata nel parcheggio di un ristorante Denny's, il giorno dopo l'aggressione. La donna non è mai stata rintracciata».

L'inquadratura ritorna su Brittany, che dichiara: «Sono certa che James abbia ucciso Ava. E persino il mio gatto, ne sono sicura... È uno psicopatico: ha ammazzato Ava, l'allenatore e anche il suo patrigno!»

Ma il giornalista che la sta intervistando ribatte che Bates non è mai stato accusato della morte del suo patrigno.

«Oh, andiamo. Solo perché non c'erano abbastanza prove... E perché Ava non sarebbe mai più tornata a casa, se fosse viva? Secondo me James l'ha uccisa e ha nascosto il suo corpo in un posto dove non sarebbe mai stato trovato.»

Ma il giornalista le sottopone un'altra ipotesi: «Non pensa che Ava potrebbe essere stata sua complice?»

Una breve pausa sottolineata da una musica carica di tensione ci porta di nuovo all'ex detective incaricato del caso: «Ava Morales aveva un movente. Era arrabbiata. Quel pomeriggio stesso era stata esclusa dalla squadra delle cheerleader. Daniel Franklin l'aveva umiliata».

La voce fuori campo si chiede però se sia un movente plausibile, o se davvero un'adolescente avrebbe potuto commettere un omicidio del genere.

«Nessuno ha detto che lo abbia fatto da sola» continua l'ex detective. «Parliamo di complicità. Certo rimanere nascosta per tutto questo tempo non è uno scherzo... Ma c'è da dire che sono passati tanti anni, ai tempi non esistevano i sistemi di sorveglianza che abbiamo oggi. Si poteva sparire nel nulla con molta più facilità.»

Sullo schermo appare una foto, la voce narrante la descrive come «l'aspetto che potrebbe avere oggi Ava Morales».

La donna nell'immagine ha i capelli molto più lunghi dei miei, e ha un viso più pieno. Non mi assomiglia molto, mi dico.

Il programma si conclude con un primo piano di James nel giorno in cui è stato dichiarato colpevole di omicidio.

«James Bates è dietro le sbarre di un carcere di massima sicurezza da due decenni. Ma uscirà in libertà vigilata tra quattro anni e gli esperti legali che abbiamo consultato dicono che ha buone possibilità di essere rilasciato in tempi brevi.»

Il volto di James si ingrandisce man mano che la telecamera si sposta. Posso vedere i segni del pettine sui suoi capelli color sabbia e un piccolo taglio da rasatura vicino al pomo d'Adamo.

«Bates al processo si dichiarò non colpevole, ma non ha mai parlato in sua difesa. Non ha mai concesso un'intervista, né pare abbia mai pronunciato una parola sul crimine.»

James gira leggermente la testa. Sembra che stia guardando me.

«I suoi avvocati affermano che è stato un detenuto modello. Ha frequentato diversi corsi di informatica a livello universitario, mentre si trovava nel Maryland Correctional Center di Baltimora. I suoi avvocati probabilmente useranno questo fatto come prova di come Bates sia determinato a condurre una vita produttiva e a ottenere un lavoro retribuito se gli verrà permesso di reintegrarsi nella società.»

Riesco a vedere solo gli occhi dolci e calmi di James.

«Secondo quanto riferito, in prigione Bates trascorre il tempo libero in palestra o facendo disegni a matita. La maggior parte dei suoi schizzi, secondo una fonte carceraria, riproduce Ava Morales.»

Un brivido mi percorre il corpo.

James mi ha aspettato quella sera. Mi ha aspettato per tutti questi anni.

Spengo la tv e resto immobile nel silenzio improvviso. Quattro mesi fa, quasi esatti, la commissione per la libertà vigilata ha stabilito di liberare James.

Non è ancora stato rilasciato, ma lo sarà da un momento all'altro.

È per questo che vado spesso in biblioteca a cercare notizie su di lui. Devo sapere quando uscirà di prigione.

Il giorno in cui James verrà a prendermi si avvicina.

Cerco di convincermi del contrario e a volte, soprattutto quando comincia un nuovo giorno, riesco quasi a credere che non accadrà. Ma nei momenti più bui della notte, la verità diventa impossibile da ignorare. Non sono cresciuta in Virginia come Catherine crede. L'ospedale Johns Hopkins di Baltimora, dove lei vuole andare a lavorare, è a poca distanza dalla casa della mia famiglia, dal quartiere dove vivono ancora mio padre e Timmy. È vicino al ristorante dove lavorava James e al mio vecchio liceo.

E soprattutto è vicino al carcere dove è detenuto James. Detenuto ancora per poco. Cosa farà quando uscirà? Come deciderà di vendicarsi di me?

Cosa possono aver fatto quasi venticinque anni in un carcere di massima sicurezza a un uomo che era già incantato dalla violenza?

È quasi inimmaginabile.

Ho deciso di scappare, tanti anni fa, per proteggermi dalla violenza letta negli occhi di James.

E ho deciso di continuare a farlo, nonostante tutte le difficoltà, per salvare mia figlia. E adesso, per salvarla ancora, sto prendendo delle decisioni spaventose, ripugnanti.

Sono alla deriva. Sto fingendo di essere malata e fragile perché mia figlia non si allontani da me. Perché non si avvicini a James.

Ho scelto di non dirle la verità, perché conoscere l'identità di suo padre la distruggerebbe.

E così ho optato per questo folle piano, doloroso sul momento, ma che le sarà utile a lungo termine.

L'Alzheimer è il travestimento perfetto per me. Non è sempre così facile da diagnosticare.

Spero di non dover continuare a lungo questa farsa.

Conto sul fatto che James non sarà in grado di reintegrarsi nella società. Ucciderà di nuovo o sarà ucciso. La violenza è un impulso troppo forte per lui. Non può starne lontano.

Quando sarà tornato in prigione mi inventerò qualcosa. Mi farò riesaminare, troverò il modo di convincere Catherine che la diagnosi era sbagliata. Che la mia confusione era dovuta soltanto a uno squilibrio ormonale.

Non so come farò, ma non posso pensarci adesso.

Riusciremo a ricostruire la nostra vita, ma solo dopo che James sarà fuori dal quadro, di nuovo.

Ma so che cercarmi sarà la prima cosa che farà, appena rilasciato.

E che sarà in grado di riconoscere sua figlia al primo sguardo.

21

CATHERINE

È ora di vedere se riesco a cogliere mia madre ancora in fallo.

C'è qualcosa in lei che non mi ha mai convinta, un dubbio inconscio rimasto a lungo in un angolo della mia mente. Sostiene di essere stata cresciuta da genitori cattolici molto osservanti. È per questo che ha un nome biblico, Ruth, e sempre per questo i suoi genitori l'hanno cacciata di casa quando è rimasta incinta. Il suo peccato era troppo grande perché potessero perdonarla.

Ma una sera, quando avevo circa quindici anni, io e mia madre eravamo stravaccate sul divano a guardare *Jeopardy!* e a gridare le risposte. Fuori c'era un brutto temporale. La pioggia scrosciava dal cielo e i tuoni scuotevano il nostro appartamento.

Non avevo paura. Mi sono sempre piaciuti i temporali. Il modo in cui l'aria diventa densa e minacciosa, lo zigzag dei fulmini che attraversano il cielo... Madre Natura sa bene come fare i capricci.

Una domanda riguardava la fonte da cui era tratta la frase «e liberaci dal male». La mia bocca era troppo piena di popcorn per parlare ma mia madre urlò che era una citazione da Shakespeare.

Il che non ha senso: è una frase del *Padre Nostro*. Presente nella Bibbia; recitata dai cattolici durante la messa domenicale. Persino io, che non avevo ricevuto alcuna educazione religiosa, sapevo quanto fosse importante quella preghiera. L'avevo imparata guardando una replica di *Beverly Hills, 90210*, durante una scena in cui il personaggio di Jennie Garth era intrappolato in un incendio e cominciava a recitarla.

Lo dissi a mia madre e lei mi sgridò. «Lasciami in pace, sono stanca.»

Mi rigirai una ciocca di capelli intorno a un dito, con una sensazione inquietante che mi saliva dentro. «Ma come facevi a non saperlo...?»

«Catherine, basta così.»

Il suo tono indicava che era a un passo dal perdere le staffe. Così lasciai perdere.

A distanza di tanti anni, ripenso a quella conversazione. Non credo più che si sia trattato di un semplice vuoto di memoria.

In un mondo ideale, troverei un modo per portare mia madre a messa e la osserverei attentamente. Vedrei se sa quando sedersi, alzarsi e inginocchiarsi. Valuterei la sua familiarità con il rituale della comunione e con gli inni. Se commettesse un errore, sarei pronta a coglierlo.

Ma non riuscirò mai a far entrare mia madre in una chiesa. Una volta mi ha detto che ero libera di scegliere la mia religione, ma che lei era agnostica.

Quindi porterò la chiesa da lei.

Oggi ha fatto il primo turno al lavoro e tornerà a casa verso le 14.30. Io ho il giorno libero. Sono già passata dal Sunrise all'ora di pranzo, ma non è arrivato nessun fax da RJ's. Ho intenzione di controllare di nuovo a fine giornata.

Mi sono appena fatta una doccia e sono sul divano,

con i capelli raccolti in uno chignon umido, quando mia madre entra dalla porta, perfettamente puntuale.

Ho preparato una ciotola di popcorn al burro da condividere, in memoria dei vecchi tempi.

«Ciao.» Abbasso il volume del programma televisivo che stavo guardando. «Com'è andata la giornata?»

Si ferma sulla soglia. Si vede che sta cercando di valutare il mio umore. «Il solito.» Si toglie le scarpe e sospira, flettendo le dita dei piedi sulla moquette. «Cosa stai guardando?»

Spengo la tv. «Uno stupido film natalizio, riesci a crederci?»

Lei aggrotta la fronte. «A maggio?»

«C'è un canale che li trasmette tutto l'anno.»

Alza gli occhi al cielo. «Dimmi che non paghiamo un extra per questo.»

Le porgo la ciotola di popcorn. «Ne vuoi?»

Ho bisogno di averla vicina, per portare a termine il mio piano. È più brava di me nell'arte del sotterfugio. Avrò una frazione di secondo per leggere la sua espressione prima che crei un diversivo o nasconda i suoi veri sentimenti.

«Sì, vado a mettermi la tuta.»

Va nella sua stanza e io cambio posizione, allungandomi con la testa contro il bracciolo. Quando torna a casa dal lavoro le piace rilassarsi, quindi non è raro che ci sdraiamo sul divano, l'una di fronte all'altra, mentre parliamo, oppure io studio e lei fa un solitario sul cellulare.

Torna fuori qualche minuto dopo, con i capelli sciolti e senza più la fascia. Sento il profumo di pulito, del sapone che usa per lavarsi il viso.

Comincio a canticchiare mentre lei entra in salotto.

Sposta un po' le mie gambe, poi si stende sul divano.

Continuo a canticchiare, concentrandomi per rendere ogni nota chiara e distinta.

Mia madre prende la ciotola dei popcorn e ne sgranocchia una manciata. «Bella canzone.»

«È l'*Ave Maria*. Come, non la riconosci?»

Mia madre alza le spalle e non aggiunge nulla. A me pare strano che non la conosca... ma la mia investigazione di questa sera sulla sua conoscenza di segni e simboli del cattolicesimo non si fermerà qui.

«La mia giornata è stata piuttosto interessante, sai?» le dico. «Sono passata al lavoro.»

Lei ha un pezzetto di popcorn sul mento. Normalmente allungherei la mano per toglierlo, ma non voglio toccarla. Riesco a malapena a sopportare la sua gamba appoggiata contro la mia.

«Tin ha assunto un nuovo fisioterapista» mento. «Ha circa la mia età.» Mia madre alza un sopracciglio. «Carino?»

«Sì. Tin mi ha chiesto di fargli fare il giro della struttura, poi abbiamo parlato un po'. Si chiama Christopher.»

Non riesco a credere che non percepisca le emozioni turbolente che sembrano salirmi dentro a ondate. O forse le percepisce: è un'attrice più brava di me.

«Mi è sempre piaciuto questo nome» dice, facendo il mio gioco. Non avrei potuto scrivere una risposta migliore.

«Anche a me. Ha detto che i suoi genitori sono religiosi, quindi tutti i loro figli hanno nomi di santi. A lui è toccato san Cristoforo, che è il santo patrono degli animali, il che è piuttosto divertente, perché è allergico a cani e gatti.»

Mia madre fa una risatina, ma smette quando io non rido. «Ti senti bene?» mi chiede. «Non hai un bell'aspetto, tutto a un tratto.»

Il santo patrono degli animali è san Francesco d'Assisi. San Cristoforo è il patrono dei viaggi.

Come può una persona cresciuta in una famiglia cattolica osservante non conoscere l'identità di due dei santi più famosi?

Ne deduco che la religiosità della sua famiglia fosse solo un'invenzione. E quindi forse non è stato quello il motivo per cui è stata cacciata di casa, una volta incinta.

«Catherine? Stai bene?» ripete.

Lo squillo del mio iPhone mi salva da una risposta. È il fornitore della tv via cavo con cui avevo già stipulato un contratto per la casa di Baltimora. Contratto che sto cercando, faticosamente, di disdire.

Mia madre si dedica al suo telefono mentre io inizio a parlare con il rappresentante del peggior servizio clienti del mondo. La linea è un po' disturbata e l'operatore invece di concedermi di disdire sta cercando di vendermi un pacchetto ancora più ricco di offerte. Mentre mi rassegno, sconfortata, ad ascoltare la sequenza meccanica di proposte imperdibili a cui rinuncerei disdicendo il contratto, non posso fare a meno di pensare a mia madre. Che non è mai stata una devota cattolica con la croce d'oro al collo.

Mi chiedo se abbia mai messo piede in una chiesa cattolica in vita sua. Ma soprattutto: è malata come ha deciso di farmi credere? Ormai ogni bugia, anche la più gigantesca, mi appare plausibile. Voglio scuoterla e pretendere di sapere la verità. Voglio toglierle quel chicco di popcorn dal viso con uno schiaffo.

L'addetto al servizio conclude il suo discorso. «Allora, cosa ne pensa? Sono solo quattro dollari e novantanove in più al mese.»

«No! Voglio disdire il mio contratto, cazzo!» Mia madre alza la testa di scatto a quelle parole.

«*Aaah*, va bene. Aspetti un secondo che le passo il nostro...»

«No!» grido di nuovo, ma è troppo tardi. Nelle mie orecchie risuona una musica di sottofondo.

Il mio cellulare vola attraverso la stanza e si schianta contro il muro. Sento il rumore dello schermo che si rompe. Poi vedo il volto di mia madre e mi rendo conto che quando ho lanciato il telefono ho mancato di poco la sua testa.

Ha le braccia sollevate per proteggersi e gli occhi spalancati. «Catherine! Ma che...»

«Cosa c'è, sei l'unica a cui è permesso arrabbiarsi? Almeno io non ti ho colpita.»

Lascio il resto della frase in sospeso, ma lei sa che sto pensando a quando mi picchiava.

Non l'ha fatto spesso. Tre, forse quattro volte in tutta la mia vita. E dopo si sentiva malissimo, questo lo so, ma ora sono troppo arrabbiata per preoccuparmi dei suoi sentimenti.

Anzi, vorrei che tentasse di colpirmi di nuovo, perché per una volta vorrei provare la soddisfazione di reagire.

Balzo in piedi, la ciotola cade a terra e il popcorn si rovescia ovunque. Mia madre fa una faccia impaurita.

Sono sorpresa di quanto questo mi faccia sentire bene.

Rimango lì per un attimo, poi vado a raccogliere il telefono. Un frammento di vetro sottile come un ago mi punge il polpastrello, facendo apparire un puntino di sangue.

Prendo la borsa e lascio la stanza senza pronunciare una parola.

Arrivo al Sunrise e mi accontento di un posto in fondo al parcheggio.

Scendo dalla Bonneville, eseguo il rituale di mostrare

un documento e firmare il registro, poi mi affretto a raggiungere l'Ala della Memoria. Mi dirigo verso il piccolo ufficio comunicante con la postazione degli infermieri. C'è un nuovo fax. Al tatto è caldo, dev'essere appena arrivato.

Riconosco subito la calligrafia sul modulo. La conosco bene quanto la mia.

È la domanda di lavoro di due pagine che mia madre compilò anni fa per RJ's, completa di un elenco dei suoi precedenti lavori e di una referenza: una donna di cui non riconosco il nome, Diane Brown. Sembra una pista solida.

Mentre guardo avidamente le nuove informazioni, prendo anche una decisione. Non cercherò solo di rintracciare la famiglia di mia madre. Mi dedicherò a scoprire tutta la verità possibile su di lei.

Se sta fingendo di avere l'Alzheimer, cosa di cui mi sto convincendo sempre di più, la aiuterò a ottenere l'assistenza di cui dichiara di aver bisogno, ma non ho intenzione di distruggere la mia vita, nel frattempo.

L'inizio del mio contratto d'affitto è previsto tra sette giorni.

È un bene che non sia riuscita a cancellare il contratto con la tv via cavo, tutto sommato, come è positivo il fatto che non abbia ancora trovato qualcuno che subaffittasse il mio appartamento: ho intenzione di arrivare a Baltimora in perfetto orario.

22

RUTH

Ecco un indovinello: quanto tempo ci vuole per raccogliere ogni chicco da una ciotola di popcorn rovesciata, senza usare un aspirapolvere?

Risposta: il tempo giusto per pensare a tutti gli errori che hai commesso come genitore. Le urla e le minacce. Le scelte sbagliate, i consigli errati e le incomprensioni. Gli strattoni e le sculacciate occasionali.

Rispetto a ciò che faceva mia madre, le mie poche punizioni fisiche sono state così lievi che non si possono nemmeno comparare. Ma i nostri figli non si soffermano sul fatto che cerchiamo il più possibile di rimediare agli errori della generazione precedente. Non sanno quanto sia difficile per noi rompere gli schemi in cui siamo stati immersi durante l'infanzia.

Vedono solo gli errori che facciamo noi. Quelli che ci sono stati tramandati e quelli che sono tutti nostri.

Alcuni dei peggiori episodi tra me e Catherine sono rimasti impressi nella sua psiche. Ho sentito il suo risentimento, mentre mi stava davanti con i pugni stretti. In quel momento mi ha spaventata. Per un istante mi è sembrata un'estranea. Come se non la conoscessi affatto.

Non è la prima volta che provo quella sensazione inquietante. La cicatrice senza peli sull'avambraccio destro fa capolino da sotto il bordo della manica della camicia. Tiro giù la manica, ma non riesco a cancellare il ricordo. È successo quindici anni fa, ma a volte mi sembra ancora di sentire l'odore del fumo, che mi ha fatto capire il pericolo, mentre percorrevo il corridoio verso il nostro vecchio appartamento. Quel pomeriggio ero uscita a prendere il detersivo per il bucato perché non avevamo più roba pulita e le mie due uniformi erano sporche. Ero stata via solo quindici minuti o poco più. Non un periodo troppo lungo per lasciare sola una bambina di nove anni, molto matura per la sua età.

All'inizio, quando l'odore acre mi riempì le narici, pensai che qualche inquilino stesse bruciando la cena. Poi sentii il suono di un rilevatore di fumo da un appartamento sul lato destro del corridoio.

Il nostro appartamento.

Lasciai cadere il flacone di plastica del detersivo e volai per gli ultimi passi, battendo la mano contro la nostra porta e urlando: «Catherine!» Lei non rispose, allora cercai le chiavi nella borsa e feci irruzione in casa. Il fumo non era ancora troppo denso. Riuscivo a vedere bene, ma l'odore era orribile.

Catherine non aveva risposto alle mie grida e non mi era venuta incontro. L'istinto mi portò immediatamente in cucina.

Lì vidi due cose che mi lasciarono senza fiato. La prima erano le fiamme arancioni e gialle che salivano dal nostro bidone della spazzatura in plastica, e stavano divorando avidamente lo strofinaccio appeso alla maniglia del fornello.

Afferrai il pezzo di tessuto, lo gettai a terra e lo calpestai con le scarpe da ginnastica, sperando di fermare il principio d'incendio. Funzionò. Le fiamme si spensero.

Non mi ero resa conto di aver inavvertitamente fornito un'altra fonte di combustibile al fuoco.

Per qualche secondo non provai dolore.

Poi sentii bruciare il braccio, con un dolore tremendo. «Via! Via!» gridai, schiaffeggiando con la mano nuda la manica lunga della camicetta di cotone scadente. Tirai fuori il braccio destro dalla camicetta e me la tolsi tirandola sopra la testa. La gettai sul pavimento e la calpestai.

Catherine era rimasta a guardare inorridita, ma ora si mise all'opera. «Acqua fredda!» urlò, aprendo il rubinetto del lavandino.

Presi una pentola che era sul fornello e la riempii, lasciandomi scorrere l'acqua sull'avambraccio mentre entrava nella pentola. Poi la vuotai nel bidone della spazzatura, che si stava sciogliendo e deformando per il calore intenso. Dovetti farlo altre due volte prima che il fuoco si spegnesse del tutto.

Il braccio era ustionato, la pelle arrossata. Mi accasciai sul pavimento, accanto a una pozza d'acqua che fuoriusciva dal bidone della spazzatura. Mi sentivo stordita e nauseata dal dolore.

«Mamma» disse Catherine, con la voce rotta. «Dobbiamo andare in ospedale.»

Annuii. Avevo visto abbastanza ustioni nelle cucine dei vari ristoranti in cui avevo lavorato per sapere che la mia era almeno di secondo grado.

«Che cosa è successo?» chiesi.

«Mi dispiace. Volevo accendere una candela» sussurrò.

Annuii di nuovo e riuscii a mettermi in piedi. Immersi un canovaccio pulito in acqua fredda e lo avvolsi intorno all'avambraccio. Sapendo che la nostra assicurazione non avrebbe coperto il costo di un'ambulanza, raccolsi la mia borsa e lo zaino di Catherine e prendemmo l'autobus per l'ospedale, dove un medico del pronto soccorso mi applicò un balsamo e bendò la scottatura.

Non ho mai più permesso l'uso di candele nel nostro appartamento. Nemmeno sulle torte di compleanno.

Perché la seconda cosa che ho visto e che mi ha tolto il fiato quando sono entrata in cucina e ho notato l'incendio è stata Catherine. Era appoggiata al frigorifero e fissava le fiamme.

Non aveva un'aria contrita, preoccupata o impaurita.

Sembrava felice.

Ora tolgo l'ultimo chicco di popcorn dal tappeto, poi mi raddrizzo con un gemito. Affondo le nocche nella parte bassa della schiena, che protesta per tutti i vassoi che ho trasportato oggi.

L'aspirapolvere sarebbe un modo più semplice per riordinare, ma non riesco a usare nessun dispositivo o apparecchio che emetta un suono roboante da quando ero adolescente e il mio asciugacapelli aveva coperto le grida d'aiuto di Timmy. Credo che sia una specie di disturbo post-traumatico. Non possiedo nemmeno un frullatore.

Entro in cucina e vedo la pentola dei popcorn e il coperchio nel lavandino, ricoperti da una patina d'olio. Mi tolgo l'anello con il topazio e lo poso sul suo supporto di porcellana, poi spruzzo qualche goccia di detersivo per piatti su una spugna e inizio a pulire.

Vorrei avere qualcuno con cui confidarmi. Ma ho solo Catherine. Forse dovrei chiamare di nuovo uno psichiatra. Ne trovai uno sulle pagine gialle poco dopo l'incendio e gli fornii un nome falso quando andai da lui per un consulto. Aveva una calvizie incipiente e gli occhiali cerchiati di corno; se ne stava seduto dietro una bella scrivania di quercia e sembrava annoiato. Giuro che guardava di nascosto il documento aperto sul suo computer, invece di dedicarmi tutta la sua attenzione, mentre dicevo che Catherine di tanto in tanto faceva la pipì a letto e gli parlavo dell'episodio con lo scoiattolo morto.

Verso la fine del consulto gratuito di quindici minuti, mi alzai per andarmene e sbattei il braccio ferito contro la sedia.

Il dolore fu straziante, anche con la ferita coperta dagli strati di garza che il medico mi aveva applicato in ospedale. Non riuscii a non gridare.

Lo strizzacervelli alzò lo sguardo e sembrò vedermi per la prima volta. «Si sente bene?»

Quando ripresi fiato, annuii.

Tirai su la manica del maglione per assicurarmi che nessuna delle bende protettive si fosse staccata, e lui chiese con noncuranza: «Sembra una bella ferita. Cosa è successo?»

Probabilmente si aspettava che dicessi che ero caduta dalla bici o qualcosa del genere.

«Mi sono ustionata spegnendo un incendio.»

Rimase assolutamente immobile. Poi balzò in piedi, girò intorno alla scrivania e venne a fissarmi il braccio.

«L'aveva appiccato sua figlia?» La sua voce era appena più alta di un sussurro.

Ora avevo la sua totale attenzione. E sapevo perché: guardo molti polizieschi alla tivù.

Quando alcuni tratti si scontrano l'uno con l'altro in una persona, possono indicare una tendenza alla violenza.

Ero andata da quell'uomo per essere rassicurata. Volevo che confermasse ciò che avevo già detto a me stessa: non è poi così raro che una bambina di nove anni faccia di tanto in tanto la pipì a letto, e di certo non significa che da grande farà chissà quali brutte cose. E quale bambino non è affascinato dalla vista delle candele accese che trasformano una normale torta in una straordinaria festa di compleanno? Catherine aveva solo fatto un passo in più, trovando dei fiammiferi e accendendo lo stoppino di una candela al profumo di eucalipto, che avevo comprato per mascherare l'odore di muffa del nostro appartamento. Non era colpa sua se il fiammifero non si era spento quando l'aveva gettato nella spazzatura. O se, quando aveva visto il fumo provenire dal bidone della plastica, non aveva pensato di versarci sopra dell'acqua.

Non è stata colpa sua, mi dissi per la centesima volta. E sono quasi certa che l'incendio sia stato un incidente.

Lo psichiatra cercò di trattenermi. Mi seguì per tutta l'area della reception. Disse che voleva inserire Catherine in uno studio che stava conducendo un suo collega.

Non era realmente interessato ad aiutarmi.

Per lui mia figlia era una cavia da laboratorio. Una cosa da testare, studiare e usare.

Alla fine riuscii a scappare promettendogli che sarei tornata la settimana seguente, ma ovviamente non lo feci. E quando vidi il suo numero apparire sul mio telefono, al lavoro, chiesi al cuoco di rispondere e di parlare in portoghese. Solo così il dottore si arrese.

Quando la pentola dei popcorn è pulita, la metto sullo scolapiatti ad asciugare, poi mi tiro giù le maniche, coprendo il lembo di pelle senza peli.

Mi avvicino alla finestra del soggiorno e guardo il parcheggio. La Bonneville è sparita e non so quando Catherine tornerà.

Mi chiedo se si sia accorta che da quando abbiamo quell'auto, non ho mai lasciato che l'indicatore della benzina scendesse sotto il mezzo serbatoio. Non importa quanto io sia stanca, impegnata o al verde, vado sempre in una stazione di servizio non appena la freccia si avvicina a quel punto.

È una delle mie regole di sicurezza.

Guardo fuori ancora per un po', ma il panorama non cambia. Alla fine mi allontano dalla finestra e vado in camera mia. Devo scrivere ancora la mia storia, mentre aspetto che Catherine torni a casa.

Quando Mike il camionista si fermò a una stazione Exxon la mattina presto per fare il pieno di gasolio, feci a Cookie un'ultima carezza di saluto.

Avevo trascorso con Mike le ultime sei ore. Era il momento di lasciarlo. Mi chiese se fosse tutto a posto. Gli dissi che avevo una zia a Youngstown e che sarebbe venuta a prendermi. Youngstown, Ohio, era a una ventina di chilometri di distanza. Avevo visto il cartello prima di uscire dall'autostrada per fare benzina.

Mike annuì, ma la sua espressione mi disse che aveva capito la mia bugia. Salutai e mi allontanai con passo spedito, come se sapessi dove andare. Vedevo un McDonald's a un centinaio di metri di distanza, così mi diressi lì, con il borsone a tracolla che sbatteva contro la gamba a ogni passo. Per fortuna, anche se la fila per il drive-through era lunga, il ristorante era quasi vuoto quando entrai. Andai in bagno, mi sciacquai nel lavandino e cercai di togliere le macchie di sangue dai pantaloncini. Quando mi guardai allo specchio, notai alcune piccole macchie di sangue del signor Franklin sul collo e sul viso, come lentiggini rosse. Le strofinai freneticamente con un asciugamano di carta bagnato, fino a irritare la pelle. Aspettai il tempo necessario perché Mike facesse il pieno al camion e ripartisse. Avevo bisogno di una mappa per capire dove mi trovavo e dove volevo andare, e pensai che avrei potuto trovarla al distributore di benzina.

Uscii a testa bassa dalla porta di servizio del McDonald's, poi camminai il più in fretta possibile verso la sta-

zione di servizio, tossendo quando un furgone arrugginito mi passò davanti e mi vomitò in faccia un denso sbuffo di gas di scarico nero.

Ora che stava sorgendo il sole, pensai che avrei dovuto mettere in valigia un cappellino da baseball o degli occhiali scuri. Da piccola avevo paura del buio, ma in questo momento l'oscurità mi era amica.

All'interno del minimarket, una donna dall'aria stanca e dai capelli biondi con la permanente, stava sistemando delle stecche di sigarette sulle mensole dietro il registratore di cassa.

Mi schiarii la gola e le chiesi se sapeva dove fosse la stazione del corriere Greyhound più vicina.

Prese una cartina ripiegata accanto alla cassa e la fece scivolare verso di me sul bancone, dicendo che probabilmente ce n'era una a New Castle.

Ci misi un minuto per orientarmi. Avevamo appena attraversato il confine di Stato con l'Ohio. Una volta capito che la piccola stella blu sulla mappa rappresentava la posizione della stazione Exxon, seguii la strada col dito fino a New Castle. Non sembrava molto lontano, ma forse andarci a piedi era un po' esagerato.

Ripiegai la mappa e la restituii alla cassiera.

Tornai fuori e osservai un pick-up Ford rosso che si era appena fermato. Il proprietario, un uomo in tuta grigia che aveva circa l'età di mio padre, iniziò a fare benzina. Nel cassone del pick-up c'era una vecchia poltrona marrone con i cuscini strappati.

Avrei potuto chiedergli dove fosse diretto e se fosse disposto a darmi un passaggio.

Ma avevo sentito molte storie su quello che succedeva alle ragazze che facevano l'autostop. La mia fortuna forse non mi avrebbe aiutata ancora.

Misi la mano nella tasca dei pantaloncini e strinsi la

mia mazzetta di soldi. Centodiciotto dollari, più qualche spicciolo. Non sarebbero durati molto. Ma stavo esaurendo le opzioni.

Andai al telefono a gettoni fuori dal minimarket e presi il pesante elenco delle pagine gialle che penzolava da un grosso cavo metallico. Alla lettera «T» vidi gli annunci di diverse compagnie di taxi. Infilai una moneta nella fessura e composi il numero per chiamarne uno. Quando la centralinista mi chiese l'indirizzo, dovetti correre di nuovo nel minimarket per farmelo dare dalla cassiera.

Mi sembrava di attirare troppo l'attenzione. La borsa da viaggio, lo sguardo sconvolto che avevo visto allo specchio, le mie domande... La cassiera stava sfogliando una rivista, e alzò appena lo sguardo per recitare l'indirizzo.

Quando arrivò il taxi e salii sul sedile posteriore, sentii alleggerirsi il peso che mi schiacciava il petto.

Dissi all'autista la mia destinazione, poi mi rannicchiai e appoggiai la testa sulla borsa che avevo in grembo. Mi assalì una profonda ondata di stanchezza. Ero sveglia da più di ventiquattro ore di fila e l'adrenalina che mi dava energia stava scendendo.

Mi sembrò che il tassista si fermasse alla stazione della Greyhound pochi istanti dopo che avevamo lasciato il benzinaio. Dovevo essermi appisolata, anche se non ricordavo di aver dormito.

Lo pagai con una delle mie preziose banconote da venti, e lui me ne diede una da dieci e due da uno come resto. Non sapevo se dovevo lasciargli una mancia. Avevo visto la gente prendere i taxi solo al cinema e in televisione. Era la prima volta che ci salivo. Una decisione sbagliata avrebbe potuto fissare la mia immagine nella sua mente. Se la polizia mi avesse rintracciato fino alla stazione Exxon e avesse trovato quel tassista, avrebbe potuto interrogarlo sulla ragazza dai capelli lunghi e scuri che aveva preso a bordo. Alla fine gli restituii i due dollari. Mi ringraziò con noncuranza e sentii di aver fatto la cosa giusta.

Davanti alla stazione di New Castle erano fermi diversi autobus, ma non capii quale sarebbe partito per primo. Quando entrai, vidi alcune persone in fila alla biglietteria. C'era un cartello con la scritta ORARI *e una freccia che indicava una pila di volantini su uno scaffale, così mi avvicinai e ne presi uno. Gli orari di partenza erano stampati in una colonna di numeri minuscoli accanto alle destinazioni, ma ormai avevo infilato l'orologio dell'allenatore nel borsone e non avevo idea di che ora fosse. Mi guardai intorno e individuai un orologio a muro. Non potevo credere che non fossero ancora le otto, o che il giorno prima a quell'ora varcavo il portone della mia scuola, temendo il compito in classe di storia e sognando James.*

L'autobus successivo era diretto a Pittsburgh, un viaggio di circa settanta minuti. Mi avrebbe riportato verso casa. Mentre quello successivo mi avrebbe portato più lontano, nella direzione opposta, a Cleveland. Mi misi in fila per acquistare il biglietto e, giusto quando toccava a me, ricordai una cosa.

Una volta io e Timmy stavamo giocando a nascondino in giardino e, dopo averlo cercato per quasi dieci minuti, mi arresi e gridai: «Tana libera tutti!» Il mio fratellino uscì dal suo nascondiglio, sotto un cespuglio a pochi metri da dove avevo contato con le mani sugli occhi prima di andare a cercarlo.

«Sei stato lì tutto il tempo?» gli chiesi.

Scosse la testa, raggiante, e rispose: «Sono tornato dopo che hai iniziato a cercarmi».

Dissi al cassiere che volevo un biglietto per Pittsburgh.

Se qualcuno fosse venuto a cercarmi, non avrebbe pensato che fossi tornata in Pennsylvania.

E a una parte di me piaceva trovarsi in uno Stato che conoscevo, invece che in un luogo completamente ignoto.

Quando il cassiere mi chiese se si trattava di un viaggio di andata e ritorno, deglutii a fatica e risposi: «No, solo andata».

Pagai i dodici dollari, poi presi il biglietto e il resto e mi avviai verso la fila di autobus. Le destinazioni erano esposte in grandi lettere bianche sui parabrezza. Salii sul primo della fila, consegnai il biglietto all'autista e andai a sedermi in fondo. Era quasi vuoto e pregai che rimanesse tale.

Pochi minuti dopo, l'autista chiuse le porte e l'autobus partì con un gemito che sembrava quasi umano.

Ero al sicuro, mi dissi. Avevo ottenuto un passaggio da un camionista che credeva mi chiamassi Beth, avevo preso un taxi e ora ero a bordo di un autobus. Nessuno sarebbe stato in grado di trovarmi.

Con il pollice girai e rigirai l'anello di topazio che portavo all'anulare destro. Mio padre me lo aveva regalato per il mio sedicesimo compleanno. Anche mia madre aveva firmato il biglietto d'auguri, ma sapevo che era stato lui a scegliere l'anello e ad avvolgere la scatoletta in una carta a fiori rossi.

Un singhiozzo mi salì in gola, ma lo feci tornare giù a forza.

Dall'altro lato del corridoio, una donna con la faccia sporca e le scarpe da ginnastica slacciate borbottava da sola e ondeggiava avanti e indietro. Pensai che fosse sotto l'effetto di droghe, ma non sapevo che tipo di sostanza potesse fare quell'effetto. Non avevo mai visto nessuno fumare qualcosa di più forte dell'erba a una festa. Distolsi lo sguardo e desiderai essere invisibile.

Dopo un po', il rumore costante del motore mi tranquillizzò e i miei occhi si fecero di nuovo pesanti. Proprio mentre mi stavo appisolando, esplose un suono stridente, fa-

cendomi sobbalzare. Un'auto della polizia stava arrivando velocemente dietro di noi a sirene spiegate. Mi abbassai sul sedile, respirando a fatica. L'autista dell'autobus si spostò sulla corsia di destra e rallentò.

La nausea mi salì in gola, mentre aspettavo che l'autobus accostasse e che l'agente salisse a bordo. Invece, l'auto della polizia ci sorpassò, con le sue luci rosse e blu lampeggianti. Un attimo dopo seguì un'ambulanza, con la sirena dal suono prolungato e luttuoso.

Circa un chilometro dopo, passammo davanti alla scena di un incidente. Il traffico era ormai fermo e, mentre avanzavamo, intravidi due auto accartocciate sul ciglio della strada. Un uomo era appoggiato al guardrail, con la testa tra le mani.

Probabilmente stava andando al lavoro, con la mente piena di un elenco di tutte le cose ordinarie che doveva fare quel giorno. E ora si trovava in un vortice.

Solo dopo averlo superato mi resi conto che la mia mano si era alzata e premeva contro il vetro del finestrino. Quello sconosciuto devastato era l'unica persona al mondo con cui mi sentivo in sintonia in quel momento.

Rimasi sveglia per il resto del viaggio.

Quando l'autobus arrivò a Pittsburgh, fui l'ultima a scendere. Sentivo di aver messo abbastanza chilometri tra me e James e l'orribile crimine che avevamo commesso. Ma non avevo idea di dove andare. Prima o poi avrei dovuto dormire, ma non potevo permettermi un albergo. Inoltre non avevo documenti o una carta di credito per affittare una stanza.

Mi guardai intorno, osservando tutte le persone che passavano: uomini e donne che camminavano velocemente con valigette o BlackBerry in mano, un gruppo di operai che bloccavano un pezzo di strada, un tizio con uno zainetto in spalla che attraversava col rosso, incurante dei clacson.

Anch'io iniziai a camminare.

Devo aver vagato per le strade per un paio d'ore, prima di incrociare un venditore di brezel. L'aroma di pane lievitato mi fece brontolare lo stomaco. Tutt'a un tratto scoprii di avere fame. Frugai nel borsone fino a trovare la mela rossa e la divorai, sgranocchiandola fino al torsolo.

Mi asciugai la bocca con il dorso della mano e mi chiesi se potevo concedermi un brezel. Poi contai mentalmente quanto avevo già speso per il taxi e l'autobus e continuai a camminare.

Alla fine mi fermai davanti a un grande edificio grigio con finestre ad arco e colonne. CARNEGIE LIBRARY OF PITTSBURGH, *recitava l'insegna.*

La fissai per un attimo, poi entrai.

L'enorme spazio aperto della biblioteca era bellissimo, con soffitti alti, modanature intricate e file di tavoli di legno lucido. Da piccola non avevo mai frequentato una chiesa (mio padre era cattolico e mia madre disprezzava la sua religione, come tutto il resto di lui), ma quel posto mi sembrava un santuario. Sembrava che lì dentro non potesse accadere nulla di male a nessuno.

Trovai un posto libero a uno dei tavoli. Qualcuno aveva lasciato lì alcuni libri, così ne presi uno e feci finta di leggere. L'argomento era il Progetto Manhattan e le frasi erano lunghe e complesse. Cercai di concentrarmi su una in particolare, poi la rilessi mentre le lettere si confondevano e saltavano qua e là.

Mi svegliai con il torcicollo e la bocca secca. Il mio viso era schiacciato contro il libro aperto sul tavolo. Sollevai la testa e mi sfregai gli occhi. La biblioteca adesso era più affollata. Altre persone stavano lavorando al mio tavolo, ma nessuno mi prestava attenzione.

Mi guardai intorno alla ricerca di un orologio, trasalendo per la tensione dei muscoli del collo. Erano passate da poco le sei. Non riuscivo a credere di aver dormito così a lungo. Fuori, la luce stava calando. Il sole sarebbe tramontato presto e la biblioteca avrebbe chiuso.

Se non avessi trovato un posto dove passare la notte, mi sarei trovata in guai seri. Mi alzai e uscii di corsa dalla biblioteca.

Le strade erano più trafficate. I clacson suonavano, i freni stridevano e la gente mi girava intorno sul marciapiede, urtando la mia borsa da viaggio. Tutti avevano qualche posto dove andare.

Cominciai a camminare anch'io, e a passo svelto superai vari isolati. A un certo punto incrociai una persona rannicchiata in un sacco a pelo, davanti a un negozio di macchine fotografiche chiuso. Distolsi lo sguardo e continuai a camminare. Una ragazza non poteva passare la notte da sola per strada, ma forse c'era un altro posto dove potevo accamparmi. Doveva esserci un parco pubblico nelle vicinanze. Potevo trovare un posto isolato, magari sotto un cespuglio, dove non sarei stata notata. Sarei rimasta sveglia tutta la notte e il giorno dopo avrei dormito di nuovo in biblioteca.

Camminavo da molto tempo e il sole stava tramontando. Non avevo tempo di pensare a un piano migliore.

Alzai lo sguardo per cercare di orientarmi e notai un bersaglio rosso alla fine dell'isolato, che indicava un negozio Target. Lì avrei potuto trovare un sacco a pelo a buon mercato, e avrei potuto comprare anche una bottiglia di succo di frutta e qualcosa da mangiare.

Mi avvicinai all'ingresso e calpestai il tappetino per far aprire le porte a vetri scorrevoli. Entrai in uno spazio luminoso e pulito, con corsie piene di ogni cosa, dai cereali ai giochi da tavolo, e, al centro del negozio, uno scaffale dopo l'altro di vestiti.

Mi diressi verso il corridoio delle attrezzature da campeggio e osservai le due marche di sacchi a pelo in vendita, *uno leggero e uno per il freddo. Quello leggero costava meno. Di cos'altro avrei potuto avere bisogno?*

Continuavo a girare per il negozio, osservando tutte le cose che avrei comprato se avessi avuto i soldi. Burro di arachidi Skippy e cracker salati. Calzini puliti. Lozione per le mani. Deodorante e una salvietta. Una bottiglia di limonata Snapple. Poi mi fermai. Sotto uno scaffale di vetro vicino alla sezione campeggio c'era una fila di coltelli da tasca.

Forse dovevo prenderne uno, per sicurezza.

Ma sarei stata in grado di usarlo per difendermi, se avessi dovuto farlo?

La visione del corpo insanguinato dell'allenatore mi apparve davanti agli occhi, e mi cedettero le gambe. Mi appoggiai al bordo del bancone per non cadere.

Feci alcuni respiri profondi e mi costrinsi a continuare a muovermi. Il braccio mi faceva male a furia di trascinare la borsa da viaggio. Diedi un'occhiata agli zaini, ma tutto era troppo costoso.

Passai davanti alla grande vetrata dell'ingresso. Fuori era completamente buio e le strade erano più tranquille. La città si stava spegnendo.

Sapevo che dovevo andarmene e che avrei dovuto trovare un posto dove stare. Ma non riuscivo a uscire da quel negozio sicuro e ordinato.

Continuavo a fissare cose che avevo dato per scontate per la maggior parte della mia vita: tovaglioli di carta e Pop-Tarts, limette per unghie e Tampax. Come avrei fatto a cavarmela da sola?

Suonò un campanello e una voce dall'altoparlante annunciò che il negozio avrebbe chiuso tra quindici minuti. Un uomo con un gilet rosso e un cartellino sul petto mi passò accanto, dirigendosi verso il retro. Forse stava per chiudere. Probabilmente sarebbe ripassato per un ultimo giro e mi avrebbe detto di uscire.

Le lacrime mi salirono agli occhi e mi si strinse il petto. Non potevo farcela. Non potevo vivere per strada, nemmeno per una notte. Non ero abbastanza forte.

Quando l'impiegato fosse tornato, gli avrei chiesto di chiamare mio padre. Lui avrebbe cercato di aiutarmi. Avrebbe implorato la famiglia di mia madre di assumere un avvocato, uno bravo. Lui e Timmy mi avrebbero scritto lettere in prigione o nel carcere minorile.

Mi asciugai gli occhi e, quando la vista si schiarì, stavo ancora guardando la fila di scatole di Tampax blu.

Il pensiero mi colpì come un fulmine.

Non avevo pensato di mettere degli assorbenti nel borsone. Non ne usavo da un bel po' di tempo.

Più di un mese.

Mentre me ne stavo lì muta, con la mente così sconvolta da non riuscire a pensare, il campanello suonò di nuovo. Stavolta la voce dall'altoparlante comunicò che il negozio avrebbe chiuso tra cinque minuti. I clienti rimasti dovevano uscire al più presto.

Mi guardai intorno, sentendomi in trappola. Lì vicino c'era un espositore circolare di vestiti.

Vidi di nuovo Timmy, nascosto quasi in bella vista sotto il cespuglio rotondo, mentre io gridavo: «Tana libera tutti!»

Senza pensarci due volte, mi chinai e mi nascosi al centro del cerchio di vestiti, tirandomi dietro la borsa da viaggio.

Sentivo solo il mio respiro, affannoso e troppo forte. Non riuscivo a vedere altro che i pantaloni appesi davanti a me. Mi rannicchiai il più possibile, sperando che nessuna parte del mio corpo fosse visibile.

Due semplici parole continuavano a risuonare nella mia testa: sono incinta. Non avevano ancora un senso. Non sapevo che avrebbero significato te.

Risuonò un ultimo annuncio. Il negozio era chiuso.

Per un attimo ci fu silenzio. Poi, in lontananza, scoppiò una risata. Sentii un uomo e una donna che parlavano, la voce di lui profonda e lenta e quella di lei più alta e nitida. Le parole erano indistinte. Chiusi gli occhi.

Qualche minuto dopo, qualcuno passò davanti al mio nascondiglio, con le scarpe che scricchiolavano sul pavimento di linoleum. Trattenni il respiro finché i passi non si allontanarono. Poi non sentii più nulla per un po'. Il silenzio era quasi insopportabile. Mi aspettavo che qualcuno si avvicinasse e mi afferrasse.

Finalmente sentii di nuovo le voci, ma ora sembravano più lontane. Non capivo quante persone stessero parlando. Due, forse tre?

Le luci si spensero, facendomi piombare nel buio più completo. Sentii un urlo salire in gola. Mi coprii la bocca con la mano e dondolai avanti e indietro, come la donna sull'autobus Greyhound. Il negozio era immerso nel silenzio.

Dopo qualche istante, però, accadde qualcosa di strano: i miei occhi si adattarono. Non ci vedevo bene, ma riuscivo a distinguere la sagoma del mio borsone e le strisce delle mie scarpe da ginnastica e, quando alzavo lo sguardo, riuscivo a individuare la linea di demarcazione tra la parte superiore dell'espositore e lo spazio al di sopra.

Le mie pulsazioni accelerate cominciarono a rallentare.

Mi costrinsi a contare lentamente fino a cento, duecento, cinquecento. Poi fino a mille.

Mi sforzai di ascoltare, ma non riuscii a sentire nulla che indicasse un solo dipendente rimasto nel negozio. Se ci fosse stato qualcuno, avrebbe tenuto le luci accese, mi dissi.

Ma ci volle molto tempo prima di trovare il coraggio di stendere le gambe doloranti e strisciare fuori dal cerchio di abiti. Lasciai la mia borsa da viaggio, nel caso avessi avuto bisogno di rientrare rapidamente.

Di notte l'aspetto del Target era completamente diverso. In alto c'erano due frecce rosse luminose che indicavano l'uscita e fornivano un minimo di illuminazione, più alcune fioche luci di sicurezza vicino all'ingresso. Rimasi immobile, con il fiato sospeso, ma non riuscivo a percepire altre presenze. Mi sembrava di essere sola in quello spazio gigantesco.

La prima cosa che feci fu guardarmi la pancia. Non sembrava diversa.

Forse ho sbagliato le date, mi dissi. Ma sapevo che non era così.

Il pensiero era troppo grande perché la mia mente potesse assorbirlo. Così feci quello che faccio sempre quando sono in ansia: passai all'azione.

Mi infilai nella prima corsia che trovai. Era piena di articoli da toilette e medicinali. Girai l'angolo e vidi quello che sembrava un corridoio infinito di snack: patatine e cracker Goldfish, brezel e caramelle. Avevo lo stomaco vuoto. Mi faceva male dalla fame.

Mi costrinsi a continuare a muovermi, percorrendo in punta di piedi una corsia dopo l'altra, fermandomi ogni tanto per mettermi in ascolto. Mi appostai persino davanti alla porta del bagno degli uomini finché non fui certa che fosse libero. Quando finii di esplorare, avevo familiarizzato con ogni angolo e curva del Target.

Non sapevo quanto tempo sarebbe passato prima dell'arrivo dell'impresa delle pulizie, ma per il momento tutto era a mia disposizione.

C'era un film con Natalie Portman basato su un romanzo, che raccontava di una giovane donna rimasta nascosta per un certo periodo all'interno di un Walmart prima di costruirsi una vita in una città vicina. Avevo visto solo un'anteprima e non sapevo come finisse la storia, ma mi fece riflettere: avrei potuto rimanere qui per qualche notte?

Tornai al reparto degli snack, avvicinandomi per vedere i pacchetti, perché tutto era grigio e smorzato. Quando individuai una confezione di barrette di cioccolato, mi venne l'acquolina in bocca. Allungai la mano e sentii l'involucro fresco e frusciante. Potevo quasi sentire il sapore del cioccolato cremoso e del cocco.

Poi la rimisi a posto.

Il bambino che portavo in grembo aveva bisogno di cibo nutriente.

A poca distanza c'era una scatola di barrette ai cereali. L'aprii con cautela e ne estrassi una, soffrendo per il fruscio dell'involucro di plastica che si staccava. Ma intorno a me tutto era ancora silenzioso: gli unici rumori nel negozio erano quelli prodotti da me.

Al primo assaggio di fiocchi d'avena dolci e croccanti, per poco non persi il controllo, infilandomi in bocca l'intera barretta. Ma mi costrinsi a fare piccoli morsi e a masticare bene. La finii e cercai di ricordare dove si trovava la limonata Snapple, di cui avevo una gran voglia. L'avevo vista in una vetrina refrigerata vicino all'ingresso del negozio, accanto a tè freddi e bibite vendute singolarmente. Non potevo rischiare di avvicinarmi tanto alla grande vetrina, dove un passante avrebbe potuto notarmi, così mi addentrai nel negozio, portando con me le barrette di muesli, finché non trovai dei succhi di frutta.

Un giorno avrei trovato il modo di ripagare il negozio, promisi a me stessa, mentre infilavo la cannuccia in uno dei brick. Ne bevvi avidamente tre di seguito, uno dopo l'altro. I brick si svuotavano man mano che il liquido dolce mi scendeva in gola.

Il mio stomaco emise un gorgoglio e lo coprii con la mano in modo automatico.

Abbassai lo sguardo, ripensando a come avevo appoggiato il palmo della mano sul finestrino dell'autobus, desi-

derando un legame con qualcuno, persino con uno sconosciuto che aveva appena distrutto la sua auto.

Ora la mia mano premeva verso di te.

Rimasi così per un po' di tempo, pensando a te. Quelli furono i momenti in cui diventasti reale per me.

Grazie a te, Catherine, non ero più sola.

Timmy è nato quando avevo cinque anni e l'ho amato dal momento in cui ho visto il suo musetto rosso e rugoso. Mi sono presa cura di lui come meglio potevo, perché mia madre non era esattamente all'altezza del compito. Ho imparato a sostenergli il collo mentre lo tenevo in braccio e come avvolgerlo in una coperta per farlo sentire al sicuro. Di notte gli massaggiavo la schiena e cantavo per lui finché non si addormentava.

Non ti avevo ancora conosciuta, ma giuro che ti amavo già. Eri l'unica cosa buona rimasta nella mia vita. Se non fosse stato per te, mi sarei arresa cento volte quella prima settimana.

Dopo un po' tornai al reparto articoli da campeggio e pensai di estrarre un sacco a pelo dalla scatola, dormirci dentro e poi rimetterlo a posto. Ma non volevo che qualcun altro comprasse un sacco a pelo usato da me. Stavo per andare avanti quando notai qualcosa proprio in uno scaffale lì accanto. Torce elettriche.

Quelle più grandi erano racchiuse in confezioni di plastica rigida, ma una mezza dozzina di quelle più piccole, grandi come cetriolini, erano allineate sullo scaffale. Ero quasi certa che mio padre avesse una torcia uguale nel vano portaoggetti della sua auto. Gliel'avevo vista usare quando era andato ad aiutare un gruppo di universitari a cui era scattato il contatore della luce nel seminterrato della casa che avevano affittato.

Ne presi una e l'accesi. Niente.

Probabilmente ci volevano le batterie. Ricordai di aver

visto delle confezioni di Duracell vicino alle videocamere e ai videoregistratori. Tornai sui miei passi, immaginando che due batterie AA sarebbero andate bene.

Mi ci volle un minuto per trovare e aprire la confezione giusta, e quasi persi una pila, che mi cadde rotolando lungo la corsia, ma alla fine riuscii a far funzionare la torcia. Quando la accesi, vidi un cerchio bianco oro che brillava sul pavimento: fu quello il momento in cui cominciai a sentire una piccola luce di speranza anche dentro di me.

Tornai al mio nascondiglio per infilare le barrette di muesli e i succhi di frutta rimasti nella mia borsa da viaggio e per prendere un cambio di vestiti e i miei articoli da toilette. Pensai di andare in bagno per lavarmi e indossare biancheria pulita e un paio di jeans, e la mia felpa, perché l'aria condizionata del negozio era fredda. Poi sarei tornata a nascondermi nel mio piccolo nido tra i pantaloni, per concedermi un'altra barretta ai cereali e un altro succo di frutta.

Dovevo capire ancora molte cose. Non sapevo quando sarebbe arrivata l'impresa delle pulizie o se un guardiano notturno pattugliasse i locali. L'indomani mattina avrei dovuto confondermi tra gli altri clienti per uscire dal negozio. Dovevo anche trovare un posto dove buttare i miei pantaloncini macchiati di sangue e la camicetta che indossavo da due giorni.

Ma per il momento, con lo stomaco pieno, la sete placata e un posto sicuro dove dormire, sentivo per la prima volta di avere una vera possibilità. Sentivo che noi due avevamo una possibilità.

23

CATHERINE

Piego la copia della domanda di lavoro presso RJ's compilata da mia madre e la infilo in borsa. Ho quello per cui sono venuta al Sunrise, ma non voglio tornare a casa. Non sopporto di stare vicino a mia madre in questo momento.

Esco dall'Ala della Memoria con attenzione, consapevole che nel mio stato di turbamento sono più incline a commettere errori. Controllo che nessun paziente stia guardando mentre inserisco il codice e, dopo aver attraversato la porta blu, la spingo per assicurarmi che la serratura sia bloccata. Prendo queste precauzioni anche se è giorno e nella struttura c'è così tanto personale che è difficile che un residente errante possa andare lontano.

La notte è diverso. In tutto l'edificio c'è solo una squadra di infermieri, una manciata di assistenti e una guardia di sicurezza.

Scendo con l'ascensore nell'atrio e saluto il personale della reception, poi esco sul prato verde e respiro l'aria umida della tarda primavera. Diversi residenti in assistenza giornaliera e in assistenza prolungata sono sotto il portico a giocare a carte, mentre altri lavorano in giardino.

Alcuni sono seduti fuori e, nonostante ci siano quasi ventiquattro gradi, una residente ha una coperta sulle ginocchia. Sono tutte donne, con i capelli che si assottigliano, il corpo che si indebolisce e non molto tempo ancora da vivere. Probabilmente hanno tutte dei figli.

Mi chiedo se anche loro abbiano tradito le loro figlie.

Mentre mi dirigo verso il parcheggio, scorgo una vecchia Cadillac color noce che si ferma in uno degli spazi più vicini all'edificio. Aspetto che la coppia scenda dall'auto, poi mi avvicino per un saluto.

Tra tutti i pazienti con cui ho lavorato, George e June Campbell hanno un posto speciale nel mio cuore. Anche oggi, nello stato d'animo in cui mi trovo, non posso fare a meno di salutarli.

George e June si sono trasferiti al Sunrise a causa dell'ictus di lei, sei anni fa, poco dopo che ho iniziato a lavorare qui. June aveva bisogno di fisioterapisti e logopedisti per imparare a camminare di nuovo con un bastone e, con quello che ho considerato un tenero pensiero, non voleva che, dopo cinquantadue anni di matrimonio, il marito dovesse aiutarla a fare il bagno e a usare la toilette.

Ero una delle assistenti che l'aiutavano nelle sue necessità quotidiane, ed è per questo che loro due vogliono che li chiami solo per nome. Come mi disse una volta June mentre le facevo il bagno: «Tesoro, ora che mi hai visto in tutto il mio splendore, credo che abbiamo superato la fase "signora Campbell"».

June ha il diabete di tipo 1 e ha bisogno di iniezioni di insulina più volte al giorno, che io le somministravo come parte della sua cura. È così che ho imparato a usare le siringhe con una certa sicurezza.

Nonostante le difficoltà che la vita ha riservato ai Campbell, sono due delle persone più positive che abbia mai conosciuto. Anche se non lavoro più direttamente con loro, siamo rimasti in contatto e ogni tanto mi chiamano o mi mandano un messaggio, invitandomi a pranzo o a bere qualcosa.

«Catherine!» grida June quando mi vede. Indossa un vestito blu con toni di verde e una collana di perle, mentre George ha una camicia abbottonata e pantaloni marroni. Si vestono sempre eleganti, anche quando escono per fare delle commissioni.

Li abbraccio tutti e due.

«Quanti giorni mancano alla partenza?» chiede June.

Mi ci vuole un attimo per ricordare. «Una settimana» rispondo. «Ma non preoccuparti, passo da voi prima di partire.»

«Mi raccomando» risponde George.

Chiacchieriamo per un po', ma capisco che June è stanca, quindi mi scuso e prometto di andare a trovarli presto.

Nel momento stesso in cui li saluto, la breve tregua offerta dalla loro presenza finisce.

Prendo il telefono dalla borsa e guardo l'ora. Sono appena le quattro, e di solito a quest'ora inizia l'happy hour. Non bevo mai, ma in questo momento non c'è niente che desideri di più di un gin tonic bello forte. E qualcuno con cui condividerlo.

Mia madre non sembra essere la persona che credevo fosse. Forse mi sbagliavo anche su Ethan.

La verità è che da quando ho saputo che forse è stato incastrato di proposito, è difficile togliermi Ethan dalla testa. Continuo a vederlo appoggiato al bancone, con la curva dei bicipiti sotto la maglietta a maniche corte.

Ho il telefono già in mano, quindi bastano pochi tocchi sullo schermo per comporre il suo numero.

Risponde dopo il primo squillo. «Ciao, piccola.»

«Cosa stai facendo?» chiedo.

Sento il sorriso nella sua voce quando risponde: «Aspetto che tu mi raggiunga qui».

Qualche ora dopo, mi giro pigramente accanto a Ethan nel letto. Sento il mio corpo pesante e rilassato. La combinazione di un paio di drink, sesso e un sonnellino hanno scacciato via un po' di tensione.

Allungo il braccio e prendo il telefono sul comodino. Trovo due messaggi e una chiamata persa, tutti da mia madre. Ho ricevuto il primo messaggio subito dopo il mio arrivo da Ethan. *Che ne dici di guardare un film stasera? Scegli tu quale.* Il secondo messaggio è arrivato pochi minuti fa e il suono deve avermi svegliato dal mio sonno leggero. *Tutto bene?*

Mia madre probabilmente sa dove mi trovo, sono sicura che ha controllato la mia posizione e deve aver riconosciuto l'indirizzo dai tempi in cui uscivo con Ethan.

Le parole di Melanie mi tornano in mente. «Wow, condividi ancora la tua posizione con Ruth?»

È stata mia madre a regalarmi il mio primo cellulare. È stata lei a creare il sistema di condivisione della posizione e io non ho mai protestato: in genere non mettevo in dubbio quello che lei faceva.

L'ingiustizia di tutto questo mi ribolle dentro, cancellando il fragile senso di pace provocato dal gin e dal corpo caldo di Ethan. Ho ventiquattro anni, eppure mia madre cerca di sorvegliarmi e controllarmi costantemente. Non so se sono più arrabbiata con lei per averlo fatto o con me stessa per averlo permesso.

La mia rabbia alimenta la mia determinazione riguardo a ciò che devo fare dopo. Scivolo via da sotto il braccio pesante di Ethan e poso i piedi nudi sul pavimento non troppo pulito della sua camera da letto.

«Dove vai?» La sua voce è rauca per il sonno.

«Devo fare una chiamata. È importante. Il mio telefono è scarico. Posso usare il tuo?»

Si alza, si strofina gli occhi e sbatte le palpebre. Prende il cellulare sul pavimento accanto al suo lato del letto e le sue dita si muovono sullo schermo per qualche istante. La mia impazienza cresce mentre aspetto. Probabilmente sta coprendo qualcosa che non vuole che io veda, forse messaggi di ragazze con cui ha flirtato. Alla fine me lo lancia.

«Grazie.» Attraverso la stanza e prendo la borsa, troppo presa da quello che devo fare per preoccuparmi della mia nudità. Tiro fuori il foglio di carta piegato e compongo il numero del riferimento indicato da mia madre, quello di Diane Brown. Non l'ho mai sentita nominare e non ho idea di come faccia a conoscere mia madre così bene da essere un riferimento, quindi dovrò cavarmela da sola.

Preferirei che Ethan non ascoltasse la strana conversazione che sto per cominciare, ma i suoi coinquilini sono in salotto a giocare alla Xbox e a prendersi in giro a vicenda.

Ethan ha le braccia piegate dietro la testa sul cuscino. Mi osserva da sotto le palpebre pesanti. Mi porto un dito alle labbra e compongo il numero.

Squilla un paio di volte, poi scatta la segreteria telefonica. Il messaggio automatico generico mi dice di lasciare il mio nome e numero di telefono, ma riaggancio prima del segnale acustico.

La delusione mi assale. Non posso usare il mio telefono per richiamare. Il mio numero apparirebbe sul display e non c'è una spiegazione valida per cui la figlia di Ruth Sterling chiami un referente per chiedere informazioni su Ruth Sterling.

«Tutto bene?»

Ethan pone la stessa identica domanda di mia madre

nel suo messaggio. Mi chiedo perché le persone lo chiedano sempre, soprattutto quando è chiaro che non è così.

Gli do la risposta che tutti vogliono sentire. «Sì, tutto bene.»

Mi chiedo fugacemente come sarebbe diverso il mondo se la gente chiedesse invece: «Cosa c'è che non va?» e noi rispondessimo con la verità.

Il telefono di Ethan manda un segnale acustico e io glielo restituisco senza guardare lo schermo. Noi due non siamo una coppia: non mi interessa niente dei messaggi che riceve. Ripiego la domanda di lavoro di mia madre e la rimetto in borsa.

Ho passato molto tempo a cercarla su Google questa mattina, ma il suo nome è abbastanza comune e su internet ci sono troppi riferimenti perché possa trovare quello giusto. Ho trovato molte Ruth Sterling, ma nessuna che sembri corrispondere a lei. Anche quando ho aggiunto alla ricerca la data di nascita di mia madre, il 2 agosto, nessuno dei risultati corrispondeva.

Sto per raccogliere i miei vestiti quando Ethan solleva le coperte. È un invito.

Potrei archiviare un'avventura da ubriaca come un errore. Ma adesso sono completamente sobria.

Esito, ricordando le mani forti di Ethan che tenevano le mie sopra la testa mentre mi apriva le gambe, mormorando: «Mi è mancato questo corpo».

Poi penso a mia madre, preoccupata e in attesa a casa. Scelgo con grande facilità. Torno a letto.

Al mio risveglio, la luce del sole filtra attraverso la finestra. Non ero venuta qui con l'intenzione di passare la notte, ma sono contenta di averlo fatto. Mia madre è già al lavoro, così posso tornare a casa ed evitare di vederla.

Ethan dorme ancora, così come i suoi coinquilini, il che significa che il bagno è libero. Mi infilo i vestiti di ieri e scendo in punta di piedi nel corridoio. Con un dito e un po' di dentifricio mi lavo i denti meglio che posso, poi mi spruzzo dell'acqua sul viso. Sto per lisciarmi una ciocca di capelli che sporge quando qualcuno bussa alla porta. Apro e vedo uno dei coinquilini di Ethan in piedi, con solo i boxer e gli occhi socchiusi.

«Scusa, Kaitlin» borbotta. «Ho proprio bisogno di pisciare.»

«Accomodati pure, ma io non sono Kaitlin.»

Spalanca gli occhi. Mi guarda e poi si volta verso la stanza da letto di Ethan. «Colpa mia.»

Aspetto che lui faccia rumorosamente pipì per un tempo che sembra fin troppo lungo. Quando finalmente esce, mi passa accanto borbottando: «Grazie».

Entro di nuovo in bagno, questa volta lasciando la porta aperta, e cerco di pettinarmi i capelli con le dita. Questo non fa che peggiorare la situazione, così mi guardo intorno alla ricerca di una spazzola. Non ne trovo una sul mobile e apro il cassetto sotto il lavandino, dove trovo un grosso sacchetto rosa pieno di cosmetici. Lo guardo per un attimo, chiedendomi se voglio davvero sapere cosa contiene.

Poi mi rendo conto che lo so già.

Apro la borsa e vedo uno spazzolino da denti, un deodorante, un rasoio rosa usa e getta, un pennello rotondo, un tubetto di mascara, una fiala di profumo da viaggio...

Il genere di cose che una donna che ha una relazione seria tiene a casa del fidanzato nel caso in cui finiscano a dormire lì e lei abbia bisogno di ricomporsi la mattina dopo.

Lo so perché quando io ed Ethan stavamo insieme tenevo una borsa simile proprio in questo cassetto.

Chiudo la borsa rosa e decido di rinunciare a pettinarmi. Torno nella camera da letto di Ethan. È rannicchiato sotto le coperte e sussurra al telefono.

Raccolgo in silenzio le mie cose. Quando mi infilo le scarpe, lui ha già riattaccato.

«Era Kaitlin?»

Lui ha un sussulto. «Senti... Non l'avevo previsto, ma quando mi hai chiamato...»

«Non preoccuparti. Non mi aspettavo proprio che tornassimo insieme.»

Tuttavia, ci ho pensato per qualche minuto. Ethan è tutt'altro che affidabile, ma per un certo periodo mi è sembrato la cosa più solida della mia vita.

Quando esco dalla stanza, Ethan salta giù dal letto e infila i boxer, cercando di raggiungermi.

Attraverso il soggiorno e vedo le bottiglie di birra e un narghilè sul tavolino, i cuscini del divano in disordine. Non ho bisogno di andare in cucina per capire in che stato è: cartoni di pizza accatastati sul bancone, un tetrapak di succo d'arancia in fermentazione nel frigorifero insieme a qualche Gatorade per i postumi della sbornia. Non venivo qui da un anno, ma non è cambiato nulla.

Il suo telefono squilla di nuovo. Probabilmente è Kaitlin, che si chiede perché abbia riattaccato così bruscamente.

Forse è fuori città, o forse fa un lavoro notturno come Ethan. Potrebbe anche essere la cameriera bionda che mi guardava sempre con freddezza quando andavo a trovarlo, anche se lui giurava che lei faceva così con tutti. Non me l'ha mai presentata, ma ho sentito qualcuno fare il suo nome al bar, e sono sicura che inizia con la K.

«È meglio che tu risponda» gli dico, mentre mi guarda con aria imbarazzata. Si scosta i lunghi capelli dal viso e il suo corpo leggermente abbronzato e splendidamente tatuato si china verso di me per un bacio.

Io volto il viso.

Mentre mi allontano, la sua voce è flebile, ma riesco ancora a sentire come saluta la sua ragazza: «Ciao, piccola».

Sento anche un'altra voce, ma questa è nella mia testa. Appartiene a mia madre. «Quella avresti potuto essere tu» sussurra.

24

RUTH

Ecco le mie regole per sparire: tieni sempre dei contanti nel portafoglio, almeno un centinaio di dollari. Non lasciare mai che la batteria del telefono scenda nella zona rossa. Conserva una barretta ai cereali e una bottiglia d'acqua nel vano portaoggetti. E porta con te un cacciavite a testa piatta nella tasca laterale del borsone.

Oggi non riuscirei mai a dormire in un Target, come la prima volta che sono fuggita. Le misure di sicurezza ora sono più sofisticate, con telecamere attivate dal movimento e laser invisibili.

Ma oggi sono anche più brava. Ho più risorse di quando ero adolescente.

Il pranzo da Sam's è finito. Solo pochi clienti sono ancora seduti, leggendo il giornale o guardando il cellulare. Finisco di arrotolare un set di posate in un tovagliolo di carta bianca e le metto in cima alla pila che ho preparato vicino alla postazione del caffè.

«Signorina?»

Due donne al tavolo cinque mi chiamano. Prendo una caffettiera e mi dirigo verso di loro. Ho imparato molto tempo fa che arrivare direttamente con il caffè mi evita di fare altri viaggi. Poiché tengo le caffettiere con la mano destra, il bicipite di quel braccio è sempre un po' più grande e definito di quello sinistro.

«Dell'altro caffè?» chiedo.

«Solo il conto, grazie.»

L'avevo già preparato. Lo tiro fuori dalla tasca del grembiule e lo metto sul tavolo.

Torno alla postazione del caffè, prendo una delle tazze bianche impilate a faccia in giù su un vassoio e la capovolgo, riempiendola. È la quarta che bevo oggi.

Sono stanca perché mi sono rigirata tutta la notte. Non riuscivo a dormire senza Catherine a casa. La cosa strana è che pensavo che avremmo passato più tempo insieme, dopo la diagnosi di Alzheimer del dottor Chen.

Invece, sta accadendo il contrario.

Mi stupisce che sia tornata da Ethan. Dopo la notte del loro primo anniversario, quando ho comprato quella bottiglia di vodka russa, gli ho offerto da bere e l'ho visto annuire un po' troppo avidamente, ho pensato che non l'avremmo più visto.

Le donne del tavolo cinque si alzano e si dirigono verso la cassa. Aspetto che escano, poi mi avvicino e inizio a sparecchiare. Con la coda dell'occhio noto che qualcuno si avvicina e mi si chiude lo stomaco. Ho la sensazione di sapere cosa sta per succedere.

Melanie prende i bicchieri vuoti di succo e acqua e li impila. «Grazie» dico.

«Non vorrai divertirti solo tu?»

Vorrei davvero aver accettato gli inviti che Melanie mi ha rivolto in passato. Ma l'alcol porta ad abbassare la guardia e alle donne piace confidarsi. Mi sarei distratta e avrei commesso un errore imperdonabile. Forse non la prima volta, o la seconda, ma prima o poi sarebbe successo.

Catherine è abituata ad accettare ciò che dico. La nostra dinamica si è consolidata quando lei era piccola e, anche se adesso è cresciuta, non mi sfida quando stabilisco un limite.

Tra di noi funziona così.

Un'altra regola per l'invisibilità: non fare amicizia con nessuno o potranno trovarti.

«Adesso non c'è niente da fare. Che ne dici di fare una pausa?»

Dato che non voglio incontrarla fuori, Melanie sta cercando di convincermi a bere qualcosa con lei qui, in questo caso un caffè.

«Mi piacerebbe.» Sospiro, rammaricata. «Ma oggi volevo provare a uscire prima. Ho un sacco di commissioni da fare.»

Melanie è una persona intelligente. Capisce che la trovo interessante, ma i miei continui rifiuti forse la confondono. Si limita a dire: «Sono qui, se hai bisogno di qualcosa». Poi prende i tovaglioli appallottolati sul tavolo e li pulisce. A parte la differenza di tonalità della pelle, le sue mani potrebbero essere le mie. Se fai la cameriera, tieni le unghie corte e pulite e non indossi anelli o braccialetti al lavoro, perché possono rimanerci incastrati dei pezzetti di cibo. L'ultima cosa che vuoi è dover estrarre una briciola di toast appiccicoso da una fessura del tuo gioiello migliore.

Non avevo intenzione di finire in anticipo, ma ora devo farlo per forza. Vado al bancone, dove Sam sta cercando di sistemare uno sgabello che traballa, e chiedo se posso uscire. Il suo grugnito sembra essere affermativo, così mi dirigo verso la piccola stanza dei dipendenti. Giro il pomello dell'armadietto, inserendo il mio codice, e quando la porta si apre di scatto tiro fuori la mia borsa. Poi guardo dietro di me.

A volte tengo qui cose che non voglio che mia figlia

veda. Quando ho saputo che le avevano offerto un lavoro al Johns Hopkins, poco prima dell'udienza per la libertà vigilata di James, ho preso un libro e l'ho conservato qui. *Capire l'Alzheimer*. Ha rafforzato la mia decisione di fingermi malata per tenere Catherine al sicuro dopo che James avesse ottenuto la libertà vigilata. Ne ho ricavato persino delle idee sui sintomi da fingere.

C'è anche qualcos'altro nascosto nel retro del mio armadietto. Un telefono usa e getta. Non sarebbe un problema se Sam lo trovasse: non c'è nulla che lo colleghi a me, e potrei sempre dire che l'ha lasciato un cliente e che lo tenevo per restituirlo.

Tuttavia, preferirei che restasse un segreto.

Ho questo telefono da molto tempo. Da molti anni. Tuttavia, non l'ho mai usato per fare una sola chiamata.

Non l'ho comprato perché avevo intenzione di usarlo.

Questo telefono è un campanello d'allarme.

Se qualcuno dovesse chiamare questo numero e fare domande su di me, saprò che una delle mie ultime linee di difesa è caduta.

Controllo i messaggi ogni volta che arrivo al lavoro. Ora lo collego alla presa di corrente, lo accendo e aspetto che il piccolo schermo si attivi.

Appaiono tre parole che mi riempiono di terrore: *una chiamata persa*. Navigo freneticamente nel registro delle chiamate per vedere di chi si tratta. È arrivato ieri sera verso le sette e il numero risulta sconosciuto.

Nessun messaggio.

Guardo il telefono, aspettandomi che squilli di nuovo. Quel suono sarebbe come una bomba che mi esplode in mano.

Ma non succede niente.

Numero sbagliato, cerco di rassicurarmi. Ogni tanto

capita, perché il numero di questo telefono è quasi identico a quello di uno studio legale di Philadelphia, con solo le ultime due cifre invertite. Forse qualcuno stava cercando di contattare lo studio legale e quando ha sentito la voce computerizzata che diceva «lasciate un messaggio» ha capito l'errore e ha riattaccato. Ecco perché non ha richiamato.

Faccio per sistemare il telefono nell'armadietto, poi cambio idea e lo metto al sicuro nella mia borsa, insieme all'alimentatore.

Il rischio di perdere una chiamata è di gran lunga superiore a quello che Catherine scopra il mio telefono segreto.

Esco dal ristorante, salutando Melanie e reprimendo il senso di colpa che provo quando mi rivolge un gesto allegro con la mano.

Cammino lungo il marciapiede e mi fermo alla pensilina dell'autobus, spostandomi da un piede all'altro. Non sento più la stanchezza. Il piccolo telefono nero a conchiglia è nella tasca interna della mia borsa.

Se squilla e il chiamante chiede di Diane Brown, saprò che sta cercando informazioni su di me.

Diane Brown non esiste. Il suo nome è una trappola che ho teso in alcuni luoghi. L'ho scritto, insieme al numero del mio telefono usa e getta, sulle richieste di appartamenti in affitto e sulle domande di lavoro, in modo da essere avvisata se qualcuno si mette a scavare nel mio passato, cercando di rintracciarmi.

Avevano solo sbagliato numero, mi ripeto mentre mi guardo intorno compulsivamente.

Tuttavia, anche dopo essere salita sull'autobus, sono troppo a disagio per sedermi. Mi aggrappo alla ringhiera cromata vicino all'uscita posteriore e guardo i volti di tutti i passeggeri. Una donna di fronte a me sta facendo un cruciverba, battendo la gomma della matita sul giornale mentre osserva accigliata le caselle vuote.

Il lieve rumore ritmico della gomma che colpisce la pagina sembra un'eco del mio passato. *Tic, tac.*

Faccio un respiro affannoso mentre l'autobus avanza. Catherine è al sicuro, mi ricordo. È a casa (ha lasciato Ethan verso le nove del mattino) e presto sarò con lei. Nessuno ci sta dando la caccia.

Mi mancano sette fermate per scendere dall'autobus. Camminerò per strade familiari, con gli occhi attenti dietro gli occhiali da sole. Scruterò ogni veicolo nel parcheggio e tirerò fuori la bomboletta di spray urticante prima di salire le scale fino al quarto piano.

Farò tutto questo anche se siamo perfettamente al sicuro. È solo un'altra precauzione.

Dopo essere tornata a casa ed essermi cambiata, prenderò la Bonneville e andrò in biblioteca a fare le mie verifiche. Stasera io e Catherine resteremo a casa e prepareremo la cena, qualcosa di piacevole, per esempio dei tacos, e ci sdraieremo insieme sul divano a guardare un programma. Il nostro rapporto tornerà a scorrere su un binario familiare.

Nessuno può trovarci. Ho nascosto bene le nostre tracce per ventiquattro anni. Non mi accorgo che piove finché non sento il rumore dei pesanti tergicristalli dell'autobus sul parabrezza. *Tic*, *tac*. *Tic*, *tac*.

Il terrore invade il mio corpo. Comincio a tremare. C'è qualcosa che non va. Mi giro e guardo di nuovo i volti sull'autobus.

La matita della donna continua a battere. *Tic*, *tac*, sussurra, con lo stesso ritmo dei tergicristalli.

James si sta avvicinando. Non è solo grazie a questi segnali che lo so. Lo sento nel profondo del mio cuore.

Ho i muscoli tesi mentre mi avvicino un po' alla volta

all'uscita, con la mano che fruga nella borsa alla ricerca dello spray.

Allora infrango una delle mie regole fondamentali.

Prendo il telefono e cerco su Google il nome di James Bates. I risultati appaiono subito. Clicco sul primo, quello del quotidiano online *The Baltimore Sun*.

È stato pubblicato proprio quando ho iniziato il mio turno di lavoro questa mattina.

Poi la vedo, la notizia che ho temuto per la maggior parte della mia vita. La resa dei conti che immaginavo sarebbe arrivata.

Una foto di James mi fissa sotto un titolo che recita: «L'assassino della Oak Hill High sarà rilasciato oggi».

25

CATHERINE

Entro nel nostro appartamento un po' prima delle nove, mi tolgo le scarpe e mi dirigo subito verso la doccia. Voglio togliermi di dosso l'odore di Ethan il più in fretta possibile.

Giro la manopola per aprire l'acqua e, dato che ci vuole sempre qualche minuto per riscaldarla, torno in camera da letto a buttare i vestiti nel cesto della biancheria sporca. La mia stanza è proprio come l'ho lasciata ieri. Il piumone color crema è steso sul letto, le luci sono spente e i miei vestiti sono appesi in base al colore nel minuscolo armadio, creando l'effetto arcobaleno che io e mia madre abbiamo replicato dopo averlo visto in un programma sulla cura della casa.

Mi fermo, guardandomi intorno. C'è qualcosa che non va. È strano, ma ho l'inquietante sensazione che qualcuno sia stato qui dentro, abbia passato una mano tra i miei vestiti, scrutato i titoli dei libri sulla mensola, preso la foto sul comodino per osservare l'immagine di me da bambina con la mia giovane madre. Sono paranoica, mi dico, e vado direttamente alla doccia. Tiro indietro la tenda ed entro, assaporando la sensazione dell'acqua calda che mi scorre addosso. Prendo lo shampoo di lusso che mia madre compra a un prezzo più basso al discount e mi lavo i capelli. Poi, mentre il balsamo agisce, mi depilo le gambe.

Quando esco dalla doccia, faccio un turbante con l'asciugamano intorno alla testa e spalmo la lozione sulla pelle. Non mi sento esattamente rinnovata, ma almeno sono pronta ad affrontare la giornata.

Ho un bel po' di tempo da sola davanti a me e intendo sfruttarlo al massimo.

Infilo un vestito con sopra una maglietta e decido di far asciugare i capelli all'aria. In casa c'è un cattivo odore, quindi apro le finestre della camera da letto e del soggiorno. Poi vado in cucina a fare colazione. A parte il gin e il sacchetto di tortilla chips che mi ha offerto Ethan, non ho mangiato nulla dopo i popcorn che ho fatto ieri pomeriggio e sto morendo di fame.

Sul bancone della cucina c'è un piatto, coperto di carta stagnola, con sopra un biglietto adesivo.

Sul biglietto c'è un semplice cuore, disegnato con inchiostro blu. Tiro indietro la carta stagnola e vedo uova strapazzate, due delle mie salsicce vegetariane preferite e una ciambella tostata. La caffettiera Mr. Coffee è mezza piena e impostata sulla funzione di riscaldamento. Accanto al mio piatto c'è una bottiglia di ketchup, perché mi piace molto sulle uova.

Credevo che avessimo finito le salsicce vegetariane, ma mia madre deve essere andata apposta al negozio a prenderle. La padella che ha usato per le uova è sullo scolapiatti, quindi deve essersi presa anche il tempo di lavarla.

Lei non fa colazione. Si è alzata all'alba per fare tutto questo per me, poi è andata alla fermata dell'autobus.

Guardo il cuore che ha disegnato e scoppio in lacrime. Non sapevo che fosse possibile essere così profondamente arrabbiati con una persona e contemporaneamente amarla così tanto da volerla abbracciare fino a farle male.

Piango finché non ho più lacrime, poi mi soffio il naso con il tovagliolo di carta che mia madre ha lasciato piegato accanto al mio piatto.

Non so cosa succederà tra me e lei, né se il nostro rapporto sarà mai più lo stesso. Non posso sapere dove andremo a finire finché non scoprirò la verità su di lei.

Metto il piatto nel microonde per scaldare tutto, poi mi siedo al piccolo tavolo in legno dove abbiamo condiviso tanti pasti e mangio da sola, finendo fino all'ultimo boccone.

Lavo e asciugo il piatto e la forchetta e mi verso una seconda tazza di caffè, poi recupero il mio blocco note, apro il portatile e ricomincio a cercare. Non vedo l'ora di telefonare di nuovo a Diane Brown, ma voglio aspettare ancora qualche ora per non fare chiamate troppo vicine l'una all'altra. Posso provare a nascondere il mio numero, ma se non risponde e trova diverse chiamate da un numero privato, potrebbe insospettirsi.

Ieri mattina ho passato molto tempo a cercare Ruth Sterling. È stato come tentare di trovare un particolare granello di sabbia senza sapere nemmeno se ero sulla spiaggia giusta. Alcuni risultati erano necrologi, mentre altri non corrispondevano: l'età, le foto, l'occupazione o lo stato civile escludevano quelle donne. Oggi cerco di restringere il campo inserendo altri dettagli, come il mese di nascita di mia madre, la Virginia e persino la parola «cameriera».

Trovo alcuni indizi, ma non mi portano a nulla.

Alla fine chiudo il portatile un po' troppo bruscamente e con una mano mi massaggio la nuca.

Sono di cattivo umore e sento un mal di testa in arrivo, probabilmente perché ho fissato a lungo uno schermo e non mi sono idratata a sufficienza dopo il gin di ieri sera. Prendo un bicchiere e mi verso dell'acqua.

Il mio sguardo si sposta appena al di là del flusso d'acqua corrente, verso il piccolo porta-anelli in porcellana che mia madre possiede da sempre.

Sopra il cono appuntito è infilato il suo anello di topazio. Lo lascia sempre lì quando va al lavoro o mentre lava i piatti. Quando ero piccola, la supplicavo di lasciarmelo portare al dito. Non me l'ha mai permesso. Quando toccavo la pietra rettangolare, mi allontanava persino la mano, dicendo che l'incastonatura era delicata.

Si comporta come se quell'anello valesse un milione di dollari, il che è sciocco perché il topazio non è una pietra così preziosa. Lo so, visto che la mia vecchia amica Aliyah ricevette in regalo un paio di orecchini di topazio per il suo compleanno, quando eravamo in seconda superiore, poco prima di trasferirci, e i suoi genitori non avrebbero potuto permettersi nulla di troppo costoso.

Ero presente quando i genitori di Aliyah le diedero la scatoletta quadrata, avvolta in lucida carta argentata. Avevamo cenato tutti insieme nel loro appartamento e avevamo applaudito mentre lei spegneva le candeline sulla torta.

Aliyah indossò gli orecchini subito dopo aver aperto la scatola e sorrise mentre suo padre scattava una foto.

«Buon compleanno, tesoro» aveva detto sua madre. Aliyah quel giorno compiva quindici anni. Era l'inizio di novembre.

Guardo di nuovo l'anello di mia madre. È come se lo vedessi per la prima volta.

A volte la cosa che stiamo cercando è sempre stata davanti ai nostri occhi. Forse l'indizio ci sfugge perché inconsciamente non vogliamo vederlo.

Forse mia madre ha portato con sé un talismano dal suo passato, dopo tutto. L'anello.

Sostiene che il suo compleanno è il 2 agosto. Ma il topazio è la pietra portafortuna di chi è nato in novembre.

Non posso più fidarmi di nulla di quello che mi ha detto mia madre. Potrebbe avermi mentito sulla sua data di nascita... e io le ho sempre creduto ciecamente. Pensavo fosse affezionata a quell'anello per la sua bellezza, non immaginavo potesse racchiudere un simile segreto, una verità così importante. Ho creato una storia nella mia mente per sostenere il suo inganno, come una complice inconsapevole.

Per tutti questi anni ho disegnato palloncini su fogli di cartoncino e ho preparato dei cupcake al cioccolato per festeggiare il 2 agosto. Era tutto falso?

Sento salire lentamente una rabbia profonda, di nuovo. Stringo e apro i pugni.

Cos'altro può aver inventato?

Per quanto ne so, anche il suo nome potrebbe essere...

Balzo in piedi prima che la mia mente registri il movimento, allontanandomi dal tavolo come se quel pensiero fosse qualcosa di velenoso che rischia di colpirmi. Le pulsazioni accelerano mentre mi sposto di nuovo in avanti per prendere il mio taccuino. C'è una cosa in cui mi sono imbattuta ieri durante la mia ricerca, una cosa che ho bisogno di rivedere proprio ora. Un risultato su Google che corrisponde perfettamente al nome di mia madre...

Giro una pagina, scruto gli appunti scarabocchiati, poi torno indietro di un'altra pagina, con l'impazienza che aumenta. So che è qui. Devo trovarlo. L'ho cancellato, ma quando lo rivedrò...

Le parole mi balzano agli occhi, sotto il tratto di penna nera con cui le ho cancellate.

~~Ruth Mary Sterling, Wisconsin, stessa data di nascita. Morta a 12 anni.~~

Tremo così tanto da far cadere il taccuino. Forse il vero cognome di mia madre non è Sterling.

La sua pelle è olivastra. Non lo ha mai detto, ma potrebbe essere latina, almeno in parte. Anch'io ho ereditato la sua carnagione.

Il pavimento sotto di me sembra tremare, cercando di farmi perdere l'equilibrio.

Faccio un passo verso il tavolo e mi adagio lentamente sulla sedia.

Ruth Mary Sterling è morta molto tempo fa. Allora chi è mia madre? La risposta mi colpisce come un macigno. È la donna che ha rubato l'identità di Ruth Sterling.

Il furto d'identità avviene anche dopo la morte. È abbastanza comune, tanto che noi al Sunrise ce ne siamo occupati più di una volta.

Mia madre mi ha detto di avermi partorito a diciotto anni.

Ma se avesse rubato l'identità di Ruth Sterling, si sarebbe appropriata anche dell'età esatta di quella ragazzina.

Nome, data di nascita, età, razza... sono tra le prime domande sui moduli che le persone compilano negli studi medici e negli uffici pubblici, i dati fondamentali che usiamo per definire noi stessi.

Non ho idea di chi sia veramente mia madre.

La mia mente inizia a gridarmi di fuggire, di allontanarmi il più velocemente possibile. L'adrenalina prende il controllo del mio corpo, infondendomi l'energia necessaria per muovermi. Corro in camera mia e prendo lo zaino. Rovescio sul letto i miei vecchi quaderni e le penne. Ci infilo dentro qualche cambio di vestiti e chiudo la zip, poi mi ricordo dello spazzolino e corro in bagno.

Mi vedo allo specchio e ho un sobbalzo. Ho gli occhi spalancati e folli.

Chi è la donna che si fa chiamare Ruth Sterling? È mia madre oppure no?

Lo specchio mi dà una risposta affidabile. Ho le sue labbra piene e i suoi zigomi alti e piatti. Può aver manipolato tutto il resto delle nostre vite, ma non è possibile che abbia influenzato i geni che hanno dettato la forma dei miei lineamenti.

Mi accascio sul pavimento e avvolgo le braccia intorno alle ginocchia, rannicchiandomi.

Quando ero piccola, amavo i film dell'orrore e i migliori erano quelli in cui il mostro era in casa. Urlavo contro lo schermo, suggerendo all'ignara eroina di uscire dal seminterrato, incredula che non riuscisse a percepire l'ombra scura che si avvicinava alle sue spalle.

Ho guardato quei film con mia madre accanto a me, e ci stringevamo a vicenda nei momenti di paura.

«Niente di lei è reale.» Pronuncio le parole ad alta voce, perché ho bisogno di sentire finalmente la verità, anche se sono io a rivelarla.

La mia mente è così sovraccarica che vorrei chiudere gli occhi qui, sul tappetino blu, e dormire.

Ma non è il tipo di fuga giusto. Devo trovare la volontà di andarmene da qui, ma dove posso andare?

Poi sento un suono che mi fa venire un brivido lungo la schiena. Mia madre non tornerà dal lavoro prima di un paio d'ore. Pensavo di avere più tempo.

Una chiave gira nella serratura della nostra porta.

26

RUTH

Nel momento in cui vedo la foto sgranata di James sul mio telefono, strattono freneticamente la corda per fermare l'autobus. Le porte non sono ancora completamente aperte quando salto giù dai gradini e atterro sul marciapiede.

Mi guardo intorno, scrutando l'ambiente che mi circonda. Una donna con un sari blu e oro aspetta sotto la pensilina, spingendo avanti e indietro un passeggino e cantando in una lingua che non riconosco. Un paio di adolescenti sono seduti sui gradini di una villetta a schiera e svapano nuvolette bianche. Un fattorino con sacchetti di cibo cinese impilati in una cassa di plastica sul retro del suo scooter mi passa accanto, e un attimo dopo si diffonde l'aroma di fritto.

Poi vedo un uomo snello che si dirige verso di me. Porta gli occhiali da sole e ha i capelli color sabbia. Mi appiattisco contro la vetrina più vicina, con il cuore che mi balza in gola.

Quando l'uomo si avvicina, vedo che non può avere più di diciannove anni o giù di lì, l'età che aveva James quando l'ho visto l'ultima volta. Risalgo sul marciapiede, le gambe mi tremano mentre mi affretto verso casa.

Devo riprendermi. Devo combattere il panico con ogni grammo della mia forza di volontà.

«Proteggi Catherine.» Pronuncio queste parole ad alta voce, mentre comincio a concentrarmi sui preparativi che ho fatto in vista di questo giorno.

Il mio conto corrente di emergenza, quello di cui Catherine non sa nulla, contiene settecentoquaranta dollari. È denaro per fuggire, accumulato negli anni, con depositi da cinque o dieci dollari alla volta. Tengo la carta bancomat associata a quel conto attaccata con lo scotch sotto il sedile del passeggero della nostra auto.

Ora ho bisogno di quei soldi.

Non sono scesa dall'autobus prima della mia fermata solo per cambiare la solita routine. Devo anche parlare con un avvocato. Ho già il nome della persona a cui intendo rivolgermi. Ho iniziato le mie ricerche il giorno in cui ho saputo che a James era stata concessa la libertà vigilata e ho aggiunto il contatto al mio telefono.

Comincio a camminare spedita, scrutando costantemente ciò che mi circonda. Quando il clacson di un'auto suona alle mie spalle, trasalisco, ma non perdo un passo.

Proteggi Catherine.

Queste due parole formano un mantra nella mia mente. Ogni azione che sto per compiere ha lo scopo di mettere un'altra gabbia d'acciaio intorno a me e a mia figlia. Sono felice di aver seguito il mio istinto e di aver infilato il mio telefono usa e getta nella borsa. Poiché non è rintracciabile, devo usarlo per la prima volta in assoluto per questa conversazione.

Compongo il numero dell'avvocato e dopo tre squilli risponde lui stesso. Con quello che posso permettermi di pagarlo, non posso pretendere che abbia una segretaria. Anche così, il mio fondo segreto rischia di non bastare.

Mi lancio nella mia storia di copertura, spiegando che

sono una parente dell'allenatore Franklin e che la mia famiglia è sconvolta dalla notizia che James Bates è ora un uomo libero.

«Non può capire quanto sia stato difficile per noi» dico all'avvocato, e non devo fingere l'emozione nella mia voce. «Vorremmo solo scoprire dove vive James. Non voglio che mio padre si imbatta in lui in un negozio di alimentari o in qualche altro posto. Onestamente, lo shock potrebbe ucciderlo. La sua salute non è delle migliori.»

Passo accanto a un netturbino che chiude con forza il coperchio di un bidone metallico e mi avvicino al bordo del marciapiede per evitare un paio di ragazzini schiamazzanti che corrono. I rumori e i movimenti intorno non mi disturbano. La mia determinazione è assoluta.

Mi sono preparata a questo giorno per tutta la vita di mia figlia. «Roba tosta» risponde l'avvocato, schioccando la lingua. «Senta, parlo contro il mio interesse, ma in quanto familiare della vittima può contattare l'ufficio del procuratore. Dovrebbero essere in grado di tenerla aggiornata sui movimenti di quel tizio. Gratis.»

Lo so già. Ma presentare una richiesta del genere mi costringerebbe a fornire informazioni che non posso dare a nessuno. Seminerei indizi che portano direttamente a me, e anche se James non li trovasse mai, sono sicura che la polizia lo farebbe.

«Preferiamo tenere la cosa sotto silenzio.»

L'avvocato non risponde subito. Forse pensa che io abbia un altro motivo per cercare di raccogliere informazioni sulla posizione di James senza avvertire le autorità.

Alcune famiglie probabilmente vanno oltre il fantasticare sulla vendetta. Anche io lo farei, se James si azzardasse anche solo a respirare nella direzione di Catherine.

«Le persone come lui le tengono al guinzaglio corto. Lo manderanno in un centro di riabilitazione a Baltimora. Dovrà firmare tutte le sere con il suo agente di sorveglianza. Non andrà in giro per le strade a disturbare la sua famiglia.»

È come se avesse sentito la protesta che mi sale in gola prima che io pronunci una sola parola, perché continua: «Comunque va bene, ci penso io. Mi dia nome e cognome di quell'uomo e, se lo ha, anche il suo numero di matricola da carcerato, potrebbe essere utile».

È stato facile trovare queste informazioni sul sito web dello Stato, durante uno dei miei controlli in biblioteca, quindi le ho conservate, insieme ad altre, nella sezione degli appunti sotto il nome dell'avvocato, camuffate in modo da sembrare un indirizzo di casa.

«Devo raccogliere una deposizione tra...» l'avvocato fa una pausa e immagino che guardi l'orologio «trenta minuti, quindi non potrò occuparmene prima di domattina. Va bene?»

James potrebbe anche non essere ancora stato rilasciato. Non è che i cancelli si aprono alle nove precise e lui esce da solo, come nei film. Le carceri hanno i loro orari, non ruotano intorno a quelli di un particolare detenuto. Inoltre, ci sono delle pratiche da sbrigare, devono scattargli una foto, poi accompagnarlo nel luogo in cui andrà a vivere. Forse ci saranno anche dei giornalisti per documentare il tutto. Ho fatto delle ricerche in merito e so quello che dico.

James dovrebbe avere ancora meno denaro di quanto ne avevo io quando sono fuggita. Avrà un po' di soldi per le piccole spese, ma è impossibile che riesca a trovarmi entro stasera.

«Domani va bene» dico all'avvocato. «Qual è la sua parcella?»

«Per questo lavoro, diciamo due e cinquanta.»

Penso a tutte le banconote da uno e da cinque che ho

risparmiato da un budget già molto ristretto e che ho portato fedelmente in banca, una settimana dopo l'altra.

«Posso saldare tramite PayPal?»

È uno dei modi più semplici per pagare qualcuno in modo anonimo. Tutto ciò che serve è un indirizzo e-mail, e io ne ho già creato uno nuovo solo per questo. Comprerò una carta Visa prepagata e la userò per la transazione. Ho avuto molto tempo per prepararmi a questo giorno. So esattamente cosa fare.

«Sì, ma prima aspetti che trovi le informazioni su Bates. Mi dia il suo numero e...»

Lo interrompo mentre mi avvicino al nostro condominio. «La chiamo io domani mattina.»

James è in un altro Stato, mi ripeto per la centesima volta. Se immagina che io viva da qualche parte, dovrebbe essere su una spiaggia in California o in una piccola città fuori Roma. Non si aspetterebbe mai che io sia così vicina a casa. Nessuno ci penserebbe.

Apro il portone e vado in fondo all'atrio, dove c'è la fila di cassette della posta in metallo grigio. Apro la nostra, tiro fuori dalla fessura in alto la targhetta bianca con il nome Sterling e la giro dal lato vuoto. La infilo di nuovo, poi chiudo la cassetta e proseguo.

Il postino sa che viviamo al 406. Probabilmente non controlla nemmeno i nomi su queste cassette, a meno che non arrivi un nuovo inquilino. Non noterà nulla di strano.

Ma se James in qualche modo scopre il mio nome e viene a sapere che vivo in questo edificio, potrei avergli reso un po' più difficile individuare l'appartamento.

Estraggo la bomboletta di spray urticante dalla borsa e mi assicuro che l'ugello sia rivolto lontano da me, poi salgo le scale tenendomi rasente il muro, invece che vicino al corrimano come fanno quasi tutti.

Raggiungo il nostro piano e apro la porta per dare un'occhiata al corridoio. È completamente vuoto. Cammino velocemente verso il nostro appartamento, grata di poter sentire il rumore della televisione della porta accanto. Significa che c'è qualcuno nelle vicinanze.

Apro la porta e la chiudo dietro di me, poi tiro il catenaccio.

So che Catherine è qui. Il mio telefono mostrava la sua posizione l'ultima volta che ho controllato, cioè meno di cinque minuti fa.

Ma non riesco a sentire nulla.

Di solito è facile per me percepire la sua presenza nel nostro appartamento prima di vederla, e non solo perché la nostra casa è così piccola. Chiamatelo istinto materno, o forse è il legame che ho sempre sentito con lei, come un invisibile cordone ombelicale.

Al momento, però, non riesco a sentirla.

Mi muovo lentamente e senza far rumore, tenendo lo spray davanti a me. Scruto il soggiorno e la cucina.

Vuoti. Il piatto della colazione che ho lasciato per Catherine è sparito.

Entrambe le porte delle camere da letto sono aperte. Potrebbe essere semplicemente addormentata sul letto. Questo spiegherebbe il fatto che io non la senta, anche se deve essere qui.

Passo prima dalla sua stanza. Tutto è come ieri sera, quando mi ha mandato un messaggio per dirmi che era rimasta a dormire da un'amica e io mi sono sentita così lontana da lei che sono andata in camera sua solo per stare vicino alle sue cose.

Entro in bagno e sussulto. Catherine è rannicchiata sul tappeto, con gli occhi chiusi. È pallida e, per una frazione di secondo, mi sento precipitare in un terrore senza fondo.

Mi inginocchio. Respira.

«Catherine.» La mia voce suona strana. Mi schiarisco la gola e riprovo. «Tesoro?»

Sbatte le palpebre. «Non mi sento bene.»

Le poso una mano sulla fronte. È fresca. Mi chiedo se stia smaltendo la sbronza, dopo la notte con Ethan, o se si stia prendendo un'influenza.

Infilo in tasca lo spray e chiedo: «Posso aiutarti a metterti a letto?» Lei annuisce e si alza lentamente, aggrappandosi al braccio che le offro. Ci incamminiamo insieme lungo il corridoio e, quando raggiungiamo la sua stanza, vedo che ha vuotato lo zaino della scuola sul letto. Con la mano libera metto da parte quaderni e penne, poi tiro indietro le coperte.

Si infila a letto con movimenti esitanti, come una donna anziana.

Sembra terribile, ma sono quasi grata che sia malata. Significa che non andrà da nessuna parte.

Raccolgo il materiale scolastico ai piedi del letto e lo sistemo sul suo scrittoio, poi metto lo zaino sul pavimento dell'armadio. C'è ancora un po' di roba dentro, ma ci penserà lei quando starà meglio.

Catherine ha gli occhi chiusi. Sembra così vulnerabile in questo momento, come se fosse di nuovo una bambina.

«Vuoi metterti il pigiama?» le chiedo. Non risponde.

Quando mi chino e le liscio i capelli, trasalisce. Ritraggo la mano.

«Torno subito» prometto.

In cucina preparo una tazza di camomilla e la addolcisco con un cucchiaio di miele, poi trovo qualche cracker. Le porto tutto questo insieme a due compresse di ibuprofene che prendo dal flacone nell'armadietto dei medicinali. Poso tutto sul suo comodino e mi avvicino alla finestra. È aperta di qualche centimetro, il che mi mette a disagio, anche se siamo al quarto piano. La chiudo e giro la levetta per bloccarla.

Quando mi giro, vedo che Catherine ha gli occhi aperti e mi guarda. Ma li chiude così in fretta che potrei sbagliarmi.

La fisso per un lungo momento. È una forma immobile e silenziosa sotto le coperte.

Finalmente esco dalla stanza, ma lascio la porta spalancata. La mia borsetta è ancora a tracolla, quindi la appoggio sul comò, mi tolgo gli abiti da lavoro e rimetto lo spray nella tasca della borsa. Non ho intenzione di uscire di nuovo oggi, quindi mi metto in tuta.

Quando attraverso il soggiorno per prepararmi un pranzo tardivo in cucina, vedo uno dei taccuini di Catherine sul pavimento, vicino al suo computer. Lo raccolgo e lo appoggio sul suo portatile.

Apro una grande lattina di zuppa di verdure, sufficiente per due, nel caso in cui Catherine se la senta di mangiare.

È difficile ingoiarla, ma mi costringo a finirne una ciotola. Non posso permettermi di indebolirmi in alcun modo.

Dopo aver sistemato il bicchiere che Catherine aveva lasciato nel lavandino e aver finito di lavare i piatti, mi infilo l'anello di topazio e vado a controllarla di nuovo. Sembra che non abbia mosso un muscolo.

So che dovrei sollevare i miei piedi doloranti, così mi sdraio sul letto. Mi sento troppo agitata per concentrarmi a fondo, ma mi costringo a tirare fuori il mio diario.

Ora che James è libero, devo scrivere tutto per mia figlia il prima possibile. Se mi succede qualcosa, voglio che almeno sappia chi ero e perché mi sono comportata così.

Dopo una settimana di permanenza al Target, la vecchia me stessa, Ava Morales, si stava trasformando in un'altra persona.

Dalla corsia delle forniture per ufficio avevo preso in prestito un paio di forbici e mi ero tagliata i capelli a caschetto. Nel reparto accessori, avevo provato vari occhiali da sole fino a decidere che quelli rettangolari oversize fornivano il miglior mimetismo.

Una volta adoravo il trucco, ma la nuova versione di me portava solo un po' di cipria, applicata sulle sopracciglia scure per renderle più discrete. Un cappellino da baseball dei Pirates nero e oro completava il mio nuovo look. Avevo tagliato il cartellino del prezzo e avevo calpestato il berretto per non farlo sembrare nuovo.

Avevo pensato anche di cambiare le mie scarpe da ginnastica con altre che aggiungessero qualche centimetro alla mia altezza, ma avevo scartato subito l'idea. È difficile correre con i tacchi.

Avevo anche una nuova routine. Facevo colazione prima dell'apertura del negozio e preparavo un pranzo al sacco da portare con me in biblioteca ogni giorno. Facevo dei panini con burro d'arachidi e prendevo un paio di banane. Ogni tanto non potevo resistere a un pacchetto di caramelle o a una barretta di cioccolato.

Mi ero anche comprata un flacone di vitamine per la gravidanza e ne ingerivo una capsula ogni sera, al momento di andare a letto.

Alla fine di quella prima settimana, conoscevo bene i ritmi del negozio. I dipendenti andavano via poco dopo le nove, spegnendo tutte le luci tranne le due di sicurezza all'ingresso del negozio. Da quel momento fino alle prime ore del mattino successivo, l'intero Target era per me. Mi aggiravo per il reparto neonati, guardando vestitini e bavaglini, e osservavo le culle e una specie di dondolo per bam-

bini piccoli chiamato Jumperoo, cercando di capire di cosa avessi bisogno. A volte provavo i vestiti premaman, infilando un cuscino nelle camicette larghe. Nel reparto bambini c'era una poltrona a sacco su cui mi rannicchiavo con la mia torcia e un nuovo numero di People *o di* US Weekly, *mentre sgranocchiavo una busta di salatini. Per quei pochi minuti potevo quasi essere una normale adolescente, che ascoltava gli NSYNC e si chiedeva se i membri del cast di* Dawson's Creek *si frequentassero nella vita reale.*

Prima di andare a dormire, usavo il lavandino del bagno per pulirmi sommariamente con la spugna e una volta ci avevo anche lavato i capelli, riempiendo d'acqua un bicchiere di plastica e versandomelo in testa più volte per risciacquare. Tutto questo era molto più facile da gestire con i capelli corti.

Poiché non sapevo se gli addetti alle pulizie spostassero l'espositore circolare dove dormivo per passare l'aspirapolvere sulla moquette, trovai un secondo nascondiglio. Alle sei e quindici del mattino, poco prima che arrivassero, salivo su uno scaffale basso della corsia dei giocattoli e mi sdraiavo dietro una fila di grandi scatole contenenti tosaerba giocattolo.

Quando gli addetti alle pulizie se ne andavano, tornavo nel mio solito nascondiglio e aspettavo che le porte si aprissero. Solo una volta qualcuno riuscì quasi a beccarmi. Una cliente mattiniera apparve mentre uscivo dal nascondiglio. Non avevo nemmeno avuto la possibilità di alzarmi in piedi, ero ancora accovacciata a terra.

Abbassai la testa, facendo finta di allacciarmi una scarpa, pregando che non si accorgesse che era già allacciata. Non successe nulla, quindi credo di averla ingannata.

Sapevo di non poter vivere per sempre nel Target, per quanto lo desiderassi. Un neonato non avrebbe compreso la necessità di restare in silenzio.

Così, una settimana dopo la mia fuga, invece di andare in biblioteca a passare la giornata, preparai la mia borsa da viaggio e, un quarto d'ora dopo l'apertura del negozio, sgattaiolai fuori dal nascondiglio e mi diressi verso la porta d'ingresso. Comprai un pacchetto di gomme da masticare alla cassa perché mi sembrava meno sospetto che uscire senza comprare nulla. Anche se mi avessero fermato e perquisito la borsa, non avrebbero trovato nulla di incriminante. La torcia e la sveglia che avevo usato erano di nuovo sullo scaffale, mentre il berretto dei Pirates e gli occhiali da sole sembravano di mia proprietà già da un po'. Gli unici vestiti nella borsa erano i miei e nessuno avrebbe pensato che le barrette ai cereali sciolte e il barattolo di burro di arachidi mezzo mangiato con l'etichetta mancante appartenessero al negozio. Mi assicuravo sempre di sbarazzarmi di scatole o incarti non necessari, nel caso in cui avessero un dispositivo elettronico di sicurezza. La mia spazzatura si confondeva con gli altri rifiuti che i clienti gettavano nei cestini del negozio.

La cassiera mi guardò a malapena mentre batteva il prezzo delle gomme da masticare all'uva e mi diede qualche spicciolo di resto. Un attimo dopo ero fuori sulla strada illuminata dal sole. Dovevo fare un paio di cose. Innanzitutto, dovevo sbarazzarmi dell'orologio dell'allenatore. Avevo pensato di impegnarlo, ma sul retro erano incise le iniziali DTF. Sarebbe stato facile identificarlo. Era anche inquietante. Dormivo con la testa appoggiata alla borsa da viaggio e giuro che riuscivo a sentire il suo debole e incessante ticchettio attraverso il sottile tessuto della borsa. Avevo infilato l'orologio in una delle mie camicie e l'avevo seppellito sotto tutti gli altri vestiti, ma non riuscivo comunque a smorzare il rumore, anche se sapevo che esisteva solo nella mia mente.

Abbassai un po' la visiera del cappello, presi una gomma

viola e la misi in bocca, poi mi diressi verso il fiume Allegheny. Attraversai Market Square e passai accanto al ponte Andy Warhol, poi presi un sentiero adiacente al fiume. Lo seguii per circa mezzo chilometro, passando accanto a chi faceva jogging e a chi si affrettava ad andare al lavoro e anche a qualche mamma che spingeva un passeggino. Per tutto il tempo tenni gli occhi aperti alla ricerca di una pietra che avesse una circonferenza un po' più grande del mio polso.

Ne trovai una liscia, di un bianco grigiastro, sotto un albero. Feci scivolare il cinturino dell'orologio sul sasso, fino a farlo aderire perfettamente. Aspettai una pausa nel traffico pedonale, poi mi spostai sul bordo del fiume e scagliai il sasso più forte che potevo.

L'orologio e la pietra affondarono insieme nell'acqua calma e torbida.

Le increspature si allargarono, prima piccole, poi sempre più ampie. Sembravano tendere verso la riva. Feci involontariamente un passo indietro.

Respinsi la folle idea che in qualche modo l'orologio stesse tornando verso di me.

Ripartii a passo svelto lungo il sentiero. Nessuno sembrava aver prestato attenzione a ciò che avevo fatto. Mi ero liberata dell'unico legame fisico rimasto tra me e il signor Franklin, il che significava aver aggiunto un altro strato di sicurezza. Inoltre, James era stato arrestato per l'omicidio e non aveva detto una parola, né sul delitto, né sul mio coinvolgimento. L'avevo letto qualche giorno prima su un giornale in biblioteca.

Dovevo mantenere la concentrazione. Anche senza l'orologio, che mi rendeva consapevole di ogni secondo che passava, sapevo che mi restava poco tempo per trovare un posto dove vivere per entrambi.

La mia prossima tappa era l'università di Pittsburgh. Il semestre era già in corso e tutte le confraternite studente-

sche avevano portato a termine la settimana di reclutamento. Le confraternite erano generalmente luoghi accoglienti per le giovani donne, e una cosa che avevo imparato durante tutti gli anni in cui avevo accompagnato mio padre a sistemare gli alloggi degli studenti era che nel campus c'era sempre un ragazzo che sapeva realizzare documenti falsi. Lo avevo visto un sacco di volte: alcuni ragazzi non si preoccupavano nemmeno di mettere via le plastificatrici e le pile di fototessera, quando venivamo a sistemare un lavandino che perdeva o a riparare una finestra che si era rotta durante una festa.

Una volta ottenuta una patente di guida con un nome nuovo (avevo scelto Joan Smith), avrei cominciato a cercare lavoro. Avevo visto una gran quantità di caffetterie e gastronomie vicino al mio Target e, anche se non avevo alcuna esperienza, pensavo di potermela cavare come cameriera. Dopo aver risparmiato abbastanza, avrei affittato una stanza economica da qualcuno che non mi avrebbe chiesto referenze e non si sarebbe preoccupato della mia età, purché pagassi l'affitto regolarmente.

Mi sentivo finalmente tranquilla quando vidi un papà e sua figlia venire verso di me. Lei aveva circa cinque anni e la sua manina era infilata in quella di lui.

Mentre si chinava per sollevarla tra le braccia, lo sentii pronunciare le parole «te quiero». Sapevo cosa significavano: ti voglio bene. Erano le stesse che mio padre mi diceva ogni sera.

Mi sgonfiai all'istante, come un palloncino che qualcuno aveva infilzato con uno spillo. Caddi in ginocchio in mezzo al sentiero. Non riuscii a smettere di piangere per il resto della mattinata.

Non riesco più a scrivere.

Metto via il diario e vado a controllare di nuovo Catherine. Non ha toccato né il tè né i cracker. Sembra che stia dormendo.

Faccio una doccia calda e veloce e cerco di guardare un po' di televisione, ma non riesco a concentrarmi su nulla. Finisco per riordinare i cassetti della cucina, anche se sono già in ordine, e annaffiare le piante. All'ora di cena mi preparo un panino al burro d'arachidi, in memoria dei vecchi tempi e per ricordarmi che ho già superato situazioni apparentemente impossibili.

Poi rimango a lungo sulla soglia della stanza di Catherine, a guardarla.

Ho perso quasi tutte le persone a cui tenevo. Il mio anello di topazio è tutto ciò che mi rimane di mio padre e i tubetti di burrocacao alla ciliegia che compro ogni tanto sono il mio unico legame con Timmy.

Non posso perdere anche mia figlia.

Mi avvicino al suo letto e mi stendo accanto a lei. Anche se so che James non è nelle vicinanze, mi sento meglio a dormire qui stanotte. Voglio stare tra la porta d'ingresso e Catherine.

Non mi sento minimamente stanca, ma alla fine mi addormento. Anche se mi sveglio più volte durante la notte e faccio dei giri d'ispezione per assicurarmi che il nostro appartamento sia ancora sicuro, sentire il respiro leggero come una piuma di mia figlia mi aiuta ad assopirmi di nuovo. Ma non riposo bene. È come se non riuscissi a superare lo strato superficiale del sonno, attenta a qualsiasi rumore o disturbo.

Quando mi sveglio del tutto la mattina dopo, vedo che Catherine si è allontanata da me, spingendosi dall'altro lato del letto.

Resto sdraiata accanto a lei per un po', pensando a tutto quello che devo fare oggi. Infine, quando il sole è abbastanza alto da riempire la stanza di luce, mi alzo.

Faccio un altro giro, controllando la porta d'ingresso e sbirciando nel parcheggio dalla finestra. Quando sono sicura che è tutto a posto, mi vesto e preparo del caffè forte.

Sorseggio lentamente due tazze, seduta sul divano, poi infrango la mia regola di non fare colazione mangiando uno yogurt ai mirtilli e una manciata di noci. Qualcosa mi dice di raccogliere le forze.

Dopo un po' sento Catherine alzarsi per andare in bagno, così le preparo un toast. Deve essere affamata, visto che non ha mangiato nulla dopo la colazione che le ho lasciato ieri.

Mi aspetto che mi raggiunga nella zona giorno, ma torna nella sua stanza.

Vado a bussare piano contro la sua porta aperta.

«Mmm» mormora senza aprire gli occhi. So che non può essersi riaddormentata. Si è alzata solo un minuto fa.

«Ti senti meglio, Bella Addormentata?» chiedo.

«Un po'. Però sono ancora stanca.»

«Vuoi fare colazione?»

«Forse più tardi. Ora voglio dormire.»

Si tira le coperte fino al collo e affonda la testa nel cuscino. Non mi ha nemmeno guardata. Almeno ha bevuto il tè che le ho preparato ieri.

Abbasso lo sguardo sul mio telefono, che porto compulsivamente con me. Sono le nove. È troppo presto perché l'avvocato abbia fatto i suoi controlli, ma sento comunque il bisogno di chiamarlo. Però non posso farlo dal nostro appartamento. Le pareti sono così sottili che non posso andare da nessuna parte senza rischiare che Catherine mi ascolti.

«Mi assento un attimo» dico a bassa voce. «Torno subito.»

Seguo le stesse precauzioni di prima: esco con lo spray

urticante, seguendo il muro per scendere le scale, mi muovo lentamente e presto attenzione a eventuali rumori sconosciuti. L'unica persona che vedo sulle scale è un vicino con i capelli rosso fuoco che sta scendendo dal secondo piano con lo skateboard sotto un braccio.

Penso di fare la telefonata nell'atrio, ma poi decido di comprare a Catherine una medicina antinfluenzale nel negozio in fondo alla strada, nel caso si aggravi. Preferisco uscire in strada ora, alla luce del giorno, piuttosto che di notte. Cammino verso l'angolo, aspettando di essere a una ventina di metri dal palazzo prima di comporre il numero dell'avvocato sul mio telefono usa e getta.

Lui risponde a metà del primo squillo. Sembra trafelato e agitato e dice: «Pronto?» prima che io riesca a proferire parola.

C'è qualcosa di strano nel suo tono.

Smetto di camminare e istintivamente mi sposto con la schiena contro il muro del negozio più vicino.

«Chiamo per James...»

Mi interrompe. «È lei, vero? La familiare della vittima? Mi dispiace doverglielo dire, ma James Bates è scomparso.»

Mi si confonde la vista. I volti delle persone che mi passano accanto sono distorti, come se li vedessi riflessi in uno specchio deformante.

«Quando?» riesco a rantolare. Mi risulta difficile parlare. È come se avessi due mani strette intorno alla gola.

«Ha lasciato il centro di riabilitazione nel cuore della notte. Ha già violato la libertà vigilata. La polizia e gli U.S. Marshal lo stanno cercando. Lo troveranno. Non si preoccu...»

Catherine.

Il suo nome esplode nella mia mente. Metto il telefono in borsa e inizio a correre.

Ho bisogno di vederla, subito. Supero a gomitate due uomini che occupano la maggior parte del marciapiede e uno di loro mi grida dietro un'imprecazione.

Sono a meno di dieci metri dal nostro palazzo. Sicuramente non è successo nulla nei pochi minuti in cui sono stata via. Non mi interessa quanto Catherine stia male: deve alzarsi e fare le valigie in fretta. Io prendo il mio diario e il suo documento falso e tagliamo la corda.

Attraverso l'atrio e faccio le scale due alla volta, quasi sperando di incontrare James. È molto meglio che mi trovi da sola che con Catherine.

Sulle scale non c'è nessuno.

Mi ci vogliono due tentativi per infilare la chiave nella serratura, perché la mano mi trema troppo. Entro di corsa, urlando il suo nome. Corro fino alla sua stanza.

Il suo letto è vuoto, le coperte buttate da una parte.

Corro in bagno, poi controllo la mia stanza e infine torno di corsa in soggiorno, gridando di nuovo il suo nome.

Se n'è andata.

Guardo fuori dalla finestra, verso il parcheggio. In quel momento la vedo dirigersi a passo svelto sul marciapiede verso la Bonneville.

È sola. Nessuno la insegue. Indossa lo stesso vestito con la maglietta che porta da ieri e ha lo zaino in spalla.

Perché si muove così in fretta, soprattutto se è malata? Batto sul vetro.

«Catherine!» grido, pur sapendo che lei non può sentirmi.

Sale sulla Bonneville e parte troppo velocemente, con le ruote che stridono sull'asfalto.

Resto a guardare, sbalordita. Ieri sera si è comportata come se le facesse male anche solo muoversi. Ha finto di essere troppo malata per mangiare. Deve essere balzata fuori dal letto nel momento in cui sono uscita di casa e si è affrettata a scendere le scale subito dopo di me.

Ho il respiro affannoso e faccio fatica a credere a cosa sta succedendo. Ricevo un avviso di messaggio sul cellulare e istintivamente abbasso lo sguardo.

Gli ultimi giorni sono stati intensi, mamma. Credo di aver bisogno di una piccola pausa. Vado via per qualche giorno, ma mi farò viva più tardi. Per favore, non mandarmi messaggi e non chiamarmi mentre sono via.

«No!» grido.

Controllo la sua posizione sul mio iPhone, cercando di capire dove sia diretta. Aspetto che appaiano le informazioni e inizio a formulare un piano. Posso prendere un taxi e intercettarla. Una volta che avrò di nuovo mia figlia sotto gli occhi, non la perderò di vista.

La mappa ci mette una vita a caricarsi. Provo a cliccare per aggiornarla. Ma non rivela nulla. Catherine ha nascosto la sua posizione.

27

CATHERINE

Quando mia madre blocca la finestra della mia camera da letto, mi si rizzano i peli del collo. Quando si stende a dormire accanto a me, mi sento come un animale in trappola.

Rimango sveglia per quasi tutta la notte, con il corpo rigido, mentre lei si rigira accanto a me. È come se sapesse che sto progettando di scappare e volesse imprigionarmi nella mia stanza. Mia madre ha il sonno molto leggero. Se provassi a scendere dal letto e ad alzarmi, il cigolio della rete probabilmente la sveglierebbe.

Riesco a malapena a muovermi.

Il mio taccuino deve essere ancora sul pavimento del soggiorno, dove mi è caduto. Lei l'avrà sicuramente già visto. Non so se l'abbia sfogliato, ma se l'ha fatto saprà che ho indagato sul suo passato.

Sembra assurdo, ma ho paura di lei.

Non ho idea di cosa abbia fatto. O di quello che è capace di fare. A un certo punto, durante la notte, si è girata e si è raggomitolata su un fianco, a pochi centimetri da me, e mi è sembrato di non riuscire a respirare. Come se mi stesse privando di tutto l'ossigeno disponibile.

Non sei Ruth Sterling, ho pensato mentre la osservavo

con la coda dell'occhio, allontanandomi il più possibile da lei.

Poi ho pensato: ma chi sono io?

Non sono mai stata così felice di vedere il bagliore dell'alba nella mia stanza.

Quando finalmente mia madre si è alzata, ho continuato a fingermi malata. Non sarei riuscita a comportarmi normalmente davanti a lei, ma potevo almeno far finta di essere malata. Bastava aspettare, e sapevo che avrei avuto la possibilità di scappare.

Dovevo solo essere paziente.

La mia occasione arriva prima del previsto. Verso le nove del mattino mi dice: «Devo uscire un attimo. Torno subito». Poi sento chiudersi la porta d'ingresso alle sue spalle.

Per un attimo temo che si tratti di un trucco e che stia aspettando vicino alla porta per sorprendermi quando salterò giù dal letto. Allontano la paura e spingo via le coperte.

Il mio zaino, la mia borsa, il mio telefono, il mio taccuino, il mio portatile, le mie scarpe da ginnastica.

Sono già vestita, ho appena usato il bagno e mi sono lavata i denti, quindi sono pronta in meno di un minuto.

Apro la porta di casa e trattengo il respiro mentre scruto il corridoio. È deserto. Mi avvicino alla tromba delle scale e tiro lentamente la porta verso di me, ascoltando attentamente. Riesco a sentire qualcuno alcune rampe più in basso, ma non so se si tratta di mia madre o di un vicino. Chiunque sia, si muove lentamente. Aspetto che il rumore dei passi si attenui e infine scompaia. Poi scendo, costringendomi a non correre. Se inciampo e mi faccio male, sarebbe un disastro.

Raggiungo l'atrio. Mia madre non si vede da nessuna parte. Prego solo che non abbia preso la macchina.

Mi affretto a raggiungere la porta che conduce al parcheggio. Le dita stanno già frugando nella borsa alla ricerca del mazzo di chiavi.

Proprio mentre raggiungo la porta di servizio e faccio per aprirla, arriva una coppia anziana di vicini che conosco vagamente; ciascuno dei due porta una busta della spesa.

Che persona sarei se mi affrettassi a passare, praticamente sbattendogli la porta in faccia?

Apro la pesante porta e mi metto di lato ad aspettare, con i muscoli che si contraggono ogni secondo di più.

Sembra che ci mettano un'eternità a passare; una volta usciti, mi ringraziano profusamente.

«Nessun problema!» rispondo, con voce stridula.

All'inizio mi costringo a camminare lentamente sull'asfalto. Ma non sono nemmeno a metà strada che le mie gambe prendono velocità e mi spingono sempre più in fretta.

La Bonneville è ormai in vista. Nessuno mi blocca. Sto davvero per scappare.

Salgo al volante, inserisco la chiave nell'accensione e parto, senza preoccuparmi della cintura di sicurezza.

Al primo stop, spengo l'app di localizzazione e detto al telefono un messaggio a mia madre, facendole sapere che sarò via per qualche giorno.

Solo quando sono a qualche chilometro di distanza, sfrecciando sulla strada ad alta velocità, sento finalmente di poter respirare in modo normale.

Non ho idea di dove andare o di cosa fare. Ma finché c'è una distanza tra me e mia madre, mi sento al sicuro.

Mi fermo nel parcheggio di un Wendy's e mi appoggio allo schienale, con le pulsazioni che cominciano finalmente a rallentare.

Poi il mio telefono manda un avviso di messaggio.

Mi sento avvampare e istintivamente abbasso lo sguardo. Non so se voglio leggere il messaggio di risposta di mia madre.

Ma non viene da lei. Il messaggio è di Tin: *Per favore, fammi sapere il prima possibile.*

Scorro la pagina e vedo che mi ha mandato un messaggio poco fa, scrivendo che un'assistente oggi si è data malata e che il turno è mio, se lo voglio.

Ci penso un attimo, valutando i pro e i contro. Mia madre non si aspetta che io sia al lavoro in questo momento. Non se lo aspetta nessuno. C'è una discreta possibilità che si faccia vedere per cercarmi, ma non c'è modo che riesca a entrare nell'Ala della Memoria. È uno dei posti più sicuri che conosca.

Arrivo subito, scrivo a Tin.

28

RUTH

Cinque minuti.

È il tempo che mi concedo per raccogliere tutto ciò che posso portare con me. Devo essere pronta a non rivedere più questo appartamento.

Ho pianificato questo momento per tanto tempo. Nel corso degli anni ho persino fatto delle esercitazioni, passando in rassegna le nostre piccole stanze, considerando e scartando rapidamente diversi oggetti, riducendo i secondi per abbassare il mio tempo di reazione.

Vorrei che Catherine non avesse preso la macchina, ma almeno alcuni dei nostri rifornimenti sono già lì dentro.

Mi alzo e prendo il borsone grigio dalla mensola dell'armadio, lasciandolo aperto sul letto. Mi muovo velocemente, tiro fuori due cappelli dall'armadio, poi prendo alcuni vestiti puliti. Getto ogni cosa nel borsone e mi precipito al cassettone di Catherine. Tiro fuori due cambi d'abito e una felpa per lei. Prendo la foto dal suo comodino, sia per il valore affettivo che per evitare di essere identificate, e poi i nostri spazzolini da denti in bagno. In cucina afferro una torcia, un pacco di batterie extra e un paio di forbici per tagliare i capelli di Catherine. Tutti questi oggetti sono allineati, uno accanto all'altro, in uno dei cassetti che ho riorganizzato ieri sera.

Trascino una sedia sul pavimento e ci salgo sopra per raggiungere il ripiano più alto di un armadietto in cucina. Tiro giù la scatola di Rice Krispies stantii.

Il portatile di Catherine e il taccuino che vi avevo appoggiato sopra sono spariti dal tavolo da pranzo, e lei ha con sé il telefono e la borsa. Il mio anello di topazio è al dito e gli occhiali da sole sono nella borsa, insieme al mio diario. Prendo la cartella dei nostri documenti importanti, compresi i certificati di nascita e le tessere di previdenza sociale, e tolgo le due foto incorniciate di Catherine dalla libreria del salotto. Nell'appartamento non c'è più alcuna testimonianza fotografica di noi due.

L'ultima cosa che porto con me è un grosso coltello in un fodero, che possiedo da molti anni.

Quando esco sul marciapiede, ho trenta secondi a disposizione e ho già chiamato un Uber.

So esattamente dove andare.

Catherine può aver disattivato la condivisione della sua posizione ma, da quando ha un cellulare, io ho sempre avuto un'applicazione di backup per rintracciarla.

29

CATHERINE

Quando arrivo al Sunrise, prendo una decisione sofferta. Mi confiderò con Tin. Non c'è quasi nulla che non abbia visto, nel campo delle crisi familiari e, anche se non abbiamo un rapporto stretto, mi fido di lei.

Ho anche un secondo fine. Tin vive da sola in una piccola casa che ha comprato l'anno scorso e spero che, dopo aver ascoltato la mia storia, mi ospiti per qualche notte. Ho in programma di prenderla in disparte questo pomeriggio, quando i residenti fanno lavoretti di artigianato nella sala ricreativa, perché di solito quello è un momento tranquillo. C'è un altro vantaggio nel confidarsi con Tin: non penserà che sono completamente pazza quando le dirò che ho deciso di accettare il lavoro a Baltimora.

Essere arrivata a questa decisione mi ha sollevato da un peso. La finta grave malattia mentale di mia madre, unita a tutte le cose inquietanti che sto scoprendo su di lei, è troppo per sopportarla da sola. Tin aiuta le persone. Farà quello che può.

Lascio la Bonneville in un posto in fondo al parcheggio, dove una fila di alberi impedisce di vederla dalla strada. Chiudo a chiave e mi precipito nell'edificio, poi vado direttamente nello spogliatoio dei dipendenti. Indosso il camice rosa salmone e comincio a fare il giro dell'Ala della Memoria, assicurandomi che tutti abbiano preso le medicine del mattino. Aiuto la signora Abraham a vestirsi perché ha avuto una notte difficile e ha dormito fino a tardi. Poi riscaldo la colazione e mi siedo con lei mentre mangia un po' di fiocchi d'avena. La signora Abraham parla di rado, ma proprio quando inizio a sparecchiare, sbatte le palpebre e mi chiede con voce roca: «Lei è una delle mie studentesse?»

È un barlume di lucidità. Era un'insegnante di matematica al liceo. Quando le chiedo di che anno sono i suoi alunni, il suo sguardo si fa di nuovo opaco. Il fugace ritorno di lucidità è già svanito.

Con il passare delle ore, l'ambiente familiare della casa di riposo e le interazioni che ho con i miei colleghi e con i nostri residenti mi fanno quasi sentire come se una parte del mondo avesse di nuovo senso. Il che è strano, perché nell'Ala della Memoria le persone sono impegnate in battaglie con la propria mente, e i confini tra passato e futuro sono molto labili.

Il surreale è diventato la base della mia vita.

All'ora di pranzo, Tin ci informa che la famiglia della signora Jacobson ha inviato delle pizze per il personale dell'Ala della Memoria, per ringraziarci dell'assistenza supplementare prestata quando la signora ha avuto la polmonite il mese scorso.

All'improvviso ho una gran fame. Sono più di ventiquattro ore che non mangio.

Devo aiutare uno dei nostri residenti a usare la toilette e poi lavare le sue mani e le mie, quindi mi ci vuole qualche minuto per arrivare al piccolo angolo cottura per il personale sul nostro piano.

Molti dei miei colleghi sono già lì, in piedi, a divorare le pizze calde e dal profumo delizioso. Entro nel bel mezzo di un dibattito amichevole sugli stili di consumo della pizza. Tin usa forchetta e coltello per tagliare i suoi bocconi. Reggie, che è cresciuto nel Bronx, ha i bordi del suo pezzo piegati come un taco, alla maniera di New York. Un'altra collega tiene in mano la fetta triangolare e ne morde la punta.

«Dai, Catherine, dicci chi la mangia meglio» scherza Reggie.

«Nessuno di voi» rispondo, mentre prendo una fetta di pizza alle verdure. «Avete mai sentito parlare della pizza lasagna? Si fa in una teglia da pane.» Sto per spiegare come si cucina quando Reggie annuisce. «Sì, mi è capitato di mangiarla. È piuttosto buona. Ma non c'è niente di meglio di una fetta di pizza di Ray's.»

Aggrotto la fronte. «Aspetta, hai mangiato la pizza lasagna? Pensavo che l'avesse inventata mia madre.»

Scuote la testa e inghiotte il boccone, poi spiega. «La mangiavo in un posto nel Maryland, quando ero all'università. Era la loro specialità.»

È come se fosse caduta una lastra di vetro, separandomi da tutti gli altri nella stanza. Sono perfettamente consapevole del fatto che Tin getta la sua crosta nella spazzatura e torna in corridoio, che Reggie apre un'altra scatola di pizza e sento sulla mano il calore della mia fetta intatta nel piatto di carta, ma non faccio più parte di questo gruppo. Sono dietro le quinte, a guardare i personaggi che recitano una scena.

«Dove sei andato a scuola?» riesco a chiedere a Reggie.

«A Towson. È vicino a Baltimora.»

Tende la scatola aperta e offre pizza a tutti, poi ne prende un altro pezzo per sé.

«Ti ricordi come si chiamava il ristorante?» Reggie si acciglia. «Pizza qualcosa... mi dispiace, no.»

«Torno subito» borbotto. Esco in corridoio. Ho un

disperato bisogno di un momento per pensare. C'è sempre qualcosa che mi sfugge. Mi sembra di inseguire le lucciole, di vederle accendersi e scomparire.

Reggie ha circa l'età di mia madre. Lei sostiene di essere cresciuta a circa un'ora da Washington, dal lato della Virginia.

Towson è a circa un'ora da Washington, ma sul lato del Maryland.

Forse tutte le ore passate a cercare la sua scuola superiore sono state inutili perché mi concentravo sullo Stato sbagliato. Potrebbe aver fatto ruotare il quadrante geografico di centottanta gradi, modificando un dettaglio che ha cambiato tutto. Mia madre sembra essere tutta un'invenzione: perché non dovrebbe essersi inventata anche questa parte della sua storia?

Ha mentito sull'origine della pizza lasagna. Probabilmente non voleva dirmi la verità perché mi avrebbe fornito un indizio sul suo passato.

Probabilmente l'ha mangiata nello stesso ristorante di cui parla Reggie.

Lo sfarfallio della lucciola si fa più forte e illumina il mio cervello. Ora ho bisogno solo del mio iPhone e di un po' di privacy. Comincio a correre verso la suite riservata ai parenti in visita.

Il signor Damon è in piedi in corridoio e annuisce con la testa al ritmo di una musica che solo lui può sentire.

«Grazie» dice mentre passo, e mi rendo conto che allunga la mano verso il mio piatto di carta. Come se fossi una cameriera che gli porta la sua ordinazione.

Gli do la mia fetta intatta perché forse mi ha appena fornito un altro indizio. Mia madre potrebbe aver lavorato in quella pizzeria ai tempi del liceo. Forse è così che ha imparato la ricetta. È una cameriera. Potrebbe essere stato il suo primo lavoro di quel tipo.

Mi fermo davanti alla porta della stanza per i parenti, mi guardo intorno per assicurarmi che nessuno mi veda e mi infilo dentro. È fresco, buio e silenzioso.

Non ho molto tempo a disposizione, ma almeno ora ho finalmente qualche dato per restringere la ricerca. Tiro fuori il telefono e comincio.

Non ho bisogno di molto tempo. Bastano novanta secondi perché le bugie che mia madre ha costruito per ventiquattro anni crollino, come se avessi estratto l'ultimo blocco di legno che stabilizzava una struttura, in una partita di Jenga.

Sto guardando la pagina Facebook di Pizza Piazza, la casa della famosa «pizza lasagna».

Abbiamo inventato il nostro piatto forte più di trent'anni fa. Provatela! Non tornerete più a mangiare la pizza alla vecchia maniera.

Sotto queste parole ci sono fotografie della pizza lasagna, identiche al piatto che mia madre mi prepara da quando ero bambina. La taglia persino allo stesso modo: a quadretti anziché a fette rettangolari larghe quanto la teglia.

Inserisco subito «Pizza Piazza» come parola chiave in una nuova ricerca su Facebook, seleziono l'opzione «persone» e osservo i risultati che iniziano a comparire sullo schermo. C'è una grande quantità di informazioni: foto di ospiti riuniti nei séparé e intorno ai tavoli del ristorante. Immagini di gestori passati e presenti e di membri del personale di servizio. Pizza Piazza ha un indirizzo, un sito web e un numero di telefono a Towson, Maryland.

Sul profilo della pizzeria ci sono anche i contatti Facebook di alcuni dipendenti, così provo a contattarli, mandando a tutti lo stesso messaggio.

Salve, so che sembra un po' assurdo, ma sto cercando di rintracciare una donna che ha lavorato lì circa venticinque anni fa.

Faccio una pausa, cercando di pensare a cos'altro aggiungere. Non riesco a dare un nome o una descrizione fisica. Mia madre mi ha detto che al liceo aveva i capelli lunghi fino alla vita, ma forse era un'altra bugia.

Infine scrivo: *Se all'epoca lei lavorava già da Pizza Piazza, le sarei molto grata di una risposta. È davvero importante.*

Schiaccio INVIO, poi copio e incollo il messaggio e lo mando a una mezza dozzina di altre persone collegate al ristorante. Salto a piè pari una donna molto giovane che lavora lì adesso. È impossibile che si sia incrociata con mia madre prima che io nascessi. Ma ci sono diverse possibilità, tra cui un uomo dell'età di mia madre che sembra un neofita su Facebook e una donna che è l'attuale proprietaria del ristorante e forse lo era anche ai tempi di mia madre. Non c'è alcuna garanzia che qualcuno legga il mio messaggio, perché le persone sono diffidenti nell'aprire messaggi di sconosciuti su internet.

Ma per la prima volta ho la sensazione di essere davvero sulla buona strada.

Per il resto del pomeriggio non ho un attimo di tregua. Il solito periodo di tranquillità durante le attività artistiche e manuali finisce quando la signora Jacobson, mentre cammina verso un tavolo, si sposta di lato per evitare una pozza d'acqua, inciampa e cade, sbattendo la mascella sul bordo del tavolo.

Il morbo di Alzheimer può influenzare la visione e la percezione, e il cardigan blu che un altro residente ha lasciato cadere sul pavimento si è trasformato nella mente della signora Jacobson in una pozza d'acqua.

Ci vuole un po' di tempo per capire come sta, dato che è comprensibilmente sconvolta, ma Tin le esamina la bocca e dice che la ferita non sembra grave. Il nostro medico di guardia la visita e poi organizziamo una riunione su FaceTime con i familiari della signora per informarli dell'accaduto. Quando abbiamo finito di gestire la crisi, scopriamo che un altro residente ha sparso dappertutto i materiali per le attività artistiche e manuali, e quindi dobbiamo pulire, poi servire la cena e somministrare le medicine della sera.

Torno nella stanza per i familiari all'incirca alle 18, cioè verso la fine del mio turno.

Ma vedo subito sul telefono un messaggio privato di Facebook.

Salve, sì, io lavoravo da PP venticinque anni fa. Sono ancora in contatto con alcuni dei miei colleghi di allora. È un gruppo fantastico. Chi sta cercando?

Il puntino verde accanto al nome del tizio indica che è ancora online. Rispondo rapidamente, descrivendo i pochi fatti che mia madre non può aver modificato. *Non sono sicura del nome: avrà avuto circa diciotto anni, grandi occhi nocciola e carnagione marrone chiaro. È alta un metro e cinquantasette.*

Ci deve essere qualcos'altro di caratteristico in mia madre che non è cambiato nell'ultimo quarto di secolo. Ci penso un attimo e poi aggiungo: *È una brava ballerina. Forse faceva parte della squadra di cheerleader del suo liceo, ma non ne sono sicura.*

Lui risponde in fretta, come se avesse letto la mia risposta nel momento stesso in cui l'ho inviata.

Oh, scommetto che so di chi sta parlando. Il nome inizia con una A... accidenti, ora non me lo ricordo, ma mi verrà in mente. Capelli lunghissimi, sorriso fantastico. Non lavorava qui, ma ci veniva spesso. Di sicuro amava la pizza! LOL.

Mi sento come se mi fossi lanciata da un dirupo e fossi in caduta libera. È lei. Ne sono certa. Il vero nome di mia madre inizia con la A e deve aver vissuto vicino a Pizza Piazza a Towson, nel Maryland. Scorro rapidamente le informazioni sul profilo dell'uomo. Non siamo amici su Facebook, quindi quello che posso vedere della sua pagina è limitato, così come quello che lui può vedere della mia, ma la sua città natale è indicata come Baltimora. Deve abitare nella zona dell'ospedale Johns Hopkins.

Gli rispondo usando anch'io le iniziali per indicare il ristorante. *Torna mai al PP?*

Di nuovo, risponde immediatamente. *È da un po' di tempo che non ci vado, ma ora che mi ha fatto pensare alla pizza lasagna, potrei andarci stasera.*

Rifletto un attimo, poi scrivo: *Ci vado anch'io stasera. Magari possiamo vederci e fare due chiacchiere?*

Posso mostrargli una foto di mia madre. Ne ho alcune sul mio telefono. Quelle immagini potrebbero stimolare la sua memoria.

Abbasso lo sguardo sulla mia risposta, poi faccio lentamente un backspace sulle mie parole, cancellandole una lettera alla volta.

Mia madre mi ha inculcato l'idea che non ci si può fidare di nessuno su internet. Una volta ha ritagliato un articolo di giornale su una ragazza che era andata in un centro commerciale a incontrare un nuovo amico conosciuto sui social media ed era stata sequestrata dall'uomo di mezza età che aveva creato il falso profilo. Mi ha lasciato quell'articolo sul cuscino perché lo leggessi quando la imploravo di lasciarmi aprire un account su Instagram.

Anche se sono stata io a cercare per prima il contatto con quest'uomo, come foto del profilo ha un'auto sportiva e sembra un po' troppo entusiasta di dare una mano.

Inoltre, se si ricorda di mia madre, è probabile che abbiano memoria di lei anche altre persone collegate con quel ristorante. E scommetto che ora riuscirò a trovare rapidamente il suo vecchio liceo. Al momento non ho bisogno che questo sconosciuto di internet mi dia altre informazioni. Tuttavia, chiudo la conversazione con cortesia, nel caso in cui dovessi fargli delle domande in futuro.

Buona serata e grazie ancora! Poi mi disconnetto da Facebook.

Pizza Piazza è a soli settanta minuti di macchina dal Sunrise. Anche se dovessi trovare traffico, potrei facilmente arrivare mentre stanno ancora servendo la cena. Forse troverò una camera d'albergo economica in zona e passerò la notte in quella che potrebbe essere la vera città natale di mia madre.

Domani a quest'ora potrei finalmente sapere la verità su di lei.

Mi sento impaurita ed eccitata. Una parte di me vuole abbandonare subito questa ricerca e andare a casa a parlare semplicemente con mia madre.

Se le dicessi dei miei dubbi, finalmente confesserebbe la verità? Ma la mia fiducia in lei è crollata.

Inoltre, ho fatto troppa strada per fermarmi ora.

Sbircio fuori dalla stanza per assicurarmi che il corridoio sia libero, poi esco e mi dirigo verso la sala comune, dove comunico a Tin che sto andando via. Mi avvio verso la porta blu per inserire il codice di uscita.

Non so cosa mi spinga a fermarmi, a voltarmi e a tornare alla grande finestra del corridoio, quella sotto la quale il signor Damon si accovaccia quando crede che i vietcong ci stiano circondando.

Forse è il sesto senso che mi ha sempre legato a mia madre, quello che a volte mi fa alzare la testa come se avessi sentito il suono della sua chiave nella serratura della porta, un minuto prima che il rumore si verifichi effettivamente, oppure una di noi due dice qualcosa, proprio mentre l'altra ha lo stesso identico pensiero.

Qualunque cosa sia, mi attira verso la finestra. Guardo fuori e vedo la Bonneville ancora nell'angolo in fondo, dove l'avevo lasciata.

Ma c'è qualcuno appoggiato al cofano, come se mi stesse aspettando. Stringo gli occhi per vedere meglio.

È mia madre.

Mi ritraggo istintivamente, anche se lei non sembra guardare nella mia direzione.

Non posso credere che mi abbia seguito fin qui, soprattutto perché ho disattivato la condivisione della posizione. Ha hackerato in qualche modo i miei messaggi e ha visto lo scambio tra me e Tin, oppure ha tirato a indovinare ed è arrivata qui?

In ogni caso, non deve essere stato facile, dato che lei non ha conoscenze informatiche sofisticate e io ho preso la nostra unica auto. Deve aver preso un Uber.

La guardo, e lei si tira su e inizia a camminare lentamente nel parcheggio, come se fosse di pattuglia. Aspetto, sperando che si allontani abbastanza da permettermi di raggiungere l'auto e tagliare la corda.

Ma non perde mai di vista la Bonneville. Capisco che aspetterà tutto il tempo necessario.

Cosa intende fare quando mi vedrà?

La rivedo mentre blocca la finestra della mia camera da letto, e poi quando scivola sotto il piumino per dormire accanto a me. Un brivido mi attraversa il corpo.

Ora che sa che voglio allontanarmi, troverà nuovi modi per aumentare la sua presa su di me? Forse sa già che mi trasferirò a Baltimora, o forse sospetta che abbia intenzione di raccontare tutto a Tin.

Non posso permettere che mi veda. Devo trovare un altro modo per arrivare a Towson.

Guardo di nuovo le auto nel parcheggio e di colpo mi sembra di averlo trovato.

30

RUTH

Mi piaceva tanto il mio nome di nascita, Ava Morales. Mi sembrava grazioso ed etereo, un nome da ballerina.

Ruth Sterling invece sembrava l'opposto di Ava: era il nome di una persona solida e stoica, che lavorava sodo e non si lamentava. Erano qualità di cui avevo disperatamente bisogno. Volevo diventare Ruth Sterling in molti sensi.

E lo sono diventata poco prima della nascita di Catherine, quando avevo risparmiato abbastanza per potermi permettere un documento falso fatto bene, qualcosa di meglio della patente con il nome Joan Smith che avevo comprato per quaranta dollari. Quel primo documento era stato sufficiente per farmi ottenere un lavoro da cameriera e una stanza in affitto in un appartamento subaffittato da un'altra mamma single. Ma non mi sono rivolta a un ragazzo del college per creare il codice fiscale e il certificato di nascita di Ruth.

Sapevo di dover passare per una diciottenne al momento del parto, per vari motivi. Se fossi stata un'adulta agli occhi delle autorità, nessuno mi avrebbe portato via la mia bambina. E con una carta d'identità valida avrei potuto partorire in ospedale e Catherine avrebbe ricevuto il proprio codice fiscale con il mio stesso cognome.

Era il primo, fondamentale passo per costruire la sua identità.

Una delle altre cameriere, al lavoro, conosceva la persona adatta. Mi diede istruzioni concise: dovevo aspettare all'angolo di una certa strada, con cinquecento dollari in contanti in una busta. Dovevo passarli a un uomo che indossava una felpa degli Eagles. Non potevo fare alcuna domanda. La settimana successiva tornai a quell'angolo all'ora stabilita e, quasi prima di rendermi conto di ciò che stava accadendo, un uomo diverso mi passò accanto e mi mise in mano una busta di manila, poi proseguì senza fermarsi. La mia trasformazione era completa.

A volte penso alla vera Ruth, morta a dodici anni, molto tempo prima che io assumessi la sua identità. Le nostre vite non si sarebbero mai incrociate in circostanze normali. Ruth era nata con un raro difetto cardiaco e viveva con la sua grande famiglia nel Wisconsin, in un caseificio. I nomi di tutti i suoi fratelli e sorelle, zii e zie erano elencati, insieme a quelli dei suoi genitori, nel necrologio pubblicato sul giornale della sua città, che avevo letto su microfilm in biblioteca quando ero alla ricerca di una nuova identità da assumere in modo permanente.

Essere Ruth significava poter ricevere i buoni pasto e i buoni del programma Women, Infants and Children per avere uova e cereali durante un periodo terribile in cui ero disoccupata ma dovevo comunque dar da mangiare a Catherine. Agli occhi del governo sarei stata Ruth, avrei pagato le tasse, il che significava che quando sarei stata abbastanza anziana avrei potuto riscuotere la pensione.

Oggi è molto più difficile assumere una falsa identità,

rispetto a quel periodo. C'è una piccola possibilità che io possa essere scoperta, ma il rischio sembra diminuire ogni anno che passa.

A volte vorrei poter portare dei fiori sulla tomba della vera Ruth a Kewaskum e chiederle perdono. Se potessi, le direi che mi dispiace che abbia perso la vita troppo presto, ma spero che sappia di aver salvato la mia.

Mi appoggio alla Bonneville, sentendo il calore assorbito dal metallo irradiarsi contro la mia schiena, mentre fisso l'ingresso del Sunrise. Sollevo una mano per riparare gli occhi, mentre il sole si abbassa verso l'orizzonte.

Sono stata qui tutto il santo giorno, in attesa. Ogni mezz'ora circa faccio un giro nel parcheggio, sia per sgranchirmi le gambe, sia per controllare l'ambiente.

Il basso rombo di un motore attira la mia attenzione. Un furgone FedEx si ferma davanti al Sunrise e l'autista scende. Apre i portelli sul retro e intravedo file di scatole marroni con il familiare logo viola. Ne sceglie una piccola, chiude le portiere e scompare nell'edificio.

Mi allontano dalla Bonneville e ricomincio a perlustrare il parcheggio. Catherine uscirà presto dall'edificio. E io sarò qui.

31

CATHERINE

Mi sforzo di sorridere mentre batto le nocche contro la porta. George Campbell apre un attimo dopo, in jeans e maglietta che mettono in mostra il suo fisico ancora in forma. A settantasei anni, gioca a golf ogni sabato, solleva pesi leggeri ogni due giorni e guida la macchina.

L'ultima parte è il motivo per cui sono qui. «June! Sono Catherine!»

È felice di vedermi e questo mi fa sentire in colpa.

Gli offro il piatto avvolto nella carta stagnola che ho preparato con gli avanzi della sala relax.

«Avevamo della pizza in più e ho pensato che l'avreste gradita.» George e June si comportano come se stessi offrendo loro un pasto di tre portate.

Sono gentili e cortesi e aumentano il mio disagio al pensiero di che sto per fare.

«Non vuoi restare un po'?» chiede George. «Abbiamo appena aperto una bottiglia di sauvignon blanc.»

Guardo verso la porta. Ho già visto che la piccola ciotola verde è ancora sulla console, ma non riesco a vedere cosa c'è dentro. Se accetto l'offerta di George di un bicchiere di vino, avrò più tempo per controllare.

Ma non so quando chiude Pizza Piazza, ed è molto importante che ci arrivi stasera.

Di solito le persone si attengono alle loro routine, mi rassicuro. E George non aveva motivo di cambiare la sua.

«Grazie, ma devo scappare. Sarà per un'altra volta.» Mentre lo dico, lascio scivolare la cinghia della borsa sulla spalla. La borsa è aperta e alcuni piccoli oggetti fanno capolino.

George mi accompagna alla porta, come sapevo che avrebbe fatto e, mentre lo abbraccio per salutarlo, lascio cadere a terra la borsa. Il rossetto, il tubetto di mascara e le monete sciolte che avevo posizionato strategicamente si spargono sul pavimento di legno.

Lui si china subito per raccogliere tutto e io ne approfitto per infilare una mano nella ciotola. Tocco un bordo metallico affilato e afferro le chiavi della sua Cadillac.

Ce le ho in mano prima che George finisca di raccogliere l'ultima moneta dal pavimento. Rimette tutto nella mia borsa e me la dà.

«Grazie mille.»

Esco con le sue chiavi strette nel pugno della mano destra, promettendo di tornare presto a trovarli.

Intendo mantenere la promessa. Domattina presto dirò che ho perso qualcosa dalla borsa e che voglio controllare se è rotolata sotto il tavolo dell'ingresso. Le chiavi di George saranno di nuovo nella ciotola prima che lui si accorga di averle perse e farò il pieno all'auto.

Avrei voluto poter semplicemente chiedere a George di prestarmi la Cadillac, ma quell'auto è la sua creatura. Sapevo che la richiesta lo avrebbe messo a disagio e non potevo rischiare che dicesse di no.

Ho i capelli tirati su in uno stile che non è il mio e indosso ancora il camice. Non è un gran travestimento, ma mia madre sa che non indosso mai il camice per andare e tornare dal lavoro, quindi se mi intravede da lontano forse non mi riconoscerà subito.

Inoltre, i pochi residenti che ancora guidano hanno i posti auto riservati vicino all'edificio, il che significa che mi basterà camminare per una decina di metri all'aperto senza che mia madre mi veda.

Aspetto nell'atrio finché una coppia di mezza età in visita firma alla reception e si dirige verso il parcheggio.

Esco un attimo dopo di loro, cercando di posizionarmi in modo che facciano da schermo tra me e la Bonneville.

Cinque metri alla Cadillac.

Ho le chiavi di George già in mano. Tengo la testa china e mi sposto sul lato del veicolo. Sempre piegata verso il basso, sblocco la portiera e salgo a bordo. Accendo il motore, getto lo zaino sul sedile del passeggero e faccio manovra.

Tra pochi secondi saprò se mia madre mi ha visto.

Raggiungo l'uscita e giro a destra sulla strada a due corsie, poi guardo lo specchietto retrovisore. Se la Bonneville mi segue, è un bel problema.

La strada dietro di me è libera.

Schiaccio l'acceleratore, superando il limite dei cinquanta all'ora, e passo un semaforo proprio mentre diventa giallo.

L'unico veicolo in vista è un furgone della FedEx. Sono libera.

Il crepuscolo sta oscurando il cielo. La strada è trafficata, siamo ancora nell'ora di punta, ma si va avanti bene. Rimango nella corsia centrale, tenendomi a una certa distanza dal veicolo che mi precede. Non voglio rischiare incidenti. Non guardo nemmeno il cellulare quando suona. Se fossi coinvolta in un incidente dovrei confessare di aver preso l'auto dei Campbell, e sarei licenziata o, peggio, accusata di furto.

Il pensiero di queste potenziali ripercussioni dovrebbe spingermi a invertire la rotta e tornare indietro, ma non faccio altro che stringere più forte il volante e guardare dritto davanti a me. Ventiquattro anni di bugie rafforzano la mia determinazione.

Il suo nome inizia con la A.

Stasera sono decisa a scoprire finalmente la verità su mia madre.

Raggiungo Pizza Piazza poco prima delle 19.30. Il ristorante si trova in fondo a una fila di negozi, dopo un alimentari, un salone di bellezza e una banca. Tutti i posti vicino all'ingresso sono occupati. È chiaramente un posto molto frequentato. Mi fermo un po' più lontano, vicino al negozio di alimentari. Quando spengo i fari, mi rendo conto di quanto si sia fatto buio.

Controllo che non ci sia nessuno nelle vicinanze, poi mi sposto sul sedile posteriore e mi cambio rapidamente, indossando dei pantaloncini e una maglietta pulita che tiro fuori dallo zaino. Mi assicuro che il bloc-notes sia nella borsa, nel caso in cui dovessi scrivere qualcosa, poi esco, chiudo le portiere e mi dirigo verso il ristorante.

Forse sto ripercorrendo le orme che mia madre ha lasciato da adolescente, penso. Quando allungo la mano verso la grande maniglia metallica della porta, immagino il suo fantasma che fa lo stesso gesto.

Un impulso elettrico mi attraversa. Qualcosa mi spinge a voltarmi, ma non c'è nessuno.

Entro e il rumore mi colpisce come uno schiaffo. Il locale è pieno di gente. Decine di conversazioni animate riempiono la sala, punteggiate di risate. Intorno a dei tavoli rettangolari al centro, una famiglia festeggia il compleanno di un bambino e una squadra di softball, con felpe tutte uguali, cena dopo una partita. I séparé di legno sono contro le pareti, ognuno illuminato da una candela in un supporto di vetro rosso.

Al banco di servizio c'è una donna in camicetta bianca e pantaloni neri. Sembra avere circa la mia età, il che è una delusione. Non può aver conosciuto mia madre.

«Benvenuta da Pizza Piazza. Tavolo per...?»

«Sono sola.»

Annuisce e prende un menu in cima alla pila. «Da questa parte, prego.»

Scruto l'ambiente mentre la seguo. Su molti tavoli ci sono teglie con il piatto forte del ristorante. Osservo un cameriere che, con una spatola piatta, ne estrae delle porzioni quadrate per servirle a una coppia e penso a tutte le volte che mia madre ha fatto lo stesso per me.

La donna mi accompagna fino a un minuscolo séparé sul retro, e scelgo il lato che mi offre la vista migliore sugli altri commensali. Dietro di me c'è la cucina, dove si sente rumore di voci e stoviglie dietro la porta a molla.

Invece di guardare il menu, tiro fuori il telefono.

La chiamata che ho perso era di Ethan. Non ha lasciato un messaggio. Forse è già un po' brillo e voleva compagnia stasera. Cancello l'avviso della sua chiamata, poi navigo tra le mie foto, finché non ne trovo una recente di mia madre. Non è un granché, qualcuno ce l'ha scattata il giorno della mia laurea, e lei porta i suoi grandi occhiali da sole, quindi continuo a cercare.

Scorro le foto di un intero anno e poi vado ancora più indietro. Non riesco a credere di non averlo mai notato prima. Ho solo un paio di dozzine di foto di mia madre sul mio telefono. In tutte indossa i suoi occhiali da sole rettangolari oversize o è girata dall'altra parte, in modo che il suo viso non sia inquadrato direttamente.

Non può essere una coincidenza.

Torno alla foto di noi due alla laurea, ingrandendola sullo schermo in modo che si veda solo lei.

Si avvicina il mio cameriere, un giovane di circa trent'anni. Gli dico che vorrei una Coca-Cola e gli chiedo di consigliarmi cosa prendere.

«Deve provare la pizza lasagna» risponde. «La porzione più piccola è per due, ma può portarsi a casa gli avanzi.»

Accolgo il suggerimento. Fa per andarsene, ma quando gli dico: «Posso chiederti una cosa?» si gira di nuovo.

Sembra troppo giovane per quello che mi serve, ma è possibile che sia più vecchio di quanto io pensi. Devo provare.

«Ti sembrerà strano, ma sto cercando di trovare una donna che veniva sempre qui.» Giro il telefono verso di lui, indicando lo schermo.

Abbassa lo sguardo e aggrotta le sopracciglia. «Mi dispiace, non credo di averla mai vista. È difficile dirlo con quegli occhiali da sole.»

«Parliamo di molti anni fa. C'è qualcun altro che lavora qui da molto tempo con cui posso parlare?»

«Il direttore è qui da sempre. Posso chiedere a lui.»

«Grazie. Sarebbe fantastico.»

Si allontana in fretta e torna qualche minuto dopo con una Coca-Cola in un bicchiere alto. Me la mette davanti e mi dice che il direttore arriverà presto.

Mi sento piena di energia e nervosa, quindi non ho bisogno di zucchero e caffeina, ma ingollo comunque metà della bevanda in un lungo sorso. Non riesco a tenere le mani ferme. Estraggo un tovagliolo dal supporto sopra il tavolo e inizio a tagliuzzarlo in strisce, che poi arrotolo in una serie di palline.

Sto per mettermi all'opera su un secondo tovagliolo

quando un uomo si avvicina al mio tavolo. Ha un aspetto gentile, con occhiali dalla montatura d'argento e capelli corti brizzolati, e il cartellino sul petto lo identifica come il direttore.

«Salve, sono Rich. Posso aiutarla in qualche modo?»

Annuisco con impazienza, con la gola che si fa secca nonostante abbia appena bevuto.

«Sì, grazie. Sto cercando di trovare una persona che veniva spesso qui. Una ragazza. È stato molto tempo fa, però.»

«Quanto tempo?»

«Quasi venticinque anni fa. All'epoca probabilmente andava al liceo.» Il suo sorriso svanisce. «Come si chiama?»

«Inizia con A...» Faccio per spingere il telefono verso di lui, ma non lo guarda. Aggrotta la fronte.

Poiché non dice nulla, i miei nervi prendono il sopravvento e vuoto il sacco. «Non lavorava qui, ma ci veniva spesso. Aveva i capelli lunghissimi all'epoca, forse faceva parte della squadra di cheerleader del suo liceo.»

Il direttore non sembra più solo irritato, ma furioso.

«Quasi venticinque anni fa?» Sembra mordere ogni parola. «E ora sta cercando di trovarla. È uno scherzo?»

Scuoto la testa. «Cosa? No!»

Piega le braccia. «Di dov'è?»

«Io? Della Pennsylvania, ma...»

«Volevo dire di che giornale è? Chi la manda?» Ha alzato la voce.

«Io non...»

Il cameriere si avvicina con il mio piatto, ma si ferma a pochi metri di distanza.

«Può restare finché non avrà finito di cenare, ma se disturba qualcuno del mio staff o qualche cliente, chiamo la polizia.»

Se ne va infuriato.

Lo guardo allontanarsi sconcertata, mentre il cameriere fa scivolare il piatto di pizza sul tavolo e si allontana di corsa.

Il direttore gli dice qualcosa, gesticolando e lanciando occhiatacce nella mia direzione.

Li guardo, sbattendo le palpebre per la confusione. Questo scambio di battute è stato così bizzarro da sembrare quasi un sogno. Non mi resta che cercare di dargli un senso. Sembrava sapere di chi stavo parlando. Ma la sua reazione è stata estrema, come se lei lo avesse ferito personalmente.

Che cos'ha fatto mia madre?

Più mi avvicino alla verità, più il mondo mi sembra estraneo e ostile.

Tutto il mio corpo è scosso da un tremito incontrollabile. Vorrei richiamare il direttore e spiegargli che sono la figlia della donna con cui è tanto arrabbiato, ma se questo non facesse altro che farlo infuriare ancora di più?

Il cameriere si avvicina al mio tavolo, posa il conto e se ne va senza dire una parola. È un messaggio chiaro, soprattutto se si considera che non ho ancora mangiato un boccone: non sono la benvenuta qui.

Tuttavia, non riesco ad andarmene. Questo ristorante è il legame più stretto che ho con il passato di mia madre.

Il direttore non cerca di nascondere il fatto che mi sta osservando, dal lato opposto della sala. Finché resta lì, non potrò parlare con nessun altro. Forse posso aspettare nel parcheggio che gli altri membri del personale se ne vadano e mostrare loro la foto di mia madre. Qualcuno deve essere in grado di dirmi la verità.

Un movimento attira la mia attenzione. La caposala sta conducendo un altro cliente solo, un uomo con un cappellino da baseball, a un tavolo per due non lontano dal mio. Ha un viso cesellato che sembra scolpito nel marmo. Riesco a vedere un tatuaggio sul suo braccio, ma non somiglia affatto al simbolo artistico e colorato sul braccio di Ethan. Il tatuaggio di quest'uomo è blu scuro o nero e sembra amatoriale.

L'uomo si comporta in modo educato. Si siede e giocherella con le posate mentre il suo sguardo scorre sul ristorante. Mi accosto al séparé, in modo che sia difficile per lui individuarmi.

Quando abbassa gli occhi sul suo menu, sbircio di nuovo e mi rimetto a osservarlo. Non riesco a smettere di guardarlo. Le sue spalle, gli occhiali di tartaruga, i lunghi capelli neri arruffati che spuntano da sotto il cappello.

Poi osservo meglio il cappellino da baseball blu scuro che indossa. C'è un logo o qualcosa che non riesco a vedere bene. Sembra un personaggio dei cartoni animati, o forse un animale.

Prendo il telefono e fingo di guardare i miei messaggi. In realtà, apro la fotocamera e mi servo dello zoom per ingrandire al massimo quel berretto da baseball.

La mano mi trema, e l'immagine si sgrana sempre più. Ma, nonostante tutto, l'ingrandimento riesce a rivelarmi di cosa si tratta. È un animale.

Una pantera.

Una pantera blu e oro.

Mi si secca la bocca. Non può essere una coincidenza. È la mascotte del vecchio liceo di mia madre.

Quell'uomo deve avere dei figli che lo frequentano ora o forse si è diplomato lì. Potrebbe aver conosciuto mia madre. Sembra della stessa generazione.

Sto ancora guardando l'immagine sullo schermo quando lui gira leggermente la testa e mi fissa dritto negli occhi attraverso l'obiettivo della fotocamera, come se sapesse che lo sto guardando.

Abbasso subito la testa, rimetto il telefono in borsa e faccio scivolare la tracolla sulla spalla, con un brivido.

Devo parlare con quell'uomo. Ma con il direttore che si aggira nelle vicinanze, non posso avvicinarmi a un altro cliente e chiedergli se posso sedermi al suo tavolo.

Sono così immersa nei miei pensieri che quasi non mi accorgo del primo segnale che qualcosa non va.

Poi sento una donna gridare e alzo lo sguardo. La famiglia al tavolo vicino mi fissa, con sguardi diffidenti.

Per un attimo mi chiedo se il direttore non abbia in qualche modo parlato con loro e li abbia messi tutti contro di me.

Solo quando sento l'odore del fumo mi rendo conto che non stanno guardando me, ma qualcosa alle mie spalle.

Mi giro di scatto e vedo un fumo nero e denso uscire da dietro la porta della cucina.

Poi la porta a molla si apre, sbattendo contro il muro, e i cuochi escono di corsa. Il fuoco è incredibilmente rapido. Fiamme rosse e arancioni escono dalla cucina e si arrampicano sulla parete della sala da pranzo come se qualcuno avesse spruzzato un accelerante.

Nel ristorante scoppia il caos.

Urla e grida acute riempiono l'aria mentre i genitori prendono i figli e corrono verso la porta d'ingresso. Nella confusione molti rovesciano le sedie, mentre una voce forte grida invano di mantenere la calma. Il fumo nero attraversa il ristorante come un'onda lenta e soffocante. Mentre guardo, sembra inghiottire la squadra di softball con le loro felpe abbinate.

Non riesco a muovermi. Sono come ipnotizzata.

Il fuoco mi ha sempre affascinata.

Guardo le fiamme allungarsi come un lenzuolo gonfiato dal vento e coprire un'intera parete prima di raggiungere il soffitto. Qualcuno tira l'allarme antincendio e una sirena suona.

Tossisco mentre gli occhi si riempiono di lacrime pungenti. Il fumo mi brucia i polmoni. In lontananza sento un suono di sirene, ma sembrano lontane.

Non riesco a vedere nessun altro, sono tutti scomparsi. Ho aspettato troppo a lungo. Ho bisogno di uscire, subito. La porta da cui sono entrata si trova all'estremità opposta del ristorante. Prima ho notato un'uscita di servizio più vicina, ma non riesco più a vederla. Ci sono grandi finestre tutto intorno, ma non so se riuscirò ad aprirne qualcuna. Il fumo continua a invadere la sala, oscurando la mia vista. Il terrore mi incatena alla sedia.

Non so da che parte andare. Faccio un altro respiro e tossisco più forte, lottando per far entrare ossigeno pulito nei polmoni. La gola mi brucia e il fumo mi offusca la vista.

Se cerco di raggiungere la porta d'ingresso, potrei non arrivare in tempo. Potrei strisciare verso la porta di servizio, ma se non riuscissi a trovarla?

È così che spesso le persone muoiono negli edifici incendiati: è il fumo che le uccide, non il fuoco.

Prima che possa fare qualcosa per cercare di salvarmi, una figura irrompe dalla cucina e sembra sfrecciare tra le fiamme, quasi confondendosi con il fumo.

Non riesco a capire se si tratta di un uomo o di una donna, ma si dirige proprio verso di me.

Come se io fossi il suo obiettivo.

«Catherine!»

Mi viene una vertigine. Non può essere vero. È impossibile.

Mia madre ha una striscia di fuliggine nera che le imbratta la fronte e un piccolo asciugamano legato sul naso e sulla bocca. Nei suoi occhi c'è uno sguardo folle che non ho mai visto prima.

Mi afferra per un braccio e mi trascina fuori dal séparé. «Muoviti!»

Mi tira verso l'uscita di servizio, mentre il mio corpo è scosso da una tosse incontrollabile.

Niente ha senso. Né la presenza di mia madre qui, né il coltello dall'aspetto letale che stringe nella mano libera, né le sue parole.

«Lui è qui» sussurra con urgenza. «Ti ha tenuto d'occhio.»

TERZO ATTO

32

RUTH

La Bonneville è parcheggiata in divieto di sosta sul marciapiede di fronte all'uscita di servizio di Pizza Piazza. Ho le chiavi in mano. L'auto è aperta, con il muso verso l'uscita.

«Sali!» ordino a Catherine.

La folla di clienti spaventati è radunata fuori, all'altra estremità del ristorante. Tutti sono fuggiti in quella direzione perché significava allontanarsi dall'incendio in cucina.

Era ciò che contavo di ottenere, quando l'ho appiccato, con una candela e una lattina di grasso da cucina.

Catherine si muove troppo lentamente. È un peso morto. Io sono il suo opposto: l'elettricità mi riempie di una forza fuori dal comune. La spingo verso la nostra auto mentre le sirene urlano in lontananza. I centralinisti invieranno autopompe e ambulanze, oltre alla polizia. È impossibile dire quali soccorritori arriveranno per primi.

Sicuramente a questo punto James si è confuso tra la folla e si sta allontanando, preparandosi a fuggire. L'ultima cosa che vuole è trovarsi qui, nel punto preciso in cui è stato arrestato quasi venticinque anni fa, quando arriveranno i poliziotti, anche se si è travestito con una parrucca nera e occhiali di tartaruga.

Non può vederci in tutto questo caos, mi dico, ma il mio panico sale lo stesso a un livello quasi isterico.

«Aggancia la cintura di sicurezza!» abbaio a Catherine, poi faccio il giro e pochi secondi dopo mi metto al volante.

Mi tolgo l'asciugamano dalla faccia ed esco dal parcheggio, con la parte posteriore dell'auto che sbanda mentre schiaccio il pedale dell'acceleratore. Sfrecciamo verso l'autostrada. I miei occhi si spostano tra la strada davanti a me e quella dietro di me. Non so che tipo di veicolo abbia James, ma posso scommettere che l'ha rubato.

Il che significa che potrebbe essere in una qualsiasi delle auto o dei furgoni alle mie spalle, compreso il camion con il logo di una ditta che ripara tetti sulla fiancata.

Tocco i freni quando un'altra auto della polizia arriva stridendo lungo la strada in direzione opposta. Appena passa, accelero di nuovo.

È quasi impossibile per James seguirci in questo momento, mi dico. Il parcheggio era dall'altra parte dell'edificio e la folla avrebbe impedito a chiunque di fuggire rapidamente.

Ma James ha trovato nostra figlia il giorno dopo essere stato rilasciato dalla prigione. Deve averla attirata in pizzeria e io sono arrivata giusto in tempo per interrompere qualsiasi cosa avesse in mente per lei.

James sembra quasi sovrumano.

Un brivido mi attraversa e stringo più forte il volante.

Rivederlo è stato uno shock, anche se lui non sapeva che lo stavo osservando dalla Bonneville mentre entrava nel ristorante. All'inizio non sapevo che fosse lui, il suo travestimento aveva funzionato. Poi qualcosa nel suo portamento mi ha permesso di riconoscerlo.

Durante il periodo in carcere, ha perso la sua apparenza civile, come una creatura che striscia fuori dal suo esoscheletro. Ora ciò che è fuori corrisponde a ciò che è dentro. Si presenta come un uomo potente e pericoloso, con grandi e forti muscoli e un modo inquietante di passare la punta delle dita sul bordo di un coltello seghettato.

Mi avvicino a un semaforo e lo vedo diventare giallo. Schiaccio l'acceleratore a tavoletta e supero l'incrocio un secondo dopo che è scattato il rosso.

Percorro altri otto chilometri, prima di togliere un attimo gli occhi dalla strada e guardare Catherine.

È rannicchiata sul sedile, con lo sguardo assente, e tossisce di tanto in tanto.

Premo il pulsante per aprire il finestrino di qualche centimetro, sperando che l'aria fresca le liberi i polmoni dalle tracce di fumo.

«Cosa sta succedendo?» chiede con voce malferma.

«Ascoltami. Devo sapere perché eri in quel ristorante. Chi ti ha detto di andarci?»

«Cosa?» Non mi sembra che stia riflettendo sulla mia domanda. Voglio scuoterla. Non è il momento di essere sotto shock. Devo sapere tutto quello che sa James, e subito.

«C'era un uomo seduto da solo a un tavolo vicino a te. Eri lì per incontrarlo? Come ti ha contattata?»

Catherine scuote lentamente la testa. Sembra vaga e distratta, come una persona che ha bevuto troppo e sta per svenire.

«Rispondimi!»

Fa un salto quando la parola la colpisce come uno schiaffo. Si mette a sedere più dritta, come se stesse rientrando nel suo corpo.

«Rispondere a te?»

Poi dice, con una voce così fredda da essere quasi irriconoscibile: «Non so nemmeno chi sei».

Non reagisco. Non posso permettermi questo lusso. Continuo a controllare la strada dietro di noi mentre scelgo con cura le parole.

«In questo momento, l'unica cosa di cui parleremo è come tenerti al sicuro.»

È come se non mi sentisse. «Hai appiccato tu l'incendio? Come hai fatto a trovarmi? Mi hai seguita?»

«Dannazione!» Sbatto il palmo della mano contro il volante, così forte da farmi male. «Sei in pericolo, Catherine! Lo siamo entrambe, adesso!»

I suoi occhi blu diventano così grandi da sovrastare il resto dei suoi lineamenti. James l'ha vista? Ha capito chi era?

Sento mia figlia fare dei respiri misurati. Sta cercando di calmarsi. Ci provo anch'io.

«Di quale uomo stai parlando?» chiede infine.

«Quello con i capelli lunghi e neri. Devi essere andata lì per incontrarlo. Come ti ha contattata?»

Con la coda dell'occhio vedo che scuote la testa. «Non l'ha fatto.»

Una berlina scura arriva rombando alle mie spalle. Sto andando a quasi centotrenta all'ora, quindi l'altra auto sta praticamente volando.

Schiaccio più a fondo l'acceleratore e sento la nostra vecchia Bonneville tremare per lo sforzo. La berlina è quasi attaccata al mio paraurti.

Non c'è alcun posto dove fuggire, su questa autostrada a quattro corsie. Uno spartitraffico in cemento ci separa dalle due corsie che vanno nella direzione opposta e non ci sono uscite in vista.

«Abbassati!» urlo a Catherine, poi sterzo sulla corsia di destra e freno di colpo.

Il mio corpo è proiettato in avanti, prima di bloccarsi contro la cintura di sicurezza. Ansimo, senza fiato.

Tengo gli occhi fissi sulla berlina, aspettandomi che freni e torni verso di noi.

Ma non lo fa. Continua a correre e scompare oltre la collina successiva.

Un colpo di clacson mi riporta alla realtà. Un camion sta arrivando alle nostre spalle e io sono ferma su una strada trafficata.

Schiaccio l'acceleratore e riparto appena in tempo per evitare una collisione.

«Mamma! Cosa stai facendo?» urla Catherine.

Il camionista suona di nuovo il clacson mentre si sposta sulla corsia di sinistra e ci sorpassa. Lo vedo scuotere la testa.

Finalmente vedo un'uscita davanti a me. La prendo all'ultimo secondo, sterzando a destra di scatto e senza mettere la freccia. Solo quando sono certa che nessuno ci ha seguite, entro in una stazione di servizio e spengo il motore.

Cala un silenzio pesante.

Mi appoggio al sedile e lascio andare il fiato.

Allungo una mano per massaggiare l'area sotto la spalla destra, dove la cinghia della cintura di sicurezza mi ha morso la pelle.

È difficile pensare con chiarezza: devo portare Catherine al sicuro. Ma non ho idea di come fare, visto che James sembra sapere molto più di quanto dovrebbe.

«Perché parli di quel tizio al ristorante?» mi chiede. «Come fai a conoscerlo?»

Apro la bocca, preparandomi a sviare le sue domande, come sempre.

Ma la bugia si rifiuta di formarsi sulle mie labbra.

Mi lascio andare sul sedile, sconfitta. Quasi un quarto di secolo in fuga. Tre nomi diversi.

Dodici posti di lavoro. Nove appartamenti. Non

posso più nasconderle la verità. «Quell'uomo è tuo padre.»

Pronuncio quelle parole a bassa voce, ma si frappongono come un'incudine tra noi.

Catherine sussulta e distoglie il viso, come se non potesse sopportare di guardarmi.

Soprattutto adesso che tensioni, bugie e sfiducia soffocano la nostra relazione, mi accorgo di conoscere mia figlia meno di quanto dovrei.

So che la sua mente veloce sta lavorando. Si renderà conto che il tatuaggio impresso sulla pelle di James proviene dalla prigione, perché ha guardato con me tanti polizieschi e ha visto dei criminali con segni simili e grossolani. Anche lei deve aver percepito la minaccia che irradia da James.

Mi preparo alle sue domande ma lei, invece, mi dà una risposta.

«Non mi ha contattata.» Scuote leggermente la testa per sottolineare le sue parole, continuando a evitare il mio sguardo. «Forse, però, l'ho fatto io.»

Sono allo stesso tempo ansiosa e terrorizzata di saperne di più.

«Come?»

«Tramite Facebook. Stavo cercando degli ex dipendenti di Pizza Piazza e lui ha detto che aveva lavorato lì.»

Stringo gli occhi. Se Catherine sa di Pizza Piazza, deve essere pericolosamente vicina a scoprire la verità sul mio passato. La mia mente comincia a girare a vuoto, poi torno a concentrarmi sul presente.

Catherine è vulnerabile qui all'aperto. L'unica cosa che conta è tenerla nascosta a James.

Le pongo due domande finali.

«Conosce il tuo vero nome?» Catherine annuisce e sento un nodo allo stomaco.

«Sa dove abiti o lavori?»

Scruta la Bonneville, come se stesse pensando intensamente.

«No. Probabilmente ha visto il mio profilo Facebook, ma tutto ciò che può sapere da lì sono il mio nome e quella foto che mi hai scattato davanti all'oceano. Tengo nascoste tutte le altre informazioni personali, così solo gli amici possono vederle.»

Le ho fatto promettere di farlo quando ha compiuto diciotto anni e ha aperto un account sui social contro la mia volontà.

«Sa di me?» sussurra.

«No» rispondo all'istante, irritata con me stessa per non aver pensato di rassicurarla prima. «Non ha mai saputo che ero incinta. Nessuno lo sapeva.»

La vedo assorbire questa informazione, poi gira di nuovo il viso dall'altra parte. Abbasso la fronte sul volante. Mi concedo qualche attimo per risolvere il problema. Non possiamo tornare al nostro appartamento perché James può trovare facilmente l'indirizzo, visto che conosce il vero nome di Catherine. I nostri risparmi ci faranno guadagnare un po' di tempo in un hotel, ma cosa succederà quando finiranno? O quando James ci troverà di nuovo?

«Mamma? Cosa stai facendo?»

Alzo la testa e allungo una mano per stringere la sua. Mi si spezza il cuore quando allontana il braccio prima che io possa toccarla.

«Adesso faccio benzina. Dobbiamo continuare a muoverci.»

«Dove andiamo?»

«Ci serve un posto sicuro dove passare la notte. Quell'uomo, James, cercherà di trovarci e non possiamo permetterglielo.»

Scendo dalla Bonneville e riempio il serbatoio fino all'orlo. Guiderò per un altro paio d'ore e stanotte potremo riposare in un motel. Non è un grande piano, ma è il migliore possa ideare in questo momento.

Quando mi rimetto al volante, però, Catherine mi sorprende di nuovo.

Dice: «So dove possiamo nasconderci».

33

CATHERINE

Sostengo mia madre per un braccio, mentre si dirige verso la reception. Il suo aspetto è completamente trasformato. Indossa la felpa color lavanda che aveva preparato per me e ha il corpo ingobbito.

Fa dei passetti incerti e abbassa la testa, come se dipendesse completamente da me che le faccio strada.

La guardia notturna alza lo sguardo quando ci avviciniamo al bancone.

«Paul! Da quanto tempo» lo saluto, in tono scherzoso.

Il suo volto si distende in un sorriso. «Catherine, che piacere vederti.» Il sorriso si spegne. «Come mai così tardi?»

Sento che comincio a sudare, anche se l'atrio è piacevolmente fresco. Faccio fatica a mantenere un tono disinvolto mentre dico: «Registro l'ingresso della signora Jacobson e la riporto al quinto piano. È piuttosto stanca».

Paul mi guarda mentre digito sulla tastiera del computer accanto alla sua scrivania, firmando il mio accesso. Dopotutto, ho la password. Siamo al Sunrise.

«Grande evento stasera?» chiede Paul.

Mi ha visto molte volte riportare i residenti al Sunrise

la sera, quando guidavo il furgone per le loro uscite, ma non credo di aver mai riportato qualcuno così tardi. Inoltre, sono passati un paio d'anni dall'ultima volta che ho guidato il furgone.

Paul, però, non ha motivo di sospettare che ci sia qualcosa di strano. Dato che fa il turno di notte, non può sapere che non ho mai portato fuori alcun paziente, oggi. Mia madre ha vent'anni meno della signora Jacobson, ma entrambe hanno i capelli corti e scuri. Probabilmente Paul non ha idea di che aspetto abbia la signora Jacobson o altri residenti dell'Ala della Memoria, dato che di solito sono già a letto quando inizia il suo turno.

È pronto a entrare in azione se qualcuno dell'Ala della Memoria dovesse uscire. Non si aspetta che una persona sana cerchi di entrare di nascosto.

«C'è stata una grande festa di compleanno per suo figlio» spiego. «La famiglia voleva che ci fosse e lei è stata molto brava. Ha portato persino una piccola torta.»

Mia madre è in piedi accanto a me, senza dire una parola, proprio come le ho ordinato. Ma sa cosa fare nel caso in cui Paul si insospettisca o cerchi di verificare quello che sto scrivendo.

Tutto a posto» dico, allontanando le mani dalla tastiera. Ho solo firmato il mio ingresso, ma Paul non lo saprà se non controlla il registro sul computer.

È questo il momento in cui la va o la spacca. Percepisco l'energia inquieta di mia madre, che corrisponde alla mia. Trattengo il respiro, sperando che Paul non trovi strano che io porti con me sia la borsetta che lo zaino, che contiene la borsa di mia madre, il mio computer portatile e i nostri articoli da toilette.

Mi guarda, poi guarda lei.

«Sono contento che si sia divertita, signora Jacobson» dice dolcemente. «Buonanotte, signore.»

Lascio andare il fiato e gli auguro a mia volta la buonanotte.

Anche mia madre deve sentirsi sollevata di non dover fingere lamenti e agitazione, per sviare qualsiasi tentativo di Paul di verificare le informazioni che ho finto di inserire nel sistema. Forse però non avrei dovuto essere così nervosa. Non c'è motivo per cui Paul debba diffidare di me o di mia madre. Nel suo mondo, a differenza del mio, le persone sono probabilmente chi dicono di essere.

Accompagno mia madre in ascensore e schiaccio il pulsante per il quinto piano. Restiamo nel personaggio, consapevoli della telecamera che registra tutti gli arrivi e le partenze nell'Ala della Memoria.

Una volta raggiunto il quinto piano, inserisco il mio codice e spingo la porta per aprirla, quindi conduco dentro mia madre.

Dobbiamo assolutamente evitare di essere visti. Ma le probabilità sono a nostro favore. Tutti gli ospiti dovrebbero dormire, molti con l'aiuto di farmaci. E anche se l'infermiera e l'assistente del turno di notte fanno il giro del piano ogni ora, per il resto tendono a rimanere nella loro postazione.

Mi porto un dito alle labbra e faccio cenno a mia madre di seguirmi. Percorriamo il lungo corridoio in punta di piedi e ci fermiamo, le orecchie tese. Sento il rumore lontano di una conversazione, ma le voci sono troppo lontane per poter distinguere le parole.

Passiamo davanti alle stanze di una dozzina di residenti, tutte poco illuminate e silenziose. L'ultima porta a destra è quella che sto cercando.

Dovrebbe essere vuota. I membri del personale vengono sempre avvisati quando i familiari di qualche residente restano per la notte, e quando oggi sono venuta per una sostituzione, non c'era alcun accenno all'arrivo di ospiti nell'Ala della Memoria.

Giro il pomello e sbircio all'interno. Tutto libero.

Mi faccio da parte per permettere a mia madre di entrare, poi chiudo la porta dietro di noi.

Siamo al sicuro, per ora.

Prendo un asciugamano dal bagno, lo arrotolo e lo sistemo sul pavimento vicino alla porta, in modo che nessuno possa vedere la striscia di luce da fuori. Se evitiamo di fare rumore, dovremmo riuscire a non farci scoprire. Non c'è motivo di controllare questa stanza, né di arrivare fino in fondo al corridoio.

Mia madre fa un passo verso di me, sussurrando: «Catherine, io...»

Alzo la mano per fermarla. «Scusami un attimo.»

Vado in bagno e accendo la luce, poi chiudo la porta. Chiudo il coperchio del water e mi siedo.

Ho la mente in subbuglio ed è difficile riprendere fiato, come se avessi appena finito una corsa lunga ed estenuante.

Negli ultimi giorni, ho scoperto che l'identità di mia madre è falsa. Ora so che anche il modo in cui avevo immaginato mio padre, un ragazzo immaturo, egoista, non corrispondeva alla realtà.

Mi prendo la testa tra le mani.

Alcuni pezzi del rompicapo costituito da mia madre cominciano a combaciare. Forse mio padre l'ha perseguitata quando lei l'ha lasciato. Potrebbe aver cambiato identità per nascondersi da lui. Tutti i nostri bruschi spostamenti in città diverse, la sua mancanza di legami con persone della prima parte della sua vita, hanno senso in questo contesto.

Ma perché non avrebbe dovuto dirmelo?

Ora che sono sul punto di conoscere il suo passato, mi

sembra di trovarmi sull'orlo di un precipizio. Sono presa dall'impulso di tirarmi indietro.

Ma non posso. Sono vicinissima a scoprire la verità.

Frugo nella mia borsa e tiro fuori il mio iPhone.

Digito nuovi termini di ricerca su Google. Non Virginia, ma Maryland.

«Pantere. James. Pizza Piazza.»

Non serve altro.

I primi risultati sono il sito web del ristorante e le recensioni su Tripadvisor.

Poi le notizie invadono lo schermo.

Il primo titolo che leggo è: *Scarcerato l'assassino della Oak Hill High*.

La nausea mi sale in gola quando vedo le immagini allegate all'articolo.

È lui, l'uomo che ho visto al ristorante poche ore fa, senza parrucca e occhiali. Il suo nome completo è James Bates. È un assassino.

È anche mio padre.

Abbasso la testa tra le ginocchia e respiro velocemente.

Non è solo l'intera identità di mia madre a essere una menzogna. Anche la mia lo è.

Mi costringo a iniziare a leggere l'articolo. A metà devo chiudere gli occhi e aspettare che passino le vertigini, ma continuo.

Leggo le parole, ma sono difficili da comprendere, come se stessi cercando di tradurre una lingua che non parlo correntemente. Nulla di ciò che leggo coincide con la vita ordinata e tranquilla che condivido con mia madre.

James ha ucciso l'allenatore di ginnastica del liceo di mia madre. Ed è andato in prigione. Lei è scomparsa la notte dell'omicidio. Il suo vero nome è Ava Morales.

Le rivelazioni mi colpiscono, una dopo l'altra, come una raffica di pugni.

Quando sono quasi alla fine del secondo articolo, quello in cui si dice che James ha violato la libertà vigilata e che c'è un mandato di cattura a suo nome, un colpo alla porta mi fa trasalire. «Catherine? Stai bene?»

No, vorrei piangere, ma rispondo con voce sommessa: «Esco tra un attimo».

Infilo il telefono in borsa. Ci sono molte altre informazioni, ma ora ho scoperto le basi. È tutto quello che posso fare per adesso.

Resto seduta immobile nel piccolo bagno dalle pareti bianche. Non ho idea di come sentirmi o di cosa fare.

Finalmente mi alzo e apro il rubinetto del lavandino, lasciando che l'acqua fresca mi scorra nelle mani a coppa. La spruzzo sul viso, quinid mi asciugo con una salvietta.

Poi apro la porta.

Nel momento in cui mia madre mi vede, capisce che ho scoperto la verità.

È seduta sul bordo del letto, con le mani in grembo. La stanza è in ombra e l'illusione che abbiamo creato insieme, cioè che lei sia vecchia e fragile, sembra reale.

Tutte le domande che mi ribollono dentro premono per uscire. Improvvisamente le chiedo: «Che cosa è successo la notte in cui sei scomparsa?»

Mia madre china il capo. «Non sapevo cosa avesse in mente James. Lo giuro, Catherine, pensavo che avremmo solo distrutto l'ufficio. L'allenatore se lo meritava. Era un uomo cattivo...»

La voce le muore in gola, poi continua. «Dopo, quando l'allenatore stava morendo, volevo chiamare il 911, ma James mi spaventava moltissimo... Un attimo prima era una persona gentile e premurosa e un attimo dopo era completamente diverso.»

Le faccio cenno di continuare.

«Siamo andati entrambi a casa a prendere vestiti e oggetti di valore. Avrei dovuto incontrare James davanti alla pizzeria, ma sono fuggita nella direzione opposta.»

La posso capire. Se vedessi James camminare verso di me, anch'io mi girerei e correrei più veloce che posso.

«Ti ha mai fatto del male?» chiedo.

Scuote la testa. «Mai. Ma credo che abbia ucciso il suo patrigno. E se non avessi finto di accettare di fuggire con lui quella notte, credo che avrebbe fatto del male anche a me.»

Mi avvicino a lei di qualche passo, e tolgo il velo a un'altra menzogna. «La tua famiglia non ti ha ripudiato.»

Mi fa male vedere i suoi occhi. Sono come vetri infranti.

«No, infatti. Molto tempo fa ho inviato a mio padre un biglietto senza indirizzo del mittente e un messaggio in codice per far sapere a lui e a mio fratello che ero viva. Non potevo sopportare che si preoccupassero, ma...» Le trema la voce. «Non mi hanno buttata fuori di casa perché sono rimasta incinta. Ho saputo di essere incinta di te solo dopo che sono fuggita.»

Mia madre ha un fratello, il che significa... «Ho uno zio?»

«Timmy.» Una lacrima le scende lungo la guancia, come se le costasse moltissimo anche solo pronunciare il suo nome, dopo tanto tempo.

«Quanti anni hai, in realtà?» chiedo.

«Quarantuno.» Deglutisce. «Ne avevo sedici quando sono rimasta incinta e sono andata via di casa. Diciassette quando ho avuto te.»

Cerco di immaginarla a sedici anni, sola, terrorizzata. Il mio cuore comincia a scongelarsi, anche se di poco.

Poi dice: «Sono rimasta nascosta per te. Ho fatto ricerche su cosa succede ai figli degli assassini. Sai che Ted Bundy ha una figlia? La gente pensa che viva sotto falso nome in Europa. Era già abbastanza grave che io dovessi nascondermi. Non volevo che questa fosse anche la tua vita».

Qualcosa nelle sue parole mi colpisce. Mia madre è una vittima, sì, ma non è così semplice.

«Non sei rimasta nascosta solo per me. Avresti potuto essere accusata come complice. L'hai fatto anche per proteggere te stessa.»

Lei annuisce. «Sì.»

C'è un'ultima bugia tra noi. «Non hai il morbo di Alzheimer.»

Mia madre assume un'aria sconsolata, ma dura poco e riprende l'espressione gelida che conosco fin troppo bene.

«Rifarei tutto da capo, se dovessi. James stava per uscire di prigione e, se tu avessi vissuto da sola, vicino a lui, e ti avesse scoperta, non sarei stata in grado di proteggerti. Dovevo tenerti con me e non sapevo come altro fare.»

Guardo mia madre in silenzio per un lungo momento. Ha perpetuato un terribile inganno per tenermi vicina, ma non l'ha fatto per sé stessa. Era per proteggermi. Tuttavia, questo non cancella le sue azioni, né la quantità di dolore e di disagi che ho dovuto sopportare.

Si torce le mani e le risale la manica, rivelando la vecchia cicatrice irregolare sull'avambraccio.

Conosce il dolore del fuoco che brucia la pelle, eppure stanotte ha corso tra le fiamme per salvarmi.

Ha anche preso decisioni con conseguenze enormi per entrambe, senza mai farmi capire quanto controllo stesse esercitando sulla mia vita. Avrebbe potuto dirmi che l'uomo che l'aveva messa incinta era pericoloso. Meritavo almeno una piccola parte di verità.

«Puoi perdonarmi?» sussurra.

Ci sono state già abbastanza bugie tra noi, quindi rispondo sinceramente. «Non lo so.»

Dopodiché non parliamo più molto. Siamo entrambe distrutte, fisicamente ed emotivamente. Ci siamo già cambiate d'abito nella Bonneville, perché i vestiti che indossavamo puzzavano di fumo. Non resta che lavarsi i denti e mettersi a letto.

Nel momento in cui mi sdraio, però, mi torna in mente un dettaglio dimenticato. Mi alzo a sedere di scatto.

La Cadillac dei Campbell è ancora nel parcheggio di Pizza Piazza.

34

RUTH

Ho ripensato alla nostra situazione centinaia di volte e continuo a giungere alla stessa conclusione. C'è solo una strada sicura da percorrere.

Sono seduta su una poltrona imbottita che ho trascinato di fronte alla porta di questa stanza, mentre Catherine dorme inquieta qui vicino. È mezzanotte passata. Dovrei provare anch'io a dormire un po', ma non riesco a sdraiarmi.

«Mamma?»

Mi giro di scatto al suono del sussurro di Catherine. Ma sta parlando nel sonno.

Mi alzo e mi avvicino per lisciarle i capelli.

«Ssst» sussurro. Il suo viso si rilassa e si abbandona a quello che spero sia un sogno più tranquillo.

La fisso, dispiacendomi del fatto che non si sia rivolta a me per chiedermi della pizzeria, invece di parlarne con l'unica persona che non avrebbe dovuto contattare. Ma in fondo è comprensibile. Sono io che ho costruito un muro di sfiducia tra noi. E dal modo in cui si comporta capisco che quel muro sarà molto difficile da abbattere.

Rimango nella stanza buia, riflettendo sul crudele giudizio che ho appena emesso su me stessa e su tutti i «se» che accompagnano il senno di poi. Dopo un attimo, però, mi sforzo di non pensarci più. Se vogliamo superare questa situazione, devo guardare avanti, non indietro.

Non c'è nulla di suo padre in Catherine, mi dico. Eppure si sono trovati, come per attrazione gravitazionale, entrambi protesi in un etere grigio e nebbioso fino a quando le loro dita si sono toccate.

È chiaro che James sia l'uomo con cui Catherine comunicava tramite messaggi privati su Facebook. Tanto per cominciare, si è iscritto a Facebook lo stesso giorno in cui è uscito di prigione. Inoltre, ha riempito il suo profilo con informazioni sufficienti a permettere a chi lo conosceva bene di trovarlo, ma non abbastanza da allertare le autorità sulla sua presenza sui social media.

Ha indicato Pizza Piazza come suo precedente posto di lavoro. Ha scelto la foto di una Corvette nera come immagine del profilo. Si è identificato come David James, invertendo i suoi nomi. E, in un malato accenno al passato, ha citato Eric Clapton come il suo musicista preferito.

Queste informazioni erano a mia disposizione. Ho dovuto solo accedere al falso account Facebook che ho creato anni fa per controllare cosa faceva Timmy. All'inizio, mentre i miei occhi scorrevano sui diversi indizi della pagina di James, mi sentivo del tutto disorientata. Nessuno, a parte me, avrebbe capito il significato della foto che aveva scelto come sfondo. È il campo in mezzo al bosco dietro il mio liceo, dove abbiamo fatto sesso per la prima volta e dove siamo tornati spesso insieme. Adesso capisco che James stava lasciando degli indizi su un social network con l'esplicito scopo di farmi sapere che era tornato.

Allora nel mio cervello è esploso un nuovo scenario, che non avevo mai preso in considerazione. Se James stava seminando indizi per trovare un modo di comunicare con me, la supposizione su cui mi ero basata per quasi venticinque anni era completamente sbagliata.

Ho sempre pensato che sapesse che l'avevo deliberatamente lasciato ad aspettarmi nel luogo dell'incontro. L'avevo immaginato mentre passava il tempo in prigione immaginando la vendetta.

Ma era stato catturato solo quindici minuti dopo l'ora del nostro appuntamento. Non poteva sapere che a quel punto stavo sfrecciando sull'autostrada in direzione opposta.

Potevano esserci tanti altri motivi legittimi per giustificare il mio ritardo: magari in stato di shock potevo aver perso la cognizione del tempo; oppure mio padre poteva essersi svegliato quando sono entrata in casa per prendere le mie cose e avevo dovuto aspettare che si riaddormentasse, prima di uscire; o, ancora, potevo aver avuto problemi con la macchina, o, infine, per fare i bagagli avrei potuto metterci più tempo di quello che lui mi aveva concesso.

Avevo pensato rapidamente a tutte queste possibilità. Naturalmente, anche James doveva averle prese in considerazione.

Il fatto che io non sia mai andata alla polizia per rilasciare una dichiarazione che lo identificava come l'assassino dell'allenatore, nel tentativo di salvarmi, potrebbe averlo spinto a concedermi il beneficio del dubbio.

Ora mi accascio su una sedia e mi piego in avanti, con i gomiti sulle ginocchia e la mente in subbuglio.

Forse tutti quei disegni del mio viso che ha fatto in prigione non erano un prodotto della sua rabbia. Forse avevano origine nella sua visione distorta dell'amore. Forse immaginava che saremmo tornati insieme una volta che lui fosse tornato libero.

Non tutto è perduto. Ho un'altra possibilità.

Questa è l'unica strada percorribile: James deve essere catturato oggi.

So anche come far sì che questo accada. Dopo tutti questi anni passati a nascondermi dalla polizia, finalmente la userò come alleato.

Prendo il cellulare, apro i messaggi privati di Facebook e invio a James un messaggio attentamente studiato, inserendo qualche indizio mirato.

Vediamoci nel nostro posto speciale sotto le stelle alle 9 del mattino, va bene? Con affetto, la tua ragazza dei cannoli al cioccolato.

Aspetto, ma non arriva una risposta immediata.

Passano i minuti e io fisso il piccolo schermo, in vana attesa. È notte fonda. James forse dorme. Non è possibile che sappia dove siamo e che stia guidando per raggiungerci.

Alla fine metto giù il telefono. Non posso permettermi di avere la mente annebbiata. Devo riposare un po' anch'io. Mi sdraio accanto a Catherine, ma sono troppo inquieta per addormentarmi. La serratura della nostra porta è fragile, non può fermare qualcuno deciso a entrare. Ogni passo che sento in corridoio mi fa pensare che James stia arrivando. Ogni scricchiolio o fruscio del vento mi fa pensare che lui si stia avvicinando a noi.

Mi rigiro nel letto per molto tempo. Alla fine mi alzo e apro i Rice Krispies che ho portato qui di nascosto. Spargo i cereali secchi sul pavimento piastrellato, nello spazio tra la porta e il letto.

Se qualcuno proverà a entrare nella stanza li calpesterà, svegliandomi. Soddisfatta della mia idea, chiudo finalmente gli occhi, con lo spray urticante stretto in una mano.

35

CATHERINE

Mi giro, gli occhi si adattano alla luce sottile che filtra dalle persiane, e vedo mia madre accovacciata sul pavimento, intenta a raccogliere Rice Krispies.

«Avevo fame e li ho rovesciati» sussurra.

La guardo mentre i ricordi di ieri sera mi inondano la mente. Il tuo nome è Ava Morales, penso. Ti sei nascosta al mondo per la maggior parte della tua vita. Hai tenuto nascosta anche me.

Scendo dal letto e tiro su le coperte mentre mia madre finisce di togliere gli ultimi cereali dal pavimento.

«Hai dormito bene?» mi chiede. Sembra una domanda normale, ma oggi niente lo è.

Annuisco, sentendomi incapace di parlare con lei, o forse non volendo farlo. Vado in bagno per lavarmi i denti e il viso. Quando esco, il mio stomaco brontola così forte che lei lo sente.

«Tieni.» Fruga nella borsa e tira fuori una barretta di cereali e una bottiglia d'acqua.

«Dove li hai presi?»

Alza le spalle. «Erano nella Bonneville.»

Mi avvento sulla barretta di muesli. Solo quando l'ho

quasi finita mi rendo conto che anche lei deve avere fame. Le offro l'ultimo pezzo, ma lei lo rifiuta.

Proprio come ha sempre fatto quando non c'era abbastanza cibo per entrambi.

Qualcosa di simile al senso di colpa si mescola a tutte le altre emozioni che mi ribollono dentro.

Infilo l'involucro vuoto nella tasca dei pantaloncini e mi guardo intorno, assicurandomi di non lasciare tracce della nostra presenza.

Far entrare mia madre al Sunrise è stato facile. Farla uscire potrebbe essere più complicato. L'ideale sarebbe aspettare fino alla tarda mattinata, quando i residenti vanno in giro qua e là dopo colazione.

Ma, come le ho spiegato ieri sera quando mi sono alzata di scatto a sedere sul letto, voglio che la Cadillac torni al suo posto il prima possibile. La mia speranza è che George Campbell segua ancora la stessa routine. A mattine alterne va a nuotare in piscina o in sala pesi, poi si fa la doccia e raggiunge June in sala da pranzo per uno spuntino. Tuttavia, non posso rischiare che abbia bisogno della macchina per qualche motivo imprevisto.

Guardo l'ora sul mio iPhone. La guardia giurata lavora alla reception dalle nove di sera alle cinque. Dovrebbe essere già andata via da un pezzo. L'addetto alla sorveglianza che fa il turno di mattina non saprà chi è mia madre. Lei potrebbe uscire sotto diverse identità: residente, familiare, infermiera in visita notturna. Devo solo capire qual è il personaggio più facile da accettare per la persona che troveremo alla reception.

Ma prima dobbiamo uscire dall'Ala della Memoria.

Diamo un'ultima occhiata alla stanza, raddrizzando il piumone sul letto, asciugando gocce d'acqua intorno al lavandino e togliendo l'asciugamano arrotolato da sotto la porta. Una volta sicure che lo spazio è esattamente come l'abbiamo trovato, mi metto lo zaino in spalla e indugio dietro la porta, in ascolto, per un lungo momento.

Poi la apro lentamente e sbircio fuori. Il corridoio è libero. Guardo mia madre e annuisco. Esco, le mie scarpe da ginnastica calpestano lentamente il linoleum del corridoio. Mia madre è subito dietro di me e imita i miei movimenti. Mi fermo ogni pochi metri, ascoltando attentamente.

Non sono ancora le sette, l'ora in cui prende servizio il personale del mattino. Abbiamo programmato l'uscita per quando il personale notturno sta riempiendo gli ultimi moduli prima di uscire. Non dovremmo incontrare nessuno, a meno che un residente non si svegli e richiami l'attenzione prima che noi raggiungiamo l'uscita.

Siamo quasi arrivati alla svolta che ci condurrà in vista della porta blu, quando sento il suono che temevo: un leggero rumore di passi.

Qualcuno viene verso di noi.

Mi giro e vedo mia madre che mi fissa con gli occhi spalancati. Non c'è modo di spiegare la nostra presenza qui. Il personale notturno mi conosce, ma non sono in orario di lavoro. Inoltre capiranno immediatamente che mia madre non è una residente.

Faccio l'unica cosa che mi viene in mente. Apro la porta della stanza più vicina e m'infilo dentro. Mia madre mi segue e chiudo la porta alle sue spalle.

Ci mettiamo ai lati del finestrino della porta e ci schiacciamo contro il muro.

I passi si avvicinano. La persona che sta venendo verso di noi deve aver girato l'angolo. Se la sua destinazione è questa stanza, saremo scoperti.

Trattengo il respiro.

I passi sono ritmati. Dieci passi, poi una pausa. Altri dieci, poi un'altra pausa. Si avvicinano, finché non sono davanti al nostro nascondiglio. Un'altra pausa, poi i passi continuano.

Espiro lentamente. Qualcuno ha sbirciato dentro durante il giro mattutino, ma ovviamente non ci ha viste.

A non più di tre metri di distanza dorme la signora Jacobson, la donna che mia madre ha impersonato ieri sera. È rannicchiata in posizione fetale, con le protezioni alzate ai lati del letto.

Noto che mia madre la osserva, poi do un'occhiata alla stanza. Non ci sono spigoli vivi qui. Il comodino e la cassettiera hanno gli angoli arrotondati, come in tutte le altre camere. I colori contrastanti dei mobili, delle pareti, del pavimento e della biancheria da letto sono stati pensati per aiutare gli ospiti a distinguere le superfici. La stanza è decorata con toni morbidi e piacevoli, piuttosto che con motivi più impegnativi. Quando la signora Jacobson si trasferì qui, suo figlio portò la sua poltrona preferita. Ma la poltrona era ricoperta da un motivo chintz e una mattina scoprimmo la signora in ginocchio con un panno per pulire le «macchie», i boccioli di rosa del motivo. Ora la poltrona è rivestita con un tessuto verde a tinta unita.

Sopra la cassettiera c'è una fila di fotografie di famiglia, tra cui una che ritrae la signora Jacobson circondata dai suoi quattro figli e dagli undici giovani nipoti. È stata scattata prima che la malattia progredisse. In essa, la signora guarda direttamente la macchina fotografica, la sua gioia e la sua vitalità sono quasi palpabili. È difficile credere che sia la stessa donna dall'aspetto fragile e dalla pelle grigia rannicchiata nel letto a pochi passi di distanza.

Ho raccontato a mia madre molte storie sul mio lavoro, ma questa è la prima volta che ne sperimenta una parte da vicino.

È questo che mi hai fatto, penso. Mi hai fatto credere che saresti diventata così.

Spero che questa scena le rimanga impressa nella memoria.

Aspetto finché sento i passi di ritorno, questa volta più rapidi e senza pause. Quando il rumore svanisce, apro la porta e mi assicuro che il corridoio sia vuoto, prima di proseguire.

Finalmente raggiungiamo la porta blu, inserisco il codice e la attraverso. Lo scatto della serratura dietro di noi mi fa trasalire, ma dubito che qualcuno l'abbia sentito.

Un attimo dopo, io e mia madre siamo in ascensore e scendiamo in silenzio.

Quando le porte si aprono, attraversiamo insieme l'atrio e, mentre ci avviciniamo alla reception, saluto con un gesto l'impiegata, che conosco. Mi sono deliberatamente posizionata tra il bancone e mia madre.

«Buongiorno» dice allegramente mia madre e la donna ricambia il saluto.

Mia madre indossa un articolo che abbiamo preso alla stazione di servizio ieri sera: un paio di occhiali. Da vicino si capisce che è relativamente giovane, ma non ho intenzione di dare alla receptionist la possibilità di osservarla bene.

Si ferma brevemente davanti a un alto tavolo ovale che contiene i programmi stampati delle diverse attività proposte per oggi e ne prende uno, come le ho detto di fare. Si muove con sicurezza, come se questo facesse parte della sua routine.

«Sarà una giornata torrida» dico. «Si goda la passeggiata, signora Reed.»

«Ma certo!» Mia madre calpesta la piastra che fa scattare l'apertura automatica della porta, ma io resto al bancone.

L'illusione sta funzionando. Me ne accorgo perché la receptionist guarda me e non mia madre. Ora devo confondere la sua memoria nel caso in cui cerchi di ricordare il nome che ho appena pronunciato.

«Sa se la signora Williams ha già ricevuto il pacco dalla FedEx?»

Si acciglia. «Un pacco? Non ne sono sicura.»

Annuisco. «Sì, credo che sia stato consegnato alla signora Davis, cioè, alla signora Lee, al secondo piano.» Rido. «Ora mi sto confondendo. Comunque, non preoccuparti. Torno tra un po' e controllo.»

Annuisce. Sbircio lo schermo del suo telefono e vedo che sta facendo un solitario. Sulla sua scrivania c'è anche un caffè grande preso da 7-Eleven e una barretta di multicereali mangiata a metà. Il suo cervello non è pronto a scansionare, ordinare e immagazzinare informazioni in questo momento.

Con un po' di fortuna, i dettagli di questo piccolo incontro scompariranno definitivamente, spinti via da tutte le altre informazioni: cose come «l'otto rosso va sul nove nero», o «vorrei che questa barretta fosse una ciambella al cioccolato», che si contendono l'attenzione nella sua mente ingombra.

Le trasmetto silenziosamente il messaggio: dimenticati di noi.

36

RUTH

Esco in un mondo che non ha il diritto di essere così bello. Il sole del primo mattino diffonde un filtro dorato, mentre una leggera brezza scompiglia l'aria. I giardini che circondano il Sunrise sono in fiore, con azalee color ciliegia e bianco panna che orlano il portico d'ingresso e grappoli di petunie viola e giallo caldo che riempiono le aiuole.

Non riesco a godermi l'ambiente circostante, come potrei fare in qualsiasi altra mattina. Mi è appena arrivato un nuovo messaggio su Facebook.

Cammino velocemente verso la Bonneville, guardandomi intorno a ogni passo, e salgo al volante. Solo dopo aver chiuso le portiere mi tolgo gli occhiali con le lenti trasparenti, abbasso lo sguardo sul telefono e leggo la risposta inviata da James. *Va bene alle 9 del mattino. Non vedo l'ora di vederti. Ma prima parliamo*. Segue un numero di telefono.

Mi si secca la bocca. Dopo tanti anni, finalmente ho notizie da lui.

Alzo lo sguardo e vedo Catherine che esce dal Sunrise. Giro la chiave per avviare l'auto e le vado incontro a pochi metri dalla porta. Sale sul sedile del passeggero e si allaccia la cintura senza dire una parola. Poi incrocia le braccia e guarda dritto davanti a sé.

Il suo silenzio nervoso aumenta la mia agitazione, ma ora non posso fare nulla. Devo concentrarmi sul recupero della Cadillac e, quando Catherine sarà lontana, chiamerò James.

Vorrà verificare che sia davvero io, prima di recarsi al luogo dell'incontro. Sarà facile farmi riconoscere e spero di riuscire a convincerlo che ho desiderato rivederlo per tutti questi anni.

Esco dal parcheggio e imbocco una strada a quattro corsie quasi vuota. Siamo in anticipo rispetto al traffico dell'ora di punta, il che significa che arriveremo in tempo a Pizza Piazza.

All'interno dell'auto fa caldo e si soffoca, e il nostro climatizzatore capriccioso non aiuta. Abbasso il finestrino di qualche centimetro e mi preparo per il viaggio.

Sono così concentrata che quasi mi sfugge la domanda di Catherine.

«Cosa facciamo?»

Aggrotto la fronte. Ne abbiamo già parlato.

«Al ristorante ti riconoscerebbero tutti, dopo la scenata con il direttore. Quindi non puoi più farti vedere da quelle parti. Potrebbero pensare che tu abbia a che fare con l'incendio. Devo essere io a recuperare la Cadillac.»

Per fortuna, Catherine l'ha lasciata al centro del parcheggio, abbastanza lontano dalla pizzeria da non attirare l'attenzione.

«La riporterò al Sunrise e ci incontreremo lì» le ricordo.

«Volevo dire *dopo*.» Catherine sembra sputare le parole. «Ora devo restare nascosta anch'io?»

«Solo fino a questo pomeriggio» prometto. «Al massimo fino a domani. Poi tutto questo finirà. Potrai tornare alla tua vita normale, Catherine.»

Fa una mezza risata. «La mia vita normale. Certo.»

Rimane in silenzio per un lungo momento e i miei pensieri tornano alla telefonata che sto per fare a James. Lui mi ricorda come una ragazza appassionata e un po' ingenua. Devo trovare un modo per accedere a quella versione passata di me stessa, anche se adesso sono completamente diversa.

Freno a un semaforo e cerco nella borsa i miei occhiali scuri.

«Allora, qual è il tuo grande piano?»

Il tono ostile della domanda mi mette in difficoltà. «Ci sto ancora pensando» rispondo. Meno sa, meglio è per lei. «Fidati di me solo per quest'ultima volta.» Il semaforo diventa verde e accelero.

Catherine scuote bruscamente la testa. La sua voce trabocca di emozione quando dice: «Hai mentito su tutto. Ora dovrei fidarmi di te?»

So che ha bisogno di elaborare tutto ciò che è successo, ma questo non è il momento adatto. Devo concentrare tutte le mie energie mentali su quello che ci aspetta. Oggi possono andare storte tante cose.

Sento salire la mia vecchia nemesi, la rabbia.

«Sì, Catherine. Ti ho mentito unicamente per proteggerci!»

Mette i piedi sul cruscotto, un'abitudine che odio. Le ho già detto che se dovessimo avere un incidente, anche lieve, l'airbag potrebbe spezzarle le gambe.

«Come vuoi, *Ava*.»

Al suono del mio vero nome, rabbrividisco, ma blocco il mio desiderio di reagire. Continuo a guidare, con il tachimetro fermo a settanta, entrambe le mani sul volante, guardando dritto davanti a me.

Tra un'ora, mi fermerò in una stazione di servizio o in un altro luogo pubblico e Catherine e io ci scambieremo di posto nella Bonneville. Lei mi lascerà a pochi isolati dalla Cadillac e tornerà immediatamente all'Ala della Memoria, dove sarà al sicuro.

E un'ora dopo, James sarà arrestato.

Allora potrò cercare di riparare alcuni dei danni che ho fatto a mia figlia.

Mi immetto sull'autostrada e premo più forte sull'acceleratore; le gomme vibrano sull'asfalto liscio. Il sole è un po' più alto nel cielo azzurro e mi scalda il lato sinistro del viso attraverso il finestrino.

Ci stiamo avvicinando alla mia città natale.

Ripasso il mio piano a mente. Devo fare due telefonate, entrambe dal cellulare usa e getta che tengo in borsa. La prima sarà a James. La seconda è quella che avevo quasi fatto tanti anni fa dalla cucina dei miei genitori, al 911.

Catherine sposta le scarpe da ginnastica dal cruscotto e si siede più dritta.

«Come sei finita con lui, con James? Venivi da una famiglia normale, ed eri una ragazza popolare al liceo... cosa è andato storto?»

Per quanto sia ferita e arrabbiata, la sua curiosità sta avendo la meglio. E so che devo finalmente iniziare a rispondere alle sue domande o potrei perderla per sempre.

«Non è vero niente. Ai media piace dipingere certe immagini perché migliorano la narrativa. Ma la mia famiglia non era normale. Mia madre era un'alcolizzata e abusava di noi.»

«Di te e tuo fratello?»

Annuisco. «E anche di mio padre, almeno dal punto di vista emotivo. Gli urlava spesso contro, ma non l'ho mai vista picchiarlo. Inoltre io non ero affatto popolare al liceo. Quando ho conosciuto James, ho sentito che vedeva chi ero davvero e che gli piacevo così com'ero.»

Catherine ci pensa su.

«Forse vedeva chi eri, ma tu non avevi capito chi era lui.»

Non sa quanto ha ragione. James mi conosceva molto meglio di quanto io conoscessi lui.

«Sì.» Sospiro. «Ora che ci ripenso, c'erano dei piccoli indizi. Ma non sapevo di cosa fosse capace, fino a quella notte con l'allenatore.»

Si massaggia le tempie. Anch'io sento salire il mal di testa. Avremmo entrambe bisogno di una tazza di caffè in questo momento, ma non posso permettermi di fermarmi. Voglio che Catherine sia il più lontano possibile, quando mi incontrerò con James.

Il resto della strada lo percorriamo in silenzio, a parte le occasionali indicazioni che mi dà guardando il navigatore.

È strano tornare su queste strade familiari, viaggiare nel mio passato. Ieri sera ho guidato fin qui in preda a una frenesia cieca, dopo aver controllato il telefono e aver visto sfrecciare sull'autostrada il puntino blu che rappresentava Catherine. Sono arrivata a tutta velocità, aggirando i camion e sorpassando ogni volta che potevo. Intuivo già che era stato James ad attirare mia figlia in quel posto preciso.

Stamattina percorriamo la stessa strada, ma il viaggio sembra molto diverso.

«Prendi la prossima uscita» mi dice Catherine, leggendo la mappa sullo schermo del suo telefono.

«Conosco la strada» rispondo.

Mi lascio guidare dalla memoria. Passo davanti a un grande giardino pubblico erboso, con un parco giochi e dei campi sportivi. Qui si tenevano le partite di baseball della Little League di Timmy e la prima volta che riuscì a colpire la palla io e mio padre ci alzammo in piedi sulle gradinate a fare il tifo. Timmy si girò a guardarci, con grande sorriso, poi lasciò cadere la mazza e corse con tutta la forza che aveva verso la prima base. Un'altra volta, mio padre costruì degli aquiloni per noi due, con dei pezzi di legno avanzati dal suo lavoro, e li portammo qui per provarli.

I dettagli di quel sabato pomeriggio mi tornano in mente, come se fossero rimasti conservati per tutti questi anni, nascosti tra strati di pellicola protettiva come soprammobili di vetro.

L'aquilone di Timmy si andò a incastrare tra i rami di una grande quercia, così, prima che iniziasse a piangere, gli diedi il mio. Mio padre mi strinse la spalla in segno di ringraziamento e lasciò lì la mano per un momento. Corremmo su e giù per i campi, con l'aquilone a strisce bianche e rosse che svettava sopra di noi, finché non fummo stanchi e sudati. Proprio mentre ci sdraiavamo sull'erba soffice, sentimmo il tintinnio di un camioncino dei gelati. Ci guardammo, poi ci alzammo e corremmo dietro al camioncino, facendo gesti di saluto e urlandogli di fermarsi finché non accostò al marciapiede. Timmy scelse un gelato a forma di personaggio dei cartoni animati, con palline di gomma da masticare al posto degli occhi. Io presi un dolce al cioccolato e mio padre scelse una fetta di torta alla fragola. Dopo averli mangiati, mise un braccio intorno alle nostre spalle e tornammo alla macchina.

Era la primavera prima della mia scomparsa.

Svolto di nuovo a sinistra, dopo un'ultima occhiata al parco nel retrovisore. Manca meno di un chilometro alla pizzeria. Devo trovare un posto dove accostare, un posto con un numero sufficiente di macchine e persone da non attirare l'attenzione, ma non troppo affollato.

Scelgo il parcheggio di una farmacia. Trovo un posto verso il centro e spengo il motore della Bonneville. Le dita mi fanno male quando le tolgo dal volante. Devo averlo stretto più forte di quanto pensassi.

Estraggo la chiave e la do a Catherine. Lei prende la borsa e tira fuori quelle della Cadillac. So già che l'auto è color noce e Catherine mi ha descritto la sua posizione, quindi non mi resta che andarci a piedi.

Sento l'impulso di abbracciarla, ma so che si tirerà indietro, quindi mi limito a sussurrare: «A presto» mentre apro la portiera della Bonneville.

«Mamma?»

Mi volto.

Sembra non sapere cosa dire. Alla fine sceglie un semplice: «Buona fortuna».

«Ti seguirò da vicino» prometto.

Dieci minuti dopo, vedo la Cadillac. Non devo fare altro che attraversare la strada, percorrere un isolato ed entrare nel parcheggio.

Mi fermo sul marciapiede accanto a un semaforo, aspettando che diventi verde. Auto, furgoni e camion mi sfrecciano davanti. Cerco di non pensare al fatto che in ognuno di essi potrebbe esserci qualcuno che mi ha conosciuto da adolescente o che mi ha visto ieri sera mentre mi intrufolavo nell'ingresso dei dipendenti di Pizza Piazza, quello che porta direttamente alla cucina. Non ho incontrato nessuno, nei pochi secondi che ho impiegato per appiccare il fuoco e comunque mi ero legata un canovaccio intorno alla parte inferiore del viso.

Mi sento esposta, anche con i miei grandi occhiali da sole. Questo luogo non mi porta altro che sfortuna. Non posso fare a meno di sentire che sto tentando il più oscuro dei destini, tornando qui.

Il semaforo passa al verde.

Attraversando la strada, mentre mi avvicino all'area commerciale, noto le strisce di nastro giallo della polizia che delimitano Pizza Piazza. I vigili del fuoco sono arrivati in tempo per salvare l'edificio. Dall'esterno, a parte le finestre rotte che alcuni operai stanno sigillando, non si può nemmeno dire che ci sia qualcosa che non va.

Faccio un respiro profondo e guardo il mio telefono usa e getta. Ho già inserito il numero che mi ha dato James. Devo solo premere il tasto di chiamata.

Ma le mie dita si rifiutano di muoversi.

Chiudo gli occhi e faccio quello che ho fatto negli ultimi ventiquattro anni, ogni volta che il terrore, la disperazione o il dolore mi assalgono: visualizzo Catherine. La vedo bambina, che mi tiene la mano mentre andiamo alla fermata dell'autobus. La vedo com'è adesso, con i lunghi capelli mossi dal vento che entra dal finestrino aperto dell'auto.

Ho in mente il suo viso mentre premo il pulsante verde per effettuare la chiamata.

James risponde a metà del primo squillo. «Ava?»

La sua voce è più bassa e profonda di quanto ricordassi. Sentirla mi provoca un'onda d'urto.

«Ciao, James.» Anche la mia voce sembra diversa. È più acuta e tesa del solito. Spero che lui scambi la paura per eccitazione.

Lo sento espirare. «Dovevo essere sicuro che fossi davvero tu.»

Ho raggiunto il parcheggio. La Cadillac è a venti metri di distanza. Mi muovo verso di essa mentre pronuncio le battute che ho provato a mente.

«Ho aspettato così tanto, James. Ogni singolo giorno ho pensato a te. Ogni notte mi addormentavo sognandoti.»

Sto dicendo la verità, ma non nel modo che pensa lui.

«Quella sera che dovevamo incontrarci sono stata trattenuta a casa» continuo. Sono ormai sull'orlo delle lacrime, ma non placo l'emozione nella mia voce. Dovrebbe funzionare a mio vantaggio. «Mi dispiace tanto. Non riesco ancora a credere che ti abbiano beccato perché ero in ritardo.»

«Che cosa è successo?»

Cerco di essere spontanea.

«Mia madre era sveglia quando sono tornata a fare i bagagli. Ha iniziato a urlarmi contro, sai come si comportava, e alla fine mi sono dovuta chiudere a chiave nella mia stanza e poi calarmi dalla finestra. Stavo venendo da te quando ho visto l'auto della polizia al ristorante e... credo di aver dato di matto. Non sapevo cosa fare e ho continuato a guidare. Mi dispiace tanto.»

C'è una lungo silenzio. Mi tremano le mani mentre attendo la risposta di James.

Poi dice: «Sapevo che era successo qualcosa del genere». Mi crede. Funzionerà.

Cerco di immaginare dove sia in questo momento. Forse in un motel senza nome, o magari in un'auto già parcheggiata vicino al luogo in cui dovremmo vederci.

«Dove vivi adesso?» mi chiede, come se fossimo conoscenti che si ritrovano a una riunione tra vecchi amici.

Gli do la risposta che ho preparato, nella speranza di accontentarlo. «California. Ma appena ho saputo che ti era stata concessa la libertà vigilata, ho preso un aereo per il Maryland.»

Se mi chiede maggiori dettagli, posso fornirglieli. Ho creato una storia completa e del tutto fittizia.

«Ho noleggiato un'auto e sono appena uscita da un Holiday Inn vicino ad Annapolis» dico.

La città che ho nominato è a circa un'ora a sud del nostro luogo d'incontro a Towson. Ho deliberatamente citato una località nella direzione opposta a quella in cui viaggia Catherine.

Apro la Cadillac, salgo a bordo e sbatto la portiera, sperando che James riconosca il suono per quello che è. «Ora salgo in macchina per venire da te.»

«Dio, Ava... Non posso credere che ti vedrò, dopo tutti questi anni.»

«Questa volta niente ci separerà. Ora devo lasciarti, James. Non voglio che mi fermino per guida pericolosa perché uso il cellulare al volante.»

Avvio il motore. Più dettagli autentici corroborano la mia storia, meno è probabile che James metta in dubbio le cose che non può confermare.

«Certo... solo un'altra cosa.»

La sua voce è calma e calda, ma io sento il ghiaccio nelle vene, quando dice: «Chi era quella ragazza che mi ha contattato su Facebook? L'ho vista al ristorante. L'hai mandata tu a incontrarmi?»

Di tutte le cose che gli ho detto, questa è quella a cui deve credere senza alcun dubbio. Non posso vacillare. Devo eseguire la migliore performance della mia vita.

«Oh, è solo una persona che ho assunto tramite internet, dopo aver visto il tuo profilo su Facebook. Non sapevo quanto Facebook fosse sicuro, così le ho chiesto di mettersi in contatto con te... L'ho pagata per andare al ristorante e consegnarti una lettera da parte mia, ma è scoppiato quello stupido incendio prima che potesse consegnartela.»

«Come ha fatto a riconoscermi?»

«Non ti ha riconosciuto. Sapeva solo che doveva cercare un uomo di quarantatré anni che fosse lì da solo e mettere la lettera sul suo tavolo. Avevo scritto cose abbastanza vaghe da non allarmare nessuno, nel caso avesse scelto l'uomo sbagliato o se qualcuno mi avesse teso una trappola.»

La storia che ho raccontato è un po' contorta. Ma se fossi ossessionata da James come fingo di essere, sarebbe plausibile che abbia tanta voglia di raggiungerlo da tentare ogni strada possibile, compresi i social media, che sono un ottimo sistema per ritrovare amici e amanti perduti da tempo. Vorrei poter vedere il suo volto per valutare come sta prendendo la mia storia. Ma probabilmente non ci riuscirei: gli occhi di James mentono sempre.

«Va bene, Ava» dice.

Credo che se la sia bevuta.

«Ti amo.» La nausea mi sale in gola, quando pronuncio quelle parole.

«Ti amo anch'io.»

Mi aspetto che riattacchi, ma non lo fa. Qualcosa spinge anche me a rimanere in linea.

Mi si rizzano i peli del collo, mentre il silenzio si prolunga.

Alla fine James dice: «Ci vediamo».

Poi cade la linea.

37

CATHERINE

Le persone si lasciano sfuggire i segreti quando sono alla fine della loro vita.

Lavorare in una casa di riposo significa essere sempre a stretto contatto con la morte. A volte sono al fianco di un paziente quando esala l'ultimo respiro. La maggior parte delle confessioni che sento dai nostri residenti a lungo termine più lucidi sono relativamente lievi. «Vorrei non aver litigato con mia sorella e aver tagliato i ponti con lei...» «Avrei dovuto passare più tempo con i miei figli quando stavano crescendo...» «Non ho detto abbastanza volte: "Ti amo".»

Ma a volte emergono inganni enormi, come se la persona che li ha perpetrati volesse entrare nell'aldilà con il cuore libero: «Ho dato un bambino in adozione e non l'ho mai detto a nessuno...». «Sono stato innamorato di un'altra donna per la maggior parte del mio matrimonio...» «L'uomo che tutti pensano sia mio fratello minore è in realtà mio figlio.»

Mi sono chiesta come ci si senta a portare con sé un segreto così enorme per tutta la vita. Se rimane sempre al centro dei pensieri, oppure se si fa da parte, permettendo in qualche modo di vivere.

Sto passeggiando nel giardino del Sunrise perché sono troppo inquieta per sedermi nella Bonneville e aspettare che mia madre mi riporti la Cadillac.

Non posso fare a meno di chiedermi cosa farei io, se ne avessi la possibilità. Preferirei tornare a essere beatamente ignara delle mie origini e della mia vera storia familiare?

Non ho la risposta, ma so una cosa: la mia vita era molto più facile quando credevo alle bugie di mia madre.

Sto pensando a queste cose, quando vedo Tin e un assistente che portano fuori alcuni residenti dell'Ala della Memoria. Mi volto e accelero il passo, sperando che non mi vedano. Poi sento Tin chiamare il mio nome.

Saluto, sperando che la cosa finisca lì. Ma mi fa cenno di avvicinarmi.

Mia madre dovrebbe arrivare da un momento all'altro. Mi ha mandato un messaggio poco fa per dirmi che era uscita dall'autostrada per fare benzina. Mentre cammino verso Tin, la mia mente corre, cercando di ricordare quello che le ho detto su mia madre. Non si sono mai incontrate e non credo che Tin abbia idea del suo aspetto. Sa solo che è malata.

«Ciao, Catherine. Oggi non lavori, vero?»

«Non riesco proprio a stare lontana da questo posto» scherzo. «No, ho dimenticato una cosa qui ieri e sono tornata a prenderla.»

Inizia a parlarmi di una cartellina che deve darmi, con alcuni moduli da compilare e un adesivo per il parcheggio riservato ai dipendenti, ora che sarò un'impiegata a tempo pieno.

Sorrido e annuisco, ma nella mia mente sto calcolando il tempo e il rischio. Sono solo le nove del mattino, quindi Tin andrà via nel tardo pomeriggio o nella prima serata. Non sarà nell'Ala della Memoria dopo il tramonto, se dovessi far entrare di nuovo mia madre di nascosto, stasera.

Sto sudando, e non per il caldo. Questo dev'essere un assaggio di ciò che è stata la vita di mia madre: calcoli continui e schermaglie verbali.

Mi rendo conto che Tin sta aspettando una risposta.

«Perfetto: se posso, mi occuperei di quella cartellina tra qualche minuto» le dico. «Ora ho voglia di restare al sole ancora un po'.»

Mi guarda con maggiore attenzione, con i suoi occhi castani pieni di gentilezza. «Stai bene?»

Mi costringo a sorridere. «Ho dormito male, ma sto bene.»

Mi stringe brevemente il braccio, in un messaggio silenzioso di empatia. È ancora convinta che mia madre sia malata e che io abbia annullato il progetto di trasferirmi a Baltimora.

«Sto salendo anch'io, ti lascio la cartellina sulla mia scrivania» dice.

Con la coda dell'occhio vedo la Cadillac marrone lucida entrare nel parcheggio.

«Perfetto» rispondo. La macchina si ferma. Mia madre non sa dove parcheggiare. E mentre parlo con Tin non posso farle cenno di dirigersi verso il punto in cui il signor Campbell ha lasciato l'ultima volta la sua auto.

Per fortuna, Tin si dirige verso l'ingresso del Sunrise. Nel momento in cui scompare dietro le porte a vetri, cerco di indicare il punto giusto.

Ma era il quarto posto dalla porta d'ingresso o il quinto?

Fisso i due posti, cercando di scegliere quello giusto. La Cadillac è ferma con il motore al minimo in mezzo al parcheggio. Più a lungo rimane, più è probabile che attiri l'attenzione.

Indico il quarto posto e mia madre vi fa entrare l'auto.

Quando mi avvicino per raggiungerla, è già scesa e ha chiuso le portiere.

Stringo in mano le chiavi chc mi porge.

«Ho regolato lo schienale del sedile» spiega. «Ho pensato che George fosse più alto di un metro e cinquantasette.»

«Bella pensata.»

Ora devo fare due cose, in fretta: capire cosa fare con mia madre e riportare queste chiavi nella ciotola di George e June.

Probabilmente per lei la cosa più sicura è assumere le sembianze di una paziente giornaliera. Al Sunrise vivono circa duecento persone e nessun membro del personale le conosce tutte così bene da poter identificare con precisione mia madre.

«Continua a passeggiare, io torno il prima possibile» dico, mentre iniziamo a camminare insieme verso l'ingresso del Sunrise. Ammutolisco quando ci avviciniamo al signor Damon, che è seduto su una panchina e guarda in lontananza. L'assistente che l'ha portato qui è a una dozzina di metri di distanza e tiene sottobraccio una donna che è all'ultimo stadio dell'Alzheimer.

«Buongiorno, signor Damon» dico, e lui alza lo sguardo.

Il suo volto si trasforma.

«Sei mia figlia?» Sta guardando mia madre. Lei sbatte rapidamente le palpebre un paio di volte, chiaramente in difficoltà.

«Mi dispiace» risponde infine, e continua a camminare. Ma fa solo un paio di passi e il signor Damon grida: «Sheila! Fermati!»

Mia madre si blocca e io faccio lo stesso.

Il signor Damon ha una figlia di nome Sheila, l'ho incontrata una volta, ma vive a San Francisco e viene a trovarci raramente.

«Perché ti allontani da me?» La voce del signor Damon è forte e, se continuiamo a muoverci, sicuramente si agiterà ancora di più. Potrebbe persino correrci dietro, e così mia madre, invece di confondersi con l'ambiente, diventerà il centro dell'attenzione. Nelle vicinanze ci sono una decina di persone, tra residenti e membri del personale. È impossibile che una scena così passi inosservata.

Ho le chiavi della Cadillac strette in mano. Devo riportarle, subito. La mia mente vortica, cercando di trovare la strada meno rischiosa.

«Siediti con lui» sussurro. «Dagli corda. Suonava il pianoforte in un'orchestra e ama la musica classica. Cita Bach e Beethoven. Lo calmerà.»

Mia madre torna dal signor Damon e si siede sulla panchina di legno accanto a lui. Prima di allontanarmi, la sento iniziare a parlargli con voce dolce e rilassata.

Entro di corsa nell'edificio, saluto l'impiegato della reception e vado direttamente all'appartamento di George e June.

Trattengo il respiro mentre busso alla porta.

June ci mette solo un minuto ad aprire, ma sembra una vita. È già vestita con un tailleur pantaloni verde lime e ha un rossetto rosa. Almeno non l'ho svegliata.

Quando vedo il suo caldo sorriso, un po' del peso che mi sentivo addosso si solleva. Se lei e George si fossero accorti che la loro auto era sparita, non sarebbe così spensierata.

«Due volte in due giorni!» esclama. «Che meraviglia!»

«Mi dispiace disturbarti» le dico. «Non riesco a trovare il mio telefono e mi chiedevo se l'ho lasciato qui ieri sera.»

«Oh, cielo, non l'ho visto, ma entra e proviamo a cercarlo.»

È semplicissimo. Mentre mi accompagna in salotto,

getto le chiavi nella ciotola, producendo un tintinnio metallico.

June si volta e infilo la mano nella ciotola. «Qui non c'è» dico, fingendo disappunto.

Entro nel soggiorno. Poiché ieri non mi sono nemmeno seduta, non ci sono molti punti da controllare.

Gli unici oggetti sul tavolino sono una pila di riviste e un dispositivo che assomiglia al mouse di un computer, ma che in realtà è l'apparecchio per la glicemia che June usa per gestire il suo diabete. Tuttavia, fingo di cercare, abbassandomi persino a controllare sotto il tavolino.

«Non lo vedo» dico infine.

«Oh, mi dispiace. Non c'è niente di più frustrante che perdere il telefono, vero?»

La gentilezza nella sua voce intensifica il mio senso di colpa. Lei e George sono le persone più vicine a dei nonni, per me. Mi hanno persino regalato un generoso assegno con un biglietto di congratulazioni, quando mi sono laureata.

Abbasso lo sguardo per evitare i suoi occhi e vedo che c'è una striscia reattiva bianca immacolata all'estremità del monitor dell'apparecchio della glicemia. June doveva essere sul punto di controllare i livelli di glucosio quando l'ho interrotta.

«Posso aiutarti?» chiedo, cercando di aiutarla e, nello stesso tempo, di cambiare argomento.

Prendo l'apparecchio e lo avvicino all'indice di June, pungendolo con la lancetta e facendo cadere la goccia di sangue sulla striscia bianca, come ho fatto centinaia di volte in passato. Come la maggior parte dei diabetici, June tiene le penne di insulina nel frigorifero, ma non ho bisogno di farle una dose in questo momento. I suoi livelli sono buoni.

Spero che la distrazione cambi il corso della nostra

conversazione, ma June dice: «Vuoi che ti chiami, così sentiamo lo squillo?»

Respiro a fondo. Il mio telefono è nella borsa e non so se è impostato sulla vibrazione.

«Sai una cosa? Mi sono appena ricordata... Sono abbastanza sicura di averlo lasciato in carica al piano di sopra, nella sala relax, ieri sera.» Mi allontano.

«Bene, tesoro. E ricorda che ci hai promesso di venire a bere quel bicchiere di vino. Vuoi passare stasera?»

Ora sono alla porta.

La sua domanda mi spiazza. Se James non viene catturato, io e mia madre dovremo dormire di nuovo al Sunrise. Non posso dire a June che ho altri programmi, perché potrebbe vedermi qui questa sera.

«Forse dovrò lavorare per cena» provo a rispondere. Prima che June dica qualcosa, le do un rapido abbraccio e me la svigno.

Sono così scossa che devo rimanere ferma in corridoio per vari secondi, prima di ricompormi.

Quando l'ansia si placa, la rabbia prende il suo posto. È stata mia madre a farmi tutto questo. A causa delle sue scelte, la mia situazione lavorativa e le relazioni che ho costruito qui sono così ingarbugliate che forse non riuscirò mai a sistemarle. Sicuramente Tin sarà perplessa, forse anche irritata, quando le dirò che alla fine ho deciso di trasferirmi a Baltimora. Penso alle altre relazioni che mia madre ha distrutto per conto mio. Con Ethan, per esempio. Non era il ragazzo giusto per me, ma... Non avrei dovuto essere io a deciderlo?

La mia rabbia aumenta.

Ho mangiato poco e dormito male e sento il corpo allo stesso tempo teso e pesante. Desidero disperatamente una doccia, un pasto caldo e riposare nel mio letto, ma non è possibile.

Se il grande piano di mia madre per tenere James lontano da noi fallisce, potrei non tornare più al nostro appartamento. Potrei dover abbandonare tutto e nascondermi, proprio come lei.

Percorro il corridoio a passi lunghi, decisa ad affrontarla. Le dirò di salire sulla Bonneville, così potremo andare in un posto tranquillo a parlare. Non voglio che nessuno senta quello che ho in mente di dirle.

Attraverso l'atrio del Sunrise ed esco all'esterno, strizzando gli occhi quando il sole mi colpisce.

Mia madre è esattamente dove l'ho lasciata, seduta accanto al signor Damon sulla panchina di legno. Mi danno le spalle.

Ma qualcosa è cambiato. Mi fermo di colpo.

Il signor Damon ora le tiene un braccio intorno alle spalle.

Sembrano proprio un padre e una figlia. È come se la mente confusa del signor Damon avesse fatto una magia, creando la relazione che credeva di aver visto.

Ricomincio a camminare verso di loro, ora più lentamente. Un'altra assistente part-time, una donna che non conosco molto bene perché i nostri orari coincidono di rado, mi sorride, poi fa un cenno verso il signor Damon e mia madre.

«Non è dolce?» sussurra. «Non l'ho mai visto così felice.»

Il signor Damon parla a bassa voce mentre mi avvicino a loro, ma non riesco a capire le sue parole. Le mie scarpe da ginnastica non fanno rumore sull'erba fitta. Né lui, né mia madre, si accorgono di me.

Sto per fare il giro della panchina in modo che notino la mia presenza, quando colgo alcune parole della loro conversazione.

«Verrai a trovarmi domani?» chiede il signor Damon.

«Se posso» risponde mia madre.

Inclina lentamente la testa fino a posarla sulla spalla dell'anziano.

Un'aura d'amore li circonda. Entrambi hanno preso il posto di persone di cui sentono la mancanza. Non posso muovermi. Non voglio rompere l'incantesimo.

«Sei sempre stata una figlia così buona» le dice il signor Damon. «Sono fortunato ad averti.»

Ho detto a mia madre di stare al gioco, ma credo che stia facendo di più. Si permette di fingere, per questi pochi momenti, di essere con un padre che la ama.

È la prima volta che la vedo come una figlia.

Non ho mai pensato veramente a quanto deve esserle costato scappare a sedici anni, lasciandosi alle spalle tutti i suoi cari.

Ora riesco a sentire il prezzo enorme che deve aver pagato, nella sua voce straziata.

«Mi sei mancato tanto, papà» sussurra.

38

RUTH

Il sole è più caldo ora che è direttamente sopra la mia testa.

È quasi mezzogiorno. Catherine è da qualche parte all'interno del Sunrise e sta preparando qualcosa da mangiare per noi. Il signor Damon è tornato nell'Ala della Memoria, dove ai residenti viene servito il pranzo.

Tutti coloro che prima erano all'aperto si sono rifugiati nel comfort dell'aria condizionata.

Credo che a quest'ora James sia già stato arrestato. Quando ho chiamato il 911, alle nove meno cinque dal mio telefono usa e getta, ho detto all'operatrice che avevo appena visto l'evaso James Bates camminare nel campo dietro la Oak Hill High, con qualcosa che sembrava una parrucca nera. La donna mi ha chiesto se fosse armato e io ho risposto che non lo sapevo. Ho riattaccato quando mi ha chiesto il mio nome.

Mi sarebbe piaciuto vedere James arrestato con i miei occhi, ma era troppo pericoloso per me avvicinarmi a quel campo.

Ora prendo il mio iPhone e aggiorno la ricerca su Google relativa a James. Non ci sono aggiornamenti, ma probabilmente perché i media non hanno ancora diffuso la notizia della sua cattura.

La tensione mi attanaglia, così mi costringo ad appoggiarmi alla panca di legno che ho condiviso con il signor Damon e a pensare a qualcosa di piacevole.

Mi viene in mente l'immagine di mio padre che ride mentre insegue l'aquilone che abbiamo fatto volare in quel lontano giorno d'estate.

Quando ero con il signor Damon, mi sembrava che mio padre stesse inviando amore attraverso lo spazio e il tempo, incanalandolo attraverso un estraneo, circondandomi con esso durante uno dei miei giorni più bui.

È già successo in passato.

Come la notte in cui il camionista con il vecchio chihuahua assonnato mi fece salire a bordo. Man mano che ci allontanavamo da tutto e da tutti quelli che conoscevo, mi sentii invadere da un attacco di panico. Nel momento esatto in cui iniziai a iperventilare, il camionista accese la radio e una canzone che mio padre era solito cantare per noi, *Wild World* di Cat Stevens, mi tranquillizzò.

Un'altra volta, quando Catherine aveva quattro anni, qualche sera prima di Natale. Era una serata gelida, non avevo soldi per comprare da mangiare, né tanto meno dei regali per la mia bambina. Ero così disperata che entrammo in un ristorante, con l'idea di mangiare il pane dal cestino sul tavolo e fuggire. Con quello ci saremmo almeno riempite la pancia.

Il locale era affollato quella sera, ma un cameriere portò comunque il pane caldo e un altro consegnò a me un menu per adulti e a Catherine uno per bambini. Appoggiai i menu sul tavolo, avvicinai il cestino e imburrai la fetta di pane più spessa per Catherine, poi ne infilai anch'io un pezzo in bocca e lo innaffiai con acqua ghiacciata.

L'idea era di uscire prima che il cameriere tornasse per prendere le nostre ordinazioni, ma fui troppo lenta.

L'uomo mi vide proprio mentre mi alzavo e giravo intorno al tavolo per prendere Catherine. Capì subito cosa stavamo facendo. Non ci eravamo nemmeno tolte i cappotti. Anche se non si trattava di un posto di lusso, credo che sembrassimo fuori luogo. Catherine indossava un giaccone di due taglie più grande, che mi era stato regalato da un ex vicino, e il mio vestito era logoro.

Il cameriere ci indicò la porta e ci disse di uscire. Mi sentii arrossire per la vergogna. Ma avevamo fatto solo pochi passi quando l'uomo seduto al tavolo accanto si alzò. Aveva baffi neri e capelli lucidi e il suo accento mi ricordò quello di mio padre.

«La signora e sua figlia sono mie ospiti» disse al cameriere. Non indossava abiti costosi e non aveva una voce autoritaria, ma qualcosa nel suo tono non lasciava spazio a discussioni.

L'uomo con i baffi si avvicinò al nostro tavolo e tirò indietro la sedia per Catherine, trattandola come se fosse una persona importante.

Lei si risedette, e così feci anch'io.

«Ordini quello che vuole» disse l'uomo prima di tornare al suo tavolo. Presi per Catherine dei bocconcini di pollo con un contorno di fagiolini e un altro di patate arrosto con ketchup extra e un bicchiere di succo di mela. Volevo nutrirla il più possibile. Per me ordinai solo un minestrone, perché non volevo che quell'uomo pensasse che stavo cercando di approfittarmi di lui.

Per tutto il tempo in cui mangiammo quel pasto caldo e delizioso, continuai ad abbassare la testa e a fingere di pulirmi la bocca, sperando che nessuno si accorgesse che in realtà mi stavo asciugando gli occhi.

L'uomo si alzò per andarsene prima che avessimo finito, e quando passò davanti al nostro tavolo mise giù quaranta dollari. Abbastanza per pagare la nostra cena, con un po' di avanzo per comprare del cibo per i giorni successivi.

Quando vidi tutti quei soldi, provai l'impulso di posare la testa sul tavolo e scoppiare in lacrime.

In seguito passai molte volte davanti a quel ristorante, ma non vidi mai più quell'uomo.

Un grido acuto mi distoglie dalle mie fantasticherie, facendomi alzare lo sguardo. Un corvo è seduto su un ramo vicino, mi fissa e gracchia.

Alcuni credono che i corvi portino cattivi presagi, ma io mi rifiuto di crederci. Sono creature intelligenti e giocose che hanno una cattiva reputazione.

Eppure, quando un altro grido stridulo fende l'aria, mi viene la pelle d'oca.

Ormai James è già in una cella, mi dico.

Il che significa anche che si è reso conto che l'ho tradito.

Mi costringo a distogliere la mente da quel pensiero orribile.

Poiché Catherine non è ancora tornata con il cibo, tiro fuori il mio diario e una penna. C'è una cosa in particolare che voglio scrivere, che mi ricorda l'amore di mio padre.

Per una sera straordinaria, quando avevi due anni e mezzo, siamo state ricche sfondate.

È stata una delle notti più belle e più terrificanti della mia vita. Eravamo appena state sfrattate dalla piccola stanza che avevo affittato in una palazzina fatiscente, di proprietà di un'altra madre single. Non la biasimavo. Anche se l'affitto era economico, non riuscivo a pagarlo. Avevo già dovuto traslocare due volte e avevo bruciato diversi lavori: prima come tata di un bambino (fui licenziata perché i genitori non gradivano che ti portassi con me al lavoro), poi come addetta alla reception di un hotel economico. Anche se dormivi tranquillamente sul pavimento sotto la mia scrivania, avvolta in una coperta, una volta il mio direttore passò all'improvviso, ti vide, e il lavoro finì.

La madre single voleva aiutarmi, ma aveva anche lei le sue bollette da pagare. Avevamo entrambe le lacrime agli occhi quando mi disse che dovevo andarmene.

Poiché avevo affittato la stanza ammobiliata, non avevo molto da portare con me: il mio borsone grigio con i vestiti e gli articoli da toilette e uno zaino pieno dei tuoi vestiti e di provviste.

Non avevo una macchina, né amici disposti a ospitarci sul divano finché non mi fossi rimessa in sesto. Così tornai da Target.

Eri una bambina molto tranquilla. Non credevo che avresti pianto quando le luci si fossero spente. Ma per stare tranquilla comprai uno di quei Ring Pops a forma di ciucciotto. Non avevi mai assaggiato una caramella e quando te la misi in bocca ti si illuminarono gli occhi.

Seguii la mia vecchia routine, aspettando fino a un minuto o due prima dell'ora di chiusura per poi entrare nella rastrelliera circolare con te in braccio. Ti sussurrai all'orecchio, dicendoti che le luci si sarebbero spente ma che la mamma ti avrebbe tenuto al sicuro. Mi guardasti con i tuoi occhioni azzurri, mentre succhiavi quel lecca lecca alla ciliegia come se avessi paura che qualcuno te lo portasse via prima che potessi finirlo.

Trenta minuti dopo uscimmo da dietro la rastrelliera. Avevamo tutto il negozio per noi.

Volevo che per te fosse divertente, una sorta di avventura. Così la prima cosa che facemmo dopo esserci procurate una torcia fu prendere un cestino di plastica rosso per la spesa e vagare tra i corridoi, scegliendo tutto ciò che volevamo per un picnic. Io presi caramelle alla frutta, brezel e limonata. Tu aggiungesti un pacchetto di Oreo. C'erano un tavolino e delle sedie nel reparto bambini, così ci sedemmo lì e mangiammo fino a saziarci.

Poi iniziò il vero divertimento.

Camminammo per il reparto abbigliamento, scegliendo le cose che volevamo provare. Ti stava tutto così bene, che avrei voluto prendere ogni cosa per te, ma alla fine ci accontentammo di minuscoli pantaloni di velluto a coste rossi, con una morbida camicetta color crema e piccole scarpe da ginnastica con il velcro al posto dei lacci. Io presi dei jeans nuovi e una felpa con cappuccio, ed entrambe indossammo calzini e biancheria pulita.

Avevo lasciato il meglio per ultimo. Passammo al reparto giocattoli. Oh, Catherine, la tua espressione quando ti dissi che potevi scegliere quello che volevi. Era come se non riuscissi a crederci, come se non ti fosse mai capitato nulla di così bello.

Camminasti su e giù per il corridoio forse per un'ora, fissando i diversi oggetti mentre io li illuminavo con la torcia: una bambola con lunghi capelli rossi, un set di mini pentole e padelle con cibo di plastica. Puzzle, labirinti di marmo e blocchi da costruzione dai colori vivaci.

Alla fine sceglesti un morbido cucciolo di peluche bianco e marrone con le orecchie flosce.

Fu facile tagliare la confezione e il cartellino di sicurezza. Le forbici erano ancora disponibili nella sezione articoli per ufficio.

Poi presi alcuni libri per bambini e ci sistemammo insieme sulla grande poltrona a sacco. Lessi ad alta voce per te finché non ti addormentasti, con il corpicino caldo accoccolato contro il mio.

Volevo riportarti nel nostro nascondiglio, ma i miei oc-

chi si fecero pesanti; stavamo così comode. Li chiusi solo per un momento.

Dei passi pesanti mi svegliarono.

Aprii gli occhi e fui accecata da una luce forte. Alzai la testa per vedere cosa stava succedendo. Le luci sul soffitto erano accese e qualcuno veniva verso di noi.

Per la paura sentii cedere le gambe. Ti strinsi tra le braccia, cercando di sprofondare ancora di più nella poltrona a sacco.

Un'alta sagoma incombeva su di noi.

Eravamo completamente indifese. Il terrore mi paralizzò. Non riuscivo nemmeno a gridare.

Un uomo in tuta blu ci fissava.

Riuscii a gracchiare: «Per favore».

L'uomo continuava a guardarci, senza dire nulla.

Pensai che anche lui fosse entrato di nascosto. Forse per rubare.

Si premette l'indice sulle labbra.

Annuii vigorosamente. Volevo fargli capire che saremmo state tranquille, e che non avremmo mai detto una parola. Se anche avesse rubato tutto quello che c'era nel negozio e le nostre borse con tutti i nostri effetti personali, non era un mio problema. Bastava che non ci facesse del male, non importava nient'altro.

Poi sentii altre voci. Un altro uomo e una donna.

I miei occhi si erano ormai adattati alla luce. Vidi un carrello delle pulizie accanto all'uomo. Era giovane, probabilmente appena qualche anno più grande di me. Cercava solo di guadagnarsi da vivere.

Espirai e il mio corpo si rilassò un poco, ma non eravamo ancora al sicuro. Se lui avesse chiamato la polizia, sarei stata arrestata e ti avrebbero portata via da me. E sarebbe stato solo l'inizio. La polizia avrebbe potuto scoprire la mia vera identità.

Avevo contato sul fatto che tutto nel Target fosse rimasto invariato. Non sapevo che il personale delle pulizie aveva cambiato orario, passando dalla mattina presto alla sera tardi.

Avevo commesso un terribile errore.

L'uomo in tuta cominciò a gesticolare freneticamente. Mi ci volle un attimo per capire che voleva che mi alzassi, che lo seguissi. Scesi dalla poltrona a sacco, con te che dormivi ancora tra le mie braccia. Il cucciolo di peluche che avevi chiamato Brownie cadde a terra.

Lui lo raccolse e si affrettò verso un angolo del negozio, dove si trovavano i camerini di prova. Con una chiave legata a una catenina ne aprì uno e ci fece cenno di entrare.

Sentii una donna che lo chiamava.

Chiuse la porta a chiave, lasciandoci al sicuro fino alla fine del turno. La donna lo chiamò di nuovo per nome e lui rispose: «Estoy aquí». *Sono qui.*

Mi sedetti sul pavimento del camerino, tu dormivi ancora tra le mie braccia. Non potevo credere alle mie orecchie.

Il nome con cui la donna aveva chiamato quell'uomo mi era molto familiare.

Mateo. Era anche il nome di mio padre.

Sembrava un altro segno del fatto che mio padre, in qualche modo, mi stesse ancora proteggendo.

Chiudo il diario e guardo verso la porta d'ingresso del Sunrise. Catherine sta uscendo. Porta con sé un vassoio di cartone con due bicchieri di polistirolo bianchi e un sacchetto di carta marrone.

Controllo di nuovo il mio telefono. I giornalisti dovrebbero ricevere presto la notizia della cattura di James. I poliziotti non la terranno nascosta. Saranno orgogliosi dell'arresto.

Da un momento all'altro potrò respirare tranquillamente. Ma non c'è nessun aggiornamento su internet.

Catherine mi offre il vassoio e io prendo il caffè, inalandone il ricco aroma.

Non resta che aspettare.

39

CATHERINE

Devo sciogliere molti nodi con mia madre.

Dopo aver bevuto il nostro caffè e aver divorato l'hummus e gli involtini vegetali preparati da una cuoca in cucina, iniziamo a parlare. Dopo varie ore, ho a malapena scalfito la superficie di ciò che voglio sapere.

Per la prima volta, mia madre si è aperta con me.

Mi rendo conto che per lei è difficile smantellare i muri che ha passato più di due decenni a fortificare, quelli in cui voleva contenermi.

Ma capisce chiaramente che l'unico modo in cui possiamo andare avanti è farmi entrare nel suo passato.

Siamo sedute all'ombra di un grande albero ma, anche se il caldo è diventato fastidioso, non voglio muovermi e rompere questa nuova e strana intimità.

Le storie che mi sta raccontando, di quanto sua madre fosse crudele con lei e Timmy, di come James avesse tramato per punire l'allenatore Franklin per averla violentata, e di come si fosse nascosta in un Target fino a un mese prima della mia nascita, risparmiando ogni centesimo che riusciva a guadagnare come cameriera, fino a quando aveva avuto abbastanza denaro per affittare una stanzetta, mi sbalordiscono.

È difficile conciliare questi racconti con l'immagine che ho avuto finora di mia madre: una donna laboriosa con una vita senza scosse.

Credo di non averla mai considerata una persona. Mi è sempre sembrata più un pianeta che orbitava intorno a me. Forse è così per la maggior parte delle figlie, almeno fino a quando non raggiungiamo un certo punto dell'età adulta. Definiamo le nostre madri attraverso la lente del loro rapporto con noi.

Ormai mia madre mi ha spiegato come ha attirato James nel loro vecchio luogo segreto e poi ha avvisato la polizia. Non appena avremo la conferma del suo arresto, mi dice, potremo tornare nel nostro appartamento.

Sospira e si appoggia alla sedia da giardino, con l'aria svuotata. La sua pelle ha una tonalità giallastra ed è così magra che i suoi zigomi sono ancora più evidenti del solito. Si passa il dorso della mano sulla fronte, asciugando una leggera patina di sudore.

«Ti aiuterò a sistemare tutto» dice. «Puoi ancora trasferirti a Baltimora. Possiamo preparare la macchina e ti ci accompagno la prossima settimana.»

Accartoccio la sottile tazza di polistirolo.

«Penso che dovrei sistemare le mie cose da sola» rispondo alla fine.

Fa una faccia ferita, ma dice: «Mi sembra giusto».

Poiché non voglio guardarla in questo momento, cerco nello zaino la cartellina che mi ha lasciato Tin. L'ho presa dalla sua scrivania prima di andare a farmi preparare qualcosa da mangiare per me e mia madre.

Estraggo il contenuto. Ci sono alcuni moduli da compilare, un opuscolo che offre un piano dentistico e un adesivo bianco e blu per il parcheggio con il nome del Sunrise, il logo e l'anno in corso. Lo guardo, pensando che non potrò mai usarlo visto che darò le dimissioni per la seconda volta.

«C'è un'altra cosa che voglio chiederti» dico.

Mia madre ha gli occhi chiusi, ma li apre al suono della mia voce.

«Ethan. La notte del nostro anniversario...»

Lei sospira e si siede un po' più dritta.

Quello che mi dirà ha un'importanza vitale. Rivelerà non solo quanto vale il suo impegno di essere sincera con me, ma mi aiuterà anche a capire se i suoi inganni non erano solo tesi a proteggermi, ma anche a tenermi vicino ed esercitare un controllo sulla mia vita.

«L'hai drogato.»

«Cosa?»

Il suo shock sembra autentico. Ma non basta a convincermi. «Ha detto che gli hai versato da bere e poi è praticamente svenuto sul divano.»

Mia madre scuote la testa.

«Ecco che cosa è successo. La sera prima aveva lasciato il telefono nel nostro appartamento.» Questo corrisponde a ciò che so, quindi le faccio cenno di continuare.

«Si era incastrato tra i cuscini del divano. Non sapevo nemmeno che fosse lì, finché quel pomeriggio, dopo essere tornata dal lavoro, mentre guardavo qualcosa alla tele, l'ho sentito vibrare sotto di me.»

I suoi occhi sono fissi nei miei.

«Mi dispiace, Catherine. Vibrava perché qualcuno gli stava mandando un messaggio. Quando l'ho tirato fuori, ho visto la prima riga del messaggio sullo schermo.»

Mi si annoda lo stomaco e ho un po' di nausea. So già cosa sta per aggiungere.

«Era un'altra donna.» La sua voce è gentile, ma anche dopo tutto questo tempo (e con quello che sta succedendo, che dovrebbe rendere Ethan insignificante come il ronzio di un'ape) mi colpisce così forte da farmi piegare le braccia sullo stomaco.

Mi sembra che nessuno nella mia vita fosse chi fingeva di essere.

Faccio un respiro tremante prima di chiedere: «Cosa diceva il messaggio?»

«Ho potuto leggere solo la prima parte, perché lo schermo era bloccato. Ma era abbastanza da farmi capire che avevano dormito insieme il pomeriggio del giorno prima.»

Il pomeriggio del giorno prima, quando Ethan mi aveva detto che era impegnato nei preparativi per il nostro anniversario. L'avevo immaginato mentre comprava rose, lavava le lenzuola e mi scriveva un biglietto d'amore, non mentre scopava con un'altra donna.

«Quindi gli hai teso una trappola?»

Mia madre scuote la testa. «Sono uscita e ho comprato una bottiglia di vodka. E quando è venuto gli ho offerto da bere. Lui ha fatto la sua scelta.»

Mi prendo la testa tra le mani.

«Io gli ho versato il primo bicchiere, ma al secondo ha pensato lui. E anche a quelli successivi. Non si è limitato a bere qualche sorso. Questo è l'unico motivo per cui è crollato sul divano.»

Non so cosa pensare. Tutto è confuso.

«Perché non mi hai detto la verità?» chiedo, quasi piangendo. «Perché non riesci mai a dirmi la verità?»

La mano di mia madre si posa sulla mia spalla, ma invece di darmi sollievo, mi brucia. La tolgo.

«Ho pensato che così sarebbe stato più facile, per te. Ethan era il tuo primo grande amore... Ero preoccupata dell'effetto che avrebbe avuto sulla tua autostima se avessi saputo che ti tradiva. Ho pensato che sarebbe stato meglio se fossi stata tu ad assumere il controllo e a lasciarlo.

«Ma non avevo il controllo» protesto. «Ce l'avevi tu.»

Un pensiero irritante fa capolino: forse mia madre sta mentendo di nuovo.

Ho bisogno di prove.

«La ragazza che gli ha mandato il messaggio» inizio. «Come si chia...»

È come se sapesse cosa sto pensando prima ancora che lo dica.

«Kaitlin» risponde. «Non l'ho mai dimenticato.»

È il nome della donna con cui Ethan sta ora. Sono quasi certa che sia la cameriera bionda che sembrava mandare veleno nella mia direzione ogni volta che entravo per vedere Ethan.

Non ho mai parlato di lei a mia madre. Evidentemente dice la verità.

Quindi mi sono lasciata ingannare anche da Ethan. Sono proprio una credulona. La stanchezza mi avvolge come una coperta. Il mio cervello è sovraccarico e si sta spegnendo. Mi sento la testa pesante, perciò la inclino all'indietro contro le doghe di legno duro della sedia.

L'ultima cosa che vedo prima di chiudere gli occhi è mia madre che si alza e inizia a perlustrare il giardino.

Quando riapro gli occhi, le tempie pulsano e il sole è più basso nel cielo. Controllo il telefono e vedo che sono le cinque passate. Mia madre è seduta accanto a me, ma non sta dormendo. Sta scrivendo qualcosa in un quaderno a spirale verde che sembra vecchio di mille anni. Si accorge che la sto guardando, lo chiude e lo infila nella sua grande borsa.

«Mi sono persa qualcosa?»

«Qualcuno è uscito e si è allontanato con la Cadillac pochi minuti fa» dice. «Una coppia: lui aveva i capelli bianchi, lei indossava un vestito rosa e usava un bastone.»

«George e June. Probabilmente stanno andando a cena fuori.»

Lei annuisce.

«Non abbiamo saputo altro» dico.

È un'affermazione, non una domanda. Mi basta guardare il volto di mia madre per capire che la notizia dell'arresto di James non è ancora stata pubblicata.

«Dobbiamo solo aspettare ancora un po'» continua a dire lei. Mi alzo e mi stiracchio, poi entro al Sunrise per andare in bagno. Mi dirigo nella sala ristoro del pianterreno e prendo qualche biscotto da un enorme vassoio di plastica che qualcuno ha preparato per il personale, poi riempio due bicchieri d'acqua dal distributore.

Quando torno da mia madre, lei mette giù il telefono. Morde un biscotto all'uvetta e lo manda giù con un bel sorso d'acqua. «Grazie.»

Il tempo scorre lentamente. Il suo volto si irrigidisce, così come la postura.

Il sole scende verso l'orizzonte. Qualche piano sopra di noi, i residenti dell'Ala della Memoria devono essere sempre più agitati.

Qualcosa, allo scendere della sera, stimola in loro un senso di pericolo.

Speravo di essere già a casa, a quest'ora, a fare una lunga doccia calda. Vorrei chiudere la porta della mia stanza e rimanere sola con i miei pensieri.

Ma il crepuscolo sta calando e noi siamo intrappolati in un limbo. «Dovremmo andare sul retro» dico infine. Siamo sedute qui fuori da molto tempo e ormai la maggior parte dei residenti è dentro, per cenare e sistemarsi per la notte. Il giardino è quasi deserto. Non voglio attirare l'attenzione.

Mia madre si alza e facciamo il giro dell'edificio. Qui dietro è molto meno attraente. Al posto delle aiuole curate, ci sono i cassonetti in metallo dell'indifferenziata e del riciclaggio. Niente sedie o panchine, quindi rimaniamo in piedi.

Cerco di passare il tempo pensando a cosa farò quando tutto sarà finito. Domani sono di turno al lavoro, quindi dovrò avere una conversazione difficile con Tin e trovare un valido motivo per la mia inversione di rotta. Non posso dirle la verità, ma non voglio nemmeno mentirle.

Sono stufa di bugie.

Le ultime macchie di grigio nel cielo stanno diventando nere quando il mio telefono squilla. Mi volto di scatto.

Se Ethan mi manda ancora un messaggio, gliene dico quattro e lo blocco.

Ma non è Ethan.

Il messaggio è di George Campbell. *Catherine, ho notato che la tua macchina è ancora qui. Potresti venire a trovare me e June appena possibile? C'è una cosa importante di cui dobbiamo discutere con te.*

Mi si stringe il cuore quando lo leggo.

Pensavo di aver fatto tutto per bene, dicendo a mia madre di riempire il serbatoio fino a tre quarti e di assicurarsi di non lasciare nulla dentro la Cadillac. Cosa può avermi tradito? Forse George ha notato qualcosa di strano nel veicolo e June mi aveva accennato che proprio stamattina aveva rovistato nella ciotola che conteneva le chiavi.

Forse hanno capito ciò che ho fatto.

«Cosa c'è?» chiede mia madre.

Giro lo schermo del telefono in modo che possa leggere il messaggio.

Fa una faccia dispiaciuta. «Oh, no.»

40

RUTH

Non mi piace non poter vedere Catherine.

So che è a poche decine di metri di distanza, nell'appartamento dei Campbell. Tuttavia, il mio respiro è diventato affannoso e provo una stretta al petto. Cammino senza sosta: dieci passi in avanti, mi volto, dieci passi indietro.

Il piano di Catherine è quello di chiedere perdono ai Campbell e raccontare loro la verità: che ieri sera aveva un disperato bisogno di un'auto, ha preso una decisione sciocca in una frazione di secondo e spera che possano perdonarla.

Ha detto che George e June sono persone molto gentili. Pensa che saranno comprensivi.

L'ho vista allontanarsi da me per andare da loro, sentivo ogni suo passo lento come una pugnalata allo stomaco. Aveva le spalle ingobbite, preparandosi ad affrontare il giudizio. Era lo stesso modo in cui da ragazzina entrava il primo giorno in ogni nuova scuola.

Testa alta, spalle indietro. Le ho inviato questo messaggio mentale proprio come facevo quando l'accompagnavo a scuola. Poi ha girato l'angolo ed è scomparsa. È via da quasi quindici minuti.

Non riesco a trattenermi. Guardo il mio iPhone e controllo la sua posizione.

È ancora al Sunrise.

Non so quanto possa durare una conversazione come quella che sta avendo con George e June. Sicuramente non troppo a lungo, però.

Si è alzato il vento e mi avvolgo le braccia intorno al corpo, rabbrividendo. La temperatura sta calando rapidamente, ora che il sole è sceso sotto l'orizzonte.

Ho una felpa nel borsone, ma è dall'altra parte dell'edificio, nella Bonneville, in fondo al parcheggio. Non ho intenzione di lasciare questo posto. Non voglio che Catherine torni e non mi trovi.

Aggiorno la ricerca di James su Google. Nessun nuovo risultato. Riprovo con parole chiave diverse: «Oak Hill», «campo» e «fuga».

Ma non c'è nulla.

Mi avvicino un po' all'edificio. Nella parte interiore, il Sunrise è molto ben illuminato, con ampi vialetti pavimentati e una luce gialla che fuoriesce da ogni finestra. Qui dietro, dove i residenti non arrivano mai, è tutta un'altra storia. C'è così tanta ombra che non riesco a vedere più di tre o quattro metri davanti a me, e c'è un odore sgradevole che proviene dal grande cassonetto della spazzatura.

Vorrei tanto sapere qual è la finestra dei Campbell. Avrei dovuto chiedere a Catherine a che piano abitano, ma non ci ho pensato. Mi sentirei meglio se sapessi esattamente dove si trova.

Avverto un movimento con la coda dell'occhio e mi giro di scatto, ma è solo uno scoiattolo che sfreccia alla base di un albero. Appoggio una mano sul cuore che batte forte ed espiro.

Mente e corpo sono sempre più nervosi. Il mio bisogno di stare vicino a Catherine è così intenso che mi sembra di essere in astinenza chimica da lei.

Conto fino a cento, poi fino a duecento, proprio come ho fatto quella notte di tanto tempo fa in quel Target, quando ero sola nell'oscurità.

Ormai è andata via da quasi venti minuti.

Non c'è nessuno in giro. È completamente buio. Il giardino è deserto. C'è qualcosa che non va. Me lo sento nel profondo del cuore.

Guardo di nuovo l'iPhone, ma non c'è nulla di nuovo.

Poi spalanco gli occhi.

Senza rendermene conto, infilo la mano nella mia grande borsa a tracolla e tiro fuori il cellulare usa e getta. Non l'ho più guardato da quando ho chiamato la polizia, poco prima delle nove del mattino.

Accendo il telefono mentre le mie pulsazioni aumentano.

È un dispositivo economico. Lo schermo sfarfalla per un momento, poi diventa nero. Infine si accende definitivamente.

Ho la bocca completamente secca.

Ho un nuovo sms, da un numero sconosciuto. È arrivato meno di un'ora fa.

Sento una fitta di terrore. Le mani mi tremano così violentemente che per poco non faccio cadere il telefono mentre clicco freneticamente per aprire il messaggio.

All'inizio sbatto le palpebre, sconcertata.

Non ci sono parole, ma solo un'immagine. Una piccola fotografia sgranata.

Non riesco a vederla bene in questa luce fioca, quindi prendo l'iPhone con la mano libera e accendo la torcia. La punto sullo schermo del telefono usa e getta.

Mi ci vogliono un paio di secondi per capire cosa sto guardando.

Poi lascio cadere a terra il cellulare usa e getta e corro verso l'ingresso del Sunrise, con le braccia che si agitano e i piedi che toccano appena il suolo mentre volo sull'erba.

La fotografia è stata scattata mentre salivo sulla Cadillac nel parcheggio di Pizza Piazza alle nove del mattino di oggi. Dall'angolazione, posso dire che il fotografo si trovava sul muro di contenimento verso il retro del parcheggio, coperto da alberi e cespugli.

Il respiro affannoso mi lacera i polmoni, ma mi costringo a correre ancora più veloce.

Avevo detto a James di trovarmi a un'ora di distanza, in un hotel di Annapolis. Non gli ho chiesto dove fosse lui, durante la nostra telefonata. Davo per scontato che si fosse nascosto in un hotel economico.

Invece era nel mio stesso parcheggio, e alle mie bugie ne aggiungeva di sue. Mi aveva osservato durante tutta la nostra conversazione. Me lo aveva anche detto, alla fine della telefonata.

«Ci vediamo» aveva detto, pochi istanti dopo avermi scattato la foto.

41

CATHERINE

Il cuore mi martella nel petto quando busso con le nocche alla porta dell'appartamento di George e June. Abitano al primo piano, in un appartamento d'angolo con due stanze da letto. Non riesco a ricordare quante volte ho bussato a questa porta. I Campbell mi hanno sempre aperto con un sorriso di benvenuto.

Stasera non sarà così.

Ci vuole un tempo insolitamente lungo, poi la porta si apre e vedo June.

La sua espressione mi sconvolge. Faccio involontariamente un passo indietro.

Non sembra affatto arrabbiata. Al contrario, il suo volto è pieno di allegria a malapena contenuta.

«Catherine!» Appoggia il bastone al muro e mi butta le braccia al collo, come se fossero passati mesi dall'ultima volta che mi ha visto, invece che poche ore.

Sono completamente disorientata. Avevo un discorso già pronto. Sono disposta a strisciare, a piangere, a fare qualsiasi cosa per evitare che mi denuncino.

George ci raggiunge nello stretto ingresso, in piedi accanto al tavolino con la ciotola verde che contiene le chiavi dell'auto.

«Ciao, tesoro.» Mi abbraccia anche lui.

«Volevate... volevate vedermi?» balbetto. Quasi contro la mia volontà, i miei occhi sono attratti dalle chiavi della Cadillac.

«Vieni in salotto» mi esorta June. «C'è una sorpresa per te!»

Non ho idea di cosa stia succedendo, ma forzo un sorriso legnoso.

«Prima chiudi gli occhi» ordina George, in tono scherzoso. «Non sbirciare!»

Obbedisco e sento la mano fredda e ossuta di June scivolare nella mia. Mi guida per diversi passi in avanti, battendo il bastone a ogni passo. Non ho bisogno che la mia vista mi dica dove stiamo andando. Ho passato così tanto tempo qui che conosco ogni centimetro di questo posto. Ci troviamo sulla soglia del soggiorno. Quando aprirò gli occhi, vedrò il loro divano beige e due grandi poltrone intorno a un tavolino di legno lucido.

I Campbell sanno che sto pensando di trasferirmi a Baltimora. Forse è una festa d'addio?

L'aria sembra farsi più densa, con una pressione inquietante.

«Apri gli occhi!» grida June.

A prima vista, la scena che mi si presenta davanti è deludente. L'unico ospite è un uomo seduto tranquillamente sul divano.

Per una frazione di secondo resto ancora più confusa di quando sono arrivata. Non ho idea di chi sia questa persona, né del perché i Campbell mi abbiano convocata da loro.

Poi i miei occhi si spostano dalle sue braccia muscolose e dalle spalle troppo sviluppate al viso. Ora è calvo (deve essersi rasato la testa) e non ha più gli occhiali, ma riconosco i suoi lineamenti.

Mi esce tutto il fiato, come se avessi ricevuto un pugno allo stomaco.

James si alza e si avvicina a me, mentre un'ondata di terrore mi travolge. Non può succedere, non qui, nell'accogliente appartamento di George e June, con loro due convinti che questo sia un momento di gioia.

James allunga le mani e io indietreggio, ma lui non fa altro che stringermi in un abbraccio. Schiacciata sul suo petto, mi sento come premuta contro un blocco di cemento.

«Chiamami David» mi sussurra all'orecchio.

June intreccia le mani.

«Riesci a credere alla coincidenza?» dice June. «Io e George eravamo a cena fuori stasera, e tuo cugino è arrivato un minuto dopo, si è seduto al tavolo accanto e abbiamo iniziato a chiacchierare. Ed è venuto fuori che era in città per farti una sorpresa!»

Mi gira la testa. Sono entrata in una scena surreale, di cui James è il regista. Ha preparato il palcoscenico e sistemato gli attori. Sta fingendo di essere un uomo che non esiste: mio cugino David.

I Campbell credono che questa sia una riunione di famiglia. Ed è davvero così, ma io sono l'unica a sapere la verità sulla mia relazione con James.

«Quanto tempo è passato dall'ultima volta che vi siete visti?» chiede George.

James mi fissa negli occhi e sento il sangue defluire dal viso. Il suo tono è caldo e leggero. «È passata un'eternità, ma allo stesso tempo mi sembra di averti vista solo ieri sera, non è vero, Catherine?»

Ogni parola è un ago che si conficca nella mia pelle. Si sta divertendo. Sta banchettando con la mia paura.

Come ha fatto a trovare i Campbell o a sapere del loro legame con me?

Poi vedo la risposta con chiarezza, come se la leggessi nella cartellina che Tin ha lasciato per me: l'indizio che James ha usato per rintracciarmi è l'adesivo del parcheggio del Sunrise.

I Campbell ne hanno uno sul lunotto della Cadillac. Quando sono andata da Pizza Piazza ieri sera, James è entrato nel ristorante dopo di me. Ma questo non significa che io fossi arrivata per prima. Magari lui stava già sorvegliando il parcheggio, e mi ha vista scendere dalla Cadillac, riconoscendomi dalla mia foto su Facebook.

Per notare l'adesivo del Sunrise non ha dovuto fare altro che avvicinarsi a controllare l'auto con cui ero arrivata.

June sembra percepire la mia angoscia. Il suo sorriso svanisce e si forma una ruga verticale tra le sopracciglia. «Catherine? Va tutto bene, tesoro?»

James torna verso il divano mentre il silenzio si prolunga e anche George si volta a guardarmi. Dal punto dove si trovano non riescono a vedere bene James.

Ecco perché lui può chinarsi tirare su l'orlo dei jeans, senza che nessuno se ne accorga.

Non avevo mai visto una pistola vera, prima d'ora.

L'espressione di James è minacciosa quanto l'arma nera e lucente nella fondina alla caviglia.

Se non sto al gioco, ci ucciderà tutti?

Le lacrime mi escono dagli occhi. «Sono così felice che riesco a malapena a parlare» riesco a dire a fatica.

June sorride. L'ha bevuta.

James lascia cadere l'orlo dei pantaloni. Il suo volto torna a essere quello di un uomo comune e gentile.

«George, andiamo a preparare qualcosa da bere e lasciamoli un momento da soli.»

Prende il bastone e si dirige con il marito verso la cucina. Il silenzio che si lasciano dietro è un vuoto incolmabile.

Guardo James, ancora incapace di comprendere come abbia fatto a trovarmi così in fretta. In qualche modo, ha eluso la trappola che mia madre gli aveva teso e mi ha rintracciata qui.

«Siediti con me, Catherine.» Dà un colpetto sul cuscino accanto a lui. Ho il terrore di obbedire, ma ho ancora più paura di rifiutare.

Mi avvicino con le gambe tremanti e sprofondo accanto a lui, mantenendo la massima distanza possibile tra noi.

James mi toglie l'iPhone di mano e lo appoggia sul tavolino, più vicino a lui che a me. Evapora ogni speranza che avevo di mandare un messaggio di nascosto a mia madre.

«Abbiamo un'amica in comune» dice, con dolcezza. «Devo sapere dove si trova.»

«Un'amica?» Faccio la finta tonta, perché non ho idea di quante cose sappia.

Mi scosto ma lui si avvicina a me, con un sorriso all'angolo della bocca. Mi sta deliberatamente bloccando contro il bracciolo del divano. «Lei ti ha assunta per trovarmi. Ora devi trovare lei per me.»

Vuol sapere dov'è mia madre, ma non sa che è mia madre. Un forte schiocco esplode in cucina e io sobbalzo, abbassando d'istinto la testa verso le ginocchia.

James resta impassibile e ride mentre sollevo lentamente la testa. Era solo un tappo di champagne. June e George credono davvero che questa sia una serata di festa.

«Hai guidato la Cadillac fino al ristorante ieri sera» dice James, confermando il mio sospetto di avermi vista uscire dall'auto ed entrare al Pizza Piazza. Poi continua: «Ma è stata Ava a ritirare la Cadillac stamattina. Quindi devi averla vista e averle dato le chiavi. Significa che sai come contattarla. Probabilmente sai anche dove abita. Ho fatto il suo nome ai Campbell, ma non hanno reagito. Quando invece ho fatto il tuo nome, non smettevano di parlare di che ragazza meravigliosa sei».

Scuoto la testa, ma lui continua a parlare.

«Staremo qui per dieci minuti a bere qualcosa e tu ti comporterai come se fossi felice di rivedere il cugino perduto da tempo. Poi saliremo in macchina e mi porterai da Ava.»

La sua voce è calma e ferma. I jeans e la polo blu scuro a maniche lunghe che copre il tatuaggio carcerario sono ordinati e puliti. Il suo alito, così vicino al mio viso, profuma di menta. L'accostamento mi dà le vertigini. È un mostro travestito da uomo.

«Se provi a fare un segnale a George e June, o se scappi, li ucciderò entrambi prima che tu arrivi alla porta.»

Non dubito che lo farebbe davvero.

George e June rientrano nella stanza. George porta un vassoio con quattro flûte di champagne e June ha una ciotola d'argento con frutta secca nella mano libera.

June posa la ciotola sul tavolino mentre George distribuisce i bicchieri.

Mi tremano così tanto le mani che per poco non rovescio il liquido dorato.

George alza il bicchiere. «Alla famiglia.»

Facciamo tintinnare le flûte, io porto il bicchiere alle labbra ma ho la gola troppo stretta per inghiottire lo champagne.

«Spero che il nostro piccolo scherzo non ti abbia scioccato troppo, Catherine» dice June. «Abbiamo dato un passaggio a David dal ristorante thailandese per assicurarci che la tua Bonneville fosse ancora nel parcheggio. Poi lo abbiamo registrato come nostro ospite, in modo da farti una sorpresa!»

«E ci siete riusciti» rispondo. George ha un interesse per le auto. Conosce la mia perché una volta gli ho chiesto un consiglio, quando pensavo che un meccanico ci stesse facendo pagare troppo per un nuovo carburatore.

«Dovrò chiedere un passaggio a Catherine per andare a prendere la mia macchina» dice James ridendo, e io fingo di ridere con lui mentre penso a tutta velocità.

Devo fare qualcosa al più presto. Quando saremo soli all'interno di un veicolo sarà troppo tardi.

Nel bagno c'è una cordicella di emergenza. Se riesco a raggiungerla, qualcuno del personale infermieristico si presenterà rapidamente alla porta.

Ma poi? James potrebbe decidere di sparare per uscire dall'appartamento.

Non posso rischiare di innervosirlo, finché non siamo lontani da George e June.

«Catherine?»

Tutti mi fissano. Devo essermi persa una domanda.

«Scusate» dico. James si avvicina e mi prende la mano. La repulsione mi attanaglia lo stomaco.

«Mi chiedevo se tu e David siete imparentati per via materna» June si informa.

James scuote la testa. «Per parte di padre.»

June aggrotta la fronte. Cerco freneticamente di ricordare cosa le ho raccontato della mia storia familiare. Probabilmente non molto, se non che vivo con mia madre e non ho fratelli. Di certo non le ho mai parlato di un cugino.

Se continua con le domande, potrebbe scoprire abbastanza da insospettirsi. Potrebbe notare dei buchi nella storia di James, forse si preoccuperà e chiamerà la polizia dopo che io e James saremo usciti.

La fronte di June si distende. «Ah, interessante.» È troppo beneducata per fare altre domande.

Cerco di allontanare la mano da quella di James. Lui la stringe più forte, fino a farmi male.

«June mi ha raccontato quanto sei stata brava a prenderti cura di lei dopo l'ictus e a gestire le sue medicine per il diabete» dice James, con semplicità. «Ho sempre saputo che saresti stata una brava infermiera, Catherine.»

Sembra proprio il cugino più grande, orgoglioso di me.

È un camaleonte, si adatta alle circostanze. Non c'è da stupirsi che abbia ingannato i Campbell. Deve aver parcheggiato da qualche parte sulla strada fuori dal Sunrise, in attesa che uscisse la Cadillac. Dopo averla riconosciuta, ha seguito George e June al ristorante, si è seduto al tavolo accanto e ha attaccato bottone. Conosceva già il mio vero nome e sapeva che avevo un rapporto con i Campbell per via dell'auto. Può aver disseminato nella conversazione vari indizi per indurli a parlare del loro legame con me.

Poi ha teso la trappola in cui sono caduta.

«Quando Catherine era piccola, le facevo da babysitter. Ad Halloween si è persino vestita da infermiera. Ricordi lo stetoscopio di plastica e il bracciale per la pressione che avevi?» James ride.

Mi costringo a sorridere di nuovo. Mi sento rigida come una marionetta, in attesa che lui tiri i fili e diriga i miei movimenti.

«Quanti anni hai più di lei, David?» chiede George.

«Be', vediamo, Catherine, tu hai... ricordamelo, per favore» chiede James. «So che ti ho mandato un biglietto per il tuo ultimo compleanno, ma nella mia mente sei ancora una bambina con le trecce.»

«Ventisette» mento, sperando di confondere quanti più particolari possibili su di me.

Nel momento in cui pronuncio quel numero, però, vorrei mordermi la lingua.

«E io ne ho quarantatré» dice James. «Dato che avevo sedici anni quando è nata Catherine, tutti pensavano che fossi abbastanza grande per farle da babysitter, durante gli eventi di famiglia.»

«Sto perdendo la memoria con la vecchiaia» scherza June. «Catherine, avrei giurato che avessi ventiquattro anni.»

James gira lentamente la testa a fissarmi, mentre la sua stretta sulla mia mano si fa più forte. Quasi mugolo per il dolore.

Ha capito che ho mentito. Ora ho evidenziato l'informazione nella sua mente come qualcosa di significativo.

È come se un cappio si stringesse intorno al mio collo.

La mia mente vortica, mentre cerco di immaginare cosa succederà. Mia madre è fuori, sul retro del Sunrise. Se uscirò con James dall'ingresso principale, non si accorgerà nemmeno che sono uscita.

«Da quanto tempo vi conoscete voi tre?» chiede James, liberandomi la mano dolorante. Si appoggia allo schienale e mette un braccio intorno al divano, dietro le mie spalle. Istintivamente mi piego in avanti. Non riesco a sopportare il pensiero che mi tocchi di nuovo.

«Sei anni» risponde June. Aggrotta brevemente la fronte e sospetto che si stia ricordando che sono venuta a lavorare al Sunrise subito dopo il diploma, il che significa che l'età che ho appena finto di avere non è corretta.

Per favore, non dire altro. Cerco di inviarle questo messaggio mentale. «Qualcuno desidera un altro bicchiere?» offre George.

Il mio drink è ancora intatto, mentre quelli di James e George sono mezzi pieni. Se June annuisce, posso saltare in piedi e correre in cucina con la scusa di andare a prendere la bottiglia di champagne. E forse lì posso trovare qualcosa con cui difendermi.

Ma, prima che lei possa rispondere, James si alza in piedi.

«È stato bello, ma non vogliamo trattenervi oltre. Sono sicuro che avete entrambi delle cose da fare. E io e Catherine dobbiamo incontrare una vecchia amica.»

Il mio tempo sta per scadere.

«Lasciatemi scattare una foto di voi due insieme, prima che ve ne andiate» propone George.

«Oh, non è...» comincio a dire.

«Fidati, sarai felice di averla, in futuro» interviene June. L'ultima cosa che desidero è trovarmi stretta accanto a James per la foto.

«Va bene, ma prima vi aiuto a riordinare» dico, alzandomi e prendendo il mio bicchiere e quello di James prima che qualcuno possa protestare.

Mi soffermo nella piccola cucina, dando un'occhiata al blocco con i coltelli da macellaio sul bancone. Ho lasciato lo zaino a mia madre e le tasche dei miei pantaloncini sono troppo poco profonde per nascondere un lungo coltello. Il mio iPhone è ancora sul tavolino e in cucina non c'è un telefono fisso. E sono certa che i Campbell non tengono una pistola nel loro appartamento, e in più non saprei come usarla.

Spero che quando rientrerò in salotto, si siano dimenticati della foto. Ma quando James mi vede tornare, dice: «Catherine?» e alza il braccio destro in un gesto di invito. Non ho scelta. George prende il mio iPhone mentre mi avvicino a James. Lui mi cinge le spalle con un braccio e mi attira di nuovo a sé, mentre George ci dice di sorridere.

«Voglio assicurarmi che sia venuta bene.» George aggrotta la fronte e con due dita ingrandisce la foto sullo schermo. «Wow, non l'avevo notato prima, ma in questa foto si vede proprio che voi due siete parenti!»

Un rumore stridente mi rimbomba nella testa. L'adrenalina inonda il mio corpo. Sono colta dal disperato impulso di scappare, ma sono intrappolata dal braccio d'acciaio di James.

George inclina lo schermo per mostrare l'immagine a June.

«Oh sì, lo vedo anch'io. Avete gli stessi bellissimi occhi azzurri. Devono essere di famiglia.»

James si gira lentamente verso di me e con la mano libera mi alza il mento. Sono completamente indifesa mentre mi fissa.

Riesco a vedere il momento esatto in cui lo capisce: ora sa che sono sua figlia.

42

RUTH

Mi bruciano i polmoni, mentre giro di corsa l'angolo del Sunrise. Sono ormai in vista dell'ingresso. È a meno di cinquanta metri.

Poi mi sento mancare il terreno sotto i piedi. Mi fermo di colpo. James sta uscendo dalla porta principale, molto vicino a Catherine, con il braccio che preme contro la sua schiena. Il tempo si ferma con un brivido. Non riesco a respirare.

Li osservo muoversi insieme lungo il sentiero pavimentato, verso il parcheggio.

La mia paura più profonda ha preso corpo.

Un urlo silenzioso mi riempie la gola, mentre la mia visione si confonde e si concentra solo su mia figlia e sull'uomo che l'accompagna.

Come ha fatto a trovarci?

James è troppo vicino a Catherine e sembra che le tenga qualcosa contro la schiena. Non posso dirlo con certezza, ma dall'angolazione della mano sospetto che si tratti di una pistola.

Le mie gambe iniziano a muoversi, spingendomi verso di loro. Cammino lentamente, nel modo più silenzioso possibile, riparandomi dietro le auto parcheggiate.

Catherine inciampa e James le afferra il braccio con la mano libera, strattonandola. Lei emette un piccolo strillo acuto.

In me, la furia si aggiunge al terrore. Voglio graffiare la faccia a James. Infilo la mano nella borsa e tiro fuori il mio coltello e le chiavi dell'auto, poi faccio scivolare la borsa a terra e la lascio lì. Non voglio che nulla ostacoli i miei movimenti.

Non posso permettere che lui la faccia salire su una macchina. Se ci riesce, potrei non rivederla mai più.

È troppo tardi per chiamare la polizia. Anche se arrivassero in tempo, a sirene spiegate, Catherine si troverebbe in pericolo, se James iniziasse a sparare.

Lui non ha nulla da perdere, ora. Se il pensiero di tornare con me lo ha sostenuto in carcere, ora sa che era una fantasia, non più reale di un sogno malato.

Il parcheggio è ben illuminato vicino all'ingresso del Sunrise, ma gli angoli sono avvolti nel buio. A quest'ora della sera, non c'è nessun altro in giro. Mi avvicino a James e Catherine, abbassando la testa mentre si spostano verso l'estremità del parcheggio. Da dietro il finestrino del furgone di servizio del Sunrise, osservo James che si gira a guardare alle sue spalle, poi riprende a camminare.

Anch'io mi volto indietro. Non c'è nessuno. Ci siamo solo noi tre, qui, ma James non mi ha ancora vista.

Mi sento salire dentro una forza pari all'amore che provo per mia figlia. I miei sensi si acuiscono e la mia vista si espande. Mi accorgo della luce tremolante di una falce di luna in cielo, e del flebile frinire dei grilli. Intanto, il mio sguardo non abbandona mai Catherine.

I due si avvicinano alla Bonneville, ma lui forse non sa che si tratta della nostra auto.

Se riuscissi a salire a bordo non vista e a partire a razzo

verso di loro, e Catherine si tuffasse oltre il ciglio della strada, potrei investire James.

Ma non posso rischiare. Un proiettile è più veloce di un'auto in corsa.

Si sono fermati.

Mi avvicino il più possibile, aiutata dall'oscurità, fino a sentire le loro voci. Ora sono nascosta dietro una Buick, a meno di tre metri di distanza.

«Chiamala» ordina James.

«Cosa vuoi che le dica?» chiede Catherine.

«Qualsiasi cosa serva per farla venire qui.»

Nella mia mente si forma un piano: il mio cellulare è nella borsa, che ho lasciato cadere prima. Non ricordo se è con la vibrazione o meno. Se Catherine chiama e il telefono squilla, il suono si propagherà e distrarrà James abbastanza a lungo da darmi una possibilità?

Sfodero il coltello mentre mia figlia estrae di tasca il telefono e compone un numero. Mi accovaccio come una velocista in posizione di partenza. Stringo la presa sul manico del coltello.

Ma dall'altra parte del parcheggio non si sente alcuno squillo. Il telefono deve essere in modalità vibrazione, o il rumore è troppo attenuato dalla borsa per poterlo sentire.

Vorrei tanto rispondere alla chiamata, ma dovrei muovermi troppo in fretta per arrivare in tempo, e questo attirerebbe quasi certamente l'attenzione di James.

Poi lui dice qualcosa che mi fa sentire male. «La mamma non risponde?»

Sa che Catherine è mia figlia. Ora deve essere molto più preziosa per lui, come pedina.

Cos'altro ha scoperto?

Non sopporto che Catherine corra dei rischi. Tengo il coltello abbassato, premendolo contro la coscia destra nel tentativo di nasconderlo, mentre esco dall'ombra. «James, sono qui.»

Lui si gira per guardarmi, ma non reagisce. Se l'ho scioccato con la mia improvvisa apparizione, non lo fa notare.

Catherine mi fissa con un'espressione vuota. Riesco a percepire le ondate di paura che l'attraversano.

La rabbia ribolle dentro di me. È la rabbia primordiale di una donna a cui minacciano i figli.

«Lasciala andare, James.»

«Lasciarla andare?» mi fa eco, in tono beffardo. «Ora che la famiglia è riunita? Sai... ti ho aspettato, Ava.»

So che non si riferisce solo a quella notte di tanto tempo fa, quando è stato arrestato, ma agli ultimi ventiquattro anni.

«Lei non ha niente a che fare con questo» gli dico. «Fino a ieri sera non aveva idea che tu fossi suo padre.»

James sbatte le palpebre, l'unico segno che l'ho colto di sorpresa. «È vero?»

Catherine mi guarda, incerta sul da farsi.

«Digli la verità, Catherine» la esorto.

«Mi aveva raccontato che il suo ragazzo l'aveva messa incinta e poi l'aveva lasciata, negando che io fossi sua» dice Catherine.

«Smettila di guardarla!» le ordina James. Si fa un po' indietro per poterla osservare meglio. Ora posso vedere chiaramente la pistola nera scintillante che tiene puntata su di lei.

Catherine obbedisce, spostando lo sguardo su James.

«Perché mi hai contattato su Facebook?» chiede lui.

Digli la verità, Catherine, penso. Se vuole avere una possibilità di sopravvivere, James deve incolpare me e solo me. Ho costruito bugie come un muro di mattoni per proteggerla da lui, ma ora l'unico modo per tenerla al sicuro è distruggere quel muro.

«Stavo cercando di saperne di più su mia madre... Non parlava mai del suo passato. Non sapevo dove fosse cresciuta, né quale fosse il suo vero nome o qualsiasi altra cosa.»

«Quindi è stata lei a tenerci separati per tutti questi anni. Ti è mai mancato avere un padre?»

Catherine è combattuta, lo vedo. Non vuole scatenare la rabbia di James nei miei confronti.

«Rispondi alla mia domanda.» La voce di James è pericolosamente calma.

«Qualche volta.»

Lui la fissa con attenzione. Poi inizia lentamente ad abbassare la pistola.

Deve aver capito che non sta mentendo.

«È stata tutta colpa mia, James» sussurro. «Ti prego, lasciala andare.»

Faccio un passo lento verso di loro. Lui gira la testa a guardarmi e spalanca gli occhi, accorgendosi del coltello che premo contro la gamba.

La sua reazione mi innervosisce. Getta indietro la testa e ride. «Devo ammetterlo, Ava. Sei dura come l'inferno. Sembravi dolce come una caramella, ma ho capito cosa nascondevi dentro di te. È per questo che siamo fatti l'uno per l'altra.»

Fa qualcosa con la pistola, non capisco se toglie o mette la sicura, poi fa scattare il polso di lato come lanciando un sasso sull'acqua. L'arma finisce sotto un'auto.

Non mi rilasso neanche per un millisecondo.

James è ancora più pericoloso quando sembra tranquillo. La violenza lo rende concentrato in un modo in cui nient'altro può farlo.

Solleva le braccia e le allarga, come se si stesse arrendendo. «Forza, Ava. Aggrediscimi. Catherine deve essersi convinta che io sia il cattivo. Fai vedere a nostra figlia che sei un'assassina.»

Mi sta provocando.

«Come ti sentirai dopo avermi pugnalato, Ava? Te ne pentirai quando vedrai il mio sangue? Cercherai di chiamare un'ambulanza per salvarmi?»

So esattamente cosa sta facendo. Sta cercando di entrare nella mia testa per farmi perdere il controllo.

Mi avvicino di un passo, con il coltello ben saldo in mano. Catherine è bloccata sul posto.

Corri! le ordino mentalmente, con ogni fibra del mio essere.

Comincia ad allontanarsi.

«Catherine?»

Si ferma al suono della voce di James. «Tua madre ha ragione su una cosa. Non è stata colpa tua. Hai avuto un padre, che ha amato molto tua madre. E avrebbe voluto bene anche a te.»

Parla al passato, come se fosse già morto. Sollevo il coltello di un centimetro.

«A dire il vero, mi piace l'idea che una parte di me possa continuare a vivere.»

Poi James fa qualcosa che mi gela il sangue. Si avvicina a Catherine, le mette le mani su entrambi i lati del viso e teneramente le sfiora la fronte con le labbra, come un padre affettuoso che dà il bacio della buonanotte alla figlia.

Entrambi guardiamo Catherine, che si volta e si dirige verso l'ingresso del Sunrise. Quando è quasi arrivata alla porta, quindi è ormai al sicuro, mi fiondo su James con il coltello affilato, sperando di coglierlo di sorpresa.

Si ritrae e solleva gli avambracci per proteggersi la gola, con un riflesso fulmineo. La lama taglia la sua pelle, ma non così a fondo da provocare un danno reale.

James indietreggia mentre lo colpisco di nuovo, come se si trattasse di un gioco spensierato.

Il sangue gli cola dal braccio. Sorride.

«Questo è ciò che sei, Ava. Questo è ciò che sei sempre stata.»

Ignoro le sue parole. Non posso permettergli di sopraffarmi psicologicamente.

Mi avvento di nuovo su di lui. Questa volta, però, il coltello incontra l'aria mentre lui si sposta di lato e mi afferra il polso. La sua presa è così potente che la mia mano diventa inutile. Tengo stretto il coltello il più a lungo possibile ma, quando mi scuote il polso, mi scivola dalle dita e cade sul selciato.

James lo calcia via e mi attira a sé, circondandomi con il braccio ferito. Mi schiaccia contro il suo corpo.

Poi si china e mi bacia, la sua bocca copre avidamente la mia. Gli mordo forte il labbro. Lui tira indietro la testa e ride.

«Questa è la mia ragazza» sussurra.

Poi mi dà una testata.

Mi cedono le gambe e cado sul marciapiede, con le orecchie che fischiano. Il dolore è fortissimo. James si mette a cavalcioni su di me, con le ginocchia ai lati del mio petto, e mi stringe le mani intorno alla gola.

«Guarda le stelle, Ava. Sono ancora le nostre stelle.»

Mi torco e mi dimeno, cercando di divincolarmi, ma è troppo forte e pesante. I miei polmoni bruciano.

Vedo una vena blu spuntare sul suo collo mentre aumenta la pressione.

Davanti ai miei occhi esplodono lampi di luce bianca.

Allungo le braccia e tasto l'asfalto freddo, cercando invano la pistola o il coltello. Poi mi inarco disperatamente, mettendo tutta la mia forza nella schiena, ma non riesco a spostarlo nemmeno di un centimetro.

I miei polmoni urlano per mancanza d'aria. La forza si esaurisce. Non ho quasi più energie per lottare.

James mi sta fissando negli occhi. Forse vuol vedere la vita che si spegne in me.

Ma io non lo vedo più.

Invece, vedo Catherine da piccola, che dorme tra le mie braccia, le ciglia scure abbassate, la manina paffuta stretta intorno al mio mignolo. La vedo quando aveva cinque anni, seduta su uno sgabello a colorare mentre io finivo il turno di lavoro. La vedo a dieci anni, mentre corre in un parco erboso, con l'aquilone a strisce bianche e rosse che vola nell'aria dietro di lei.

Poi vedo Catherine sorgere come un'ombra scura alle spalle di James. Stringe nel pugno una grossa penna bianca. La conficca nella vena del collo, poi si tira indietro e scompare.

James scuote la testa con un gesto infastidito, come se fosse stato punto da una zanzara.

Allunga una mano per toccarsi il collo, ma tiene l'altra premuta sul mio.

Aspiro freneticamente una boccata d'aria.

Lui scuote di nuovo la testa e mi avvolge ancora la mano intorno al collo. Ma ora la sua stretta è più debole.

Catherine emerge dal buio un secondo dopo, cercando di colpirlo di nuovo al collo. Questa volta, mentre si avvicina, lui le torce un braccio all'indietro e la colpisce al fianco, facendola volare sull'asfalto duro.

Poi scuote di nuovo la testa.

«Cosa mi hai fatto?» sussurra. Trasalisce, poi sbatte lentamente le palpebre un paio di volte.

Mi aggrappo al suo braccio, piantando le unghie nel taglio che gli ho inferto con il coltello.

Lui sembra afflosciarsi: le sue mani si staccano dal mio collo.

Aspiro disperatamente l'ossigeno. Il buio si ritira lentamente dai miei occhi.

Sono ancora troppo debole per muovermi, ma anche lui lo sembra: è ancora seduto su di me, ma è come se fosse fatto di plastilina.

Catherine si alza in piedi, massaggiandosi il gomito, e si avvicina. Come se lui fosse solo un manichino, solleva il piede e lo spinge a terra.

James si accascia sul marciapiede accanto a me, con gli occhi aperti. È vivo, ma sembra incapace di controllare il suo corpo. Allunga una mano verso di me, poi il braccio cade a terra.

Catherine mi tende una mano e io la prendo. Mi aiuta a sedermi. Mi viene subito da vomitare e lei mi massaggia la schiena. «Piano» dice.

«Cosa gli hai fatto?» gracchio, facendo eco alla domanda di James. Ho la gola così secca che mi fa male parlare.

«Insulina. Gli ho iniettato quasi due mesi di dosi direttamente nel sangue.»

Un sottile filo di bava fuoriesce dalla bocca di James. I suoi occhi sono semichiusi, ma ci guardano ancora. La sua bocca si contrae, come se stesse cercando di parlare.

«Cosa gli succederà?» chiedo.

«Se non lo portiamo subito da un medico, morirà.»

Guardo mia figlia. Lei ricambia lo sguardo.

Nessuna delle due si muove.

43

CATHERINE

Quando mi ero ritrovata sola nella cucina dei Campbell, avevo aperto il frigorifero, infilando le penne di insulina di June nella cintura dei miei pantaloncini. La maggior parte delle persone sa che l'insulina è essenziale per la salute dei diabetici. Pochi sanno quanto possa essere letale se iniettata in chi è sano.

Se una persona ha poco grasso corporeo e un'elevata massa muscolare, come James, le sue vene tendono a essere più evidenti. Ancora prima di lasciare l'appartamento dei Campbell, avevo individuato quello che sarebbe stato il mio obiettivo.

Mentre aiuto mia madre a salire sulla Bonneville, valuto i suoi parametri vitali. La frequenza cardiaca è rallentata, ma la pelle è ancora fredda e umida. Il bianco degli occhi è macchiato di rosso per l'esplosione dei vasi sanguigni e la fronte è gonfia.

«Torno subito» le dico, poi chiudo la portiera dell'auto.

So che può essere sconcertante per lei restare sola con il corpo di James, che abbiamo caricato nel bagagliaio. Il mio lavoro mi porta spesso ad avere a che fare con la morte, ma lei non l'ha mai vista da vicino.

Ma devo recuperare la borsa di mia madre, il suo coltello e la pistola di James, prima di partire.

Dopo averli raccolti ed essere tornata alla macchina, salgo al posto di guida. L'unico segno della presenza di James nel parcheggio è la piccola macchia rossastra del sangue fuoriuscito dal suo braccio. Man mano che si asciuga e l'emoglobina si decompone, diventerà più scura e alla fine scomparirà.

Accendo il motore ed esco dal parcheggio. Mia madre sembra in stato di shock, ma io sto bene.

L'unico suono nell'auto è il basso rombo delle ruote che si muovono sull'asfalto. Anche la mia mente gira: scandaglio ogni punto dei miei piani, assicurandomi che siano a prova di bomba.

Ho già preso il telefono di James dalla sua tasca, assicurandomi che non avesse con sé nient'altro che potesse identificarlo. L'unica cosa che ho trovato è stata la chiave di un'auto. Deve essere quella del veicolo che ha usato per andare al ristorante thailandese, prima di farsi dare un passaggio dai Campbell.

Quando sono a qualche chilometro di distanza e non ci sono altri fari in vista, pulisco la chiave con la maglietta e la lancio dal finestrino aperto, verso l'erba sul ciglio della strada. Circa un chilometro dopo, pulisco anche il telefono di James, freno e lo scaglio sulla strada davanti a noi. Poi ci passo sopra, polverizzandolo sotto le ruote.

Si rompe con uno schianto che mi dà soddisfazione.

Liberarci del corpo di James sarà più impegnativo.

Un'overdose di insulina è molto difficile da scoprire, dal punto di vista forense. Può sfuggire anche a un'autopsia, il che significa che sarebbe difficile dimostrare che James è stato ucciso.

George e June sono gli unici che ci hanno visti insieme, oltre a Paul, la guardia giurata, che ci ha fatto un gesto di saluto quando io e James siamo usciti. Ma James ha abbassato la testa e ha fatto finta di grattarsi un sopracciglio, quindi dubito che Paul lo abbia visto in faccia.

Quanto a George e June, non crederebbero mai, nemmeno in un milione di anni, di aver invitato un evaso a bere champagne nel loro appartamento. Anche se vedessero un filmato in tv con la foto di James, molto probabilmente non lo collegherebbero alla persona che loro considerano essere mio cugino. I loro cervelli creerebbero una spiegazione accettabile. Molte persone si assomigliano, si direbbero.

Penserebbero che forse ricordano male i lineamenti di James: tra lo champagne e la mia sorpresa, sono successe molte cose durante la nostra breve visita.

La nostra mente lo fa continuamente. Distoglie la nostra attenzione da cose che non vogliamo sapere.

Tuttavia, sarebbe meglio se il corpo di James non venisse mai ritrovato. Ho riflettuto sul problema e credo che seppellirlo in un luogo remoto sia la soluzione migliore. Tenere il suo cadavere nel bagagliaio per stanotte non dovrebbe essere rischioso.

Prima che me ne accorga, stiamo svoltando nel parcheggio del nostro palazzo.

Ero così persa nei miei pensieri che non ricordo nemmeno di aver guidato fin qui.

Spengo il motore.

C'è un'altra cosa che devo fare prima di entrare. Mi slaccio la cintura di sicurezza e mi volto verso mia madre. Penso a quanto sono stata furiosa, sconcertata e spaventata e dico: «Tutto quello che hai fatto... ancora non lo capisco».

Poi lascio andare quelle emozioni e ricordo la paura e la collera che ho provato quando ho visto James sopra di lei e ho pensato che forse ero arrivata troppo tardi. «Ma io ti amerò sempre.»

Espira e chiude gli occhi.

Poi li apre e mi dice che anche lei mi ama.

44

RUTH

Sono a letto e mi sento stranamente immobilizzata.

Catherine mi ha diagnosticato una lieve commozione cerebrale, che potrebbe spiegare le mie condizioni. Tuttavia, non provo alcun dolore. Non sento nulla. Sono sospesa in uno stato inquietante e distaccato.

James è morto.

Catherine lo ha ucciso.

Questi due fatti sconcertanti mi sovraccaricano il cervello. Ogni volta che cerco di comprenderli, la mia mente sembra andare in cortocircuito, riportandomi a un torpore che mi fa sentire al sicuro.

Catherine si comporta in modo opposto, è molto concentrata ed energica: sta pianificando tutte le cose necessarie per tenerci al sicuro, assumendo senza problemi il ruolo che io ho ricoperto per tanto tempo.

Bussa alla mia porta, poi la apre senza aspettare che la inviti a entrare.

«Ho trovato un buon posto per seppellirlo.» Si avvicina al mio letto e mi mostra una mappa sul suo telefono. «Domani andiamo in West Virginia. Dobbiamo partire il prima possibile. Ci metteremo tutto il giorno.»

Ha pianificato ogni dettaglio, dai badili che compreremo all'Home Depot in contanti, al vecchio lenzuolo che ci servirà per trascinare James nel bosco e ai guanti che indosseremo per evitare ogni trasferimento di dna.

Posa due pillole bianche sul mio comodino, accanto a un bicchiere d'acqua. «Ecco un altro po' di paracetamolo. Puoi prenderlo ora. Hai bisogno di un altro impacco di ghiaccio?»

«Sto bene. Adesso cerco di dormire.»

«Ti sveglierò tra qualche ora. È il protocollo standard per le commozioni cerebrali.» Sono felice che mi abbia avvertito. Non vorrei svegliarmi all'improvviso e vedere una figura che incombe su di me nella notte. Catherine spegne la luce, facendo piombare la stanza nell'oscurità, poi chiude la porta.

Non credo ai fantasmi ma, mentre sono sdraiata, con il corpo così debole che sembra senza ossa, giuro di percepire una presenza eterea.

È la mia immaginazione, mi dico. O forse è la mia coscienza.

«Come ti sentirai dopo avermi pugnalato, Ava? Te ne pentirai quando vedrai il mio sangue? Cercherai di chiamare un'ambulanza per salvarmi?» Era quello che mi aveva chiesto James, mentre puntavo il coltello, preparandomi a colpirlo.

Si riferiva al signor Franklin, ovviamente. Sapeva che quella sera volevo chiamare il 911, mentre l'allenatore era ancora in vita.

No, gli rispondo nella mia mente. Avevo la possibilità di salvarti, ma volevo che tu morissi.

Ora se ne sono andati entrambi, l'allenatore e James. Finalmente è finita.

Dormo per quelli che sembrano solo pochi minuti, ma quando guardo l'ora sul telefono vedo che sono passate un paio d'ore. Il mal di testa è diminuito: il paracetamolo sta facendo il suo lavoro.

Rimango a letto per un po', mentre la mia mente comincia ad andare alla deriva, immergendosi nei ricordi, sfiorando gli anni con la stessa leggerezza con cui le dita scorrono sui tasti di un pianoforte.

Ricordo James che mi porgeva un bicchiere d'acqua con dentro una fetta di limone, la prima sera al ristorante. Mi vedo abbracciare Timmy sui gradini di casa nostra, promettendogli di portarlo in Italia e di mangiare gelato ogni giorno. Vedo l'allenatore che fissa il mio corpo, come se fossi un oggetto di sua proprietà. Poi un ricordo si eleva al di sopra degli altri e prende piede.

Mi concentro su di esso, e mi tornano alla mente le visioni, gli odori e le sensazioni.

La mia borsa è sul pavimento accanto al letto, quindi non devo far altro che accendere la lampada del comodino e chinarmi per estrarre il quaderno e la penna. Poi inizio a rivivere quel giorno lontano.

Ero già scomparsa da vari mesi quando presi un autobus Greyhound per Baltimora.

Tornai in Maryland per un solo giorno, perché avevo due lettere da spedire e non volevo che i timbri postali rivelassero che vivevo a Pittsburgh.

Mi sentivo nervosa, così vicino alla mia città natale, ma avevo disperatamente bisogno di trasmettere quei due messaggi.

Inoltre, la gravidanza aiutava il mio travestimento. Stavo entrando nel secondo trimestre, avevo messo su qualche chilo e il mio viso si era arrotondato. Anche i capelli corti aiutavano a farmi sembrare più grande, ma forse il vero motivo per cui la gente pensava che fossi adulta era perché ero cambiata dentro. Mi sembrava di essere invecchiata di più in tre mesi che nei tre anni precedenti.

In quella frizzante giornata di fine novembre, decisi di noleggiare un armadietto alla stazione degli autobus, dove riporre la mia borsa da viaggio. Non avevo portato nulla con me, a parte le lettere che avevo scritto a mano una sera nel mio Target, usando fogli di carta bianca presi dal reparto ufficio e una penna Bic blu che avevo trovato in un portapenne vicino alla cassa.

Avevo comprato due francobolli all'ufficio postale e avevo chiuso ciascuna lettera in una normale busta bianca. Per scrivere gli indirizzi avevo usato la mano sinistra, in modo che la calligrafia non somigliasse alla mia.

Guardai fuori dal finestrino mentre superavamo il confine con la Pennsylvania e il sole saliva nel cielo azzurro. Per la maggior parte del viaggio tenni la mano sulla pancia, su di te. Ogni volta che provavo paura o disperazione, la tua presenza mi sosteneva sempre.

Quando arrivai a Baltimora, scesi dall'autobus e mi avviai lungo il marciapiede, in una direzione qualsiasi. Avevo percorso soltanto pochi isolati quando notai una cassetta della posta.

Infilai la prima lettera nell'ampia bocca della cassetta e guardai come veniva inghiottita. Mio padre era intelligente e attento ai dettagli. Avrebbe notato che la data del timbro postale corrispondeva al mio compleanno.

Il mio biglietto per lui conteneva due parole, una sorta di codice per fargli sapere che ero viva: Te quiero.

La seconda lettera non era indirizzata a Timmy, né a nessun altro che conoscevo bene.

L'avevo scritta a Rosie, della mia squadra di cheerleader.

Avevo avuto una sola vera conversazione con lei, il pomeriggio in cui ero uscita dall'ufficio dell'allenatore e l'a-

vevo trovata ad aspettarmi vicino alla macchina con lo zaino e la borraccia.

Si era accigliata scrutando il mio viso e mi aveva chiesto se stavo bene. «Certo» avevo risposto. Forse ero riuscita anche a sorridere.

Ma Rosie aveva continuato a fissarmi.

Aveva cominciato a dire: «È solo che sembri...»

Ma non aveva finito la frase; avevo preso lo zainetto dalle sue mani e l'avevo gettato in macchina.

Avevo allungato la mano per prendere la bottiglia d'acqua, ma lei non l'aveva lasciata subito. Eravamo restate lì, con le mani intorno alla bottiglia di plastica, mentre lei mi scrutava in viso.

Avrei voluto solo andarmene. Stavo per crollare e la sua gentilezza era come un martello che si abbatteva su di me.

Qualcosa era cambiato nell'espressione di Rosie mentre mi fissava, come se fosse stata sul punto di trovare la soluzione di un problema. Avevo continuato a sorridere, anche se sentivo le labbra strane e gommose.

Alla fine le avevo chiesto che aspetto avessi, perché non riuscivo a sopportare quel silenzio opprimente.

Rosie aveva lasciato la bottiglia d'acqua e si era coperta la bocca con una mano. Mi aveva detto che avevo la stessa faccia di sua sorella quando l'allenatore andava a trovarla a casa loro.

Le mie mani avevano cominciato a tremare. Poi il tremito si era diffuso in tutto il corpo fino a farmi sentire come se stessi per scoppiare, ridotta in pezzi scaraventati in mille direzioni diverse.

Marie, la sorella di Rosie, era un anno più grande di me, ma aveva abbandonato la scuola all'inizio del terzo anno, dopo aver tentato il suicidio con un'overdose di antidolorifici.

Tutti a scuola conoscevano la storia di Marie. Era stata

una brava studentessa e una brava chitarrista, ma all'improvviso era come implosa. Aveva iniziato a tagliarsi (tutti potevano vedere le ferite sulle sue braccia), aveva smesso di suonare la chitarra e aveva iniziato a fare uso di droghe.

La mia voce era suonata strana persino a me, quando avevo chiesto perché l'allenatore andasse a trovare Marie a casa.

Rosie mi aveva detto che succedeva anche prima che Marie lasciasse la scuola. Il signor Franklin aveva un interesse speciale per lei perché era portata per la musica. La loro mamma gliene era grata e lo considerava una figura paterna per loro.

Mi era uscito un singhiozzo che non ero riuscita a trattenere. Le lacrime avevano cominciato a scorrermi sul viso.

Avevo gridato a Rosie che non doveva più far entrare l'allenatore in casa.

Poi ero salita in macchina, avevo sbattuto la portiera ed ero partita. Nello specchietto retrovisore avevo visto Rosie ancora immobile dove l'avevo lasciata.

Ovviamente non ero l'unica ragazza che il signor Franklin violentava.

Ce n'è sempre più di una.

Anche il mio biglietto a Rosie era breve: La madre di Timmy Morales gli fa del male. Aiutalo.

Quel giorno di tanto tempo fa, quando vidi Rosie per strada a Lancaster, mi disse che aveva ascoltato il mio appello.

Aveva aiutato a proteggere mio fratello.

Quando penso al modo brutale in cui è morto l'allenatore, mi ricordo di questo: non toccherà più Marie, né nessun'altra ragazza.

È un pensiero che aiuta.

45

CATHERINE

Una settimana dopo

Estraggo l'ultimo bicchiere dalla scatola con l'etichetta «cucina» e apro il foglio di giornale che lo avvolge. Appoggio il bicchiere sul ripiano più basso dell'armadietto accanto al frigorifero e chiudo lo sportello.

Questa è l'ultima scatola. La rompo, poi appoggio il cartone appiattito contro il muro, insieme all'altra mezza dozzina da portare nel cassonetto della carta.

Soffio via dal viso una ciocca di capelli che mi è sfuggita dalla coda di cavallo, poi metto le mani sui fianchi e do un'occhiata al mio monolocale.

È un'eccentrica e piacevole miscela di vecchio e nuovo. Le alte finestre a doppia anta fanno entrare i raggi del sole e la brezza del tardo pomeriggio, mentre il minuscolo balcone ha spazio sufficiente per il tavolo in ferro battuto e le due sedie da bar che ho trovato in un negozio di seconda mano. In inverno, la mia casa sarà accogliente con il suo piccolo caminetto a gas e gli eleganti termosifoni grigio acciaio.

Ho usato il mio ultimo stipendio del Sunrise per acquistare un divanetto di una morbidezza fantastica, color rosa chiaro, che ho sistemato davanti al caminetto. Ho anche montato un'alta libreria Ikea e mi sono portata il letto e il comò dall'appartamento di mia madre.

C'è tutto il tempo per aggiungere altre foto, soprammobili e libri al mio nuovo scaffale e per comprare una o due lampade stravaganti in un mercatino delle pulci.

Avrò lo spazio per crescere, in questo appartamento. Apro la portafinestra del balcone ed esco.

È un sabato pomeriggio mite e bellissimo. Sotto di me, la gente si aggira per la strada acciottolata e in lontananza risuonano allegre note di musica reggae.

La mia nuova casa si trova a Fells Point, a un solo isolato dal mare della baia. Caffè, negozietti e bar sono tutti a pochi passi. C'è un ristorante vegano dietro l'angolo e una caffetteria chiamata The Daily Grind, dove penso di andare spesso. Il mio appartamento non è lontano dal Johns Hopkins, dove inizierò a lavorare lunedì alle otto in punto.

Stasera decido di avventurarmi alla scoperta della mia nuova città. Forse andrò all'Inner Harbor e troverò un ristorante con tavoli all'aperto. C'è anche Little Italy, se ho voglia di un piatto di pasta fatta in casa. Oppure potrei semplicemente trovare un locale di quartiere, con birra alla spina, patatine fritte croccanti e un buon hamburger vegetariano.

Vedrò dove mi porteranno i piedi.

Quando passo davanti alla libreria, mentre vado verso l'armadio, mi fermo. La vecchia foto che ritrae mia madre da adolescente e me da piccola, quella che ha fatto incorniciare più di vent'anni fa e che mi ha regalato, è un po' storta. La sposto di un centimetro a sinistra, poi faccio un passo indietro.

Meglio, credo.

Voglio bene a mia madre, ma sono ancora arrabbiata

con lei. E non è il tipo di rabbia rapida e forte, che scompare con la stessa velocità con cui si è formata. Capisco che lei si sia trovata di fronte a situazioni e scelte molto difficili. Ma credo anche che avrebbe potuto affrontare tutto in modo diverso.

Comunque, ora mi sono liberata dai vecchi segreti che governavano entrambe le nostre vite. Ho intenzione di telefonarle una o due volte alla settimana, ma aspetterò un po' prima di invitarla a pranzo o a cena. Ho bisogno di stare lontano da lei.

È arrivato il momento di conoscere me stessa come individuo. Di tracciare finalmente la mia rotta.

Vado ad aprire l'armadio e scelgo un prendisole nero che mi lascia le spalle scoperte. Mi tolgo la maglietta sudata, sbottono e tolgo i pantaloncini e decido di fare una doccia fresca prima di uscire per la serata.

Ho ventiquattro anni e la vita si sta aprendo davanti a me.

Forse non dovrei sentirmi così spensierata, in questo momento.

Quattro giorni fa ho tolto la vita a un uomo, e non a uno qualsiasi. Ho ucciso il mio padre biologico. Io e mia madre l'abbiamo seppellito in una remota area boschiva della Virginia occidentale. Mia madre era ancora piuttosto debole, così ho trascinato il cadavere dal punto in cui avevamo parcheggiato usando un vecchio lenzuolo come slitta e facendo frequenti soste per riprendere fiato, mentre lei mi seguiva.

Lei ha vomitato quando ho gettato la prima palata di terra su James, anche se gli avevo coperto il viso con il lenzuolo. Credo che avesse raggiunto il suo limite emotivo: seppellirlo è stata l'ultima goccia.

Le ho detto di tornare in macchina, che potevo farcela da sola.

Dopo, è rimasta in silenzio per tutto il viaggio di ritorno a casa.

Negli ultimi giorni che ho trascorso nel nostro appartamento, continuavo a sorprenderla mentre mi fissava, come se cercasse di valutare il mio stato d'animo. Mi ha fatto molte domande. Voleva sapere se avevo sintomi da stress post-traumatico e se avevo bisogno di una psicoterapia. Se avevo gli incubi.

Sembra quasi preoccupata perché non mi sento troppo male, come se volesse che piangessi o smettessi di mangiare o mi svegliassi nel cuore della notte urlando. Forse pensa che stia reprimendo le mie emozioni.

Ma non sono sconvolta o traumatizzata.

Al contrario. C'è una nuova sensazione in me, un brivido che mi fa venire voglia di alzarmi dal letto ogni mattina. Forse ogni giovane donna che si trasferisce in una nuova città e intraprende una vita nuova si sente così.

Ho la coscienza pulita. James avrebbe ucciso mia madre se non l'avessi fermato.

Ho fatto ciò che dovevo.

La notte dormo tranquilla.

46

RUTH

Il campo dove una volta ho fatto volare un aquilone con mio padre e Timmy è quasi deserto al tramonto. Ma giuro che riesco quasi a sentire il tintinnio di quel camioncino dei gelati di tanto tempo fa.

In lontananza vedo un uomo che porta a spasso il suo cane e un gruppo di donne che fanno jogging sul sentiero asfaltato che attraversa l'area boschiva oltre il parco.

Sono sola sotto i rami di una quercia gigantesca, al centro di una distesa d'erba color smeraldo. È lo stesso albero dove tanto tempo fa si era impigliato l'aquilone di Timmy.

Guardo in alto tra i rami, alla ricerca di un vecchio ritaglio di tessuto a righe bianche e rosse. Ma anche se allungo il collo fino a stancare i muscoli, scopro solo uno scoiattolo che squittisce.

Quando abbasso la testa, vedo l'uomo con il cane che cammina verso di me. L'animale, un simpatico meticcio con macchie nere sul pelo bianco, tira il guinzaglio, come se conoscesse la destinazione e volesse fare fretta al padrone.

Si avvicinano. Drizzo la schiena e tolgo gli occhiali da sole, con la mano che inizia a tremare.

Il cuore mi batte così forte da farmi quasi male.

«Digli semplicemente ciao» è ciò che mi ha suggerito Catherine, quando le ho parlato di questo incontro. Avevo pensato di non dirle nulla, perché si è trasferita solo da qualche giorno e non volevo aggiungere un'altra preoccupazione a tutte quelle che ha dovuto affrontare di recente, ma non voglio più accumulare segreti tra noi.

L'uomo è molto vicino, ora. Riesco a vedere la spruzzata di lentiggini alla radice del naso.

Mi sta fissando intensamente, i suoi occhi mi scrutano il viso. Poi la sua bocca si allarga in un sorriso.

Ho sempre amato il sorriso di Timmy. «Ciao» dico.

Si ferma a un paio di metri di distanza. «Sei proprio tu.»

Il suo sorriso si spegne. Continua a fissarmi e ora non riesco a capire se è arrabbiato o bloccato o se mi ha semplicemente relegata nel passato.

Mi si stringe la gola e mi salgono le lacrime agli occhi. Ho tante cose da dire al mio fratellino, ma questa è la parte più importante.

«Mi dispiace tanto di averti lasciato.»

Abbassa lo sguardo e strofina la punta della scarpa da ginnastica sul terreno, avanti e indietro. «All'inizio piangevo ogni notte. Poi papà mi ha detto che stavi bene. Dove sei andata?»

«Non lontano da qui. Ho trovato un lavoro, poi ho affittato una stanza e infine ho preso un appartamento... le cose hanno funzionato, in un certo senso.»

Annuisce lentamente. «Anche per me è andato tutto bene. Ora sono sposato. Lei si chiama Jeanine. Abbiamo due figli.»

Tocca la fede d'oro sulla mano sinistra, poi mi tende la mano. «Ti va di fare una passeggiata?»

La sua mano era così morbida e piccola quando la

stringevo per fargli attraversare la strada. Ora la sua stretta forte mi avvolge le dita e sento i calli sul suo palmo.

Il mio cuore è pieno di gioia e dolorante allo stesso tempo.

Camminiamo in silenzio sull'erba. A volte c'è così tanto da dire che le parole non bastano.

L'aria della sera è dolce e mite, e in lontananza canta un uccello. So che questo momento potrebbe essere l'unico che avrò mai con mio fratello e voglio che duri per sempre. Ma troppo presto Timmy dice: «Ho parcheggiato lì» e indica un minivan Honda grigio argento in fondo al parcheggio deserto.

Forse per lui tutto questo è troppo, penso. Dopotutto, io ho potuto intravedere frammenti della sua vita nel corso degli anni, ma lui non ha idea di cosa sia successo a me o di chi sia diventata. Non sa nemmeno che ho una figlia.

Ci fermiamo ai margini del parcheggio. Anche se indosso un cappello e si sta facendo buio, preferisco stare lontana dai lampioni accesi.

Timmy mi lascia la mano e si gira a guardarmi.

«Se ti va di incontrarci di nuovo... o solo di parlare al telefono... Voglio dire, non voglio farti pressione o altro» aggiungo, quasi balbettando.

Mi si stringe il cuore quando lui aggrotta la fronte.

«So che è difficile, io che mi presento dopo tutto questo tempo...» continuo. «Non voglio intromettermi nella tua vita. Per questo ho contattato prima te che papà: pensavo che potessi chiedergli se vuole che lo chiami. Ma non voglio che nessuno di voi due si senta in dovere di fare qualcosa. E non possiamo dirlo a nessuno... Devo rimanere nascosta, perché la polizia vorrà comunque interrogarmi se mi troverà. Voglio dire, hai una famiglia ora, quindi probabilmente non vuoi correre rischi...»

Non riesco a smettere di blaterare finché Timmy non m'interrompe dicendo: «Ava».

Le parole mi muoiono sulla bocca.

Lui scuote la testa e il mio corpo si contrae in attesa del suo verdetto.

«Il secondo nome di mio figlio è Mateo.»

Sorrido perché è il nome che avrei scelto io, se Catherine fosse stata un maschio.

«Ottima scelta.»

«E il secondo nome di mia figlia è Ava.»

Un singhiozzo mi sale in gola. Le lacrime mi scendono sulle guance, mentre Timmy mi stringe a sé, abbracciandomi così forte che faccio fatica a respirare. Ricambio l'abbraccio con altrettanta forza, e sento che anche il corpo di mio fratello è scosso dal pianto.

«Mi dispiace, Timmy... Mi dispiace tanto...»

Poi sento la portiera di un'auto che si chiude. Alzo di scatto la testa e guardo verso il parcheggio.

Un uomo è sceso dal lato passeggero del minivan di Timmy e corre verso di noi.

Mi sento come paralizzata mentre lo guardo, incredula.

Le sue spalle, un tempo larghe, sono un po' ingobbite dall'età e i suoi capelli neri sono spruzzati di bianco. Ma quando mio padre mi abbraccia, sento ancora l'odore del suo Old Spice.

«Ho detto a papà che sarei venuto a trovarti e non sono riuscito a impedirgli di venire con me» dice Timmy.

Il tempo torna indietro. Sono di nuovo una ragazzina, di nuovo con la mia famiglia. Mio padre sussurra il mio nome in continuazione, come se non riuscisse a credere che sia io.

«Vi voglio bene» dico, e loro mi ripetono quelle dolcissime parole. Alla fine mio padre si tira indietro e mi guarda, come se volesse incidersi nella mente un'immagine del mio volto. Io faccio lo stesso.

Il suo viso è segnato da nuove rughe, e ora ha una piccola cicatrice sul mento, ma da come mi guarda so che sono ancora la figlia che ama. Che non ha mai smesso di amare.

Allunga la mano e mi asciuga delicatamente le lacrime dalle guance. «Ti ho mandato preghiere ogni sera» mi dice.

Penso a *Wild World* che suonava alla radio di quel camionista, all'uomo delle pulizie di Target che ci ha nascoste e all'uomo che ha offerto la cena a me e a Catherine in quella fredda sera di dicembre, quando avevamo tanta fame.

Sussurro: «Hanno funzionato».

Epilogo

RUTH

Sarò sempre grata a Rosie per aver protetto Timmy.

Mio fratello mi ha raccontato che, dopo la mia scomparsa, lei ha iniziato ad andare a prenderlo a scuola, portandolo a prendere un gelato o in biblioteca a studiare finché mio padre non tornava dal lavoro.

A volte mi chiedo se Rosie l'abbia fatto perché sapeva che avevo aiutato a proteggere sua sorella Marie.

Per quasi venticinque anni ho cercato di evitare di ricordare quello che è successo dopo che James aveva colpito l'allenatore allo stomaco con la mazza da baseball.

Ma il ricordo ha resistito, tornando nei momenti più strani, come quando, facendo zapping, arrivavo su un canale che trasmetteva una partita di baseball, o vedevo un uomo con una maglietta di Bruce Springsteen.

Ora che James è morto, non posso più reprimere il ricordo di quella notte di tanto tempo fa.

Dopo che l'allenatore si era accasciato sul pavimento dell'ufficio, gemendo ma ancora cosciente, James sollevò la Louisville Slugger una seconda volta, preparandosi a colpire di nuovo.

Ma non lo fece.

Abbassò la mazza e me la porse.

Era un'offerta. Avevo una scelta.

Il signor Franklin indossava gli stessi vestiti di quando mi aveva molestata. Anch'io ero in piedi nello stesso punto.

Ma questa volta era lui alla mia mercé, non il contrario. Non esitai. Presi la mazza e la sollevai sopra la testa.

Colpii l'allenatore ancora e ancora, mentre un rumore ruggente mi riempiva le orecchie. Ora so che era il suono della mia rabbia.

Quando fui esausta e sudata, restituii la mazza a James. Lui la prese e la posò sul pavimento.

L'allenatore non si muoveva più.

Ogni parola che ho scritto nel mio diario era sincera. Ma non ho scritto tutta la verità.

Quando ho parlato di quella notte nel mio quaderno a spirale verde, ho saltato il mio coinvolgimento. Ho ripreso la storia raccontando quello che è successo dopo che James mi aveva tolto la mazza, dopo che avevo liberato la mia rabbia cieca ed ero tornata nel mio corpo.

Tra tutte le immagini della notte dell'aggressione che continuo a rivedere, quella a cui torno più spesso è questa: James che posa la mazza sul pavimento, poi mi guarda mentre afferra le braccia flosce dell'allenatore e lo trascina dentro l'ufficio, lasciando una scia di sangue.

I suoi occhi erano dolci e sereni, come se avessimo appena finito di fare l'amore.

Quando James aveva visto di cosa ero capace, aveva capito di aver trovato la sua anima gemella.

Dopo che mi era passata la rabbia, mi ero pentita di quello che avevo fatto. Volevo chiamare un'ambulanza.

Ma cosa provavo in quel momento, mentre sentivo il tonfo della mazza sul corpo dell'allenatore?

Mi sembrava giusto. Ma soprattutto, era una bella sensazione. James non ha mai detto ad anima viva che ero io la vera assassina, tranne che a Catherine.

«Fai vedere a nostra figlia che sei un'assassina» mi aveva schernito, mentre gli puntavo contro il coltello nel parcheggio del Sunrise.

Catherine non aveva colto l'indizio.

E ora la verità mi accompagnerà nella tomba. Non la condividerò mai con nessuno.

Nemmeno con Catherine.

Soprattutto con Catherine.

Ci penso mentre guido da Harrisburg a Baltimora.

Anche con il traffico dell'ora di punta, arrivo nella nuova città di Catherine in poco meno di un'ora e mezza.

Trovo un posto vicino all'ingresso del Johns Hopkins, all'angolo tra Broadway e Fayette, ma non troppo vicino, e spengo il motore della Bonneville. L'auto tossicchia un paio di volte, come in segno di protesta, prima di tacere.

Catherine dovrebbe arrivare presto. Quando mi ha telefonato ieri sera, mi ha detto che aveva intenzione di entrare dall'ingresso principale, per celebrare l'occasione.

«Il mio livello di energia è alle stelle, ultimamente» ha detto ridendo.

È stato il suono della sua risata gorgogliante a bloccarmi di colpo, mentre pulivo con la spugnetta il bancone della cucina.

Come mai Catherine è così gioiosa, così luminosa, dopo quello che è successo meno di una settimana fa?

Ora che il nostro appartamento è così vuoto di notte, riesco a sentire tutte le mie vecchie paure che sbattono qua e là tra le sue mura. È per questo che tendo a pensare troppo, mi dico, mentre slaccio la cintura di sicurezza e scendo.

Guardo gli edifici in mattoni rossi che compongono le diverse parti dell'ospedale. Una giovane infermiera esce da una delle porte, spingendo una sedia a rotelle con sopra un ragazzo con la gamba ingessata.

Mi torna in mente una domanda che ho posto a Catherine. Non ho mai ricevuto da lei una risposta soddisfacente. Forse non ce l'ha.

Perché ha scelto la geriatria? A differenza dell'ostetricia, della pediatria o di altre specializzazioni, è stata attratta da un campo con un'intima vicinanza al decadimento, alla morte. Poiché ha lavorato in una casa di cura quando si è diplomata, ha visto molte persone esalare l'ultimo respiro. È stata una scelta pienamente sua, insolita per una ragazza di diciotto anni.

Una prova del suo cuore compassionevole, o qualcos'altro?

La settimana scorsa, mentre l'aiutavo a impacchettare le cose per il suo nuovo appartamento, mi sono tornate in mente scene della sua infanzia, come un filmato di famiglia, ma non quelle agrodolci e tenere che di solito le madri ricordano quando il figlio lascia il nido.

Non ho rievocato il suo primo giorno di asilo, né il cane di peluche di nome Brownie che ha portato con sé per due anni interi.

Ho pensato all'incendio che aveva provocato e che mi aveva lasciato una cicatrice permanente e che avrebbe potuto bruciare la nostra cucina.

E al fatto che ha continuato a fare la pipì a letto ben oltre l'età in cui una cosa simile è considerata normale.

E al corpo maciullato dello scoiattolo che la incuriosiva tanto. Al topo morto sotto il letto. Al gatto scomparso dalla casa del nostro vicino con le campane a vento.

Una volta James mi fece questa domanda a proposito del gatto di nome Smokey, ma ora immagino la voce di

Catherine che si unisce alla sua: «Pensi che farei del male a un animale?»

Non voglio conoscere la risposta. È per questo che non le ho mai permesso di avere un animale domestico, nemmeno un gerbillo o un pesce, per quanto mi implorasse.

Di notte, quando il sonno si rifiuta di venire a darmi pace, mi dico che queste cose non dimostrano nulla. Sono stelle singole, non una costellazione.

Eppure, non so cosa darei per poter sbirciare nella mente di mia figlia. Non mi illudo di conoscere Catherine fino in fondo. Le ho nascosto pezzi importanti di me stessa. Forse lei non conosce ancora alcune parti di sé.

Nei momenti positivi, mi convinco quasi di non avere nulla di cui preoccuparmi. Mi dico che la mia tendenza a immaginare catastrofi sta acuendo le mie paure fino a renderle irrealistiche.

La vita di Catherine si dipanerà un po' alla volta. Si sposerà, avrà dei figli. Io andrò a tutti i saggi scolastici e alle feste di compleanno dei miei nipotini.

Cerco di immaginare questo futuro dai colori vivaci, di farlo esistere: Catherine e suo marito che escono per festeggiare un anniversario mentre io li saluto dal divano, con un bambino in braccio. Divertitevi, qui ci penso io.

La vita sarà più facile d'ora in poi. Il peggio è passato. C'è solo una cosa che non riesco a togliermi dalla testa.

Quando Catherine mi ha guardato, dopo aver piantato la siringa con una dose letale di insulina nel collo di James, non ho visto paura, rimorso o dubbi nei suoi occhi celesti.

Erano assolutamente sereni. Erano gli occhi di suo padre.

Il vecchio adagio mi ronza nel cervello: *La mela non cade lontano dall'albero*.

Questo fine settimana ho visitato di nuovo la McCormick Riverfront Library. Sono abituata a pianificare ogni eventualità, a calcolare tutti i possibili rischi. È così che ho tenuto al sicuro per tanti anni me e mia figlia.

Ma ora faccio ricerche in una direzione diversa. Cerco di distillare le informazioni in mio possesso per capire cosa può significare la nascita di una figlia da due assassini. Sembra esserci una componente genetica nella violenza, ma quali geni si riveleranno dominanti in Catherine?

Mi dico che mia figlia non ha una dipendenza dalla violenza, come suo padre.

È come me. Catherine ha ucciso nella foga del momento, e solo perché si sentiva giustificata.

Ora infilo le chiavi dell'auto nella tasca laterale della borsa e vedo Catherine la sera in cui ha ucciso James, che pulisce la chiave dell'auto prima di gettarla via, come se fosse guidata da qualcosa di più forte dell'istinto.

«Non lasciare mai impronte digitali» sussurra James nella mia mente.

Ho imparato abbastanza sugli assassini da capire che per alcuni il sapore del primo omicidio stuzzica l'appetito. È come se fosse scattato un interruttore.

Per alcuni, accende nuove possibilità.

Una brezza agita l'aria, che è già calda alle 7.45 di questa mattina di giugno. Catherine dovrebbe arrivare da un momento all'altro. Vorrà essere qui in anticipo, per il suo primo giorno di lavoro.

Il lugubre lamento di un'ambulanza si diffonde nell'aria mentre il veicolo gira l'angolo, avvicinandosi all'ingresso del pronto soccorso. E sulla sua scia arriva Catherine. La vedo camminare sul marciapiede, con l'eccitazione che le sboccia sul suo bel viso.

Mi porto una mano al cuore.

Un attimo dopo, lei scompare attraverso le porte dell'ospedale.

Non mi ha nemmeno notato, come era mia intenzione. Sono abituata a viaggiare nella vita come un fantasma. Sono molto brava a sparire. Le donne lo fanno sempre.

È molto più difficile far sparire un uomo, ma io e mia figlia ce l'abbiamo fatta.

Torno alla Bonneville e mi siedo al posto di guida. Ho il giorno libero, il che significa che posso passare il tempo a girare per il nuovo quartiere di Catherine, per conoscerlo. Mi piace l'idea di poterla immaginare mentre si muove nelle sue giornate. Mi aiuterà a mettere in atto nuove misure di sicurezza.

Per il resto della mia vita continuerò a vegliare su Catherine, in modi che lei conosce già e in altri che non conosce.

Perché c'è una cosa che noi donne sappiamo fare ancora meglio di fuggire: proteggere i nostri figli.

Anche se questo significa proteggere mia figlia dall'oscurità che la circonda.

Cerco le chiavi nella borsa, ma le mie dita sfiorano la spirale metallica del mio vecchio quaderno.

Lo tiro fuori. Devo aggiungere un'ultima riga.

Farei qualsiasi cosa per tenerti al sicuro, Catherine, qualsiasi cosa.

Ringraziamenti

La prima persona che devo ringraziare è la donna a cui sono liberamente ispirati alcuni elementi del mio libro: mia nonna, Lucille Pekkanen. Ha abbandonato le scuole superiori per aiutare a mantenere la famiglia e ha lavorato come cameriera per tutta la vita, come Ruth Sterling. Anche lei era una madre protettiva, ma devo chiarire che le somiglianze finiscono qui.

Jennifer Enderlin, la mia straordinaria editor, continua a stupirmi e a ispirarmi con la sua genialità, la sua creatività, il suo entusiasmo e il suo infallibile istinto editoriale. La mia profonda gratitudine va al magnifico team che affianca Jen alla St. Martin's Press, tra cui la super addetta stampa Katie Bassel, i guru del marketing Erica Martirano e Brent Janeway e lo spettacolare team audio composto da Guy Oldfield, Mary Beth Roche, Emily Dyer e Drew Kilman. Sono molto grata a Robert Allen, Jeff Dodes, Marta Fleming, Olga Grlic, Tracey Guest, Sara LaCotti, Christina Lopez, Kim Ludlam, Kerry Nordling, Erik Platt, Gisela Ramos, Sally Richardson, Lisa Senz, Michael Storrings, Tom Thompson e Dori Weintraub.

La mia agente, Margaret Riley King, mi ha dimostrato una fiducia incrollabile. Mi sento fortunata a lavorare con lei e con il resto del fantastico team della William Morris Endeavor: gli agenti cinematografici Hilary Zaitz, Michael e Sylvie Rabineau, il responsabile dei diritti esteri Tracy Fisher e le instancabili Sophie Cudd, Celia Rogers, Kate Whitman e Victoria Nunez. Ringrazio anche l'avvocato Darren Trattner.

Laurie Prinz, grazie per aver discusso con me di quei capitoli, per aver letto ogni singola pagina e aver offerto preziosi suggerimenti, e per essere una persona fantastica in tutto e per tutto. La mia gratitudine va anche ai primi e attenti lettori che hanno migliorato la mia stesura iniziale: Napheesa Collier, Rachel Baker, Jamie des Jardins, Dana Shell Smith, John Pekkanen, Lynn Pekkanen, Ben Pekkanen, Tammi Hogan e Stephanie Hockersmith. E agli amici e alla famiglia che mi hanno sostenuto durante la stesura, in particolare Laura Hillenbrand, Amy e Chris Smith, Cathy Hines, Lucinda Eagle e Robert e Saadia Pekkanen. Ringrazio anche Greer Hendricks per i molti anni di amicizia e di lavoro insieme sui libri.

La brillante Suzy Wagner mi ha dato diversi suggerimenti fondamentali, tra cui uno che ha migliorato la pagina finale. Alex Finlay, ho nel cuore le nostre passeggiate e chiacchierate, e il modo in cui ci incoraggiamo a vicenda. Kathy Nolan, mia guru del web e dei social, sei un gioiello. E, come sempre, grazie a Holly Bario di Amblin Partners, per essere stata straordinariamente solidale nel corso degli anni.

Desidero citare l'eccellente libro *Still Alice - Perdersi*, di Lisa Genova, che ha contribuito a migliorare la mia ricerca, e la mia amica Laurie Strongin, che mi ha fornito preziose indicazioni. Un grazie alla libreria indipendente Politics and Prose di Washington e al mio sindaco preferito, Jud Ashman, e al suo team del Gaithersburg Book Festival. Sul fronte domestico, Roger Aarons ha letto ogni singola bozza di *Quello che non mi hai detto*, ha segnalato refusi e mi ha aiutato a inventare colpi di scena, e mi ha amato e sostenuto in innumerevoli altri modi.

Ai miei figli, Jackson, Will e Dylan: grazie per essere orgogliosi di ciò che la vostra mamma fa per vivere. Da parte mia io sono ancora più orgogliosa di voi, dei giovani gentili e divertenti che siete diventati.

E, infine, a tutti i frequentatori di Bookstagram, agli amici dei social, ai librai e ai lettori: un momento importante della mia giornata è interagire con voi su Instagram e Facebook. Mi piacerebbe molto sapere cosa ne pensate di *Quello che non mi hai detto*. Per favore, taggatemi.

Finito di stampare nel mese di settembre 2024
su carta holmen
con fibra vergine proveniente da foreste sostenibili holmen.com/paper
presso Grafica Veneta S.p.A.
Via Malcanton, 2 – Trebaseleghe (PD)
Printed in Italy

PEFC
PEFC/18-31-226

Certificato PEFC
Questo prodotto è realizzato con materia prima da foreste gestite in maniera sostenibile e da fonti controllate
www.pefc.it

GRAFICA VENETA
GV CARBON NEUTRAL

Questo libro è fabbricato da Grafica Veneta S.p.A.
con un processo di stampa e rilegatura certificato 100% carbon neutral
in accordo con PAS 2060 BSI